T0270181

EQUILIBRIO

MANU CARBAJO

EQUILIBRIO

UMBRIEL

Argentina • Chile • Colombia • España
Estados Unidos • México • Perú • Uruguay

1.ª edición: marzo 2023

Plaza de los Reyes Magos, 8, piso 1.° C y D – 28007 Madrid
www.umbrieleditores.com

ISBN: 978-84-19030-22-1
E-ISBN: 978-84-19413-49-9
Depósito legal: B-1.137-2023

Fotocomposición: Ediciones Urano, S.A.U.
Impreso por: Romanyà Valls, S.A. – Verdaguer, 1 – 08786 Capellades (Barcelona)

Impreso en España – *Printed in Spain*

Hubo un tiempo en el que todo era uno.
Una noche. Un día. Un mundo.

Entonces la noche se hizo a un lado y el día, a otro.
Y en el medio, girando, estaba el Equilibrio.

Un Equilibrio que ve los días y las noches.
Un Equilibrio que separa la luz de la oscuridad.
Un Equilibrio perfecto que mantiene la paz.

Proverbio ancestral sobre la creación

PRÓLOGO

La noche de Vawav es fría, oscura y eterna. No existe ninguna fuente de luz que sea de origen natural. Ni siquiera el blanco verdoso de sus doce lunas, que rotan de forma vertical a casi quinientos kilómetros del suelo, lo produce alguna estrella que las ilumine. No. En Vawav cualquier luz es de origen eléctrico. La Nación desarrolló un proyecto para iluminar cada luna, construyendo un complejo sistema de faros de distinto color para que todos los habitantes pudieran saber la hora con tan solo mirar al cielo. Así que... sí, se podría decir que el sistema lunar que rota alrededor de Vawav es un maldito reloj.

Bérbedel hace un esfuerzo por mirar al cielo nocturno y descubre que Ianuro, la luna que anuncia el principio de cada jornada y que es la más blanca de todas, está eclipsando a Afros, la cuarta en la escala lunar de Vawav.

«Estupendo, voy a morir antes del desayuno», refunfuña para sus adentros.

La arena por la que lo arrastran es negra y fina. No tiene ni idea de en qué lugar de Vawav está. ¿Cómo va a saberlo? Está prohibido salir de la ciudad sin permiso de la Nación. Aunque tampoco tendría mucho sentido adentrarse en páramos como aquel porque la oscuridad es total y...

Un sonido que conoce muy bien lo saca de sus pensamientos. Se trata de un rugido de agua tímido y constante que arrastra la arena de la playa. Bérbedel no puede evitar emocionarse. Busca las olas en dirección a su rumor, pero los agentes que lo arrastran solo iluminan el camino a medida que avanzan. A falta de comprobarlo con sus ojos, decide inspirar una profunda bocanada de aire, para que sus fosas nasales degusten el frío y salado aroma.

¡Estoy al lado del mar!

Bérbedel no puede esconder su emoción al saber que se encuentra cerca del océano Áter. Tiene casi cincuenta años y ha tenido la inmensa suerte de ver cosas que ningún habitante de Vawav conoce, pero, curiosamente, jamás ha estado en el *Gran Negro.* ¿En qué parte de la costa está? Debería poder escuchar las torretas de energía mareomotriz, o al menos ver sus iluminados puntos verdes en algún lugar del horizonte. ¿Tan lejos están de la ciudad? ¿A dónde lo llevan?

El frío de la noche empieza a pasar factura. Ya estaba completamente desnudo cuando se ha despertado en mitad de la nada atado de pies y manos a la equis de aluminio. Sus dientes han empezado a castañetear. Quizá con quince años menos hubiera aguantado mejor esto, pero ahora tiene menos tolerancia al dolor y poca paciencia con la brutal autoridad de la Nación.

—¿Vais a matarme de frío o tenéis pensado ahogarme en el…?

Bérbedel no termina la frase. Uno de los agentes le atesta un golpe en la cara con la culata del arma que porta. El sabor de la brisa marina se transforma en un regusto denso y amargo por culpa de la sangre que inunda su boca. El dolor recorre toda su cara y lo único que puede hacer es apretar los dientes para contener el quejido. Seguro que los cabrones de los agentes de la Nación están esperando a verlo aullar de dolor, así que se niega a darles ese placer. Al relamerse los labios, siente la viscosidad y el sabor metálico de la sangre. Han debido romperle la nariz porque siente una fuerte congestión que le obliga a tomar aire por la boca; un líquido rojo y espeso gotea por ambos orificios y desaparece en la sedosa arena negra por la que van arrastrándolo.

—Es usted un afortunado por poder estar disfrutando de esta parte de Vawav.

Un escalofrío lo recorre todo el cuerpo al escuchar esa melosa y delicada voz con tintes de afonía. Una voz que, por desgracia, conoce demasiado bien,

—No le he privado aún de su sentido de la vista por pura cortesía. No me obligue a cortarle la lengua.

Viaja detrás de él, pero a Bérbedel no le hace falta verlo para poner rostro a esa voz.

—Sif...

—¿Estás sordo o qué? —espeta el mismo agente que le ha golpeado la cara.

De repente, los soldados se detienen. El silencio de las olas, que antes solo se veía interrumpido por el crujido de las botas de goma de los agentes, se adueña del lugar. Unos pasos sutiles y delicados se aproximan a él, bordeándolo. Bérbedel observa unas sandalias negras que apenas se distinguen de la arena que pisa. La larga túnica que lleva abierta, del mismo color que el calzado, le llega hasta la tibia. Debajo se esconde un holgado pantalón de seda de un verde que apenas es perceptible de tan oscuro que es. Una fina malla de metal recubre su torso albino y tatuado.

—Míreme.

Bérbedel no quiere hacerlo. No se atreve. De todos los rostros que hay en Vawav el de su dictador es el que más teme. Pero... se lo ha ordenado y no le queda más remedio que hacer un esfuerzo por alzar la vista y encontrarse con él.

Sif Noah Peaker luce el mismo aspecto enfermizo que su voz. Su cara, casi esquelética, carece de pelo: no tiene cejas ni barba. El cabello, inexistente. En su lugar, hay unos tatuajes de color negro que recorren sus venas, expandiéndose por todo el cráneo. La piel, casi albina, luce una textura tan frágil como inquebrantable. Sus finos labios cianóticos e inexpresivos rompen con la pulcritud del rostro.

Pero, sin duda, lo que más destaca y asusta de Noah Peaker es su mirada.

Los dos enormes ojos de color ámbar rompen la fría armonía de su aspecto. Su calidez y viveza contrastan con la gélida y exánime apariencia que luce. Y si en cualquier otro rostro ese color sería sinónimo de bondad y tranquilidad, en la mirada del Sif infunde miedo e inquietud.

—Creo que es justo que sepa que no va a morir —su frialdad acompaña a la afonía que tanto lo caracteriza—. Lo necesito con vida para el cometido que tenemos por delante. Y, en el fondo, si no he quitado los ojos de sus cuencas es porque, de momento, me hacen falta.

Una leve sonrisa emerge de sus labios, acompañada de una caricia sobre el rostro de Bérbedel. Los largos y fríos dedos de Sif Noah Peaker palpan las facciones de su prisionero. Sus yemas se manchan de la sangre que brota de su nariz. La pulcra piel blanca se ensucia con el líquido rojo que comienza a acariciar en círculos con la yema de sus delicados dedos. Después, se lo lleva hasta la nariz para olerlo como si catara un vino y, acto seguido, lame la sangre con la punta de la lengua.

—Así que... este es el sabor de un *viajante* —confiesa, conmovido.

Bérbedel se pone tenso.

¿Cómo sabe...?

—Preparadlo —ordena el dictador.

La docena de agentes que lo acompaña comienza a disponer el terreno. Algunos clavan en el suelo varios tubos de luz blanca para iluminar el lugar, que acomodan de manera semicircular. Otros recorren cada centímetro del cuerpo de Bérbedel con una esponja de agua fría mientras refuerzan las ataduras de sus cuatro extremidades y clavan los postes de la equis en el suelo.

—¿Qué es todo esto? —espeta Bérbedel, alterado—. ¡¿Qué me vais a hacer?!

El forcejeo es aún más inútil cuando los agentes deciden inmovilizar su cadera a la equis con una nueva correa de goma.

Lo sabe. Sabe lo que puedo hacer.

Bérbedel es, de repente, consciente de por qué está ahí. Las piezas en su cabeza encajan como si acabara de resolver un puzle. Conoce el motivo por el que Sif Noah Peaker se ha molestado en tocarlo y en probar su sangre.

Y si lo han apresado es porque han encontrado una manera de obligarlo a hacer algo que solo él sabe.

—¡No puedes! —escupe rabioso Bérbedel—. ¡No vas a conseguir nada!

El Sif se acerca a él, calmado.

—Si de verdad no fuera capaz de conseguirlo... —hace una pausa, relamiéndose los labios de nuevo, como si aún pudiera degustar su sangre, como si fuera su presa y estuviera a punto de devorarlo—. ¿Qué cree que estamos haciendo aquí?

—¡No! —insiste Bérbedel—. ¡No lo permitiré!

—Contaba con ello —anuncia, indiferente—. Capitán, por favor, cósanle la boca. Me temo que va a seguir gritando y no quiero que me provoque una jaqueca.

Cuatro manos inmovilizan la cabeza de Bérbedel. Otras dos, le cierran los labios. Una cuarta persona comienza a grapárselos desde la comisura derecha hasta la izquierda. El quinto le rocía el improvisado remiendo con un líquido ardiente para después pasarle la gélida esponja por todo el rostro. Finalmente, un sexto le introduce por la nariz un par de tubos. Siente que le van a llegar hasta el cerebro, pero, de repente, nota cómo empiezan a descenderle por la faringe hasta que recibe un chute de oxígeno.

—Su pulso ha alcanzado el nivel necesario, Sif.

Siente el pinchazo de una jeringuilla en el cuello. Un líquido denso y cálido se cuela en su interior.

El dolor se entrelaza con la confusión. El miedo, con la impotencia. Las náuseas empiezan a ser más fuertes. La cabeza le da vueltas. Todo a su alrededor se torna borroso.

Entonces la ve. Ahí, enfrente de él: una inmensa masa de agua negra, cuyas olas rompen con una espuma blanca en la orilla de la playa. Se deja llevar por la hipnosis de la marea, por el movimiento suave de las olas.

Y, de repente, la oscuridad se transforma en luz.

El frío, en calor.

Y el mar que Bérbedel tanto ha deseado ver desaparece y se convierte en un páramo ocre que, por desgracia, conoce muy bien.

PRIMERA PARTE

LOS OJOS DE LA CHICA DE SUS SUEÑOS

Lo primero que percibe es el olor a tierra húmeda. A continuación, una corriente de aire caliente lo envuelve por completo. Sus ojos aún no se han acostumbrado a la oscuridad, quizá porque todavía no sabe si los tiene abiertos o cerrados. Bajo sus pies descalzos, siente una textura crujiente, resbaladiza y dura que se clava en toda su planta. Se limita a andar por la oscuridad, poniendo todo el cuidado del mundo en cada paso para no pisar algo punzante y lastimarse.

Kai hace exactamente lo mismo que las veces anteriores: caminar hasta que sus ojos vislumbran una pequeña luz que lo guía hasta un claro en mitad de la caverna. Sabe que está dormido. Que esto es un sueño. Es la cuarta vez que su mente lo lleva a ese lugar en menos de dos meses.

Se pregunta si es normal repetir un sueño. ¿A cuánta gente le ocurre algo así? ¿Por qué soñará estas cosas tan raras? Quizá sea por culpa del maldito trabajo y la estresante vida que lleva. Si su momento de descanso se ve alterado por estos sueños tan extraños con los que se levanta cansado y confundido, significa que su cerebro, de alguna forma, está mandando señales para que tome cartas en el asunto y se cuide.

Pero ¿cómo se va a relajar cuando tiene un sueldo miserable y un montón de cosas que pagar? Además, el casero les ha subido la renta mensual, la luz no deja de encarecerse día tras día… ¡Hasta los plátanos están a precio de oro!

«Me estoy volviendo loco...», suspira.

Kai se frota los ojos con fuerza, como si intentara despertarse del sueño. Se revuelve el pelo e intenta darse un fuerte tirón en el tupé. No funciona. ¡Por supuesto que no funciona! ¡Nunca consigue despertar por voluntad propia! Así que se limita a hacer lo mismo que las veces anteriores: caminar en dirección a la fuente de luz naranja.

La estancia empieza a tomar forma. Las sombras van apareciendo y marcan la profundidad de cada recoveco del lugar. A medida que se acerca al claro, la luz permite descubrir los secretos que se escondían en la oscuridad de la gruta: paredes rugosas de barro seco de tonos rojizos y ocres, techos con estalactitas blancas de sal, piedras de distintas formas y tamaños en los laterales del improvisado sendero. Con cada paso, siente que la temperatura del suelo va aumentando. Cuando llega a la oquedad en donde la luz del sol inunda directamente la garganta, tiene que quedarse al resguardo de la sombra. Pisar las zonas soleadas es lo más parecido a caminar por la arena de una playa en plena ola de calor.

Así que se sienta sobre una pequeña roca a esperar a la chica de sus sueños. No en un sentido onírico, claro. No está enamorado de ella ni es la mujer con la que se imagina en un futuro. Es, literalmente, la chica que aparece en sus malditos sueños una y otra vez desde hace unas semanas.

Y, la verdad, le encantaría que no apareciera.

Kai cierra los ojos, intentando concentrarse en controlar el sueño. Hay personas que tienen esa habilidad: son conscientes de que están durmiendo y pueden hacer y deshacer lo que les dé la gana, poniendo las reglas que su imaginario quiera. Bien, pues a él eso no le funciona. Sabe que está frito en su cama, durmiendo como un ceporro, a pierna suelta, soñando con una estúpida caverna de aspecto desértico y, aun así, no puede cambiar absolutamente nada.

De repente, un leve sonido lo saca de sus cavilaciones. Procede de una de las gargantas oscuras que se adentran en la caverna. Algo se está acercando. Algo nuevo que nunca había visto en su sueño. Extrañado, observa la fuente de donde proviene el sonido que cada vez se parece más a unas mullidas pisadas.

Un ronroneo hace que se ponga alerta. Es más bien un rugido sutil, gutural, casi metálico. Esa clase de sonido que suelta un animal para advertir de su presencia.

«Vale... Esto es nuevo».

De la oscuridad emerge un felino imponente. Kai se pone en pie nada más ver a la bestia. Un tigre con dientes de sable se aproxima, poco a poco. Lo observa bajo la atenta mirada de dos ojos enormes tan amarillos como la miel. Sus colmillos, grandes y largos, superan los veinte centímetros. El pelaje del felino, sano y de un brillante color mostaza, está moteado con lunares marrones desde el hocico hasta la punta de la cola. Kai calcula que el animal alcanza los dos metros de largo y apuesta a que puede llegar a pesar trescientos kilos.

Con cada paso, el cuerpo de la bestia se contonea como un gato gigante que pasea en dirección a una presa que da por muerta. Avanza tranquilo, sin despegar su mirada de Kai, hasta que se detiene solo a un par de metros. Puede escuchar el ronroneo bronco, más precautorio que amenazante. Kai no se atreve a hacer el más mínimo movimiento. Ni siquiera a respirar.

«Estás soñando, estás soñando...», suplica, entre dientes, cerrando los ojos con fuerza.

Una brisa surge de otra de las gargantas de la caverna. Comienza con un sutil silbido, pero poco a poco va adquiriendo más fuerza hasta el punto de transformarse en un vendaval que arrastra polvo y tierra consigo. Kai tiene que cubrirse el rostro para evitar que le entre arena en los ojos. El grito rabioso que sale de las entrañas de la caverna lo pone en alerta.

Ahí está. La chica de sus sueños.

A diferencia del diente de sable, ella sí que muestra una actitud violenta. Corre hacia él apuntándolo con una lanza. Sus ropas se expanden con el viento. La tela beige del holgado kimono que lleva se acompasa perfectamente a cada uno de sus movimientos. Su cabello, de un negro azabache y lleno de pequeñas trenzas africanas, se asemeja a la cabeza de Medusa, repleta de culebras dispuestas a atacar.

Las facciones de su rostro están tensas por culpa del grito de guerra que profiere. Durante un momento, el tiempo parece detenerse. Y es ahí cuando, a tan solo unos pocos metros de que lo alcance, Kai se pierde en esos ojos verdes que tan familiares le resultan. Porque la chica, a pesar de tener la actitud más amenazante y violenta del mundo, comparte la misma confusión que Kai. Y mirarse en esos ojos hace que se sienta, en cierto modo, identificado.

Quiere decirle que pare. Que se detenga. Se vuelve a olvidar de que está en un sueño. Y al igual que todas las veces anteriores, justo cuando la lanza está a unos pocos metros de atravesar su pecho, Kai cierra los ojos.

Pero cuando los vuelve a abrir, la chica ya no está.

Ni la bestia.

Ni la caverna.

Está tumbado en su cama, con la respiración agitada y varias gotas de sudor recorriendo su rostro.

AQUEL QUE ODIA UN TRABAJO DE ENSUEÑO

Kai no ha pegado ojo en toda la noche. La pesadilla lo ha desvelado a las seis de la mañana y no ha podido volver a dormir. Entre la ola de calor que está sacudiendo a toda la ciudad y lo alterado que se ha despertado, no le ha quedado más remedio que dar vueltas en la cama hasta que suena la alarma.

Y solo estamos a miércoles… La puta semana se me está haciendo eterna.

Aprovecha para encerrarse en el baño antes de que alguno de sus dos compañeros de piso se adelante y luego vaya con la hora justa al trabajo. Cuando se quita la férula de la boca (sí, es de esos que aprieta mucho la mandíbula cuando se queda dormido y el dentista le ha dicho que o se pone la funda nocturna para proteger sus dientes o en unos años se quedará sin ellos), un regusto a arena invade su boca.

En serio, hombre. Se te está yendo mucho la cabeza.

El maldito sueño de la chica de ojos verdes se está repitiendo tantas veces que su cerebro decide retener sabores y olores aun cuando está despierto.

Kai suspira delante del espejo y se rasca la barba incipiente. Todavía puede aguantar un par de días más sin pasarse la maquinilla eléctrica antes de que su cara empiece a parecer una selva de pelos descontrolada. Se atusa el pelo, intentando peinarlo con el tupé que se hace siempre, pero reconoce que antes necesita un buen lavado. Se cruje el cuello y vuelve a estudiarse el rostro. En concreto, se centra en sus ojos. Se acerca al espejo. Están más rojos de lo habitual por el cansancio y las legañas permanecen ancladas en sus pestañas, pero lo que verdaderamente observa es el color que tienen. Verdes, con un aro marrón que bordea las pupilas y una diminuta mota negra en el iris del lado izquierdo.

¿Por qué cojones estoy soñando con una *piba que tiene mis puñeteros ojos*?

Kai chasquea la lengua y sacude la cabeza, intentando restar importancia a todas las películas que se monta acerca del significado que tienen los sueños. Se desnuda y entra en la ducha, dejando que una corriente de agua tibia caiga por todo su cuerpo. Se pasaría toda la vida metido en el agua. *Quizá debería nadar más*, piensa. Pero ¿de dónde va a sacar el tiempo? Da las gracias por poder escaparse a la piscina del gimnasio un par de noches a la semana para desconectar y hacer unos largos. Si sale a la hora estipulada, claro. Muchas veces se tiene que quedar en la oficina haciendo horas extras porque el estúpido de su jefe no sabe gestionar el tiempo.

Unos golpes en la puerta lo sacan de sus cavilaciones.

—¡Kai! —grita una voz femenina al otro lado—. ¡Date prisa, que me meo!

—¡Ya voy!

¿En qué momento le pareció buena idea ponerse a compartir piso con otras dos personas cuando la casa tiene un solo cuarto de baño? Kai apaga el grifo y se cubre con la toalla para no hacer esperar a Amber.

—Buenos días —saluda ella con una sonrisa forzada.

—¿Ya empezamos con problemas de vejiga? Si todavía no has llegado a los treinta —dice Kai, burlón.

—Soy una señora mayor, qué le voy a hacer —espeta ella, apartándolo para entrar en el baño con urgencia.

—Pensaba que la señora de esta casa era Yago —contesta Kai antes de que le cierre la puerta en las narices.

El piso no es grande, pero tampoco es un zulo en el que malvivan: tres habitaciones, un salón que usan también de comedor gracias al amplio espacio y una cocina con una pequeña despensa que hace también de cuarto de la lavadora. Además del único baño que han de compartir y un pequeño balcón que da a la calle principal. Al estar en una séptima planta (¡con ascensor, gracias a Dios!) las vistas que tienen de la ciudad son impresionantes. En el fondo, si el alquiler es un poco más caro que el resto de los pisos de la zona, se debe, precisamente, a esto y a la luminosidad.

Después de ponerse una camisa de cuadros remangada y un vaquero, Kai va directo a la cocina para desayunar algo rápido antes de agarrar su skate y marcharse a la oficina. En la mesa de comedor se encuentra a Yago, aún en pijama, trasteando con su iPad, mientras escucha música relajante y desayuna su habitual kéfir con avena, nueces y miel y un café bien cargado.

Su compañero se caracteriza por utilizar unos looks bastante histriónicos que va combinando con el corte de pelo que se haya hecho. Ahora vuelve a tenerlo de un rubio platino por culpa de la decoloración que se hizo hace unos días. Eso significa que se lo teñirá de algún otro color o bien se pondrá mechas o cualquier cosa que, por supuesto, sorprenderá a Kai. El atuendo que luce es un pijama verde chillón con un estampado enorme de letras que reza: *Don't look at me like that. I haven't fucked.* Kai ya está curado de espanto, así que entra saludando sin mucho entusiasmo.

—Buenos días.

—¿Buenos? —contesta su amigo alzando la ceja—. Si esto son tus buenos días, no quiero saber cómo son los malos.

—No quieres saberlo, no —dice mientras abre la nevera e improvisa su desayuno—. ¿Quién se ha comido el yogur que había aquí?

—A mí no me mires. —Yago alza las manos, mostrando presunta inocencia—. Ya sabes que lo que me tomo es mi kéfir de leche de coco.

—¡Amber! —grita Kai hacia el pasillo—. ¿Te has comido mi yogur?

—Ay, chico —resopla Yago—. Pues claro que se lo ha comido ella. A no ser que tengamos un gnomo que abra la nevera por las noches y se coma vuestros yogures. O también puede ser que tengamos un cuarto inquilino que me estáis ocultando y...

—Yago, ya. Para. Cuéntale todo eso a tu editor.

—Oye, guapo —espeta su amigo—. Te relajas, ¿eh?

Kai resopla, exasperado. Agarra la botella de zumo de naranja concentrado (no sin antes olerlo para asegurarse de que esté en condiciones óptimas de ingesta) y se sirve un vaso junto a una taza de café. Después se procura un par de galletas y se sienta al lado de su amigo.

—Perdóname. Es que… he dormido fatal.

—¿Otra vez?

—No sé si es el trabajo, esta ola de calor o… yo qué sé —confiesa, derrotado—. Encima hoy me toca escuchar al hijo de puta de mi jefe hablar de objetivos y demás mierdas.

—Al hijo de puta buenorro de tu jefe —matiza Yago, burlón.

—¿Me llamabais?

Amber aparece con una toalla en la cabeza, envolviendo su melena rubia acastañada recién lavada, y un look tan casual que ambos amigos deducen que hoy le toca trabajar desde casa.

—Te has comido mi yogur —la acusa Kai.

—¡Oh…! Sí, es que caducaba hoy y como lo vi ayer ahí, tan solito, decidí cenármelo.

—Sabes que los yogures no caducan, ¿verdad? Tienen fecha «preferente» de consumo; no de caducidad. ¡Y más aún cuando son de soja!

—Bueno, no te preocupes que luego bajo al súper y te compro unos.

—¡No es por…! —protesta Kai—. ¡Tenemos baldas asignadas en la nevera por algo!

—Y también horarios de limpieza —añade Yago con un carraspeo.

—¿Esto es una especie de complot mañanero por parte de ambos? —contesta Amber, cruzándose de brazos.

—No, cari, pero…

Yago da por terminada la frase alargando la vocal final. El cabrón se queda callado, sin levantar la vista del iPad, como si no hubiera dicho nada.

—Pero ¿qué?

—Amber —dice Kai tajante y con decisión—. Sé que…

—*Sabemos*… —le corrige Yago por lo bajo.

—Sabemos que todo lo de Alex es una mierda. Y hemos sido bastante… permisivos. En cuanto a las normas de la casa se refiere, claro. Pero ¿no crees que ya es hora de empezar a volver a la normalidad?

—Hazte Tinder, nena —suelta Yago—. Lo de ese imbécil se soluciona echando un buen polvo.

—Mira... —dice Amber, buscando alguna excusa—. No estoy dispuesta a mantener esta conversación con vosotros a estas horas de la mañana y con estas pintas.

Los dos amigos se miran, confundidos.

—Solo estamos preocupados por ti, Amber.

La chica suelta una risotada amarga e irónica, mientras se agarra ese colgante con forma de bala que siempre lleva con ella y que, por alguna extraña razón, toquetea cada vez que está nerviosa.

—No, querido. A ti lo único que te preocupa son tus yogures, los horarios de limpieza y que nadie te moleste entre las once de la noche y las ocho de la mañana.

—Se llama «normas de convivencia» —suelta Kai con tono ácido—. Si quieres te lo deletreo.

—Si quieres me comes un rato el...

—¡Amber! —interrumpe Yago, escandalizado.

Kai se termina el café de un trago y deja la taza y el vaso en la pila del fregadero.

—¿No lo vas a limpiar o qué? —protesta Amber, cruzándose de brazos.

—Cuando saques el puto lavavajillas que deberías haber colocado anoche —contesta él—. Me voy al trabajo. Luego os veo.

Kai agarra su mochila, el skate y desaparece de la casa en un abrir y cerrar de ojos dando un portazo.

—¿Y a este qué le pasa? —le pregunta Amber a Yago.

—Que no ha dormido bien.

—¿Otra vez?

En sus auriculares suena *Changes Are Coming* de Daughtry; y a Kai no se le ocurre mejor banda sonora para empezar el día. Una de las cosas que más aprecia de vivir en la ciudad es la posibilidad de ir al trabajo en skate, compartiendo el carril bici con otros transeúntes, mientras escucha a sus grupos favoritos de música a todo volumen, sin que nadie lo moleste. Es un momento íntimo, de aislamiento completo, en el que solo están él, la música y la carretera. No piensa en nada. Deja que sus emociones fluyan como el viento que lo abraza, mientras surfea el asfalto de la gran ciudad. No le importaría que los casi treinta minutos de trayecto duraran el doble.

Las oficinas de ZeeYou se encuentran en uno de los rascacielos más altos de la metrópoli. Kai trabaja para una de las empresas más importantes del sector audiovisual: una famosa plataforma VOD (Video On-Demand) en la que los suscriptores tienen acceso a miles de series y películas pagando una cuota mensual. A ojos del mundo, ZeeYou es un gigante del entretenimiento que convierte en tendencia todo aquello que publicita. Sin embargo, para muchos de sus trabajadores es una máquina de *fast food* audiovisual que se prostituye a merced de lo que está de moda y produce todo aquello que tiene papeletas para convertirse en *trending topic*.

—¡Buenos días, Kai! —saluda el recepcionista de la oficina—. Oye, hoy van a hacer simulacros en el edificio. Así que no te asustes cuando suene la alarma.

—Vaya... Yo que quería sacar mi lado histérico... —vacila—. Gracias, Charly.

Kai pasa por los distintos departamentos de la oficina (*tech*, atención al cliente, financiero...) hasta llegar al suyo: el más importante de todos, el que, supuestamente, es también el más divertido: el de contenidos. El departamento de *content* es el eje central del proyecto. De él, no solo depende la producción del contenido original, también la compra de otros títulos a distribuidoras para incorporar al gigantesco catálogo.

De entre todos los cometidos interesantes y divertidos que hay en su departamento, a Kai le toca el más aburrido de todos: chequear que los capítulos estén en orden, con los datos correctos, el funcionamiento adecuado de los distintos idiomas y subtítulos, etc. Acaba tan saturado que cuando llega a casa, lo que menos le apetece es sentarse en el sofá a ver una serie o una película con Amber y Yago.

«Como se te ocurra destriparme el final de *Movidas misteriosas...*», lo amenazó una vez Yago.

«Oye, pero esto no se termina así, ¿no?», le preguntó Amber con la nueva película de Tom Hardy.

Kai odia su trabajo. Y odia más aún que sus amigos sepan dónde trabaja y lo traten como si fuera el responsable de lo que se ve en la maldita plataforma. Aunque una parte de él prefiere que piensen que gestiona todo ZeeYou a insistir en que solo es el chico de los subtítulos.

—¡Kaichi! —el agudo grito de Alba, su enérgica compañera de departamento, le perfora los tímpanos una mañana más—. ¿Te has enterado de la reunión?

—Sí... —responde él, seco e indiferente—. La de las doce, ¿no?

—¡Kaichi! —lo riñe—. ¿No has leído el correo que acaba de mandar Lucas?

—Alba, querida, ¿no ves que ni me he sentado? —suspira—. Yo sé que estás muy motivada con eso de llevarte el trabajo a casa, pero mi jornada laboral empieza a las 9 en punto y hasta esa hora no pienso abrir la bandeja de...

—Pues es que resulta —interrumpe la chica— que Lucas quiere hablar con todo el departamento para... —mira de reojo a los de marketing y después se acerca a la mesa de Kai, bajando el tono de voz—. Para anunciarnos que se va a hacer el *spin-off* de *Movidas misteriosas*.

Alba se muerde los labios, emocionada ante la idea de que la serie más famosa de la casa, cuyo punto final llega ese mismo verano, va a continuar con otros personajes e historias.

Kai resopla. No por la pereza que le provoca *Movidas misteriosas*, sino por tener una reunión con el gilipollas integral de su jefe fardando del producto que contrata.

—Joder, ¡pero si la reunión es ahora! —protesta cuando lee el correo.

—¡Te lo estoy diciendo, Kaichi!

—Alba, por Dios, cada vez que me llamas Kaichi, se muere un gatito —dice entre dientes.

El mote con el que lo ha bautizado su compañera es culpa de la cantidad de series y películas coreanas que ha tenido que revisar. Kai se negó a hacerse cargo de todo ese catálogo, pero Alba es una entusiasta del K-Pop y, por consiguiente, toda la mierda que venga de Corea. Revisa con gusto todo lo que venga de Oriente.

Mientras agarra su cuaderno y sigue a Alba hacia la sala de reuniones, Kai no deja de preguntarse qué cojones hace trabajando en un sitio como ZeeYou.

Estudió comunicación audiovisual porque le gusta el cine, sí. Pero, para él, la industria está saturada de superhéroes, remakes, reboots, segundas partes... ¿dónde están las ideas originales? ¿Es que nadie apuesta por lo sencillo? ¿Por lo clásico? ¡Claro que no! El mundo se ha convertido en un animal con un apetito voraz y su ansiedad por consumir películas y series es tan extrema, que las distribuidoras no tienen tapujo alguno en explotar cualquier idea que funcione hasta límites inmorales.

—¡Buenos días, equipazo!

La energía del hijo de puta de su jefe inunda la sala de reuniones en la que espera todo el equipo de *content*. Lucas deja su carpeta sobre la mesa, aparta la silla presidencial y se prepara para lanzar su intenso discurso, con una mirada tan penetrante que resulta ridículamente seria ante lo que va a anunciar.

—Sabéis que *Movidas misteriosas* llega a su fin. Los números que está haciendo la serie han sido siempre brutales, pero lo de esta última temporada... —hace una pausa dramática, con un suspiro de admiración que corona con una sonrisa orgullosa—. Bueno, qué os voy a contar, ¿no?

Entonces empieza a hablar del *spin-off* que se va a hacer, del *cast* que tienen pensado, de lo importante que es el trabajo que hacen allí y...

Kai vuelve a desconectar mentalmente de la verborrea que está soltando su jefe. Le importa un rábano todo lo que está diciendo porque él se limita a chequear las cosas que ya están listas, así que tampoco entiende qué hace perdiendo el tiempo en esa reunión.

Su mirada se cuela entre los edificios que sobresalen de las calles. Trabajar en la planta veintinueve de un rascacielos que llega hasta los doscientos cincuenta metros de altura tiene la ventaja de poder disfrutar de unas vistas que nadie, en el resto de la ciudad, puede ver. Siempre se ha preguntado qué habrá en los demás edificios, las empresas que habrá en cada planta... El sonido del caótico tráfico queda completamente ahogado a esa altura y los transeúntes de la calle se convierten en pequeñas hormigas sin importancia. Por encima, un inmenso cielo azulado, casi sin nubes, anunciando el inicio del deseado verano.

—Kai.

Su nombre en boca del jefe le saca de sus cavilaciones.

—¿Estás con nosotros? —pregunta.

El chico asiente.

—¿En serio? Pensaba que te interesaba más lo de ahí fuera —insiste Lucas.

Silencio. Kai se niega a volver a entrar en una estúpida discusión con él, así que se refugia en su cuaderno y hace como si apuntara algo.

—¡Hola, Kai! ¡Te estoy hablando! —reitera su jefe con burla.

—Sí, lo sé. Estoy aquí —contesta él.

—¿Puedes decirme qué te parece lo que he comentado, por favor?

Kai suspira. ¿Es que acaso ha vuelto al colegio y su jefe se ha convertido en el profesor que pregunta la lección?

—Me parece que poco puedo aportar a esto hasta que no me lleguen los materiales —contesta, indiferente.

—¿Eres feliz chequeando esos materiales, Kai? ¿Te gusta *Movidas misteriosas*?

Kai quiere gritar que no. Que odia ZeeYou. Que odia *Movidas misteriosas*. Que lo odia a él y, por consiguiente, a todo su puto trabajo.

Pero antes de que pueda contestar, un estruendo rompe los cristales de la sala.

PRIMERA CATÁSTROFE
¿Me quieres?

Carla me tiene loco. Cada vez que escucho su nombre, me recorre un escalofrío por todo el cuerpo. Cada vez que me cruzo con ella por los pasillos de la oficina, se me detiene el pulso. Cada vez que me mira con esos ojos marrones tras los que esconde sus lascivas intenciones, me entra un sudor frío. Cada vez que me roza la nuca, durante un segundo, cuando nadie se da cuenta de ello, mi sexo responde eufórico por la excitación que me provoca.

Pero lo que más loco me vuelve es que nadie en la maldita oficina, excepto mi compañero y amigo Marcos, sabe que Carla y yo llevamos follando como locos desde hace cuatro meses en… en un montón de sitios: en la mesa de su despacho, en los cuartos de baño que están al lado de recursos humanos, sobre la máquina de hacer fotocopias o empotrados en la escalera de incendios, a más de ciento cincuenta metros de altura, donde el aire que se cuela por las rendijas de la salida de emergencia ahoga nuestros gemidos animales.

Joder, Mikel, céntrate.

Sé que tener veinte años es una putada porque las hormonas son muy traicioneras y al colega de abajo hay veces que no lo controlas, pero… ¡joder, que tengo treinta y el «amigo» se despierta cuando quiere! ¿Cuándo he perdido el control sobre mi propio cuerpo?

Me obligo a cerrar los ojos, beber un poco de agua y abanicarme con las carpetas que el departamento financiero me ha pasado hace un rato para que las revise y se las enseñe a Carla. Porque, además de todo lo que te he contado, hay un factor más en esta ecuación que aumenta el erotismo de la situación: Carla es mi jefa.

Ella tiene casi cuarenta y cinco años, está casada con el director de marketing y viven felices en un chalé para gente rica con sus dos hijos. Yo todavía no he cumplido los treinta, tengo un sueldo que podría ser el del becario y... me estoy enamorando de ella.

—No, no te puedes estar enamorando. Te estás encaprichando e idealizando todo por culpa de los polvos que echáis cada semana —me susurra Marcos nervioso, mientras sacamos copias de los documentos con los que tenemos que trabajar.

—Lo sé, lo sé... —confieso, mientras suelto un resoplido—. Si es que además está casada con Abel y...

—¡Y tienen dos hijos! —termina Marcos por mí—. ¡Mellizos!

—Tío... —susurro, avergonzado—. Que el otro día, mientras estábamos ahí, dándole que te pego en su despacho, me di cuenta de que tiene una foto familiar colgada en una de las paredes.

Marcos suelta una carcajada.

—¡Y se te cortó el rollo!

—Pues... lo extraño es que no. —La cara de Marcos se tuerce en un gesto de pánico—. A ver, no me malinterpretes, pero... no sé por qué me imaginé con ella y sus hijos haciendo una vida normal, ¿sabes? En plan... Yo qué sé. —Me aflojo un poco el nudo de la corbata, nervioso—. En plan yendo al cine, a cenar al McDonald's... ¡O al parque de atracciones! Sin el gilipollas de Abel en su vida.

—Ay, Dios... —me contesta, llevándose las manos a la cabeza—. Te estás enamorando.

—¡¿Ves?!

Elevo la voz por culpa de la emoción. ¡Sabía que no estaba loco y que esto es amor! No es normal que, a mí, con lo que me gusta comer, se me quite el hambre el día que no me cruzo con ella. Nuestra relación es la que es, pero para nosotros existe otro mundo, íntimo y sensorial, en el que no necesitamos las palabras para entendernos.

—¿Y sabes? Creo que es recíproco.

La carcajada que suelta Marcos hace añicos mi sueño romántico con Carla.

—Joder, Mikel... ¿Lo dices en serio?

—Completamente.

—A ver... Yo no sé qué os decís en la intimidad, pero... —Marcos se toma un momento para elegir sus palabras—. Por lo que me cuentas, vuestra relación se reduce solo al sexo.

No. Esto no es solo sexo. La mecha puramente sexual se suele agotar a los tres meses de estar con una persona. Si después de ese tiempo la llama sigue, ¡es porque hay algo más! Los olores adquieren otro matiz, el sabor otro dulzor, y dentro de lo muy animal que es follar con Carla, hay una sensación desconocida para ambos que no soy capaz de describir.

¿Acaso no es eso el amor?

—No es solo sexo —defiendo.

—¿Lo habéis hablado?

—Estas cosas no se hablan, Marcos, no...

—Hola, chicos. ¿Qué hacéis aquí?

Su voz interrumpe nuestra conversación. No me hace falta girarme para darme cuenta de que es ella. Su perfume ha inundado toda la habitación: es denso e intrusivo, pero con unas notas afrutadas que lo endulzan y suavizan. Cuando la veo ahí parada, con su pantalón negro que parece hecho a medida, sus zapatos favoritos (y más caros), esa blusa blanca que no tiene apuro en ajustar a su pecho porque se ayuda del bléiser para mantenerlo discreto y... mis ojos no pueden evitar recorrerla de arriba abajo. Y ella lo sabe porque con un gesto muy sutil se coloca en jarras, dejando que la chaqueta me descubra cómo los pezones que se esconden debajo de la blusa están igual de duros que mi entrepierna.

—Fotocopiar.

Mierda, me había olvidado de que Marcos seguía con nosotros.

—Yo ya... he terminado —dice carraspeando, un tanto incómodo.

—Mikel, ¿cuando acabes puedes venir un momento a mi despacho, por favor?

No sé por qué me lo pregunta, la verdad. Si me lo pidiera, iría con ella al fin del mundo. Esa voz rasgada que tiene por culpa del tabaco es música hipnótica para mis oídos: como si ella fuera la flauta y yo una maldita cobra a la que tiene encantada.

Ella se aparta para dejar que Marcos salga de la sala de fotocopias. Entonces da un paso. Otro. Poco a poco sus labios se curvan en una sonrisa juguetona que me confirma la intención que tiene, mordiéndose el labio inferior.

—¿Qué estás fotocopiando? —me pregunta a escasos centímetros de mi boca.

—Los... informes trimestrales de... ¡ah! —No puedo contener un gemido de sorpresa cuando siento cómo su mano ha comenzado a sobarme el pene por encima del pantalón vaquero.

—Quizá deberíamos revisar esos informes juntos, ¿no? —pregunta sin quitarme la mano de encima.

—¿Ah-ahora?

Quiero que nuestras lenguas se junten para que luego me cabalgue sobre la mesa en la que los empleados organizamos las copias que imprimimos. Sé que yo acabaría en menos de dos minutos por culpa del calentón que llevo encima, pero a Carla le gusta que las cosas buenas duren. Como esas películas de cine clásico que da igual el tiempo que te tengan pegado al sofá: son tan buenas y perfectas que podrías estar horas sin parar.

Carla me suelta el paquete, se atusa la melena y, después de guiñarme un ojo, se marcha a su despacho.

Resoplo y me apoyo en la fotocopiadora. Siento que la vista se me nubla, me cuesta respirar. La erección de mi entrepierna es tal que puedo notar como la ropa interior se me ha empezado a empapar en cuestión de segundos.

Voy directo a la máquina de agua para beber tres vasos refrescantes de golpe. Más relajado, vuelvo a poner mi foco de atención en ese despacho que tantas cosas ha visto. Camino decidido, no solo a darle a esa mujer el mejor sexo de su vida, sino a decirle que la quiero. Que me da igual que nos llevemos más de quince años y que ella esté casada con uno de los socios más insoportables de la empresa, con el que además tiene dos hijos. Quiero gritarle que soy su puto esclavo y que me tiene el corazón robado.

Pero entonces lo veo a él, al maldito Abel. Con su traje de Emilio Tucci. Su perfecta barba arreglada. Ese cuerpo esculpido en un gimnasio con sesiones de *crossfit* y largos en la piscina. El anillo que lleva en el anular es lo que más me duele. Igual que el que lleva ella. Los dos se sonríen mientras entran en su despacho, pero justo cuando Carla va a cerrar la puerta, me descubre quieto, a tan solo unos pocos metros de su posición. Su sonrisa se congela. Puedo ver cómo traga con dificultad. El tiempo parece detenerse para nosotros dos. Y yo, que me he criado con el cine de Hollywood y creo que la vida es una película, doy un paso. Otro. Y otro. Estoy a tan solo unos metros de poder comerle la boca y lo único que quiero hacer es una pregunta.

¿Me quieres?

—Mejor… —empieza ella—. Revisamos esos informes luego, ¿te parece?

Quiero decirle que no, que no me parece bien. Quiero decirle que encierre a Abel en su despacho y que vayamos al baño a follar como locos. O en las escaleras, como tantas otras veces. Quiero decirle que deje a su marido, que yo no tendré su sueldo pero sí una química que, dudo mucho, tenga con él. Quiero decirle que la quiero. Que estoy enamorado.

Un murmullo nos saca a ambos de nuestras cavilaciones.

Varias personas están mirando por una de las ventanas del edificio. Parece algo grave. Carla, extrañada, sale del marco de la puerta de su despacho y se dirige a la multitud que se ha congregado en las ventanas del departamento de ventas, mientras Abel se queda en el despacho trasteando con el móvil.

—¡Ahí, mirad! —dice alguien.

—¿Qué es? —pregunta otra chica.

—Parecen… ¿insectos?

Miles de… No, *millones* de puntitos negros se mueven en el cielo. Parecen bichos que vuelan al son del viento, formando olas invisibles que les obligan a moverse en una danza que inquieta a la par que hipnotiza.

De repente, los puntitos empiezan a hacerse más grandes. Y lo que parecían insectos resultan ser pájaros negros que se acercan a nosotros de manera caótica. Surcan asustados el cielo azul que han cubierto con sus agitados cuerpos. Por los pequeños huecos de las ventanas se cuelan sus graznidos que avisan que algo malo está ocurriendo.

Un tsunami de plumas negras, completamente descontrolado, se dirige hacia los cristales del edificio. La gente empieza a retroceder asustada porque parece que los pájaros no se detienen. ¡No están dispuestos a esquivarnos!

En cuestión de segundos, el primer pájaro golpea uno de los cristales.

Lo siguen cuatro más. Y después, veinte. Y a continuación, decenas.

Entonces, los cristales estallan y el caos inunda el lugar.

Los gritos de la gente se mezclan con los graznidos de las aves que, eufóricas, vuelan por toda la oficina, agitando sus alas, rasgando con las garras la carne que se encuentran y picoteando a todo aquel que se cruza en su camino.

No dejan de entrar, como si fueran una marea de agua negra que arrasa con todo lo que halla a su paso: los papeles vuelan, las sillas se caen, el aleteo constante corta el aire y los graznidos apagan los gritos de la gente. Porque hay millares de pájaros volando por toda la oficina.

Carla me agarra del antebrazo y tira de mí hacia su despacho mientras nos quitamos de encima a varias de estas pequeñas bestias aladas que no dejan de picotearnos y golpearnos con sus cuerpos. Un nuevo estallido de cristales, en la otra punta del edificio, anuncia que los pájaros han conseguido una vía de escape. Pero nosotros seguimos corriendo hasta el despacho de Carla.

Cuando cierra la puerta, me topo de frente con su marido, que sigue en la misma posición en la que Carla le ha dejado.

Nos mira boquiabierto.

No sé si la cara de terror que tiene es por culpa de los pájaros, por nuestros rostros ensangrentados o por cómo Carla está abrazada a mi torso.

CONTROLA EL AGUA, PERO NO EL FUEGO

Las clases de alquimia no son aburridas, pero Bahari se siente inútil con la manipulación de algunos elementos. Es frustrante ver cómo puede controlar el agua, pero no el fuego. En ocasiones, ocurre algo que permite a la muchacha encender una llama sobre la palma de su mano. No tiene ni idea de cómo lo hace, pero ocurre. Lo mismo pasa con el viento, mientras que a la tierra jamás ha conseguido controlarla.

Es cierto que la manipulación de los cuatro elementos es una habilidad muy compleja que no todos los centinelas llegan a dominar. La gran mayoría se especializa en uno de ellos, concentrando todas sus energías en poder dominarlo. Hasta cada uno de los Cuatro Sapientes, la máxima eminencia de todo Ídedin, tienen poder sobre uno de los cuatro elementos.

—No te presiones, Bahari.

La dulce voz de Docta Sena le provoca un sobresalto que la saca de inmediato del frustrante estado de concentración en el que estaba inmersa. Bahari no puede evitar sonrojarse ante la presencia de la Sapiente que más admira. ¡Tiene la inmensa suerte de que la mismísima Docta Sena, Sapiente de Ídedin y Patrona del Fuego, sea su profesora! Por eso se pone aún más nerviosa al no conseguir sacar una mísera llama de su mano para manipular las virutas de metal que yacen sobre la alargada mesa de madera que comparte con más compañeros.

—Hoy tiene la cabeza en otro lado —interviene Nabil, burlón.

Bahari propina a su mejor amigo un codazo por debajo del tablero y después vuelve a colocar sus palmas alrededor de los metales, formando un círculo abierto.

Enciéndete, enciéndete, enciéndete…

Pero, a pesar de sus desesperados y suplicantes intentos, ni siquiera consigue sentir el característico calor en el centro de su palma que anuncia la llegada del elemento.

Aprieta los dientes. Respira de forma agitada. Cierra los ojos con tanta fuerza que nota cómo la sangre se queda circulando por su cabeza, haciendo que el rostro se empiece a teñir de rojo.

—Bahari, para.

Aunque su actitud sea más autoritaria, la voz de Docta Sena conserva la suavidad y la calidez habituales. Su orden va acompañada de una dócil caricia en el hombro de la chica para que se relaje.

Sin embargo, la intervención de la Sapiente provoca un nuevo sobresalto en la muchacha. Sus palmas, de repente, se calientan y encienden en cuestión de medio segundo una llama ignífuga que funde las virutas de metal que tiene sobre la mesa.

Nabil se queda boquiabierto.

Bahari sigue respirando de forma agitada y nerviosa, como si en el último minuto se hubiera pegado la carrera de su vida. Una sonrisa triunfante se dibuja en sus labios.

—Bahari… —vuelve a insistir Docta Sena.

La chica se gira para mirar directamente a la imponente Sapiente. Sus largos y ondulados cabellos de color cobre descansan sobre la túnica blanca que caracteriza su estatus. Parece mentira que una piel tan fina y pecosa sea capaz de manipular el fuego de una forma tan espectacular y resista tan bien al eterno sol de Ídedin. El azul de sus ojos es tan hipnótico como solemne, siendo capaz de mirar de la forma más dulce, pero también de la más despiadada.

Pero, para suerte de Bahari, Docta Sena le tiene un cariño especial y es muy paciente con ella. Quiere que llegue a convertirse en la centinela a la que aspira y sabe que la joven es una de las mentes más prometedoras de toda la promoción.

—Mi querida Bahari —comienza la mujer con tiento—, el objetivo no es encender el fuego. El objetivo es controlar cuándo lo enciendes. ¿En qué piensas cuando trabajas con el agua?

—Pues... —La chica se toma unos segundos para meditar su respuesta—. En nada. Simplemente, me concentro, me relajo... Dejo la mente en blanco y...

—¿Y crees que eso te funciona con el fuego?

—¡Lo intento, pero...! —contesta, alterada. Bahari trata de recuperar la calma soltando un resoplido frustrado que sentencia cruzándose de brazos—. Me cuesta muchísimo más.

Docta Sena sonríe con ternura. Después, centra su mirada en el mejor amigo de la chica.

—Querido Nabil, ¿puedes encender una llama, por favor?

El orgullo de Nabil hace acto de presencia sacando a relucir su pose más seductora y orgullosa. Se relame los labios y, con un simple chasquido de dedos, provoca una tenue llama.

—Muy bien, querido. Ahora, por favor, necesito que empapes tus manos con gotas de rocío.

—Buff... —resopla él ante el reto, mientras agita las palmas y se concentra en traer el agua.

Con los dedos de su mano derecha, empieza a acariciar la palma izquierda en suaves círculos. Unas lágrimas comienzan a caer por sus mejillas. Al poco rato, un pequeño charco de agua se forma en el centro de su mano.

—¿Has conseguido traer agua del mismo modo que fuego? —pregunta Docta Sena.

—No —responde Nabil, mientras se sacude la mano con el líquido y se seca las lágrimas del rostro—. Qué asco... Odio controlar el agua.

—¿Por qué? ¿Qué sientes cuando invocas uno y otro?

Nabil se toma unos segundos para responder.

—El fuego viene... solo. Es decir, me siento confiado, feliz. Solo tengo que chasquear los dedos y... —lo vuelve a hacer y aparece de nuevo una llama en ellos—. Pero el agua... Solo consigo manipularla estando triste.

—No llores, tonto. Vas a ser un centinela estupendo —se burla Bahari, fingiendo un puchero.

Él le devuelve el codazo a la chica.

—Cada elemento fluye de manera distinta en todos nosotros —prosigue Docta Sena—. Mientras que, a ti, querida Bahari, te resulta sencillo manipular el agua en un estado de concentración, Nabil solo puede llegar a ella a través de la aflicción. Con esto quiero decirte que no intentes convocar al fuego por el mismo camino que al agua. Piensa en lo que te acaba de ocurrir, en lo que has sentido justo antes de encender esa impresionante llamarada. Solo así llegarás a controlar cada elemento, querida Bahari.

La chica se queda hipnotizada por los ojos de la Sapiente hasta que esta asiente y continúa su recorrido por el resto de la clase. No son muchos porque solo unos pocos consiguen llegar al Liceo Centinela, de ahí que el nivel del alumnado sea tan alto y los docentes sean las mentes más brillantes y exigentes de todo Ídedin. Que Bahari esté estudiando allí es un privilegio y un honor.

—Podrás con ello, ya verás —la anima Nabil.

—Para ti es fácil decirlo —farfulla ella entre dientes—. Ya podría manipular bien la tierra o el viento, pero... ¿el agua? ¿De qué me sirve saber controlar el agua en Ídedin? ¡No hay ríos ni mares ni...!

—¡Pues precisamente por eso! ¿Quién me va a conseguir agua cada vez que nos manden de expedición a las montañas o a la Gran Llanura? —responde, burlón.

—¡Estúpido! —lo reprende ella—. Así nunca voy a llegar al bautismo.

—Ey... —Nabil se acerca a la chica de manera íntima y confidente—. Eres la mejor aspirante a centinela que conozco. ¡Claro que vas a bautizarte!

Ella suspira mientras juega nerviosa con varias de sus pequeñas trenzas. La enorme y rugosa mano de Nabil agarra su mano, intentando tranquilizarla. A Bahari siempre le ha impresionado la delicadeza de las manos de Nabil, a pesar de que son tan rudas y masculinas. Su mejor amigo es un estupendo candidato a centinela, no solo por poder controlar los cuatro elementos de una forma básica, sino por el físico que tiene: aunque mide casi dos metros de altura y supera los cien kilos, Nabil no solo tiene una fuerza bárbara, también una agilidad tremenda que se intensifica con el espectacular manejo que tiene del viento.

Ella, por su parte, ha intentado entrenar su cuerpo para ganar masa muscular, pero está claro que su complexión no le permite aumentar de peso. Sin embargo, goza de una mente privilegiada para la estrategia y el liderazgo.

El portón de madera del aula se abre con su característico crujido. No suele ser habitual que alguien interrumpa las clases. Todo el alumnado se pone en pie cuando hace acto de presencia Docto Essam, el más joven de los Cuatro Sapientes y Cacique de la Tierra. Su túnica blanca se balancea de forma agitada con cada paso apresurado que da hacia Docta Sena.

Susurra algo al oído de la mujer. La clase entera permanece callada, atenta y expectante a lo que pueda ocurrir.

—Querido alumnado —anuncia la Sapiente con su melodiosa voz, ocultando de maravilla la preocupación que se cierne en su interior—, las clases de hoy se dan por terminadas.

Un murmullo se extiende por toda el aula.

—¡Silencio! —grita Docto Essam.

Aunque sea el más joven de los Cuatro Sapientes, el Cacique de la Tierra tiene un aspecto severo y un carácter imponente. Luce un físico robusto que resulta más sobrecogedor al tener la cabeza rasurada y el rostro afeitado. Sus ojos, casi tan negros como el carbón, hacen que sea el más temible de los Cuatro Sapientes. No es de extrañar que Docto Essam sea el encargado de gestionar los asuntos de defensa de Ídedin.

Y es justamente por esto que a los alumnos les resulta mucho más terrorífico descubrir la preocupación en su semblante.

—Ya han escuchado a Docta Sena —continúa con su grave y rasgada voz—: Regresen a sus casas. Las clases continuarán mañana.

Con un par de palmadas, Docta Sena da por zanjado el asunto. Todo el mundo obedece las indicaciones de los Sapientes y comienzan a salir del aula.

—Uf, qué pena —ironiza Bahari—. Nos perderemos Gemología.

Cuando salen, bajo el ardiente e imperecedero sol de Ídedin, Bahari lanza un vistazo a la impresionante institución en la que estudia. Unas gigantescas columnas de piedra sostienen el peso de un edificio circular con una enorme cúpula que protege uno de los lugares más importantes de Ídedin: el Ubongo. Allí se encuentran los pilares fundamentales de la sociedad idediana, sus leyes, todos los fundamentos de las ciencias; protege la mayor biblioteca con los secretos mejor guardados y el trono desde donde los Cuatro Sapientes administran Ídedin. Además de albergar el Liceo Centinela: la honorífica institución educativa en la que estudian los aspirantes a proteger el reino de Ídedin, los llamados «centinelas».

—¿Qué crees que habrá pasado?

La chica se gira hacia Nabil, quien aguarda una respuesta con expresión preocupada e inquieta. Bahari se limita a silbar con fuerza.

—¡Virgo!

El brillante smilodón, también conocido como «diente de sable», aparece en un abrir y cerrar de ojos. Bahari acaricia a su fiel compañero felino, que siempre aguarda refugiado en la sombra de las escalinatas del Ubongo debido a la estúpida prohibición que solo permite a los humanos entrar en el edificio.

Tras un cariñoso lametón por parte de la bestia, Bahari acaricia sus colmillos, pega su frente a la del animal, se sube a sus lomos y abraza su melena.

—No me has respondido —insiste Nabil.

—Es imposible que te conteste a algo para lo que no tengo respuesta —sentencia ella.

Después, con un chasquido, el smilodón se pone en marcha y desciende de forma ágil las escalinatas que desembocan en la Plaza del Ubongo.

Le encantaría decirle a su mejor amigo que sí que sabe algo. Algo que la tiene preocupada desde hace varias noches.

Un secreto que guarda con miedo y del que Virgo es también testigo.

Pero hablar de ese secreto implicaría acabar para siempre con su futuro como centinela.

Y eso es algo que Bahari no está dispuesta a dejar que ocurra.

NADIE CONOCE A LA VECINA DEL QUINTO

Aún le late el corazón a mil por hora.

Se ha llevado un buen susto cuando la horda de pájaros ha chocado contra los cristales de la oficina. Pero haber sido testigo de cómo esa misma masa ha atravesado el edificio de enfrente lo ha dejado completamente impactado. Kai sabe que esa imagen se va a quedar grabada en su mente para siempre.

En cuanto llegaron las autoridades, desalojaron todas las oficinas y atendieron a los afectados. Por suerte, no hubo mayores lamentaciones más allá del susto y de algunas personas levemente heridas.

—Amber, no te vas a creer lo que me ha pasado —anuncia Kai apenas entra por la puerta de casa.

Pero la sorpresa se la lleva él cuando ve que su compañera de piso está charlando con una mujer que ronda los cuarenta y cinco años, con el pelo rubio recogido en un improvisado moño y ropa deportiva.

—¡Kai! ¡Qué pronto has llegado! —exclama su compañera mientras se levanta del sofá—. Mira, te presento a la doctora Gala, es nuestra vecina del quinto.

—¿Doctora? —pregunta confundido y un poco asustado.

—¡Oh! —responde la inesperada invitada con una sonrisa al percatarse del malentendido—. Lo de «doctora» es porque he dicho que soy psicóloga, pero no pasa nada. Simplemente... —se mira un poco avergonzada—. He salido a hacer deporte y me he olvidado las llaves dentro de casa.

—Estaba esperando en el portal, la pobre —añade Amber, con un mohín.

—Oh, vaya —Kai sonríe aliviado—. Qué putada... Quiero decir... —se corrige, ante la falta de educación— ¡encantado!

El chico estrecha la mano de la mujer, que le responde con la misma sonrisa afable.

—No os molestaré mucho más. Mi marido tiene que estar a punto de llegar —explica—. No llevamos ni dos semanas aquí y ya estoy metiendo la pata... ¡Qué vergüenza!

—Por favor, no hay de qué avergonzarse —añade Amber, cómplice—. Si no fuera por Yago y por Kai, yo habría dormido más de una vez en el banco del parque.

—Ya me ha contado Amber que sois unos compañeros de piso estupendos.

—Bueno, a veces —contesta él, burlón.

—¿Cómo es que has llegado tan pronto? —pregunta su compañera.

—Pues... es que me ha pasado una cosa surrealista —explica mientras deja su skate aparcado donde el paragüero y se quita la mochila—. Una bandada de pájaros se ha empezado a empotrar contra el edificio y nos han mandado a todos a casa.

—¿Qué me dices?

—Saldrá en las noticias seguro. Si te metes en Twitter ya hay vídeos de la movida.

—Qué horror... ¿Hay heridos? —pregunta la mujer, con seria preocupación.

—No, que yo sepa. Solo leves.

Mientras Amber chequea el móvil para ver las noticias, Kai se tira en el sofá con un fuerte resoplido.

—Aunque, si os soy sincero, los pájaros me han venido de maravilla para no volver a lidiar con el estúpido de mi jefe.

—¿En qué trabajas?

—¡Tiene el mejor trabajo del universo! —contesta Amber por él—. ¡Trabaja en ZeeYou!

Kai pone los ojos en blanco.

—No es tan divertido como parece.

—¿A ti te gusta? —pregunta la doctora Gala.

—No —contesta Kai, soltando una risotada—. ¡Cada día lo soporto menos! Pero… hay que pagar las facturas.

—Vamos, Kai… ¡te quejas por quejarte! —añade Amber, sin despegar su vista del móvil—. ¡Joder! ¿Esta masa negra son pájaros?

—¿Que me quejo por quejarme? —protesta el chico—. ¡De lo estresado que estoy no duermo bien, no paro de tener pesadillas! Cualquier día de estos me da un ataque al corazón.

—¿Y por qué no buscas otra cosa? —pregunta la doctora, curiosa.

—Pues porque no tengo ni idea de qué buscar…

Kai vuelve a resoplar. No quiere empezar esta conversación y menos con una perfecta desconocida. ¿Qué diablos hace contándole a esta señora sus problemas? ¡Y más aún siendo una psicóloga!

—Discúlpame, no quiero que pienses que estoy buscando charlar o sacarte una sesión gratuita —se excusa Kai mientras se levanta del sofá y mira el reloj—. Además, aunque nos hayan mandado a casa, me toca teletrabajar. ¡Yuju! —añade alzando el puño en una irónica celebración.

—¡No, por favor! ¡No es ninguna molestia! —confiesa con emoción la doctora—. Es más… Si lo consideras oportuno, estaré encantada de recibirte en mi consulta para charlar. ¡Por las molestias que os he causado! ¿Os apuntáis mi número?

Kai se niega, pero Amber no duda en agregar a la mujer a su agenda con la excusa de estar conectadas como buenas vecinas; por si en un futuro alguna se vuelve a quedar encerrada o necesita un poco de sal.

Cuando la doctora se marcha, alegando que su marido ya ha tenido que llegar, Kai se mete en su cuarto para seguir trabajando. Antes de irse, el imbécil de Lucas le ha pedido que echase un vistazo a los mensajes que el equipo de atención al cliente ha enviado para solventar los problemas y las dudas de los suscriptores. La gente de *customer* hace una primera criba de todas las quejas y los mensajes que reciben para luego repartir lo que verdaderamente importa al resto de los departamentos.

Lo bueno que tiene el teletrabajo es que puede hacerlo en chándal y tumbado en la cama, así que Kai no se lo piensa dos veces: se acomoda en el colchón y abre de nuevo su ordenador portátil.

Los subtítulos del S03E14 de Supernatural no están sincronizados.
Un usuario afirma que los metadatos de Spider-man 3 son erróneos: no sale Jessica Chastain, es Bryce Dallas Howard.
El audio de Anaconda está mal: cuando lo pones en español suena en inglés, y cuando lo pones en VO suena en español.
Chicos de content, ¿podéis ver si lo que dice este suscriptor es cierto? Os copio el mensaje...

Cada error es más absurdo que el anterior, pero Kai prefiere estar leyendo todos esos mensajes de suscriptores espabilados que se toman la molestia de avisar de las meteduras de pata que tiene la plataforma, a estar viendo más episodios infumables de las series del momento.

Un nuevo mensaje directo aparece en el chat de atención al cliente.

Hola, no me funciona el código de acceso.

¿Ahora resulta que también se tiene que comer las mierdas del departamento técnico? A Kai no hay cosa que más le cabree que le asignen tareas que no le corresponden. Así que, ni corto ni perezoso, responde:

Buenas tardes, siento mucho que no puedas acceder a la plataforma. En unos momentos se pondrá un compañero en contacto contigo.

No, no quiero acceder a la plataforma.
Quiero acceder al sector norte.

«Esta gente es gilipollas. ¿En serio, a estas alturas del partido, me vais a gastar una broma?», se queja Kai en voz alta.

Kai comienza a teclear con rabia:

Estimado usuario,
Puedes encontrar el código que necesitas en Narnia.
Seguro que mis amigos de...

La pantalla del ordenador se apaga y Kai no puede terminar de escribir el mensaje. Con un insulto, cierra el portátil de golpe y se tira en la cama.

Odia su trabajo.

Odia a su jefe.

Y empieza a odiar a los estúpidos de sus compañeros de otros departamentos que deciden hacerle perder el tiempo con bromas que no tienen ninguna gracia.

Porque todo ha sido una broma.

¿No?

SABER LO QUE ES EL AMOR PARA ENTENDERLO

Denis alza la ceja en cuanto se apaga la tableta. Intenta encenderla de nuevo, pero un mensaje lo avisa que necesita cargar la batería del aparato para poder volver a utilizarlo.

Qué raro…

La última carga eléctrica se realizó hace un par de semanas y, supuestamente, la tableta tiene una autonomía para tres meses. ¿Se habrá estropeado? ¡Si no tiene ni dos años! Es, además, uno de los últimos modelos que la Nación ha dado a todos los trabajadores del Departamento de Energía, uno de los más importantes de Vawav.

Tendré que reportar el error…

Con tan solo pensar en el papeleo que va a tener que rellenar para justificar que el aparato ha dejado de funcionar, le entran ganas de desempolvar la vieja computadora y hacer las gestiones desde ahí. ¿Así cómo lo van a tomar en serio? ¡Es uno de los buscadores más jóvenes del Departamento! Ya de por sí, Denis tiene que lidiar con la prepotencia y la arrogancia de algunos de sus compañeros que no se cortan un pelo en soltar consejos paternalistas acerca de cómo tiene que hacer su trabajo. ¿Acaso les molesta que un chico de veinticuatro años sea más resolutivo que ellos? ¡No puede dejar que esto le afecte! ¡Necesita arreglar la tableta por sus propios medios!

—Mila, necesito que hagas un chequeo completo de la tableta para ver qué fallos tiene, por favor.

Una mujer morena, de tez delgada y cercana en edad a él, sale del dormitorio. Únicamente lleva una camiseta blanca que le cubre toda la parte superior del tronco, dejando a la vista sus largas piernas níveas. Contonea su cuerpo con cada paso que da a lo largo del diáfano y rectangular apartamento. Las frías sombras que proyecta sobre el suelo son fruto de la luz blanca que tiene la habitación. Es una suerte que Denis trabaje para el Departamento de Energía y se pueda permitir una vivienda que esté por encima de los neones de la ciudad. Si estuvieran en otro barrio o, incluso, diez plantas más abajo, las persianas exteriores tendrían que estar cerradas para no recibir el festival de colores psicodélicos del exterior.

Pero ahí arriba todo es paz.

Todo es blanquecino.

El foco cálido que se encuentra sobre el escritorio de trabajo de Denis provoca un reflejo llameante en los ojos de la chica. Sus manos se posan sobre los hombros del muchacho, quien aún no se ha molestado en mirarla.

—No sé por qué la batería no...

Cuando Denis se encuentra con el aspecto de Mila, se queda bloqueado y sorprendido durante unos segundos. Inmediatamente, su gesto se endurece.

—¿Qué estás haciendo?

Ella sonríe, coqueta, y comienza a masajear sus hombros de manera sensual.

—¿De qué quieres que me encargue? —le susurra al oído.

—Mila, para —contesta él, apartándose—. ¿Qué estás haciendo? ¿Por qué tienes este aspecto?

La sonrisa de la chica empieza a transformarse en una mueca llena de confusión y vergüenza.

—Yo... solo quería relajarte. Llevas muchas horas trabajando y...

—Por favor —interrumpe Denis, tajante—. Vuelve a tu aspecto original. Es una orden.

Mila cierra los ojos y su piel se transforma en millones de pequeños cuadrados pixelados que comienzan a girar, haciendo que todo su cuerpo cambie de forma, tamaño y color. La melena morena desaparece para dar paso a una cabellera tan blanca como el marfil. Su piel se transforma en una silicona que recorre todo su cuerpo desnudo. Donde antes había ropa, ahora hay un *body* que se ajusta completamente al robot con forma de mujer. Las facciones de su rostro inmaculado se entristecen.

—Discúlpame, Denis.

Su auténtica voz, tan dulce como una melodía de piano, subraya el arrepentimiento de la androide. El chico se levanta y, con un gesto suave, alza el mentón de la autómata para encontrarse con sus ojos. A Denis le sigue sorprendiendo lo reales que consiguen hacer los iris: por defecto, siempre vienen de un color gris que a muy poca gente le gusta. En el fondo, todo aquel que tiene un asistente robótico en casa lo obliga a adquirir el aspecto de alguien. Pero Denis quiere que su androide no solo se acepte tal y como es, sino que tenga autonomía a la hora de pensar y sentir.

—Sé que estás programada para complacerme y quererme —explica Denis—, pero el amor no es algo que se pueda programar. Para entender el amor, hay que sentirlo. Y eso es lo que estamos intentando hacer, ¿verdad?

—¡Lo sé! —protesta Mila, frustrada—. ¡Por eso creí que si te sorprendía con el aspecto de Hada...!

—No —interrumpe tajante—. Eso está mal, Mila. No quiero que nunca, jamás, vuelvas a copiar el aspecto de Hada. Lo que te conté sobre ella era... —Se toma unos segundos antes de continuar—. Era para que entendieras lo que significa para mí el amor. Pero para ti significará otra cosa. Y eso es lo que tenemos que descubrir.

Mila se queda unos segundos en silencio, intentando procesar la información. Después, se cruza de brazos con un gesto con el que pretende ocultar su decepción.

—Soy una androide, Denis. No puedo sentir.

—¿Ah, no? ¿Y por qué estás cabreada? El enfado es un sentimiento. No solo tienes inteligencia artificial, también te han dado una serie de principios básicos para que gestiones las emociones. —Denis se acerca a su asistente, emocionado—. Mila, puedes sentir. Esta frustración que tienes es un sentimiento. Así que... ¿por qué no es posible que también puedas amar?

—¡Si ya te amo!

El resoplido que suelta el chico denota que él también se está empezando a frustrar.

—No, Mila. Eso que sientes por mí no es amor. Es docilidad y veneración porque te han programado para ello. Y me encantaría hackearte y quitarte eso de tu base de datos, pero... Ya nos hemos arriesgado mucho al ponerte un *firewall* para que no informes a la Dirección de Vawav de todo lo que hago. Obviamente, todo esto es confidencial. No debes incluirlo en tu reporte diario.

—De acuerdo —afirma ella.

Denis hincha el pecho y se pasa las manos por su rapada cabeza. Después, a medida que exhala, deja que sus codos se junten en un gesto de relajación.

—Muy bien —concluye con una palmada—. Vamos a ver qué le ocurre a esta dichosa tableta, ¿te parece? Ha decidido apagarse justo cuando estaba hablando con otro de los estúpidos funcionarios para que me diera acceso a la zona norte. ¡Así es imposible hacer las predicciones energéticas!

Mila se sienta al lado del chico y comienza a hacer un chequeo completo de la tablet, mientras de forma paralela estudia los gestos de Denis y revisa en su disco duro todos los momentos que ha compartido con él. Sin duda, el recuerdo que más fascina a Mila es la primera vez que vio esos ojos tan azules y vibrantes. ¿Cómo es posible que, en un cuerpo humano tan blanquecino, con un cabello tan azabache, exista una anomalía cromática como la de sus ojos?

Hay muchas cosas que la androide no entiende de Denis. Comportamientos que se alejan de los principios básicos del ser humano. Así que continúa observándolo y estudiando cada momento con él.

De alguna manera, tendrá que encontrar la forma de aprender a amarlo.

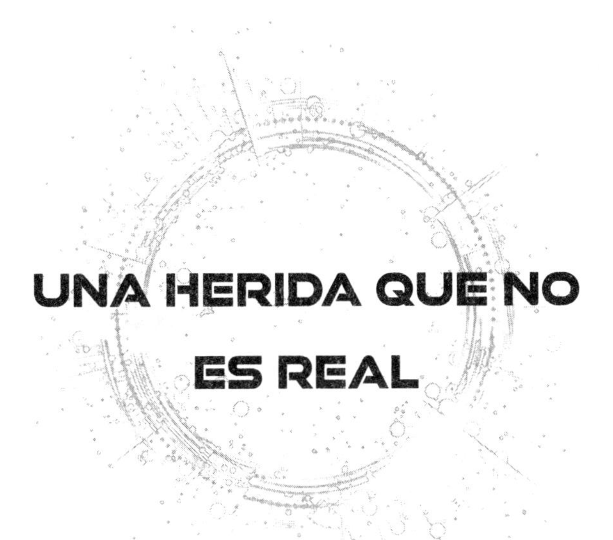

UNA HERIDA QUE NO ES REAL

Que un vegetariano, una intolerante a la lactosa y un celíaco compartan piso es toda una aventura. Podría ser el inicio de cualquier chiste, pero nada más lejos de la realidad. Yago se despidió de la carne el día que vio esa película del adorable cerdo gigante en un matadero. El cuerpo de Amber empezó a rechazar la proteína de la leche hace un par de años porque, según sus propios compañeros, se atiborraba a queso todos los días. Kai, por su parte, lleva siendo intolerante al gluten desde los seis años y una persona mucho más feliz desde que Mercadona puso de moda la comida para celiacos. Así que, para ser prácticos y tener la excusa perfecta para robarse comida entre ellos, intentan que la despensa de casa sea apta para los tres estómagos. Sin embargo, lo de pedir comida a domicilio es otro asunto.

—No entiendo por qué estáis empeñados en repetir en este chino —protesta Yago—. ¡Mira lo aceitosos que llegan los rollitos!

—Y seguro que si los chupas puedes saborear la carne de gato —se burla Amber.

Kai tiene que contener la risa al ver la mueca de asco que pone Yago, pero también recuerda, una vez más, el motivo por el que pueden pedir en aquel restaurante oriental.

—Es de los pocos sitios en los que, verdaderamente, respetan mis peticiones de celiaco. Y, además, Amber tenía antojo de arroz tres delicias.

—Sigue siendo mi semana de mierda, Yago —añade ella, mientras alza la mano con los palillos en posición de ataque—. Respétame, ¿vale?

En el piso hay una pequeña norma: cuando alguien ha tenido una semana muy mala, se le otorga la potestad de tener doble voto a la hora de ver la película de la noche o de pedir comida a domicilio. Vamos, que cuando uno de los tres tiene una semana de mierda, durante los siguientes siete días se le intenta mimar lo máximo posible con las exigencias más nimias. Así que cuando la semana anterior Amber anunció a sus compañeros de piso que lo había dejado con su chico después de una intensa relación de catorce meses, tanto Kai como Yago sabían lo que se les venía encima.

—Te quedan dos días para que se termine tu semana de mierda, bonita —responde Yago, dando un par de chasquidos con los dedos—. Y yo te veo ya muy bien.

—En el fondo estoy más triste por seguir compartiendo piso con vosotros que por haber roto con Alex —contesta, guiñándole un ojo a Yago.

—La verdad es que... —interviene Kai, mientras se lleva un trozo de pescado crudo a la boca—. De los tres, eras la que más papeletas tenías para dejar atrás la vida de «compartir piso».

—¿Qué tontería es esa, Kai? —Amber agita los palillos, como si quisiera cazar una mosca invisible—. Si me hubiera ido a vivir con Alex, estaría compartiendo piso con él. Y, creedme, os prefiero mil veces a vosotros dos que a ese cerdo.

—¡Bueno, bueno! Sí que hemos llegado rápido a la parte de odiar a los ex —añade Yago mientras se incorpora emocionado—. ¿Puedo empezar a criticar cosas, como lo mucho que odiaba cuando se ponía a comentar las películas que veíamos?

—Comentaba todo, cariño. *To-do* —apunta Amber dando un sorbo a su vaso de agua—. No sé qué hago hablando de mi ex cuando no tengo una cerveza en la mano.

El farfullo de la chica va acompañado de la manía que tiene de agarrar su colgante, así que Kai intenta distraer a su amiga con lo que mejor se le da: hacer el tonto.

—Deberíamos poner esa regla. Me gusta. Prohibido hablar de los ex, a no ser que estés bebiendo alcohol —dice mientras alza las manos como si anunciara el titular de una noticia.

—¿Y cuándo te vas a abrir Tinder? —pregunta Yago con la boca llena de col, zanahoria y los demás ingredientes del rollito de primavera vegetal.

Amber resopla.

—Uy... No me digas eso de «qué pereza me dan los hombres», por favor te lo pido —añade el vegetariano alzando la mano—. Que no tenemos edad para que nos dé pereza follar, Amber.

—Pues con el tonto este se me han quitado las ganas. Yo creo que me he acostumbrado a estar a dos velas porque en los últimos dos meses nos ha dado por practicar el barbecho.

—¿Cómo? —pregunta Kai, confundido—. ¿Os ha dado por la agricultura?

—Hijo, Kai... —ríe Yago—. Mira la definición de «barbecho» en Google y luego me cuentas.

Cuando en su cabeza relaciona la actividad sexual con la técnica de cultivo que consiste en dejar sin sembrar la tierra durante varios ciclos, suelta un suspiro.

—Joder, estoy atontado...

—Pues mira, no es un melón que quería abrir hoy, pero sí. Estás cansado y triste, que no es lo mismo.

—Como bien has dicho, no es un melón que quiera abrir —farfulla Kai, mientras se refugia de nuevo en la comida.

—Oye, lo de la vecina no es ninguna tontería, no sé... —añade Yago—. Puedes probar...

—*No.*

Su voz autoritaria y tajante deja claro que no quiere hablar del tema. Tratar las crisis existenciales de Kai no es un camino que lleve a buen puerto por culpa de su carácter, pero tanto Amber como Yago intentan que su amigo atienda a razones. Sin embargo, su tono ha cambiado y en el ambiente se respira cierta tensión que provoca un incómodo silencio en la mesa.

—Os agradezco que os preocupéis por mí, pero no voy a ir al psicólogo —se defiende—. Es solo... una etapa. Y ya está.

—¿Y no crees que esta *etapa* está durando mucho? —añade su amiga.

—Amber, en serio, ¿qué parte no has entendido de «no quiero hablar del tema»?

—No has dicho textualmente que no quieras hablar del tema.

—Vale. No quiero hablar del puto tema —gruñe, volviendo a alzar la voz.

—Oye, guapo, relájate. Que no te estoy faltando el respeto.

Amber y Kai se adoran, pero hay veces que se odian. Sus caracteres son tan parecidos y tienen un genio tan particular que a poco que discuten, saltan y se enzarzan entre ellos. La cabezonería y las ganas de tener siempre la última palabra hacen que las discusiones se conviertan en un bucle eterno. Por suerte, Yago, después de tantos años conviviendo con ellos, se ha convertido en el agua que apaga el fuego de los dos dragones que hay en casa.

—Es posible que la semana que viene sea mi semana de mierda —interrumpe antes de que la discusión entre Kai y Amber vaya a más—. Hay rumores bastante fuertes que apuntan a un ERTE en la editorial.

Sus dos compañeros lo miran como si sus cerebros estuvieran procesando la noticia. Que Yago se quede sin trabajo no es bueno para ninguno de los tres: hay que pagar el alquiler del piso y los gastos comunes. Es lo difícil de vivir con varias personas. Si a una de ellas le va mal, es posible que el resto se vea afectado.

—Lo sé. Es una putada —suspira Yago—. Pero mi jefa ya está fichada por un grupo bastante grande y creo que me pueden hacer un hueco. Al menos como corrector…

—Pero… eso sería volver a empezar de cero, ¿no? —añade Kai.

Yago se encoge de hombros.

—Pero también es la realidad, Kai. Sueños de Papel es una editorial muy pequeñita y, en el fondo, mi puesto actual es bastante utópico pensando en las grandes empresas del sector. ¡Doy gracias por poder encontrar algo que no implique volver a ser un becario!

—Por Dios, no —suspira Amber, visiblemente afectada y preocupada.

—Y, chica, si no… me busco cualquier otra cosa. Aunque no esté relacionado con lo mío. También me quiero tomar esto como una especie de señal divina del universo para que termine de una vez mi libro.

Kai admira la esperanza y el optimismo de su compañero. Le gusta ver que sus dos mejores amigos tengan las cosas tan claras y su vocación profesional tan viva. Sin embargo, en el lado más oscuro de su corazón, donde afloran todos los sentimientos negativos, crece la envidia que siente.

¿Por qué las metas y aptitudes de sus compañeros son tan evidentes? Él, por su parte, el único objetivo que tiene es conseguir el dinero suficiente al mes para pagar el alquiler y vivir tranquilo. Si mañana Zee-You quebrara, se llevaría una alegría y se pondría a enviar el currículum a diestra y siniestra con tal de encontrar algo que le dé de comer. ¿Existe la ambición en su vida más allá de ese objetivo? Quizá por eso sus amigos lo notan triste y cansado: porque, en el fondo, lo que más consume a Kai es que, a pesar de tener veinticuatro años, no puede evitar sentirse perdido en la vida. Y caminar sin rumbo es igual que comer sin ganas: te limitas a hacer algo porque lo tienes que hacer, pero no lo disfrutas por pura indiferencia.

Después de cenar y recoger la mesa, Kai no tarda en irse a la cama por culpa del cansancio y del dolor de cabeza que ha empezado a raíz de las reflexiones sobre su vida. ¿Tendrá Yago razón? ¿Le vendría bien hablar con la doctora Gala? Del mismo modo que su compañero ve su despido como una señal divina del universo, quizás él tenga ahí mismo la suya.

¿Qué posibilidades hay de que una psicóloga aparezca dentro de su casa en ese momento de su vida?

Todas esas cavilaciones lo inducen a un profundo sueño y, en unos minutos, Kai está completamente dormido.

Cuando abre los ojos, se encuentra dentro de una estancia en la que nunca había estado. Una tela cubre las ventanas para conseguir cierta penumbra en la habitación. Sin embargo, la tenue luz cálida que traspasa la rudimentaria cortina le permite distinguir las paredes de barro pintadas en blanco, mientras que sus pies descalzos descubren el suelo de cerámica frío al tacto. Hay varios objetos de madera, como una mesa con un par de sillas que descansan sobre una alfombra de trapillo. Todos ellos de una apariencia bastante rudimentaria.

Y entonces, lo vuelve a ver. Agazapado, tranquilo pero igual de intimidante. La bestia con los dientes de sable lo observa desde el rincón de lo que parece un salón-comedor. Se fija en que está descansando sobre otra alfombra más mullida.

Esto quiere decir que, si la bestia está aquí, ella…

No le da tiempo a terminar de formular el pensamiento.

El grito de la chica de sus sueños, desesperado y furioso, hace que dé un traspié y huya hacia la mesa para protegerse. Esta vez, en vez de sostener una lanza, tiene un cuchillo que parece haber sido sacado de la prehistoria, pero con un aspecto igual de amenazante.

La chica, tan ágil como de costumbre, no duda en pasar por encima de la mesa. Sus trenzas vuelan acompasadas con el salto que acaba de dar, acompañado de una patada que derrumba a Kai. Este cae al suelo y, desesperado, comienza a gatear aterrorizado, pero ella lo agarra por la cabellera y le obliga a alzar la cabeza. Está completamente sometido. Su piel queda al descubierto, a merced del filo del cuchillo que le va a pasar por el cuello.

Cuando Kai está a punto de sentir el frío del metal rasgando su garganta, la bestia suelta un rugido que detiene por completo a la muchacha. Ella, confundida, vuelve a hacer un amago con su cometido, pero la bestia da un par de pasos gruñendo desafiante, como si quisiera detenerla.

Kai puede oler el aliento del animal, denso y fétido. ¿Estará avisando a la muchacha para que comparta el botín? El chico intenta controlar su respiración y procura relajarse.

—Es solo un sueño —se dice en voz alta—. Nada de esto es real. Solo estás soñando…

—Ah, ¿sí?

Es la primera vez que escucha su voz. Es jovial y aguda, pero con un tono desafiante que revela que tiene el control total de la situación. Se lo ha susurrado en el oído, casi entre dientes, dejando escapar la rabia que contiene en su interior y que, por descontado, pretende saciar abriéndole el cuello.

—Cuando te despiertes —continúa ella, aún agarrándole por el pelo—, dime si la herida no es real.

—¿Q-qué herida? —pregunta Kai, asustado.

—Esta.

Es un corte superficial, fino y rápido, pero lo suficientemente doloroso como para notar que la chica acaba de pasar la fría hoja del afilado cuchillo por su cuello.

Entonces despierta.

Está en su cuarto.

Todo parece estar bien.

Se toca la cabeza, se palpa el pecho y, finalmente, se lleva las manos al cuello.

Al principio, piensa que sigue dormido. Pero el escozor de la herida lo obliga a levantarse de golpe de la cama e ir corriendo al baño. Cuando se encuentra frente al espejo, ve un corte, fino y reciente en el cuello del que sale un pequeño hilo de sangre.

«Esta herida no es real», confiesa con voz temblorosa.

«No puede serlo».

UN PROBLEMA POR EL QUE PREOCUPARSE

Bahari ya sospechaba que algo raro estaba pasando en Ídedin, pero no se imaginaba que la situación fuera tan preocupante como para que los Cuatro Sapientes organizasen un Congreso extraordinario con todos los altos cargos del reino y los propios centinelas y aspirantes.

—Quédate aquí, ¿vale? —susurra a Virgo mientras acaricia su pelaje—. Aunque si ves que tardo mucho, puedes marcharte a casa o…

La bestia no deja que termine la frase y le da un lametón que recorre todo su rostro. Su enorme y rugosa lengua da por zanjada la conversación.

—Mira que eres cabezota —sonríe la chica.

Un graznido agudo anuncia la llegada de Nabil a lomos de su querido Stratus. Bahari siempre se queda impresionada cada vez que ve al gigantesco pájaro de su amigo surcar los cielos: con una envergadura de siete metros y un peso que ronda los cien kilos, el argentavis de plumas azules y blancas comienza a descender hasta el centro de la plaza, provocando con la sacudida de sus inmensas alas un pequeño vendaval que alerta a todos los transeúntes del inminente aterrizaje.

Bahari suspira con cierta pereza por culpa de las ganas que tiene su amigo de llamar la atención y acaparar todas las miradas de la plaza. Aunque hay algo innegable: Nabil aspira a convertirse en un centinela que dome a la perfección el elemento del viento. Sin duda, Stratus es el mejor compañero que puede tener para complementar su don.

—Querido Nabil —empieza Bahari con una sonrisa llena de sorna—, ¿por qué te gusta tanto armar este espectáculo? Sabes que el animal lo pasa fatal siendo el centro de atención, ¿verdad que sí?

La chica no duda en saludar a la bestia alada con una suave caricia en el plumaje. Su enorme pico, duro como una piedra, podría arrancarle de cuajo la mano a cualquier ser humano y perforar en cuestión de segundos el tronco de un árbol. Los envidiosos suelen compararlo con los buitres, pero la majestuosidad que tienen los argentavis está a años luz de esas aves carroñeras.

De un salto, Nabil se planta en el suelo, saca de su bolso de piel un par de trozos de carne seca del tamaño de su palma y se los lanza a los dos animales para que los engullan.

—Portaos bien mientras los mayores vemos qué le pasa al mundo, ¿de acuerdo? —dice Nabil como si las dos bestias fueran unos niños a los que sus padres dan permiso para jugar.

Virgo y Stratus no dudan en desaparecer por la enorme plaza, en un divertido juego de vuelos y saltos que no hace ni pizca de gracia a algunos de los paseantes que, curiosos, observan el ajetreo que hay en el Ubongo. Nabil y Bahari comienzan a ascender los más de trescientos escalones que llevan hasta la entrada principal del edificio, junto a otros centinelas que han llegado a pie o en compañía de sus bestias.

Suben en silencio. Mientras que Nabil está preocupado y expectante por lo que vayan a decir los Sapientes en el congreso, Bahari no puede dejar de pensar en lo que ocurrió la noche anterior. ¿Por qué Virgo defendió al chico? Nunca antes le había gruñido de aquella forma…

Vamos, sabes perfectamente la respuesta a esta estúpida pregunta, Bahari.

Pero se niega a asumirlo. No puede ser verdad que ella, una simple aspirante a centinela, sea…

—¿Qué te perturba?

La voz de Nabil la saca de sus pensamientos.

—Lo que nos tengan que decir —miente.

—Bueno, sea lo que fuere… lo superaremos. Juntos.

Al poco rato de cruzar las enormes columnas de la entrada del Ubongo, se dirigen a la Sala de los Cuatro Tronos donde los Sapientes celebran los congresos extraordinarios. La enorme habitación de forma circular preside el centro del edificio. Sobre ellos se alza la enorme cúpula que culmina con una apertura redonda por la que entra la luz del eterno sol de Ídedin. Debido a la fuerza de sus rayos, el agujero está cubierto con una lona que sirve para controlar la cantidad de luz que accede a todo el edificio. Dependiendo de la tela que se ponga, los colores de la sala pueden ir variando. En el caso de aquel congreso, el color escogido es un carmín suave que invade la diáfana habitación. En el centro del recinto, se alza un escenario ovalado de piedra sobre el que descansan los cuatro tronos de los Sapientes de Ídedin. A su alrededor, se disponen de manera escalonada y ascendente unos anillos que sirven de asiento para todos los asistentes.

Cuando Nabil y Bahari entran, los Sapientes, como de costumbre, están en sus tronos, esperando a que los congregados tomen asiento. Los sitiales, tallados en madera y pintados cada uno de un color, permanecen enfrentados respetando la forma circular, como si cubrieran los cuatro puntos cardinales. En la parte sur, Docta Sena, como Patrona del Fuego, sentada en un trono caoba con un impresionante tallado que simula llamas y ascuas. Enfrente se encuentra el más frío de todos, de un color blanquecino y con formas onduladas, regentado por Docta Zola, Dueña del Agua. Igual que Docta Sena, luce un larguísimo cabello, pero, a diferencia de la Sapiente, es de un deslumbrante rubio platino. A su derecha, custodiando el lado oeste, el trono más robusto y ostentoso, con multitud de formas cúbicas de color caoba que representan el elemento de Docto Essam, Cacique de la Tierra. Finalmente, enfrente, protegiendo el flanco este del círculo, se alza el trono del Sapiente más longevo de los cuatro: Docto Chidike, Maestro del Viento. Su canoso y corto cabello contrasta con la tez negra de su arrugado rostro, del que emerge una sedosa barba recogida en una trenza que le llega hasta la mitad del pecho. Sus ojos, completamente blancos por culpa de las cataratas, no ven prácticamente nada, pero no tiene problema alguno para orientarse o percibir el mundo a través de su oído, su tacto y, por supuesto, su sexto sentido: el viento.

Bahari y Nabil no pueden evitar emocionarse al formar parte de aquella impresionante reunión. Jamás se habrían imaginado poder estar respirando el mismo aire que los Cuatro Sapientes de Ídedin. ¡Mucho menos pensar que cada uno de ellos les iba a dar clase para su formación como centinelas!

—¡Idedianos!

La centenaria voz de Docto Chidike, que no ha perdido ni un ápice de fuerza a pesar de su edad, inunda toda la sala. El Sapiente se levanta de su trono y, acto seguido, lo hacen los tres restantes. Las sillas, inmediatamente, se giran hacia los anillos de piedra que sirven de grada.

—Gracias por asistir a este congreso. Sabemos que tenéis preguntas. La preocupación por esta convocatoria es algo perceptible en cada uno de nosotros —continúa—. Así que, sin más preámbulo, procedo a anunciar el problema por el que se os ha reunido: nuestra tierra ha sido invadida.

Un murmullo, cargado de inquietud, se expande por toda la sala.

—Por Vawav —añade Docto Essam con su potente y rugosa voz.

Unos incontrolables gritos de asombro y de terror se añaden a los susurros.

—Esto, como bien imagináis y sabréis, implica que el Equilibrio se ha visto corrompido —continúa Docta Zola, con una voz más grave, fría y severa que la de la otra mujer Sapiente.

—No os podemos negar que este es un problema de seguridad muy preocupante —interviene Docta Sena—. Ayer mismo nos enteramos de lo ocurrido y debemos tomar medidas urgentes.

—¿Estamos en guerra? —pregunta en alto una voz del público.

—¿Cómo ha ocurrido?

—¿Quién los ha dejado entrar?

—Hermanas, hermanos, por favor —intenta tranquilizarlos Docto Chidike—. Aún no tenemos toda la información.

El más anciano de los Sapientes asiente a Docto Essam, dándole paso para que explique la situación.

—Lo único que sabemos es que el portal lo ha abierto un viajante.

—¿*Un viajante*? —susurra Nabil a Bahari—. ¿Nos ha traicionado un maldito viajante? Pensaba que estaban todos controlados.

El murmullo de la sala se ha convertido en un molesto ruido que retumba por el eco de la habitación.

—¡Silencio! —grita Docta Zola—. ¡Hermanas, hermanos, controlad vuestra inquietud!

—Desconocemos si el viajante ha abierto el portal por voluntad propia o por coacción —continúa Docta Sena—, pero las alteraciones de los elementos son evidentes: el Equilibrio se está fracturando y la única explicación posible es que Vawav ha invadido nuestra tierra sin tener en cuenta los tratados milenarios que nos rigen.

Bahari no puede respirar. El aire no puede acceder al interior de su pecho. ¿Es posible que todo lo que está ocurriendo tenga algo que ver con la invasión? ¿Y si…?

—¿Y qué hay de los guardianes? —grita una voz, alterada por la situación.

—Estamos a la espera de que contacten con nosotros, pero…

Docto Chidike se toma unos segundos antes de continuar mientras se acaricia la fina trenza blanca que le cuelga del mentón. Mira a los tres Sapientes y, como si todos ellos estuvieran conectados telepáticamente, deja que hable Docto Essam.

—Hace décadas que no sabemos nada de ellos. El Equilibrio siempre se ha mantenido estable. Las únicas alteraciones que ha sufrido siempre han sido supervisadas por los propios guardianes. Y siempre hemos tenido conocimiento previo de dichas alteraciones. Pero esta vez nos enfrentamos a algo nuevo y, de momento, lo único que podemos hacer es encontrar el portal para cerrarlo.

—Y rezar —añade Docto Chidike, alzando las manos hacia el cielo—. Rezar al Equilibrio. Encomendarnos al poder de los cuatro elementos.

El gesto del Sapiente hace que todo el mundo se ponga en pie, mientras que los tres sabios restantes se aproximan al lado del viejo para formar un círculo enlazando sus manos. Toda la grada copia el gesto de unión, formando un gigantesco círculo.

Bahari se da cuenta de lo sudadas que tiene las palmas cuando agarra la mano de Nabil, pero a este no parece importarle porque, igual que todos los presentes, mantiene los ojos cerrados, alzando el mentón a la claraboya que corona la imponente sala.

Un coro de voces, liderado por los propios Sapientes, resuena por toda la estancia, provocando un eco que sale del propio Ubongo y que es capaz de escucharse en cualquier punto de la ciudadela.

Me acojo al calor del fuego,
que su llama me proteja y queme mis males.
Que la brisa del viento me purifique,
eleve mi alma y exhale mis miedos.

A medida que la oración va avanzando, Bahari va respirando de forma más agitada. Intenta concentrarse en el rezo, pero su cabeza no puede dejar de pensar en todas esas cosas que no se atreve a decir en alto.

Que la fuerza de la tierra me acompañe
y sostenga los cimientos de mi fortaleza,
enterrando para siempre a los indignos de ella.
Seré bautizado por el agua limpia y clara,
que sana mi flaqueza, convirtiéndola en entereza.

No se ha dado cuenta de lo mucho que está apretando la mano de Nabil hasta que este interrumpe su rezo para mirarla.

—¿Qué te ocurre?

Algo aplasta su pecho con tanta fuerza que por mucho aire que intente inhalar, sus pulmones parecen seguir vacíos. Bahari se desprende del círculo, llevando sus manos a la garganta.

—No... No puedo... respirar...

Y huye.

La chica comienza a saltar de una grada a otra, sin poder pedir disculpas porque no le salen las palabras. Su cabeza ahora mismo es un torrente de teorías y pensamientos con los que no puede lidiar.

Corre hacia las columnas del Ubongo, aterrada por la cantidad de miedos que están embistiéndola como si una serpiente invisible estuviera abrazando su pecho con más fuerza.

Entonces grita.

Un vendaval surge de la nada y empuja a la joven hasta el exterior del edificio.

Bahari cae de rodillas, aturdida y mareada. Siente cómo la bilis comienza a subir por la boca del estómago. Las ganas de vomitar la obligan a llevarse la mano a la cabeza y a la barriga, intentando relajarse.

—¡Bahari! —exclama Nabil, mientras corre hacia ella—. ¿Qué te pasa? ¡Dime algo!

Su amigo trata de refugiarla en un abrazo, pero ella no siente absolutamente nada. Solo quiere cerrar los ojos y desaparecer.

Pero tiene que apartar ese pensamiento de su cabeza porque sabe que, por desgracia, puede llegar a hacerse realidad.

Los chillidos de los niños me sacan de mi aturdimiento. Por un momento, pienso que alguno de ellos se está ahogando en el lago, pero las risas me demuestran que los gritos son de diversión y alegría. Me descubro abrazada a mi vientre, pero no tengo ningún dolor de estómago. Llevo ya unos cuantos campamentos de verano (desde que terminé el instituto, para ser exactos) como monitora de estos pequeños diablillos a los que no soportan en sus casas y deciden enviarlos todo el mes de julio bien lejos. Bueno, no voy a ser mala: la mayor parte está aquí porque sus padres no pueden hacerse cargo de ellos hasta que tengan las vacaciones en agosto.

—¡Pedrito! —grito al ver a uno de los más rebeldes subirse al muelle de madera—. ¡Ten cuidado! ¡Si te vas a zambullir, hazlo desde el lado profundo!

Suspiro.

Pedrito va a cumplir siete años y tiene más energía que todos los monitores del campamento juntos. Intentamos cansarlo con un montón de actividades, pero resulta imposible que al caer la noche el crío acabe abrazado a la almohada de su cama. Por suerte, el resto de sus compañeros sí, así que a Pedrito no le queda otra que sucumbir al sueño colectivo.

Me dejo llevar por el aroma a pino que inunda el lugar. A la gente le encanta ir a la playa en verano, pero yo reconozco que soy más de montaña. Este es el motivo por el que me encanta venir todos los años al

Campamento Lago Pino: me apasiona estar rodeada de vegetación y hacer con todos estos mocosos actividades tan variadas y relacionadas con la naturaleza. Es el complemento perfecto mientras estudio el Grado en Ingeniería de Montes.

De repente, me doy cuenta de que tengo algo en la mano. Algo que mi puño envuelve con fuerza. Cuando abro la palma y veo el test blanco con las dos rayitas rosadas dibujadas, el mundo se me vuelve a venir encima.

Estoy embarazada. Joder, ¡estoy embarazada!

Por mucho que me lo repita a mí misma, no consigo asumirlo.

Un nuevo grito me saca de mi aturdimiento. Pedrito, obviamente, se ha tirado desde el muelle y está haciendo una aguadilla a uno de sus compañeros.

—¡Pedrito! —grito, esta vez con más rabia—. ¡Fuera del agua!

Me guardo el test en el bolsillo e intento centrar mis energías en el maldito niño. ¿Qué le dan de comer en su casa? ¿Acaso sus padres no le han enseñado las normas cívicas para vivir en sociedad? Me cuesta mucho creer que un niño sea maleducado por naturaleza. Siempre culpo a los padres de la educación que cada uno tenga, pero…

Pero ahora me pregunto si también será cosa de la genética. Me pregunto si Pedrito será así porque su padre o su madre son hiperactivos y, como eso es algo que se transmite con los genes, por mucho que lo eduquen, no va a haber forma de cambiarlo.

Obviamente, Pedrito no me hace caso y sigue bañándose.

—¡Tienes tres segundos para salir del agua porque como…!

—¡Booooomba!

Una figura humana, con un bañador rojo, pasa corriendo a mi lado y se tira directamente al lado del niño, salpicando sin ningún pudor todo lo que la rodea. Me daría igual si fuera un crío, pero el que se acaba de tirar es, ni más ni menos, el culpable de que el test de embarazo haya dado positivo.

Bueno, guapa, no le eches toda la culpa a él. Que sabías los riesgos de hacerlo sin condón, me reprendo.

Arturo es el monitor más guapo del campamento, no lo voy a negar. Solo tiene un par de años menos que yo, pero esa barbita incipiente que le crece así como sus marcadas facciones hacen que sus dieciocho años parezcan veinticuatro.

Pero, mentalmente, tiene la edad de Pedrito.

No sé qué clase de relación tenemos porque desde hace un par de años llevamos jugando a este amor de verano, con nuestros momentos íntimos y románticos. Como si fuéramos una pareja, pero sin serlo porque cuando se termine el verano sé que cada uno volverá a su vida normal.

Vuelvo a suspirar cuando veo que Arturo va directo hacia Pedrito para alzarlo en volandas y tirarlo, entre risas, a la parte profunda.

—¡A ver si te metes con alguien de tu tamaño! —espeta Arturo con un tono de broma.

Me vuelvo a abrazar el vientre. ¿Y si sale como él? Si Arturo disfruta tanto de los campamentos es porque, en el fondo, es uno más: un niño metido en el cuerpo de un chico de dieciocho años. Cuando se entere de que va a ser padre, la va a dar un…

Espera un momento, ¿va a ser padre? ¿Eso es que estoy decidida a tenerlo? ¿Quiero tenerlo? ¿Me imagino criando a un bebé a mis veintidós años? ¿Y qué pasa con mi futuro?

¿Qué futuro? ¡Si estás cuidando de los hijos de otros, estúpida!

—¡Arturo, por tu madre! —chillo, alterada—. ¡Como le pase algo a Pedrito por tu culpa, la vamos a tener!

—¡Vaaale! —me grita. Después, se gira hacia Pedrito—. ¿Ves? ¡Por tu culpa, Mariola me ha echado la bronca!

Los dos estallan en carcajadas, riéndose de mí.

—¿Qué te hace tanta gracia? —grito a Arturo.

Creo que no se ha dado cuenta de que no estoy de humor hasta que me ve esa mirada tan característica que anuncia la llegada de una bronca inminente. Su risa se congela en una mueca con la que, poco a poco, vuelve a la orilla, trasteando y jugando con los niños que se va encontrando.

—¿Qué te pasa? —me dice cuando está a unos centímetros de mí.

Sus ojos marrones me eclipsan por completo. Y cuando hace ese gesto con la mano para colocarse el pelo mojado hacia atrás, me quedo completamente desarmada. Arturo es esa clase de joven guapo que te nubla el juicio. Sé que es un niñato. No me lo imagino ayudándome a criar a un bebé, ni acompañándome a todos lados con el bombo que se me va a poner. ¿Arturo se va a levantar cada cuatro horas para dar de comer a la criatura? Por supuesto que no. Ni tampoco lo veo cambiando pañales, bañando al niño, sacando sus gases y…

Pero ¿qué estoy diciendo? ¡Si no somos pareja! Ni siquiera sé si tiene una novia en su ciudad y todo lo que vivimos aquí es algo idílico y secreto. Creo que no, pero tampoco es que haya surgido la conversación. Ni yo se lo he preguntado.

Bravo, Mariola, ahora puedes pasar del «¿quieres ser mi novio?» al «¿quieres ser el padre de mi hijo?».

—¿Estás bien?

Esta vez lo dice preocupado. El ceño se le frunce y en su mirada puedo ver que sabe que algo no va bien.

—Pues no, Arturo —confieso—. No estoy bien. ¿Podemos hablar un momento? Ahora que estos están entretenidos.

Él asiente, confundido. Yo le agarro de la mano y me lo llevo al sitio en el que me he quedado sentada abrazando el maldito test de embarazo a mi vientre. Cuando llegamos, no me ando por las ramas: meto la mano en el bolsillo y le doy la prueba.

—Estoy embarazada.

En mi cabeza se me pasan muchos escenarios ahora mismo: que me diga emocionado que quiere tenerlo, que me ayuda económicamente a abortar, que no quiere saber nada… Incluso me planteo la situación del silencio y la huida. Pero jamás de los jamases me habría imaginado su respuesta.

—Y… ¿qué quieres hacer?

Me lo dice en un estado de shock bastante obvio. Imagino que el mismo en el que me he quedado yo cuando he visto las dos malditas rayitas rosadas. Pero su semblante también me transmite tranquilidad y empatía. Arturo me está demostrando una actitud sorprendentemente adulta.

Y me jode que me haga esa pregunta porque ni yo misma tengo la respuesta. En mi cabeza, no dejo de repetirme dos palabras:

¿Qué hago?

No sé si quiero ser madre ahora. Y subrayo el «ahora». No sé si lo quiero tener porque no sé si puedo. Tengo veintidós años y vivo en casa de mis padres. El único trabajo que tengo es este campamento de verano porque el resto del año me lo paso estudiando en la universidad. ¡Y todavía me quedan dos años para graduarme! ¿Me imagino terminando la carrera con un niño bajo el brazo? ¿Sería capaz de hacerlo? ¿Voy a ser capaz de dar a esta criatura todo lo que necesita? Ya no pienso en Arturo. Él me da igual. Al fin y al cabo, la responsable del bebé voy a ser yo. Lo voy a gestar en mi maldito cuerpo. Va a ser mi responsabilidad para toda la vida. Y sí, claro que quiero ser madre. Claro que me imagino teniendo hijos y formando una familia. Pero... ¿ahora?

—Yo... —empiezo a decir.

Un nuevo grito nos saca de la conversación.

Sabemos inmediatamente que algo malo ha ocurrido porque son varios los niños que están corriendo asustados hacia la orilla. Parece que huyen de algo que hay en el agua. Arturo se adelanta con sus ágiles piernas, pero se detiene de inmediato antes de zambullirse al agua.

El corazón se me paraliza cuando veo un color carmín adueñarse del azul que tanto caracteriza al lago. Lo primero que se me pasa por la cabeza es que algún niño se ha lastimado y ha comenzado a sangrar, pero hay tanto rojo que quizá le haya mordido alguna clase de animal acuático... Dios mío, ¿quién será la víctima?

—¡Monitora!

La voz de Pedrito me obliga a correr por el muelle, buscándolo con la mirada. Me llama asustado, como si fuera su madre. ¿Lo habrán atacado a él?

Me vuelvo a parar de golpe cuando veo que la mancha carmín sigue creciendo de forma exponencial y que, poco a poco, va adquiriendo un tono cada vez más rosado. Entonces descubro que unos metros más allá hay otra mancha, ya completamente rosa, adueñándose de más de la mitad del lago.

—¡Monitora!

—¡Ya voy, aguanta!

Escucho un chapoteo extraño. Cada vez más fuerte. Se mezcla con los gritos del niño.

—¡Socorro! —suplica.

—¡Ya voy, Pedrito! ¡Ya estoy casi!

—¡Mariola, no saltes! —me avisa Arturo desde la orilla—. ¡No saltes!

¿Cómo no voy a saltar? ¡No puedo dejar que el niño se ahogue! ¡No puedo...!

Pero me detengo al borde del muelle.

Mis ojos no dan crédito a lo que ven. Todo el lago se ha teñido de rosa y, sobre él, flotan un montón de peces. La mayoría están muertos. Otros permanecen en la superficie, agonizantes, agitando su cuerpo frenéticamente, lo que provoca esos chapoteos.

Pedrito, por su parte, permanece completamente tumbado y flotando. Como si el agua se hubiera convertido en una gelatina que le impide hundirse. Cuando me ve, sus ojos están llenos de miedo.

—¡No puedo nadar! ¡Y me pica mucho la piel!

Inhalo una bocanada de aire y, sin escuchar los gritos de Arturo desde la orilla, me zambullo para rescatar al pobre niño. Lo primero que siento es que el agua es muchísimo más densa de lo normal. Mis labios se agrietan enseguida por la excesiva sal que tiene. Cuando salgo a la superficie, mi cuerpo empieza a flotar como si fuera un corcho. Necesito remar con ambos brazos para llegar hasta donde se encuentra Pedrito. Con cada brazada, aparto un montón de peces muertos, alguno sigue convulsionando a mi paso. Los ojos me escuecen tanto que intento apretar todo lo que puedo los párpados para que no me entre más sal de la que ya tengo.

Cuando llego a donde está el niño, él se abraza a mí, asustado.

—Ya está, mi vida. Ya estoy aquí —lo intento calmar.

Le explico que se suba a mi espalda, como si yo fuera una tabla. Procedo a nadar de vuelta a la orilla, despacio, sin agobiarme.

—¡Monitora! —me grita—. ¡Espera! ¡Se te ha caído esto!

Pedrito agarra con su mano un pequeño objeto blanco y alargado. No hace falta que me lo acerque para saber lo que es.

—No... No es mío —contesto.

Pedrito vuelve a dejar el test de embarazo en el agua y yo sigo nadando como puedo hasta la orilla.

EL CHICO DE LOS SUEÑOS EXTRAÑOS

Kai siempre se había imaginado las salas de espera de los centros de psicología repletas de dementes que no dejan de rascarse la cabeza, mientras esperan sentados en sillas blancas y baratas de Ikea bajo una iluminación de tubos de luz blanca en el techo. En el mejor de los casos, se esperaba alguna planta artificial o un cuadro pequeño comprado en cualquier bazar del barrio. Sin embargo, la consulta de la doctora Gala Craus es todo lo contrario.

Está sentado en un impoluto y cómodo sofá blanco, sobre una suave alfombra de tonos pasteles que cubre una amplia sala iluminada por un enorme ventanal que da a la calle. La habitación tiene varias macetas con unas plantas verdes y florecidas, a las que acompaña una pequeña fuente de agua. El chapoteo que provoca se junta con el relajante hilo musical que suena de fondo. A excepción de Amber, que está leyendo una de las revistas que ha encontrado sobre la mesa de café, Kai es el único paciente que espera a que la doctora lo reciba.

Después de pensarlo mucho, finalmente optó por pedir a su compañera el teléfono de Gala y concretar una cita para verse. La mujer, encantadora, no dudó en hacer un hueco en su agenda para el día siguiente. Kai dudó durante unos instantes, pero Amber insistió en que aceptara y se ofreció a acompañarlo si el chico lo veía necesario.

—Relájate —insiste su amiga—. No te van a sacar sangre ni nada de eso.

—Ya, ya… —contesta Kai, sin poder dejar de mover la pierna—. Es que… no sé qué voy a contarle, la verdad. No es plan de decir: «¡Hola, vecina! ¿qué tal? Verás, resulta que me he autolesionado esta noche mientras soñaba. ¿Tendría que atarme a la cama?».

—Definitivamente, eres tonto.

—Si vas a insultarme, no sé para qué me has acompañado.

Una de las puertas que dan a la sala se abre y por ella aparece la doctora Gala Craus con un aspecto muy distinto al del día anterior. En vez del chándal deportivo, luce una blusa holgada metida dentro de un pantalón crema. Al improvisado moño lo sustituye una corta melena rubia con tintes castaños. Unas discretas gafas con la montura de color rojo terminan de completar el look profesional de su vecina del quinto.

—¡Buenas tardes, chicos! —saluda, tan alegre como Kai recordaba—. Disculpad el retraso. Se ha alargado un poco una *call* que tenía. ¿Te parece si entramos a mi despacho, Kai? —dice mientras estrecha la mano de los dos jóvenes—. La sesión debe de ser personal e individual, así que ¿qué te parece, Amber, si esperas a Kai en la cafetería de ahí enfrente? Tienen unos bagels riquísimos y, además, leche sin lactosa —añade, lanzando un guiño cómplice.

Su amiga se marcha, mostrando su decepción por no poder ser testigo de la terapia, y Kai entra en el despacho de la doctora.

De repente, es consciente de lo seca que tiene la garganta. Está tan nervioso que se ha olvidado tragar saliva durante un buen rato. Ahora sí que está solo frente al peligro. Intenta tranquilizarse observando la estancia que lo rodea. Si la sala de espera es bonita, el despacho se encuentra en otro nivel. La cristalera da a un gran patio interior con un coqueto jardín en el que han crecido varios árboles, lo que implica que la luz entre de forma amplia y cálida. Hay varias estanterías pequeñas repletas de libros y objetos que adornan las baldas que están más vacías. En el centro de la habitación, han dispuesto un sofá como el de la entrada y dos sillones individuales. Un agradable olor a incienso le da la bienvenida.

—Adelante, Kai. Toma asiento —ofrece Gala mientras cierra la puerta a su espalda—. Y esa botellita de agua es para ti. Está fresquita, pero si prefieres del tiempo…

Kai se lanza a quitar el tapón de plástico y comienza a dar largos tragos, dejando que el agua calme la sequedad y el ardor que siente en la garganta.

—Está bien así. Muchas gracias —contesta el chico, un poco asfixiado.

La doctora sonríe y vuelve a ofrecer asiento. Él opta por uno de los sillones individuales, mientras que ella se sienta en el otro.

—Bueno, por lo que me contaste es tu primera sesión, ¿verdad? Nunca antes habías acudido a terapia —el chico asiente—. ¡Estupendo! Kai, lo primero que tengo que decirte es que todo, absolutamente todo lo que hablemos se va a quedar aquí. Es una conversación privada, íntima. Quiero que estés relajado y tranquilo y, por supuesto, que seas tú quien lleve las riendas de esto. Yo en ningún momento te voy a forzar a estar aquí ni a que me cuentes algo que no quieres, ¿de acuerdo?

—Sí, sí. Tranquila —contesta él, con una sonrisa nerviosa.

—En segundo lugar, quiero comentarte mi método de trabajo. Es cierto que yo me he licenciado en psicología y que llevo ejerciendo la profesión desde hace... ¡Buf! ¡He perdido la cuenta! —sonríe, burlona—. Sin embargo, he decidido mezclar toda la rama de la psicología con la del coaching. ¿Qué quiere decir esto? Que yo estoy aquí para escucharte y acompañarte. Eres tú quien va a descubrir las respuestas que buscas, del mismo modo que vas a ser tú quien marque los objetivos a los que quieras llegar. Todo lo que crees no saber, Kai, está en tu interior.

El chico no sabe qué responder. Asiente por puro protocolo, pero no tiene ni idea de cómo va a saber él las respuestas a las preguntas que tiene. ¡Ni siquiera sabe qué preguntas tiene!

—Muy bien, pues entonces, dime: ¿por qué estás aquí?

—Pues... —a Kai le encantaría decir que se está haciendo la misma pregunta, pero por no parecer antipático, su boca decide soltar una tontería—. Pues porque te he escrito —se ríe, nervioso—. Yo qué sé...

—Vale, ¿y qué es lo que te ha llevado a escribirme? —contesta ella sin dejar de mostrar una total empatía con el chico—. Porque has sido tú quien me ha pedido esta sesión, no yo. ¿Por qué estás aquí?

Kai cierra un momento los ojos, toma aire y deja que este salga de sus pulmones, como si fuera un globo tenso que, de repente, se va deshinchando.

—Pues... porque no duermo bien —confiesa—. Supongo que es un poco la punta del iceberg, pero... Desde hace unos meses tengo un sueño que se repite una y otra vez. En él veo a una chica con mis mismos ojos que... quiere matarme. —Consigue articular con la voz entrecortada—. No sé si eso significará algo, pero...

La doctora se queda en silencio, escuchándolo. Kai se descubre palpándose la herida del cuello. Ese corte que la chica le hizo en el sueño y que, al abrir los ojos, descubrió que era...

Cuando despiertes, dime si la herida es real.

Las palabras de la chica de sus sueños retumban en su cabeza, como un eco.

—¿Qué crees que puede significar? —interviene.

—¿Perdona? —pregunta el chico, un poco aturdido.

—El sueño. ¿Qué crees que puede significar?

—Pues... no sé...

¿Cómo que no lo sabes? ¡Claro que lo sabes! Odias tu trabajo. Y a tu jefe. Tu vida sentimental es... ¿nula? Quieres mucho a tus compañeros de piso, pero a veces los estamparías contra una pared porque una está encantada con sus movidas de ingeniera y el otro vive feliz en su burbuja de futuro escritor de éxito...

—¿Qué desayunas, Kai?

La pregunta lo saca por completo de sus pesquisas.

—¿Cómo? —contesta, aturdido.

—Sí, ¿qué es lo que te gusta desayunar? ¿Café? ¿Cacao? ¿Eres de dulce o salado?

—Café, café —responde, seguro—. Yo sin un buen café por la mañana no soy nadie —se ríe—. Suelo acompañarlo de yogur con mermelada. Me encantaría poder desayunar una buena tostada con jamón y tomate, pero... soy celiaco.

—¿Qué es lo que te hace beber ese café?

—Pues... Nada, la verdad. Me apetece y punto. Me gusta. ¿Es... malo? ¿Debería cambiarlo? —pregunta, confundido, pensando que un mal desayuno tiene la culpa de todo.

—No, no —ríe ella—. Si a ti te gusta ese desayuno y es lo que quieres tomar por las mañanas, ¿por qué vas a cambiarlo? —sentencia—.

Volviendo a lo de tus sueños, Kai, voy a reformular la pregunta. ¿Qué sientes cuando tienes ese sueño? ¿Qué experimentas?

El chico baja la mirada de nuevo para aferrarse a la botella. Vuelve a dar un trago e intenta pensar en la chica, la bestia, la caverna…

—Al principio, confusión. También miedo. Pero… después de repetirlo tantas veces, siento curiosidad y fascinación. No sé, depende mucho de lo que ocurra en el sueño.

—Pero me has dicho que es el mismo sueño una y otra vez, ¿correcto? —La doctora parece intrigada.

—Sí, pero no. Es decir, veo a la misma chica siempre. A ella y a su… mascota, por decirlo de alguna manera —explica, sacudiendo la cabeza, sin querer meterse en aclarar que el felino que acompaña a la chica es un animal extinto—. Hay veces que el escenario cambia.

La doctora guarda silencio y reflexiona durante unos segundos. Después se pone en pie y se acerca a la estantería en la que, además de un montón de libros, hay varios objetos. Gala Craus agarra un metrónomo y lo pone con mucho cuidado en el centro de la mesa.

—¿Sabes lo que es la meditación, Kai?

—Sí, pero nunca la he practicado, la verdad —confiesa el chico.

—Es un arte muy complejo y hay un montón de ramas. Me gustaría hacerte una meditación guiada que te indujera al sueño. Y, si te parece, luego hablamos de lo que ves y sientes.

—¿Ahora?

—¿Te apetece? Creo que puede venirte bien. Solo tienes que ponerte cómodo, escuchar el sonido del metrónomo y dejarte guiar por mi voz.

—Suena a hipnosis —dice el chico, preocupado e incómodo.

—Es distinto. En una hipnosis soy yo quien te va sugiriendo todo lo que ves. En una meditación va a ser tu mente la que te lleve. Yo solo te doy ese pequeño empujón que necesitas para que tú hagas el resto.

Kai duda un momento. Es bastante reticente a todas esas técnicas. Nunca ha creído en la hipnosis, pero tampoco se veía capaz de autolesionarse por la noche sin darse cuenta, así que…

—De acuerdo. Probemos —contesta.

Gala Craus lo anima a que se tumbe en el sofá, que es mucho más cómodo que el sillón en el que se encuentra. Le ofrece también una infusión relajante hecha con aloe vera, a lo que él se vuelve a mostrar desconfiado por si la mujer quiere drogarlo con alguna clase de sustancia. Finalmente, opta por bebérsela mientras suena el metrónomo. Lo anima a cerrar los ojos y a concentrarse en cada sorbito mientras escucha el *tic tac* del aparato. Kai empieza a sentir el peso de su cuerpo tumbado en el sofá.

—Quiero que te imagines una pequeña bola de luz en tu dedo índice —comienza a recitar la doctora—. Esa bola, poco a poco, va viajando por tu falange, por tu palma... Siente su calor y cómo va creciendo. Poco a poco.

Kai puede sentir esa bola cálida de la que habla la doctora. Es agradable. El movimiento es suave y, poco a poco, avanza por su brazo como si este fuera un río que desemboca en su pecho.

—Y ahora quiero que lleves esa luz a tu ombligo, después a tu pelvis. Nota cómo baja por tu muslo derecho hasta llegar a la punta de los dedos de tu pie —continúa guiando con una voz melosa—. Poco a poco, la bola de luz vuelve a subir por tu pierna, va atravesando tu tronco hasta llegar al cuello y, finalmente, al punto más alto de tu cabeza.

Kai deja de escuchar la voz de la doctora.

De hecho, deja de escuchar cualquier sonido.

Abre los ojos, asustado. Solo hay oscuridad. Una masa eterna de perfecta oscuridad, salvo por la luz brillante que tiene encima de su cabeza. Intenta mirarla directamente, pero esta se mueve consigo.

Parece como... ¡como si yo mismo fuera la luz!

Kai se pregunta qué está haciendo ahí.

¿Qué sientes cuando tienes ese sueño?

La voz de la doctora Gala Craus reverbera como un recuerdo por toda la estancia. Piensa en la chica de sus sueños, en la bestia, en la caverna...

De repente, esa luz que lo rodea comienza a brillar más, iluminando el sitio en el que está. Vuelve a sentir la tierra bajo sus pies. El calor del ambiente en su piel. El aroma a arcilla y a polvo que inunda el ambiente. Las paredes de la caverna empiezan a mostrar su rugoso y uniforme aspecto, pero con un detalle y un realismo que jamás antes el chico había experimentado.

¿Por qué tiene la sensación de estar despierto?

¿Por qué puede oler, ver, tocar y hasta degustar todo lo que hay en la caverna?

Desesperado, agarra la primera piedra que encuentra en el suelo. Se sorprende al sentir su peso. Después pone su mano contra la pared, no sin antes rasgar con las yemas de sus dedos la arenilla de esta. Finalmente, dispuesto a despertar de ese sueño tan profundo en el que se ha sumergido, procede a darse un fuerte golpe.

Tic tac.

Kai alza la mano con el pedrusco. Quiere volver a despertar.

Tic tac.

Puede escuchar el sonido del metrónomo.

Tic tac.

Pero justo cuando va a embestir su otra mano con la piedra, despierta.

Tic tac.

Abre los ojos.

Vuelve a estar en la consulta de la doctora Gala Craus.

—¿Estás bien? —pregunta ella.

—Sí, sí. Es solo que…

Se siente aturdido, pero también agitado por culpa de la impresión al haberse sumergido de forma tan rápida en un sueño tan profundo.

Pero, de repente, es consciente de que sostiene algo pesado en su mano. Es rugoso al tacto.

Asustado, Kai deja caer una piedra que rebota contra el suelo de parqué.

Lo siguiente que hace es salir corriendo de ahí. Sin saber si lo que está ocurriendo es real o, por el contrario, sigue metido en un sueño.

EL ASPECTO NÚMERO CUATRO

La metrópoli de Vawav está repleta de impresionantes edificios entre los que serpentean calles de distinta anchura y distancia en las que, dependiendo de la altura, te encontrarás una u otra cosa. Mientras que las zonas más altas se convierten en las más tranquilas y con menos contaminación tanto acústica como lumínica, a pie de calle se expanden las avenidas peatonales en las que pasean los ciudadanos, que pueden entrar en los distintos establecimientos de ocio, restauración y comercio que ofrece la ciudad. Entre medias y a más de sesenta metros de altura, se despliega el tráfico aéreo vawaiano formado, en su gran parte, por el transporte público de la metrópoli. Desde que la rueda fue sustituida por las hélices y el sistema de campos magnéticos perfeccionó el mundo del transporte, las carreteras de Vawav pasaron a ser tramos invisibles que circulan por encima de las cabezas de sus habitantes, dejando que los dueños y únicos propietarios de las calles sean los andantes.

Coney Island Dream, popularmente conocido como El Coney, es uno de los bares que se diseminan debajo del tráfico de Vawav. En él te puedes topar con todo tipo de personajes: desde funcionarios de renombre hasta ciberprostitutas que engañan a sus futuros clientes, haciéndose pasar por humanas. Es un lugar al que llega mucha información sobre Vawav, pero jamás escucharás un chisme que no provenga de tu propia mesa. Porque El Coney valora, por encima de todo, la intimidad y la tranquilidad de sus clientes. Y quizá por eso es uno de los locales favoritos de Denis para tomarse algo con su mejor amigo, Tercio.

—El caso es que le dije: «Como no consigamos llenar esta carreta en menos de una hora, nos van a poner una puta amonestación a todos».

—¿Y qué hizo? —pregunta Denis, dando un sorbo a su botellín de Vaweer.

—Hacer lo que todo buen minero hace —anuncia mientras Tercio alza el suyo—: ¡Picar la piedra como si no hubiera un mañana!

Los dos amigos brindan entre risas, olvidándose de lo duro que les resultan sus respectivos trabajos. A Denis siempre le gusta escuchar las anécdotas que Tercio lleva compartiendo con él desde que eran compañeros de litera en el orfanato. Ambos fueron *desvalidos*: infantes que, a pesar del control de Vawav, se quedaron huérfanos o abandonados. En el caso de Tercio, sus padres fallecieron en un accidente de tráfico aéreo, mientras que Denis fue retirado de su familia monoparental por orden de la Nación. Así que no conoce a su padre. Ni siquiera sabe si está vivo.

A pesar de los esfuerzos que ha hecho por encontrarlo y las exhaustivas investigaciones en los herméticos archivos censales de Vawav, Denis solo sabe que fue gestado en un vientre artificial y que quitaron la tutela de su padre por *causas desconocidas o amparadas bajo secretos de la Nación.*

Así que se puede decir que Tercio y él son más que amigos. Son familia. Han crecido juntos y su amistad sigue intacta, como el primer día. Quizá porque ambos se han ocupado de cuidarla. Al fin y al cabo, las amistades son lo más parecido a una planta que ambas partes deben regar para que crezca, florezca y se mantenga en el tiempo.

—Y tú, ¿qué? ¿Cómo vais por el departamento con más chispa de todo Vawav?

—Tercio, ese chiste tiene más años que tú y yo juntos —espeta a su amigo sin poder ocultar la sonrisa.

—Lo sé, pero te has reído. ¡Y eso es porque es muy ingenioso que os llamen «los chispitas»!

Denis vuelve a refugiarse en su botellín, bajando la vista hacia la impoluta mesa de acero. Un suspiro termina de delatarle.

—Uy… esos suspiros nunca traen nada bueno —confiesa Tercio, preocupado—. ¿Qué ocurre?

Denis mira a ambos lados de forma disimulada, cerciorándose de que no haya nadie conocido a su alrededor que pueda estar poniendo el oído en la conversación. Tras humedecerse los labios, se acerca un poco a Tercio y habla en voz baja.

—¿Recuerdas cuando hace unos meses me dijiste que os habían sacado a todos de la zona norte?

—Sí. Nos dijeron que era una mina inútil.

—Pero ahí había carbón, ¿cierto?

—Durante el poco tiempo que nos dejaron rascar, sí. Desde luego —confiesa Tercio dando otro sorbo—. Un montón.

Denis vuelve a suspirar, esta vez sin ocultar su preocupación. Su mejor amigo trabaja en el Departamento Geológico y Minero, el área de Vawav que se encarga de organizar las extracciones de carbón de las entrañas del planeta para poder generar combustible energético. Tercio lleva siendo jefe de equipo desde hace menos de un año y su labor consiste en coordinar los trabajos de los mineros en la zona que sus superiores le asignen para obtener el carbón necesario.

Los dos amigos, desde muy pequeños, tenían claro que se querían dedicar a la parte energética de Vawav, pero mientras que Tercio sacaba partido a su fuerza bruta metiéndose en un trabajo más de campo, Denis acabó convirtiéndose en un buscador del Departamento de Energía por culpa de su intelecto y su ojo para estudiar las tormentas eléctricas.

—Desde hace un par de días, a nosotros tampoco nos dejan acceder a una parte del sector norte —confiesa el chico—. La misma zona de la que a ti te echaron. Una zona que no solo es rica en carbón, sino en la que también hay mucha actividad eléctrica. ¿No te resulta raro?

Tercio da un último sorbo a su botellín de Vaweer. El hueco cristal choca contra la mesa de aluminio y provoca una reverberación en el interior del vidrio por culpa del vacío.

—¿Qué quieres decir?

—Cada vez que hago una previsión, me suelo basar en una serie de parámetros con los que puedo adivinar dónde se va a producir una tormenta eléctrica. Obviamente, no registro todas las posibles tormentas: solo las que nos pueden dar una cantidad importante de rayos para cargar los generadores.

—Ve al grano, Denis. Que me pierdo.

—Vale, vale. El caso es que desde hace unas cuantas semanas se están produciendo un montón de tormentas por la zona, ¿vale? Son pequeñas, sí. Pero es un indicio suficientemente potente para creer que ahí arriba se está gestando una posible supercélula —explica Denis, con la pasión y la certeza que tanto lo caracterizan.

—Es decir, muchos rayitos juntos, ¿no?

—Muchos, no. ¡Muchísimos! ¿Sabes lo escasas que son las supercélulas? En toda mi carrera he visto un par.

—Bueno, amigo, que tampoco somos viejos. Llevas cuatro años en el Departamento.

—¡Suficientes para saber que esto es una anomalía! ¿Por qué no nos dejan entrar ahí? —protesta el chico—. Más aún con lo bajos que están los niveles de reserva...

Tercio se rasca la barba durante unos instantes, pensativo. Su cabeza intenta comprender todo lo que su mejor amigo comenta, pero siempre se confunde a la hora de tratar de entender su trabajo. Siempre le ha comparado como esos meteorólogos que predicen si va a llover o qué temperatura va a hacer, pero aplicado, únicamente, a las tormentas eléctricas para que puedan cazar los rayos que dan energía a toda la ciudad.

—Si quieres se lo podemos comentar a Hada, que va a venir ahora —responde Tercio, queriendo ser resolutivo.

Denis se atraganta al escuchar aquello. ¿Cómo que Hada? ¿Iba a asistir a aquella reunión de amigos? Juraba haber dicho a Tercio que quería quedar con él a solas, pero...

Como si la hubiesen invocado, la misma chica morena por la que Denis echó la bronca a Mila aparece en el local. Esta vez no lleva las piernas desnudas, ni una sola camisa suya puesta. Hada luce el uniforme característico del Departamento de Defensa de Vawav, que se caracteriza por sus largas chaquetas de color verde oscuro, adornadas con una hilera de pequeños botones dorados.

Todas las articulaciones de Denis parecen haberse quedado congeladas con la presencia de la chica. Y a pesar de que intenta mostrarse cariñoso y cercano, lo cierto es que cada vez le resulta más incómodo estar en la misma habitación que Hada.

—Disculpadme —dice en cuanto llega a la mesa, algo agitada—. He tenido un día de locos...

—Estamos acostumbrados, cariño —responde Tercio con una sonrisa, mientras sus labios se funden con los de ella, para luego girarse con expresión burlona hacia su amigo—. O, mejor dicho, ¡estoy acostumbrado!

Hada propina una colleja a Tercio, para después pedir una nueva ronda de Vaweer. Sin duda, Denis va a necesitar más de un botellín para sobrellevar la situación. Los tres son protagonistas de una (triste) historia en la que la chica de la que está enamorado es correspondida por su mejor amigo. Ninguno de los dos sabe absolutamente nada de los sentimientos de Denis, claro. Para ellos, su historia de amor se reduce a aquel verano con dieciséis años en el que el chico se dio su primer beso con ella.

Pero, en el fondo, hay algo más. Denis lo siente. Siente esa tensión entre ellos. Esa complicidad secreta que ignora Tercio. Ese juego de miradas que, de primeras, puede parecer inocente, pero en el fondo de su corazón sabe que esconde unos deseos que deberían estar prohibidos. ¿Es amor? ¿Denis está enamorado de la novia de su mejor amigo? ¿Siente algo más hacia lo que debería de ser una buena amistad?

¿Cómo vas a enseñarle a Mila lo que es el amor si ni siquiera tú mismo eres capaz de entenderlo?

Las conversaciones se van sucediendo una detrás de otra. Cuando Tercio comenta a Hada lo del sector norte, ella se muestra bastante desinteresada, alegando no tener constancia de nada. Argumento que, obviamente, no convence al buscador.

—¿Nos cierran el acceso a un sector entero y en Defensa no sabéis nada? —pregunta Denis, burlón—. Vamos, Hada...

—Podéis creerme o no. Pero, en el hipotético caso de que esa zona estuviera momentáneamente restringida por algo, sabéis de sobra que no os lo podría decir —sonríe la chica, sin disimular esa mirada con la que pretende hacerse la interesante.

¡Y cómo desarma esa sonrisa!

—¿Momentáneamente? —pregunta Tercio, al percatarse de la pequeña metedura de pata de su novia—. Confirmado, amigo: ahí está pasando algo.

—¡Ay, Tercio! —lo reprende ella, dándole un manotazo en el hombro y después un beso en los labios. La chica alza las manos, desarmada—. Tengo los labios sellados, ya sabéis cómo funciona esto. Además... —cambia su actitud a una mucho más cariñosa, buscando la complicidad de su novio con una caricia en el muslo—. Si me he acoplado a vuestra reunión es por un motivo, ¿verdad, cariño?

Cuando Hada y Tercio se miran de forma cómplice y cariñosa, Denis no tiene que imaginarse lo que van a anunciar.

—Hace tres meses decidimos enviar la solicitud de embarazo y... —comienza a anunciar Tercio, con una sonrisa nerviosa a la par que emocionada, mientras agarra la mano de Hada con fuerza—. ¡Nos lo han aprobado! ¡Vamos a ser papás!

Denis hace acopio de todas sus fuerzas internas, abrazándose a lo mucho que quiere a su mejor amigo, y obliga a su rostro a sacar la sonrisa más grande que tiene para darles la enhorabuena. Por mucho que le duela, sabía que este día iba a llegar, así que se aferra a creer que la felicidad de su amigo es la suya propia, intentando ahogar los sentimientos que tiene hacia la que Denis cree que es la chica de sus sueños.

—¡Guau! —consigue decir, sin evitar que le tiemble la voz—. ¡No me digáis! Enhora... —traga saliva—. ¡Enhorabuena! Me alegro mucho, de verdad. Y... ¿y cómo vais a...?

—A mí me gustaría que fuera natural —confiesa Tercio—, pero...

—A ver, cariño, ya lo hemos hablado —suspira Hada—. Sé que para ti es muy divertido ver cómo me crece la barriga, pero... soy una mujer muy ocupada que, ahora mismo, no puede gestar a un bebé. ¡Ni siquiera sé si en el Departamento me lo permitirían!

Mientras la pareja discute, Denis deduce que van a optar, finalmente, por la gestación artificial. Gracias a la capacidad que tienen los robots de recrear un útero, la mayoría de las familias vawaianas a día de hoy prefieren que sea su asistente robótico quien geste al bebé en vez de la propia mujer.

—En el fondo es mucho más práctico, Tercio —interviene Denis para animar a su amigo, quien no puede evitar esconder el gesto de decepción—. La mayoría de la gente lo hace así. Ya no es solo por la salud de la mujer, también por la del propio feto. Gestándose dentro de los androides, el chequeo del bebé es constante. Es posible prevenir un montón de cosas que en la gestación natural son más difíciles de diagnosticar.

—Ya, pero... me hacía ilusión.

—Te hace ilusión ver cómo mi cuerpo se deforma, ¿lo estás oyendo?

El encuentro se acaba convirtiendo en un debate acerca de los embarazos y, si a eso añadimos que a Denis la noticia le ha afectado de otra manera, el chico no duda en beber un botellín detrás de otro hasta el punto de que se ve obligado a ser el primero en dar por terminada la velada.

Cuando entra a su piso tambaleándose, Mila lo recibe preocupada. Denis comienza a repasar la conversación en su cabeza una y otra vez, intentando asimilar que la chica de la que lleva años enamorado va a formar una familia con su mejor amigo. Todos esos futuros utópicos que su corazón imaginaba con Hada arden ahora en llamas. El dolor sale en forma de lágrimas y una arcada anuncia que su estómago pretende devolver el alcohol que ha estado ingiriendo.

Denis corre al baño y se deja caer en el retrete para vomitar todo lo que lleva dentro, tanto a nivel físico como emocional. Mila, preocupada, permanece a su lado, acariciando su cabeza e intentando cuidar de él. Se relaja y se refugia en esa caricia artificial que, ahora mismo, lo hace viajar a un futuro utópico en el que comparte una vida con la chica de la que está enamorado. Llora, abrazado a la taza del retrete, frustrado por saber que esa visión es completamente imposible.

Fruto de las emociones y del alcohol en sangre, sin querer mirar el rostro completamente blanquecino de Mila, Denis ordena algo que, días atrás, había prohibido por completo.

—Adquiere el aspecto número cuatro.

Mila, sin poner objeción alguna, hace caso de las órdenes de su dueño y transforma su cuerpo en el de Hada. Cuando Denis escucha la voz de la novia de su mejor amigo, alza el rostro y deja que esta le acaricie y abrace. Sus labios se funden en un tímido beso que, a los pocos segundos, acaba convirtiéndose en algo mucho más pasional y lascivo.

Al cabo de media hora, Denis se descubre tumbado en la cama de su dormitorio, desnudo, con los ojos hinchados y un dolor de cabeza descomunal. A su lado, Mila simula descansar aún bajo la apariencia de Hada.

¿Es esta la forma correcta de encontrar el cariño? ¿Habrá hecho su padre lo mismo? ¿Se quiere convertir en uno de esos hombres solitarios que se refugian en un sexo utópico y artificial con autómatas? Denis observa en silencio a la androide y, al igual que las veces anteriores, vuelve a sentir ese desprecio consigo mismo. Ese sentimiento de repulsión y asco hacia sus oscuros deseos que ni él mismo comprende. Está deambulando por un peligroso camino en el que, de cara al mundo real, parece un chico frío, cuerdo y solitario. Pero en solitario, la frustración por no saber cómo gestionar sus sentimientos, hace que sus deseos más extraños y oscuros se satisfagan en situaciones como esa.

Está siendo un cobarde. Un deshonesto. Un animal.

—Vuelve a tu forma original —ordena con una voz rota, mientras se levanta de la cama—. Y borra de forma permanente el aspecto número cuatro, por favor.

Mientras que Mila recupera la piel sintética blanca y elimina de su base de datos el aspecto de Hada, Denis va a la cocina para beber un vaso de agua y tomarse un par de pastillas para la resaca.

Piensa que, quizá, vaya siendo hora de registrarse en una de esas aplicaciones que los solteros utilizan para conocer a gente. Quizá sea el momento de buscar en seres vivos esas emociones que intenta enseñar a su androide.

APARECER DE REPENTE

En Ídedin nunca anochece por culpa de los dos astros brillantes que iluminan el lugar. El más grande de ellos, Ralio, es el que preside los momentos más calurosos del día, mientras que su hermano, Herun, de un tamaño mucho menor, provoca unas temperaturas más frías. Los dos astros giran alrededor de Ídedin, generando un auténtico festival de colores que comienza con tonos amarillos, continúa con un precioso anaranjado y culmina en un cielo sangrante de color granate. Es en este momento del día cuando sus habitantes descansan en sus hogares y se sumen en la reflexión diaria que los lleva al sueño.

Bahari siempre medita antes de dormir con un mismo ritual: quema un poco de incienso, se sienta con las piernas cruzadas en la alfombra que tanto gustaba a su madre y se deja llevar por los sonidos y olores que la rodean. Algunas veces recita en su interior oraciones hacia el Equilibrio o los cuatro elementos. Otras, se refugia en los recuerdos que tanta paz le transmiten. Desde que se quedó huérfana, el descanso para Bahari siempre ha sido un reto, y la única forma que tiene de conciliar el sueño es a través de técnicas relajantes como la meditación en compañía de Virgo.

Todos los centinelas tienen un compañero animal al que adiestran en el Coliseum en función de la labor que vayan a desempeñar. A la mayoría de los aspirantes se les otorga uno cuando, bien jóvenes, deciden apostar por su futuro como centinelas. Sin embargo, la historia de Virgo y Bahari va mucho más allá. Concretamente, se remonta a cuando sus padres aún vivían.

Ambos eran centinelas de Ídedin: su madre controlaba el fuego y su padre, el agua. Los caminos de la futura pareja se juntaron cuando los espectaculares smilodón que los acompañaban se unieron. De este modo, mientras que del amor animal surgió Virgo, del amor humano nació Bahari. Un trágico accidente acabó con la vida de los cuatro progenitores y el cachorro de diente de sable y la niña se quedaron huérfanos. El reino de Ídedin se hizo cargo de ambos, educándolos y manteniéndolos en memoria de los difuntos centinelas. Así que se podría decir que Bahari y Virgo son dos inseparables hermanos que han crecido juntos.

Cada vez que Herun reina en el firmamento y anuncia la jornada de descanso con sus tonos rojizos, Bahari se sumerge en los recuerdos que tiene de sus padres sintiendo el ronroneo de Virgo hasta que, finalmente, se duerme. A veces se queda en la propia alfombra, abrazada al animal. Otras, consigue llegar al lecho de paja en el que, sin duda, su espalda agradece descansar.

Bahari está sumergida en uno de esos recuerdos cuando, de repente, deja de escuchar a Virgo. El ronroneo se empieza a transformar en un sutil rugido gutural. Algo lo inquieta.

Ella siente lo mismo y, después de haberlo experimentado unas cuantas veces, sabe perfectamente lo que va a ocurrir.

—Viene otra vez, ¿verdad? —pregunta al animal—. Yo también puedo sentirlo.

En su caso, comienza con un dolor de cabeza muy característico que nace en la nuca y viaja hasta la sien. Sus músculos se tensan de una forma completamente inconsciente y el ambiente se llena de un olor familiar y agradable. Esto es lo que más confunde a Bahari: el maldito aroma. ¿Por qué cuando va a aparecer huele tan bien?

Escucha un ruido a su espalda.

El chico ya está aquí.

Esta vez, Bahari permanece sentada en la misma posición, serena. Está cansada de intentar matarlo porque siempre se acaba asustando y desapareciendo de golpe. Así que, quizá, la mejor forma de entender lo que está ocurriendo (tanto en Ídedin como a ella) sea hablar con el desconocido. ¿Sabrá algo de la invasión?

—No puedes hacer esto —dice la chica, sin moverse de la postura de meditación.

Puede escuchar la respiración agitada y asustada del muchacho, que permanece refugiado en el silencio y oculto en la oscuridad. Bahari suspira, sacude sus manos y se levanta poco a poco del suelo. Virgo, por su parte, permanece sentado en una posición de alerta.

—No puedes aparecer de repente —insiste ella—. Sal de ahí, anda. Hoy no voy a intentar matarte. De momento.

Kai da un paso y deja que la luz rojiza del exterior ilumine su desaliñado rostro. El chico aparece con el mismo atuendo con el que se va a dormir: una camiseta blanca de manga corta y ropa interior.

—¿Por qué quieres matarme? —pregunta con cautela, mientras se estrecha los brazos.

Bahari vuelve a suspirar.

—Aquí las preguntas las hago yo —sentencia ella—. ¿Qué sabes de la invasión de Vawav?

—Va... ¿qué? —responde él—. Mira, no tengo ni idea de quién eres, de dónde estoy y...

Bahari se acerca a Kai y comienza a estudiarlo más de cerca. Mientras que ella hace sus pesquisas, él vuelve a fijarse en los ojos. Esos ojos que comparten.

—¿Eres mi subconsciente? —pregunta Kai, en una especie de revelación—. ¡Claro! ¡Tiene que ser eso! ¡Por supuesto que eres mi subconsciente!

Bahari frunce el ceño, confundida.

—¡Nada de esto puede ser real! Yo...

Una bofetada lo calla de golpe.

—¡Auch! —se queja—. ¿Por qué has hecho eso?

—¿Qué te hace pensar que no soy real?

—No es posible que seas real. Yo... ¡estoy durmiendo en mi cama, joder! —protesta él.

La chicha vuelve a resoplar, exasperada por la inutilidad de Kai. Decide agarrar su camiseta y empotrarlo contra la pared.

—¿Por qué Vawav nos está invadiendo? ¡¿Dónde han abierto el portal?!

Kai comienza a carcajear, histérico. Una risa nerviosa que le sale cuando se asusta porque su cerebro no es capaz de asimilar la situación y decide recurrir a ella como un extraño mecanismo de defensa.

—¡Esto no es real! —grita, transformando la carcajada en un extraño llanto.

—Escúchame, imbécil. Sí que es real. Yo soy real —explica, exasperada y de forma violenta, marcando cada frase—. Estás en Ídedin. ¿Sabes lo que es?

Kai niega con la cabeza.

—Pero... ¡¿qué os enseñan en Terra?! —farfulla Bahari—. Un momento... no serás de Vawav, ¿verdad? ¿Has abierto tú el portal? ¡Te juro que...!

Virgo se incorpora lanzando un pequeño rugido de advertencia. Bahari mira al animal y este gira la cabeza hacia la puerta que da al balcón exterior.

—Yo no... ¿*Terra* es *Tierra*? Entonces... sí, supongo que vengo de la Tierra —comienza a farfullar Kai, formulando más un pensamiento en voz alta que conversando con ella—. ¿Eres de otro planeta? ¿Un extraterrestre o algo así? —pregunta, confundido—. ¡¿Qué tenía el puto té de aloe vera que me ha dado la señora?! ¡¡Estoy delirando!!

Virgo vuelve a rugir, esta vez más impaciente, acercándose al balcón.

—Mierda... ¡Cállate! —ordena Bahari a Kai—. Escucha, tienes que irte. ¡Ahora!

—¡No puedo! ¡No sé cómo hacerlo!

Un viento fuerte comienza a entrar por la puerta que da al balcón exterior. Se escucha el graznido de un ave.

—¡Hazlo! —ordena ella, cada vez más nerviosa, sin dejar de mirar hacia fuera—. ¡Vuelve a tu mundo!

—¡No lo hago aposta! —contesta el chico, mientras se lleva las manos a la cabeza—. ¡No sé cómo hacer que esto se acabe!

Bahari lo libera con un empujón y corre hasta el otro extremo de la habitación. Kai escucha un imponente y cercano sonido que le recuerda al batir de las alas que asocia, directamente, con los dragones de las superproducciones de Hollywood. Bahari, nerviosa, agarra la lanza con la que siempre consigue intimidar al muchacho.

—Ey… ¿¡qué haces?!

—¡Echarte de la única forma que funciona!

—¡Dijiste que no ibas a matarme! —suplica el chico.

—He cambiado de opinión.

Stratus, el pájaro de Nabil, aterriza en el balcón de piedra y arcilla. El compañero centinela de la muchacha no tarda en aparecer por la puerta.

—Ba, ¿te apetece que demos… —su sonrisa se queda congelada de golpe cuando ve a Kai en el extremo de la habitación— un paseo?

Bahari lanza su arma contra el chico y antes de que llegue a atravesarlo, un aura de luz emerge de su espalda y lo envuelve en un destello con el que desaparece de golpe.

La punta de la lanza se clava en la pared.

Bahari mira a Nabil, agitada.

Y él, por primera vez en mucho tiempo, se queda callado sin saber qué decir.

UNA JUGADA DEL MALDITO SUBCONSCIENTE

—¡¿Qué te pasa?!

Unos gritos de agonía y terror obligan a Amber a entrar de golpe en el cuarto de Kai. Se encuentra a su mejor amigo de pie, completamente desorientado, mirando a ambos lados, con su pecho hinchándose de forma ágil y arrítmica. La chica no duda en acercarse, pero Kai alza la mano y la detiene con una expresión que roza la demencia.

—¡No me toques! —grita, histérico.

Amber alza las manos intentando tranquilizarlo, mientras habla de forma pausada. Cree saber cómo lidiar con los ataques de sonambulismo porque su hermano los sufría desde muy pequeño y la situación que vive ahora mismo con Kai le recuerda a aquellas pesadillas nocturnas. Sin embargo, la reacción de Kai no se acerca ni a la peor de las noches que ella vivió con su hermano.

—Kai, estás en casa. Tranquilo. No pasa nada.

—¿Qué ocurre?

Amber hace un gesto con la mano a Yago para que se quede en el marco de la puerta, advirtiendo que Kai es, ahora mismo, lo más parecido a un león descontrolado.

—Está sonámbulo. Parece que por culpa de otra pesadilla.

—¡No estoy dormido, joder! —grita.

La réplica de Kai sorprende a Amber. No es normal que un sonámbulo conteste de una forma tan directa y coherente. Se pregunta si tiene sentido que esté tan alterado cuando, supuestamente, está despierto.

—Nunca estoy dormido —farfulla el chico, derrotado.

Kai se deja caer en el suelo, llevándose las manos a la cabeza. La impotencia de no comprender lo que le está sucediendo se traduce en un llanto cargado de frustración y derrota.

—¿Y si por eso estoy tan cansado? —pregunta, con las mejillas cubiertas de lágrimas—. ¿Y si es real?

—Kai, escúchame —dice Amber acercándose a él—. Has tenido una pesadilla. Seguro que…

—¡No! —grita—. ¡Es demasiado real para ser un sueño! ¡Mira esta herida! —vocifera enseñando la cicatriz del cuello—. ¡Y lo de la piedra del otro día! Y ahora la tipa está diciéndome…

Kai no puede terminar la frase.

—¿Qué piedra? —pregunta Yago.

—El otro día, en la sesión de la doctora Craus, cuando me hizo esa hipnosis… ¡Aparecí de repente con una piedra en la mano! ¡¡Una piedra que había agarrado en mi sueño!!

La cara de estupefacción que tienen sus amigos demuestra una cosa: se está volviendo loco.

—¡No me miréis así, joder! —espeta con el rostro lleno de lágrimas—. No estoy loco… No puedo más, chicos, de verdad… —confiesa derrotado, perdiendo las pocas fuerzas que le quedan con cada palabra que dice—. No sé qué me está pasando.

—Kai —la voz de Amber es serena y autoritaria—. Vamos a encontrar una salida para esto, ¿de acuerdo? La vas a encontrar. Porque eres Kai. Molas un montón. Siempre tienes solución para todo.

—Y una mierda… Esto me lo dices porque estoy así.

—No, querido —interviene Yago, quien no duda en acuclillarse para apoyar a su amigo—. Vas a poder con esto. Y nosotros estamos aquí para ayudarte —dice mientras agarra su mano—. No estás solo.

—Sea lo que fuere… seguro que tiene solución.

—¿Y si tengo un tumor cerebral o…?

—¡Kai, joder! —grita Amber—. ¡No empieces! ¡El que se monta películas es Yago!

—¡Oye, guapa!

—Mira, vamos al salón. Nos ponemos un rato la tele.

—Nada de ZeeYou —aclara Yago.

—Nada de ZeeYou —confirma Amber—. Los tres juntos. Y mañana por la mañana vamos a la consulta de Gala, ¿te parece?

Volver a aquella habitación le provoca una serie de sensaciones entrelazadas que van desde la vergüenza hasta el pánico. Después de que el día anterior saliera corriendo de la consulta, presa del miedo y de la conmoción, la doctora lo llamó un par de veces, pero Kai ignoró por completo el teléfono. No quería hablar del tema. Ni de sus sueños, ni de la piedra. ¡Por favor, ni siquiera sabía si lo del maldito pedrusco era real!

Pero ahí estaba. Otra vez. Por culpa de Amber. Sentado en el confortable y mullido sillón del despacho de la doctora Gala Craus.

Al igual que la primera vez, Kai se encuentra solo ante el peligro: sin la presencia de Amber y bajo la atenta mirada de la doctora. Ella no dice nada. Simplemente se limita a observarlo en silencio, con una leve sonrisa en la comisura de sus labios. No es una expresión de burla ni de diversión. A Kai más bien le parece una sonrisa de… ¿triunfo?

—¿No me vas a preguntar qué hago otra vez aquí? —suelta el chico, un poco alterado—. ¿O por qué me fui el otro día corriendo sin decir nada? ¿O por qué no he contestado a tus llamadas?

—¿Quieres que te pregunte eso? —contesta, sin variar un ápice su expresión.

Kai se queda en silencio, confundido. ¡No sabe ni responder a esa pregunta tan simple! ¿Qué demonios hace ahí? ¿Buscar respuestas? ¿Encontrar una cura para lo que le está pasando? Jamás se había imaginado tomar pastillas para dormir a su edad, pero si aquel camino lo dejaba descansar entonces…

—¿O prefieres que te diga que esto es real?

La pregunta va acompañada de un golpe sobre el cristal de la mesa de café. Kai reconoce al instante el característico sonido que produce el choque del material que ha dejado la doctora sobre la mesa. Pero se niega a creerlo. Ni siquiera cuando ve que la maldita piedra existe.

—Podría explicarte lo que te está pasando —comienza la doctora—, pero entonces volverías a salir corriendo por esa puerta, acudirías a otra persona que te atiborraría de pastillas para dormir y continuarías tu vida creyendo que eres sonámbulo. O, peor aún, que tienes alguna clase de esquizofrenia o de demencia.

La serenidad de la doctora transforma la confusión de Kai en una sensación que se acerca al terror. Su cerebro intenta formular millones de preguntas en una milésima de segundo. Siente cómo el dolor de cabeza vuelve a taladrar su nuca y sus sienes. Su cerebro parece un embudo colapsado que no consigue tragar las emociones que lo invaden.

—Quiero inducirte a una nueva meditación —sentencia Gala mientras se pone en pie.

—¿Por qué? —consigue articular Kai, sin dejar de mirar la piedra que descansa sobre la mesa.

La doctora se acuclilla a su lado para después dirigirle el mentón de forma suave hacia ella, obligando a que los ojos del chico se encuentren con los suyos.

—Porque quiero ayudarte. Y quiero que comprendas lo que te está ocurriendo.

—Pero yo… No quiero volver a… Me da miedo dormirme otra vez —confiesa.

—Lo sé —contesta con una cálida y sutil sonrisa con la que intenta calmarlo—. Pero la única forma de superar los miedos es conseguir dominarlos. Y eso es lo que vamos a hacer, Kai: aprender a tener el control.

—¿El control… *de qué*?

—De *esto* —dice la doctora, mientras vuelve a agarrar la piedra y la deposita sobre la palma de su mano—. De tu vida.

Kai traga saliva. La densa baba que desciende por su garganta le rasga cada recoveco por culpa de la sequedad que siente. Se toma unos segundos para ser consciente de la piedra que aún sujeta con su mano derecha. ¿Cómo es posible que sea real? ¿Significa que todo lo que «sueña» por las noches ocurre de verdad? El miedo y la confusión lo asfixian como si fueran una boa constrictora que, con cada pregunta que se hace, se enrosca a él con más fuerza.

Gala Craus vuelve a dejar el té de aloe vera sobre la mesa.

—No —responde Kai, tajante—. No quiero beber nada. Si de verdad… —se toma unos segundos antes de seguir, intentando asumir lo que va a verbalizar—. Si esto que me está pasando es real, quiero hacerlo sin ninguna sustancia.

—Es placebo —sonríe ella—. Ni siquiera es de aloe vera. Es té verde frío del supermercado de abajo. Pero el engaño forma parte del prestigio. Túmbate y cierra los ojos.

Kai obedece a la doctora. Comienza a respirar de forma profunda, como si se estuviera preparando para bucear un largo en la piscina.

—Kai, quiero que observes dónde estás, pero sin abrir los ojos. Quiero que construyas en tu cabeza esta habitación. Cada recoveco que recuerdes, cada detalle que conozcas. Quiero que respires el olor a lavanda, que sientas el tacto de la tela en la que estás tumbado. Quiero que te veas a ti mismo recostado en esta habitación, solo.

El chico se deja guiar por la meditación, imaginando todo lo que la doctora Gala Craus va relatando; construyendo en su imaginación un plano cinematográfico que lo obliga a verse en tercera persona, como esas experiencias paranormales cercanas a la muerte en las que la gente cree que su alma abandona el cuerpo para verse desde arriba.

—Ahora quiero que, poco a poco, vayas transformando cada recoveco de esta habitación en la caverna de tus sueños. No quiero que pienses en la chica. Solo piensa en el lugar. En la tierra, las piedras. El olor…

La doctora sigue hablando mientras Kai empieza a sustituir en su imaginación el suelo de mármol por esa arenilla que se clava en la planta de los pies. Las paredes blancas y bien decoradas por muros rugosos de piedra y arcilla. El frío del aire acondicionado por el calor seco de la cueva. Un extraño hormigueo recorre su espina dorsal. El vello de los brazos se le eriza. Un olor a tierra inunda sus fosas nasales. Una seca y cálida brisa sacude su rostro.

—Ahora quiero que poco a poco te sientes en el sofá y abras muy muy despacio los ojos.

Cuando lo hace, lo que más llama la atención del chico es la sonrisa que luce la mujer en su rostro. Su mirada contempla algo que está detrás de Kai.

—Date la vuelta —ordena ella.

Cuando Kai se gira, no puede evitar dar un respingo de la impresión, lo que provoca que tropiece y caiga sobre la alfombra.

—Tranquilo —dice la doctora, acudiendo a él—. No pasa nada.

—¿Qué está sucediendo? —consigue articular el chico.

En el lugar en el que debería estar la pared blanca con estanterías, se encuentra la caverna que tantas veces ha visitado. La mitad de la habitación ha desaparecido y se ha transformado en el lugar de sus sueños. Una espectral luz azulada formada por diminutas partículas separa una estancia de la otra, mientras que un sutil reguero parecido al de las auroras boreales viaja hasta su cuerpo, como si, de alguna extraña forma, Kai alimentara ese extraño portal.

La doctora ofrece su mano en un gesto de ayuda para levantarlo. El chico, sin mediar palabra, consigue hacerlo, sintiendo el tacto de su piel. Y le resulta tan real que, por primera vez, él mismo cree que todo lo que está ocurriendo no forma parte de ningún sueño.

—No hables —lo detiene la doctora—. Solo siente.

La mujer da un paso y Kai escucha cómo sus zapatos crujen con el sonido de la gravilla. El chico se queda quieto, congelado. Siente que sus músculos no responden. Lo único que puede hacer es volver a mirar la piedra que sostiene con fuerza en la mano.

—Siente que esto es real, Kai —dice Gala mientras se acuclilla y agarra otra piedra de la caverna.

Pero él no quiere eso. No quiere que la caverna exista.

—No… —comienza a balbucear.

—Kai, tranquilo.

—¡NO!

El grito de rabia y terror que suelta el chico hace que, en cuestión de segundos, la caverna desaparezca en un aura de luz distorsionada que se introduce en él.

La estancia vuelve a convertirse en el despacho de la doctora. Con sus muebles de diseño, sus paredes decoradas, las estanterías perfectamente ordenadas. El ventanal que da al patio interior vuelve a estar ahí, iluminando toda la estancia con su agradable luz diurna.

Todo está exactamente igual que cuando ha entrado.

Todo a excepción de una cosa.

La doctora Gala Craus ha desaparecido.

ESOS TERRORÍFICOS OJOS DE COLOR ÁMBAR

Sif Noah Peaker odia el calor de Ídedin. No soporta su luz ni su color y, mucho menos, a su gente. Por eso evita a toda costa cruzar el umbral. Sin embargo, como cualquier buen líder, supervisa que todo vaya según el plan. Se trata de una operación muy precisa y delicada: debe asegurarse de que nada se descontrole y, en caso de que haya un altercado, resolverlo a la mayor brevedad y con el menor daño posible.

Antes de cruzar al otro lado, Noah Peaker se acerca a Bérbedel, su llave para toda esta ambiciosa y descabellada empresa que está llevando a cabo. El viajante sigue desnudo, sedado y atado a las barras en forma de equis. Lleva varias vías endovenosas para suministrar los nutrientes necesarios que le permitan seguir con vida. A Noah Peaker le encantaría cortar su cuello y ver caer la sangre de su aorta a borbotones, cubriendo cada centímetro de su blanquecino pecho desnudo con ese color rojo que tanto le fascina. Pero no puede satisfacer su macabro deseo porque, por desgracia, necesita a Bérbedel vivo.

En cuanto el dictador de Vawav llega a Béberdel, la doctora que lo mantiene con vida procede a informar acerca del parte médico del viajante. No ha hecho falta que pregunte por ello.

—Las constantes son estables. Los descansos intermitentes parecen funcionar.

Sif Noah Peaker continúa hacia el umbral que une los dos mundos. La playa negra se transforma en un desierto de arena blanca y rocas amarillentas que dan paso a la inmensa llanura del cañón en donde se está realizando la operación: la extracción del citranium.

Toda esta parafernalia tan secreta se debe a unos simples cristales que, mientras que para los estúpidos habitantes de Ídedin tienen el poder místico y mágico del sol, para Vawav se convierten en un combustible tan rentable que solo con un par de toneladas de citranium, Noah Peaker podría abastecer con energía a todas sus ciudades durante una década.

Adiós a las minas de cabrón, a la búsqueda desesperada de tormentas eléctricas y a las millonarias sumas de dinero que se gastan en investigación y desarrollo. Por fin podrá dar a su mundo lo único que no tiene: luz. Solo de pensarlo, siente un escalofrío que le recorre toda la columna vertebral y lo excita sobremanera.

Sif Noah Peaker comienza a caminar hacia el umbral. Un agente le facilita unas gafas oscuras para protegerse de los potentes rayos solares idedianos. Sus ojos y su cuerpo no están acostumbrados a los rayos ultravioletas de ese mundo. A tan solo unos metros de cruzar al otro lado, puede sentir el aumento de la temperatura, el desagradable olor a tierra y la sequedad de su abrasadora brisa.

El sonido de las máquinas de extracción trabajando le provoca una sensación de calma. Sif Noah Peaker se permite sonreír al ver tan hermosa estampa. Los rayos de energía perforan las paredes del cañón, mientras que los mejores mineros de todo Vawav extraen de los enormes trozos de roca el preciado citranium.

El dictador acude a una de las carpas en las que se está tratando y limpiando el cristal antes de trasladarlo a Vawav. Uno de los jefes mineros lo recibe con una reverencia para después explicar la cantidad de material extraído. Noah Peaker decide ignorarlo y toma uno de los minerales para observarlo. Decide quitarse las lentes solares para estudiarlo mejor. Un brillo sutil circula por el interior del citranium, como si en él habitara una clase de ser vivo líquido de color oro moviéndose de un lado a otro. Noah Peaker puede sentir el reflejo del citranium en sus terroríficos ojos color ámbar, como si de alguna forma él y la materia estuvieran destinados a estar juntos.

—No me extraña que Ídedin rece a esta piedra —confiesa el dictador, con un atisbo de emoción que pocas veces saca a relucir—. Es majestuosa.

—¡Sif!

La voz de uno de los agentes lo saca de su encantamiento.

—Tenemos a la bestia.

Una nueva sonrisa, esta vez cargada de malicia, emerge del rostro del dictador. Con sumo cuidado, deja el cristal en la mesa de trabajo para después acercarse al jefe minero y acariciar su rostro, apremiándolo como si fuera una mascota.

—Vamos a reunirla con su dueño —sentencia, mientras sale de la carpa de trabajo.

Un precioso felino azabache se queja y retuerce en el suelo. Sus extremidades están atadas con unos engranajes de acero que le impiden moverse. Un improvisado bozal del mismo material tapa su hocico. La bestia, semejante a una inmensa pantera, intenta escapar entre gemidos y aullidos ahogados, implorando el socorro de su desaparecido compañero.

Sif Noah Peaker regresa al umbral. Esta vez, la estampa se ha invertido: en mitad de toda la luz y la sequedad, rompiendo el árido paisaje del cañón, hay una apertura oscura que transforma la blanca arena del lugar en la playa negra que tanto caracteriza a Vawav, así como su noche eterna. Tres agentes siguen al dictador arrastrando por el suelo a la bestia, que no duda en continuar agitándose para intentar escapar de su prisión. Algo completamente inútil.

Y al otro lado del portal se encuentra atado de pies y manos un hombre completamente desnudo en la misma posición que el prisionero vawaiano. Su piel es mucho más morena que la de Bérbedel y está mucho más maltratada por culpa del calor de Ídedin. A pesar de haberlo limpiado con esponjas y de haber rasurado todo su cuerpo, librándole de un vello negro y duro, luce un aspecto desaliñado. Sif Noah Peaker ordenó hacer lo mismo que con Bérbedel para que los dos viajantes lucieran lo más parecidos posible, porque así lo había leído en los milenarios archivos de la historia de Vawav. A pesar del color de piel y de la circuncisión del viajante idediano, el aspecto de ambos es prácticamente idéntico. Dos llaves para una misma cerradura.

—Despertadlo.

La afónica voz del dictador parece enfriar el caluroso ambiente de Ídedin, como si la oscuridad y la maldad se manifestaran con su presencia.

El médico que está a cargo de Arno, que es así como se hace llamar el viajante idediano, le inyecta un compuesto que, en cuestión de segundos, despierta al prisionero con una convulsión que tensa cada músculo de su cuerpo.

Noah Peaker se acerca a su llave. Duda en acariciar su rostro. Al contrario de lo que le ocurre con Bérbedel, este le produce repulsión, pero finalmente lo hace. Puede sentir su barba incipiente saliendo, a pesar de haber sido afeitado hace unas horas.

Cuando Arno abre los ojos y ve al monstruo de Vawav frente a él, se queda completamente paralizado. Él no le teme tanto como Bérbedel, pero sí le provoca una sensación de pánico y terror.

Noah Peaker puede verlo en sus ojos. El miedo, la impotencia. El joven idediano sabe lo que están haciendo, conoce las intenciones del dictador. Por ese motivo Noah Peaker decide sorprender al prisionero con la presencia de la bestia.

—No... —comienza a balbucear Arno, incrédulo al ver a su compañero—. ¡Sokar!

Cuando el animal reconoce la voz de su amo, vuelve a gimotear suplicando su ayuda. La preciosa pantera, de un negro tan azabache como la eterna noche de Vawav, se revuelca en el sitio mientras varios agentes la arrastran por el suelo. Pero ni el bozal que cubre su hocico le permite rugir, ni las cadenas que atan sus extremidades, moverse.

—Te dije que acabaríamos encontrándolo. Es demasiado fiel como para huir —confiesa Noah Peaker—. Estuve a punto de ordenar su muerte, pero entonces se me ocurrió capturarlo vivo para enseñarte algo.

Los ojos del hombre, llenos de lágrimas, se juntan con los de la bestia. En ellos puede ver el terror y la súplica. Quiere decirle que todo va a ir bien, que no se preocupe, que van a salir de esta. Pero sabe que le estaría mintiendo.

—Enseñarme... ¿qué? —pregunta Arno, a pesar de conocer la respuesta.

Sif Noah Peaker se toma la libertad de saborear la tristeza y el miedo que transmite su silencio. No hay respuesta más terrorífica que el mutismo.

Un aullido de dolor anuncia el comienzo de la tortura.

—¡¡NO!!

Varios agentes empiezan a apuñalar a la bestia por la columna, el vientre, las patas y cualquier recoveco de carne que hallan a su paso. El animal intenta escapar del angustioso dolor, gimiendo y aullando como puede porque su hocico sigue atrapado en el bozal de acero.

—¡¡BASTA!!

Sif Noah Peaker disfruta de la maravillosa escena. Parece como si el animal y el chico estuvieran conectados porque, en cierta medida, el dolor que están infligiéndole a uno lo siente el otro.

Un dolor interno, emocional, mucho más desgarrador que la tortura física a la que están sometiendo a la bestia.

Poco a poco, los ojos de la pantera se van apagando. Se da por vencida porque sabe que es su final. No deja de mirar a su compañero, quien le sostiene la mirada hasta ver cómo se marcha para siempre. Porque, en cierta manera, a pesar del dolor que ha sufrido, no ha dejado el mundo de Ídedin solo. Su compañero estaba ahí.

Y eso es algo que el dictador de Vawav, Sif Noah Peaker, jamás va a poder comprender.

LA ÚNICA FORMA DE ABRIR EL TERCER OJO

Si ya de por sí tiene la impresión de que sus amigos lo toman por un demente, la cosa no mejora cuando Kai entra en casa, sin aliento y agitado, diciendo que ha hecho desaparecer a la doctora Gala Craus.

—A ver… —comienza Yago, sin disimular la preocupación en su rostro—. Desaparecer en plan…

Cuando su compañero de piso se lleva el dedo índice al cuello, simulando que se lo rebana, Kai se pone más nervioso.

—No, ¡no! ¡No he matado a nadie, por Dios! ¿De verdad me creéis capaz de…?

—¡Oye, el que ha lanzado la teoría ha sido él, no yo! —se defiende Amber.

Kai comienza a moverse de un lado para otro, ansioso e impotente. ¿Cómo va a explicar a sus amigos que ha abierto una especie de portal mágico a sus sueños y que la doctora se ha quedado ahí encerrada?

—Joder, joder, ¡joder! —protesta, con un grito—. ¡Me cago en todo!

—Kai, relájate. No tiene ningún sentido lo que estás diciendo.

—¡Ya sé que no tiene ningún sentido, Amber!

El chico comienza a caminar de un lado a otro de la habitación, intentando realizar respiraciones profundas que le tranquilicen. Necesita que sus amigos le crean. Pero suena tan desesperado y está tan nervioso, que duda mucho de que pueda conseguir aparentar cierta cordura.

Inspira profundamente e intenta ordenar en su cabeza todas las ideas que tiene. Después se acerca a Amber y a Yago, que lo siguen mirando con esa cara que mezcla la confusión con el escepticismo.

—A ver… sé que esto os va a parecer una locura. A mí también, que quede claro, pero… —Comienza a reírse, nervioso—. ¡Es verdad! ¡La mierda que me pasa por las noches es real! Resulta que cuando me duermo… —hace una pequeña pausa dramática—, ¡puedo materializar lo que sueño! O algo así. La doctora no ha tenido tiempo de explicármelo porque se ha quedado encerrada dentro.

—Dentro de… —comienza Amber.

—Tu… ¿sueño? —termina Yago.

—¡Exacto! —Kai no puede dejar de reír, con cada vez más demencia—. Dios mío, todo este tiempo pensando que me había vuelto loco y… ¡y era real!

—Ya… —continúa Amber, intentando mantener una actitud neutra, pero no lo consigue—. Y… ¿no crees que quizá te has quedado dormido y la mujer se ha ido a…?

—¡Que no, joder! Amber, sé que tú eres de esas que necesitan buscar una explicación lógica a todo como buena ingeniera que eres, pero… ¡Pero tenéis que creerme! ¡Por favor!

La risa nerviosa ha dado paso a la súplica y a la desesperación. Él mismo se está dando cuenta en ese momento de que no está loco, de que todo lo que ha estado viviendo en las últimas semanas es por culpa de una anomalía carente de explicación científica. ¡Pero está ocurriendo! Y necesita que sus amigos le crean.

—Yo te creo —contesta Yago, muy seguro.

—¿Qué? —pregunta Amber, atónita.

—¿En serio? —añade Kai, esperanzado.

—Claro. Siempre os he dicho que si alguno de los tres tenía un superpoder como Spiderman, lo compartiría con el resto del grupo. Sería muy hipócrita por mi parte no barajar esa posibilidad. Por muy… loco que suene todo.

—No, ¡no! ¡Yago! ¿Qué te has fumado? —estalla Amber—. ¡Esto no está bien! ¡Kai no está bien! ¡No puedes darle la razón como a los tontos!

—Vale, lista. Pues vamos a bajar a su piso —reta el chico—. Si tu teoría es cierta y me he quedado dormido en plena sesión, lo más probable es que a estas horas la doctora ya haya llegado a su casa.

Amber no duda en darse la vuelta, agarra las llaves y abre la puerta para bajar al quinto piso donde vive la doctora Gala Craus. Kai y Yago siguen a la muchacha y cuando los tres se meten en el ascensor, la chica comienza a hablar con toda la tranquilidad del mundo:

—No sé qué tipo de terapia estás haciendo con esta señora, pero no te está ayudando en absoluto.

—¿Ahora la doctora Craus es mala y quieres que me cambie de psicólogo? —contesta Kai cruzándose de brazos e hinchando el pecho.

—¿Y siempre te vas al mismo sitio cuando sueñas o...?

—¡Yago! ¡Para! ¡No des más bola!

—¡No doy bola! Solo tengo curiosidad.

Cuando el ascensor se detiene en la quinta planta, la primera en salir es Amber, quien va directa a tocar el timbre de la puerta B. Sin embargo, para la sorpresa de los tres amigos, aparece una mujer anciana.

—Oh... Disculpe, señora, nos hemos confundido.

—¿A quién buscáis, mozos? —pregunta la mujer, curiosa.

—A la doctora Gala Craus. Se acaba de mudar a esta planta y... juraría que vivía en el 5° B, pero ya ve que nos hemos equivocado —se disculpa Amber—. Vivimos en el 7° A, por cierto. ¡No se piense que somos ajenos al edificio!

—¡Anda! ¡Sois los inquilinos de Marisol! —se emociona la anciana.

—Los mismos —interviene Kai.

—Me sonaba mucho vuestra cara. De entrar y salir del edificio, ya sabéis. No es que sea cotilla, pero... —se excusa la vecina—. Ahora con tantos problemas de okupas y delincuentes... Mejor preguntar, ya sabéis.

—Sí, discúlpenos. No queríamos molestar —se vuelve a excusar Amber, dispuesta a darse la vuelta y a probar en la puerta de al lado.

—¿Y dices que estáis buscando a una nueva vecina? ¿En esta planta? —pregunta la mujer, confundida—. Mucho me temo que no, jóvenes. En esta planta llevamos viviendo las mismas personas desde hace... ¡muchos años! En el A está doña Vicenta, más sorda que una tapia, la pobre mía. En el C un par de chicos que, entre nosotros, creo que son pareja.

—¿No me diga? —interviene Yago, curioso.

—¡Yago! —chista Amber—. Disculpe, señora. ¿Y conoce también a los que viven en el D?

—Sí, para mi desgracia. Ahí vive una mala víbora con unos demonios que tiene por hijos. No me extraña que el marido se fugara con otra. ¡Esa casa es el mismísimo infierno! Ahora están de vacaciones, pero...

La mujer continúa con su verborrea que acaba derivando en los problemas que tiene con los de arriba y las deudas que tiene con la comunidad uno del tercero. A excepción de Yago, a quien parecen interesarle mucho todos los chismes del edificio, intentan zanjar de forma educada la conversación lo antes posible. El único dato que importa es que nadie, en los últimos seis meses, se ha mudado al edificio.

—¿¡Ahora me crees!? —pregunta Kai, desesperado, nada más entrar de vuelta al piso.

—¡No! ¡Por favor, Kai! ¿Te estás escuchando?

—A ver, Amber, no es por tocarte los ovarios, pero... —interviene Yago—. Este *plot twist* de que la doctora Craus no viva en el edificio da un poco de credibilidad a la historia de Kai.

—¡Claro que sí! —anuncia triunfante Kai, para después cambiar su rostro a la decepción—. Aunque... si no vive aquí, ¿por qué nos engañó?

—No lo sé, pero necesito saber el final de esta historia —añade Yago, emocionado—. ¿Por dónde podemos empezar a buscar? ¿Cómo haces eso de abrir tu sueño?

—Por Dios... —protesta Amber con un suspiro—. Esto me supera. ¿Sabéis qué? ¡Que hagáis lo que os dé la puta gana! Yo me voy a mi cuarto. A hablar con un tío que he conocido por Tinder, por cierto.

—¿Y lo anuncias así, zorra? —se queja Yago, visiblemente indignado.

Amber contesta con un corte de manga y un portazo. Inmediatamente después, Yago alza las manos en un gesto de confusión y se gira hacia Kai, ansioso por continuar con la aventura.

—Vale, ¿cómo lo hacemos?

—Pues... No sé. Supuestamente me tengo que dormir... Bueno, más bien me tengo que relajar, dejar la mente en blanco, ¿sabes? La doctora me hizo una especie de meditación y... ¡ocurrió!

Yago se queda pensando unos segundos, como si fuera el mismísimo Sherlock Holmes en busca de las piezas que necesita para resolver el rompecabezas. Kai lo observa expectante. ¡No se puede creer que su amigo vaya a apoyarlo en esto! No le sorprende la actitud de Amber, pero jamás hubiera esperado que Yago, a pesar de lo fanático que es del género, creyera una situación tan loca como aquella.

—¡Ya sé lo que vamos a hacer! —responde, como si tuviera la mejor idea del mundo—. Solo se me ocurre una forma de abrirte ese tercer ojo tuyo que tienes. Y, si todo lo que dices es cierto, creo que puede funcionar...

—¿En qué estás pensando? —pregunta un poco preocupado al ver la expresión de su amigo—. Yago, ¿qué quieres que me tome?

La primera y última vez que Kai probó MDMA, coloquialmente conocida como «la droga del amor», fue en una fiesta de cumpleaños de uno de los exnovios de Yago. Se juró no volver a tomar una pastilla de esas después de la particular experiencia que tuvo al despertarse al día siguiente en la cama de una pareja que también había asistido a la fiesta. Los tres estaban desnudos. Los recuerdos de aquella noche se mezclan con ciertas alucinaciones sexuales que todavía no sabe si son reales. Pero lo que puede asegurar es que por culpa del MDMA despertó desnudo en la cama de una pareja de desconocidos, abrazado a una rubia que le duplicaba la edad en compañía del supuesto novio.

—No sé cómo guardas esta mierda en casa. Como nos hagan una inspección...

—Calla y traga, anda —dice Yago mientras le mete la pastilla en la boca—. Para tu tranquilidad, yo no voy a tomar. Me quedaré aquí para ver lo que ocurre y cuidarte en caso de que...

—No te creas que me consuela que te quedes aquí mirando mientras yo estoy colocado de éxtasis —interrumpe Kai—. En fin... que sea lo que Dios quiera.

Kai se recuesta en su cama y comienza a respirar hondo, como hizo en la consulta de la doctora Craus. Poco a poco, deja que su imaginación vaya reconstruyendo el cuarto en el que está, pensando en cada recoveco, en cada lugar...

—¿Sientes algo?

—Yago, necesito concentrarme. Si vas a estar hablando, lo mejor será que te marches.

—Vale, vale —susurra él, expectante—. Perdona. Sigue con tu magia.

Kai vuelve a sumergirse en su forzado sueño. Vuelve a imaginarse el cuarto, a sentir las texturas, los olores... Una extraña sensación comienza a apoderarse de él. Se va relajando poco a poco, sintiendo a su vez un cosquilleo que le recorre la nuca y viaja hasta la punta de sus pies, poniéndole la piel de gallina. Se deja embriagar por esa sensación. Siente que su imaginación se desborda y se ve a sí mismo tumbado en la habitación.

Entonces empieza a pensar en ella. En la chica de sus sueños. Ve sus trenzas azabaches, sus ojos verdes, su tez morena. Ve al diente de sable que la acompaña. Recuerda la habitación en la que apareció por última vez y...

—No te creo... —confiesa Yago, atónito.

Kai, poco a poco, abre los ojos.

CUANDO LOS SUEÑOS SE HACEN REALIDAD

La cerámica fresca bajo sus pies. El olor tan característico que recuerda a las casas de veraneo que llevan meses cerradas. Los muebles de madera que adornan la estancia. Esa alfombra hecha a mano que parece de otra época.

Ha funcionado. ¡Lo ha conseguido! No como quería exactamente, ya que su objetivo era aparecer en la caverna, pero Kai ha conseguido transportarlos a la habitación en la que la chica de sus sueños casi intenta matarlo dos veces.

—Amigo… esto es muy fuerte —confiesa Yago, riéndose—. O sea… ¿cómo lo haces?

—¡No lo sé! —contesta Kai, emocionado—. ¡No tengo ni la menor idea! ¡Pero no sabes lo mucho que me alegra comprobar que no me estoy volviendo loco!

—Loco, no, pero… ¡una locura sí que es! ¡Mira esto!

Yago se acerca a uno de los muebles de madera sobre el que descansa un instrumento musical que se asemeja a un arpa de mano. Cuando roza las cuerdas con sus dedos, produce una estridente melodía.

—¡Esto podría ser de la época griega! —explica Yago—. Y si… ¿Y si estamos viajando en el tiempo? ¡Todo parece muy antiguo!

Un gruñido animal detiene al chico de inmediato. Kai, acostumbrado ya a la presencia del diente de sable, se gira hacia la bestia que sale de entre las sombras en las que se escondía.

—¿Me estás vacilando? ¡Pero si hasta hay animales extintos! —exclama su amigo, que sigue sin poder creerse la situación.

—Sí… Si el «minino» está aquí, su dueña debe de andar cerca.

—No soy su dueña.

Bahari aparece detrás del animal, llenando la estancia con su imponente presencia y determinación. Kai se relaja un poco al notar que la chica no porta ningún arma que pueda rebanar su cuello o algo por el estilo. Camina hacia sus inesperados invitados junto a su inseparable mascota.

—Soy su compañera. Y el «minino» tiene nombre. Se llama Virgo —sentencia ella.

—¡Y yo soy Yago! —interviene, emocionado, pero ante el rugido de Virgo, decide quedarse en su sitio—. Esto es muy fuerte…

La mirada que lanza Bahari a su compañero de piso, como si lo estuviera escaneando, acaba con un gesto de desprecio y confusión. La verdad es que el look tan excéntrico que lleva no ayuda a que pase inadvertido en ese lugar que parece tan antiguo. Y mucho menos si su camiseta sin mangas de color blanco luce un estampado dorado con forma de la manzana mordida que agarra la madrastra de Blancanieves.

—¿Y este quién es? —pregunta Bahari, esperando una explicación por parte de Kai.

—Ya te lo ha dicho: *Yago* —contesta él con el mismo gesto de desagrado.

Desconoce el motivo, pero Kai siente que ninguno de los dos se cae bien. Él, desde luego, tiene motivos suficientes para odiar a la chica de sus sueños. Pero no comprende por qué ella lo odia ni las razones que la empujan a querer matarlo cada vez que se encuentran.

De repente, siente un escalofrío. Significa, entonces, que, si la chica consigue matarlo en «su sueño», ¿morirá en la «vida real»? ¿Y qué pasaría con Yago? ¿Se quedaría encerrado para siempre? Quizá no haya sido una buena idea meter a su amigo en esto.

—¿Cuántas personas más vas a traer a Ídedin? —pregunta la chica.

—No voy a… —comienza a defenderse Kai, pero entonces se percata de algo—. Un momento, ¿cómo sabes que he traído a más personas?

Dos golpes en la puerta de madera interrumpen la charla. Bahari agarra uno de los cuchillos de la pared y adopta una posición de sigilo y defensa.

—Escondeos ahí y no hagáis ni un ruido —susurra la chica—. Virgo, asegúrate de que estén quietos.

El diente de sable se coloca al lado de los chicos en un par de zancadas tan rápidas como silenciosas. Su enorme cuerpo sirve para que los invitados se terminen de ocultar detrás de la mesa.

—¿Quién es? —pregunta Bahari.

—¡Yo! —responde una voz masculina en un susurro.

Bahari relaja su postura y con un suspiro abre la puerta. Kai se fija en el chico que entra: aparenta la misma edad que él, pero luce una complexión bastante fuerte y robusta. Su tez, igual de morena que la de la chica de sus sueños, delata que debe ser un habitante más del lugar.

—Sí que habéis tardado. Estaba empezando a preocuparme —confiesa la muchacha—. ¿Lo habéis conseguido?

—Más o menos —contesta una segunda figura que entra en escena.

Kai no puede evitar pegar un brinco cuando reconoce la voz de la mujer que acaba de aparecer.

—¡Doctora Craus!

—¿Kai? —pregunta ella, sorprendida.

—¿Kai? —repite Bahari con una expresión de burla—. ¿Te llamas Kai?

El chico se acerca de inmediato. Yago no tarda en copiar el gesto.

—¿Y este quién es? —pregunta la doctora.

—¡Mi amigo Yago! —contesta Kai, con una sonrisa más marcada de lo habitual—. No se creía que pudiera viajar a mis sueños, así que se lo he demostrado.

—En el fondo, yo sí que te...

—¡Menos mal que has aparecido, doctora! —continúa Kai, ignorando la intervención de Yago—. No sabes el susto que me he dado cuando, de repente, te dejé en esa caverna de mala muerte —explica, mientras empieza a hablar de una forma un tanto atropellada y atontada.

—Siempre es... ¿así? —pregunta Nabil en un susurro a Bahari.

—¡Qué modales los míos! —exclama Kai, al fijarse en el compañero de Bahari—. ¿Y tú cómo te llamas?

—Nabil —responde tan seco como confundido.

—Pues encantado, Nabil. Yo soy Kai. Todavía no me queda claro si formáis parte de los sueños que materializo o estamos viajando en el tiempo. ¿En qué año estamos? —continúa, mientras abre la cortina y deja que la luz rojiza de la noche idediana inunde la estancia.

—¡Ya basta de tocar cosas! —interviene Bahari—. ¡Ni estás haciendo reales tus sueños ni viajando en el tiempo! —acto seguido se gira a la doctora—. Tienes que contarle cómo funciona esto. *Todo* esto. ¡Este chico es un peligro!

—Este chico es tu… —contesta Gala Craus, a la defensiva.

—¡Lo sé! ¡Por eso tienes que adiestrarlo! ¡No puede aparecer así, de repente! ¡Y con amigos! Da gracias que tú eres quien eres y sabes manejarte aquí, pero…

—Oye, maja —interrumpe Kai—. Me acabo de dar cuenta de que no sé cómo te llamas.

Bahari lanza una mirada escéptica a la doctora y después se gira hacia Kai.

—Bahari.

El chico empieza a reír a carcajadas.

—¡Pero qué nombre más raro!

—¡Ah!, ¿y Kai no lo es? —contesta ella, ofendida.

—¡Bueno, ya! ¡Callaos un momento, por favor!

El grito de la doctora, más propio de una madre que de una psicóloga, hace que la estancia se quede en el más absoluto silencio. Observa a Kai, que intenta contener la risa, y estudia a Yago, que a pesar de no conocerlo deduce que es su compañero de piso. Bahari tiene razón en que todo lo que está ocurriendo es un peligro, pero ella intenta ser positiva ante la actitud que ha tenido Kai de viajar de forma consciente a Ídedin para buscarla.

—Necesito que hables con los Sapientes y les digas que eres una viajante —dice Gala a Bahari.

—Pero… —protesta la chica.

—Bahari. Es muy importante que lo sepan. Es la única forma que tenemos de proteger el Equilibrio.

—*¿El Equilibrio?* —pregunta Kai, con burla.

—¡Kai, cierra el pico! —interviene Yago, dándole un codazo.

El rostro de Bahari pasa de la entereza a la fragilidad, bajando la mirada al suelo. Siente que sus mayores temores se hacen realidad, que la vida que tanto ha deseado está a punto de desaparecer. Y todo por culpa de...

—Bahari —insiste la doctora, poniendo sus manos en los hombros de la chica—. Tienes que decirlo. Esto no ha sido culpa tuya, ¿de acuerdo? Pero... —hace una pausa, para mirar de reojo a Kai—. Probablemente, seáis la única solución al problema.

—¡Eso no es justo! —interviene Nabil, cabreado—. ¡Tiene un futuro brillante como centinela! ¡Si confiesa que...!

Bahari cubre con sus dedos la boca de su amigo, como si quisiera detener el torrente de palabras que iba a salir de ella. No es el momento de enzarzase en una discusión con esa gente. Y menos con Kai en ese estado tan... *extraño*. El chico no deja de mirarse las manos y de observar todo lo que le rodea, como si...

—Kai, ¿estás drogado? —pregunta Gala Craus, sin tapujos.

Él resopla dejando salir una risa que recuerda mucho a la de un niño pequeño al que acaban de descubrir haciendo alguna trastada.

—A ver... —interviene Yago, intentando explicar la situación—. Me dijo que usted lo había sometido a cierto estado de meditación y... como en nuestra casa lo de meditar no lo hacemos mucho... Pensé que podía ayudar un poco de M.

—¿En serio?

—*¡La droga del amor!* —vitorea Kai.

La doctora resopla y agarra al chico por los hombros, hablando de forma pausada pero muy contundente.

—Kai, necesito que volvamos a hacer lo de la meditación, ¿vale? Necesitamos regresar a casa.

Pero Kai deja que todo el peso de su cuerpo se hunda con él, lo que provoca que caiga de inmediato al suelo de madera y entre en un profundo estado de sueño, que confirma con unos adorables ronquidos.

—Bueno... tiene que estar dormido para volver a hacer su magia, ¿no? —pregunta Yago, con una forzada sonrisa llena de culpabilidad.

EL ARTE DE LIGAR SIN HACER EL RIDÍCULO

Llevan un par de días hablando. No sabe de qué parte de Vawav es. Tampoco se lo ha preguntado porque la cuestión sería devuelta y no tiene ganas de dar explicaciones sobre los motivos que tiene para vivir en una de las mejores zonas de la ciudad. Solo sabe dos cosas: que se dedica a diseñar muebles y que su nombre es Amber.

Hola, meteorólogo.
¿Qué haces?

Hola, chica de camas.
Terminar de hacer unos informes, ¿tú?

¿Chica de camas? ¡No sé cómo tomarme eso!
¿Y qué haces trabajando tan tarde?

Tómatelo como quieras... 😉
Se me ha alargado un poco la tarde.
Tienes, en parte, la culpa.

¡Anda! ¿Y eso por qué?

—¿Denis?

La voz de Mila hace que vuelva al mundo real. Se descubre a sí mismo con una sutil sonrisa dibujada en la comisura de sus labios.

—Perdona, ¿qué decías? —responde, intentando recuperar la compostura, algo aturdido.

—Ya está preparada la base de datos con las predicciones de los últimos seis meses, ¿qué quieres que haga con ella?

—Ehm...

Denis intenta concentrarse en el trabajo. Sale del chat que tiene abierto con Amber, cerrando la aplicación como si fuera un adolescente nervioso porque lo han descubierto navegando por webs que no debía.

—Sí... Esto... Puedes... Puedes dejarlo en la carpeta que he creado esta tarde. Sí. Déjalo ahí.

Mila se queda unos segundos en silencio, observando con su inexpresivo rostro androide. Denis sabe que está analizando sus constantes.

—Mila... —advierte.

—Tu ritmo cardíaco ha aumentado de forma considerable, así como la producción de endorfinas en tu sistema nervioso. ¿Puedo preguntar si estabas consumiendo estímulos visuales para excitarte?

—¡No, no puedes! —espeta Denis, avergonzado—. ¡Y deja de analizarme de ese modo!

—Forma parte de mis obligaciones. Estuviste de acuerdo con los chequeos de salud constantes para evitar infartos cardíacos, cerebrales...

—Ya, ya. Pero no me estaba dando ningún infarto. Solo... —Denis suspira. No quiere confesarle a Mila que está hablando con alguien que le gusta, pero... De repente, se da cuenta de algo—. ¿Para qué me preguntas si estaba viendo porno cuando sabes perfectamente con quién estoy hablando?

Denis se cruza de brazos y adopta un gesto de ofensa para que quede bien claro que ha descubierto la artimaña de la androide. Sin embargo, cuando Mila frunce el ceño en su rostro artificial, Denis relaja el cuerpo y sonríe con un aire triunfante.

—¿Y esa cara? —pregunta él, burlón.

—¿Qué cara?

—Te has enfadado. Porque he descubierto tu truco. ¡Me estabas mintiendo! —celebra el chico, levantándose de la silla.

—No, en ningún momento te he mentido. No puedo mentirte. Solo te he preguntado algo que ya sabía.

—Entonces, ¿por qué lo has hecho? Sé que tienes acceso a todas las aplicaciones en las que me meto, además de las constantes analíticas que me haces.

Mila relaja su ceño y vuelve a adoptar su gesto neutral y tranquilo.

—Mi deber es mantener tus niveles estables, Denis. Si estás excitado, es mi obligación hacerte eyacular para que puedas alcanzar tus niveles de rendimiento normales. Es mi trabajo.

El chico estalla en una carcajada.

—Vaya, vaya. ¡Esto es nuevo! ¿Tu trabajo es hacerme eyacular?

—No, me he explicado mal. Mi trabajo es asegurar tus niveles de rendimiento.

—Ya lo sé, estaba bromeando —dice él, restando importancia con un gesto de mano—. Pero no has respondido a mi pregunta: ¿por qué fingir que no sabes que estaba flirteando con alguien? Ten en cuenta que si conozco a esta chica y mantengo relaciones sexuales con ella...

—En ese caso, sabes que tenemos un protocolo de privacidad y...

—Ya lo sé, Mila. No dejas de darme evasivas. Voy a reformular la pregunta: ¿te molesta que esté ligando con alguien?

—Me molesta que estés *ligando* con alguien a quien no puedo encontrar.

Denis se queda congelado, confundido por la respuesta de la androide.

—Explícate.

—Forma parte de mi protocolo de seguridad chequear a cualquier humano con el que te relaciones. Ya sea de forma presencial o virtual. La dirección IP del sujeto Amber no consta en ningún lado. Así que, o estás hablando con una experta en informática que ha conseguido cubrir todos sus sistemas con un cortafuegos que impide que entre hasta la propia Nación (lo que está vulnerando el artículo 18 y es considerado, por tanto, un delito) o bien, dicho en tu propia lengua, estás hablando con un fantasma. Con alguien que no existe.

El chico se rasca el mentón, siente la incipiente barba que mañana tendrá que afeitarse, y se queda pensando en todo lo que ha dicho la androide. Ahora entiende muchas cosas de Amber; principalmente, lo enigmática que es. Y eso... eso hace que la atracción que siente por ella se intensifique y adquiera más fuerza. ¿Quién será? ¿A qué se dedicará? ¿Su nombre real será Amber? Obviamente, no está hablando con ningún fantasma, así que la única opción es que sea alguien que, al igual que él, no cree en el control totalitario de Vawav e intenta apañar su privacidad con tretas informáticas.

El chico no puede evitar soltar una sonrisa juguetona, como si la idea de descubrir quién se encuentra al otro lado del chat lo sobreexcitara. Sin embargo, esa parte de su cerebro que desconfía más de las personas que de las máquinas se pregunta si está siendo víctima de algún tipo de engaño.

¡Oh, venga ya! ¡No empieces!

Denis aparca todas esas ideas en su cabeza y se vuelve a centrar en Mila. Lo primero que hace es reconfigurar su sistema para que pueda charlar tranquilo con quien quiera y para que, únicamente, lo moleste con el numerito de la analítica si su vida corre peligro. A continuación, termina de organizar todos los archivos que está recopilando para investigar lo que está ocurriendo en la zona norte de Vawav. Después de la conversación que tuvo con Tercio y con Hada, no puede dejar de preguntarse qué está haciendo la Nación allí.

Pero ahora mismo, como bien ha aventurado Mila, su prioridad se encuentra detrás de una aplicación para ligar. Así que, una vez terminados sus quehaceres, Denis no duda en ir directo a su habitación, tumbarse en la cama con la tableta y retomar su conversación con Amber. Ahora mismo su cabeza se decanta por dos escenarios: continuar con el coqueteo que aumenta la tensión con quien se esconda al otro lado y averiguar su identidad. ¿Por qué no jugar en ambos niveles?

Perdona. Tenía que solucionar unas cosas del trabajo.

Ya estaba pensando que eras otro que huía de mí.

¿Otro? ¿Con cuántos a la vez estás hablando?

¿Te molestaría si dijera que con varios?

No, lo entendería.
Pero sí me molestaría que tuvieras más ganas de hablar con otro que conmigo.

Las tiras bien, ¿eh?

Discúlpame. No domino el arte de ligar.
Me siento un poco ridículo.

Tu rollo de gentleman british no sé si me inquieta o me hace sentir más curiosidad.

No sé qué es eso.

Da igual, déjalo.
Y no.
No estoy hablando con nadie más.

En tal caso, me consideraré un afortunado.
Incluso sabiendo que estoy hablando con un fantasma.

¿Perdona?

Sí, no sé dónde vives…
Lo de «hacer muebles» me suena a cuento…

¡Pero bueno!
¡No entiendo por qué te parece tan raro que diseñe muebles!

Eres un enigma, Amber.

¡Habló el que no tiene foto de perfil!

Uy... ¿vamos a jugar a eso?

Te juro que como me mandes una foto-polla,
te bloqueo de inmediato.

¡¿Qué?!
Pero ¿por quién me tomas?

Bueno, yo te aviso. No serías el primero que me manda
una foto de sus «partes» al tercer día de hablar.

No sé con qué clase de hombres estás hablando, pero...
¡NO!
Me refería a mandarnos una foto de nuestra cara.
O de cuerpo entero.
¡Vestidos, por supuesto!

Denis, Denis...
Que por aquí no entiendo las ironías
tan bien como en el mundo real.

¿Es una propuesta para vernos?

Puede ser...
Pero antes me parece bien lo de enseñarnos
las caritas por aquí.

Amber no tarda ni dos segundos en adjuntar una fotografía de ella tumbada en la cama. Tiene una preciosa melena rubia con tonos castaños y unos ojos de un marrón tan claro que podría llegar a ser amarillo, con una forma casi felina. De su cuello pende un colgante que parece cristal opaco con forma cilíndrica. A Denis le sorprende lo excéntrica que es la cama en la que se encuentra: varias almohadas, algún peluche y una luz demasiado cálida para lo que suele estar acostumbrado. Por el estilo que tiene la chica, deduce que podría vivir en la zona sur de la ciudad. Allí la gente tiene un estilo más extravagante. Pero, sin duda, lo que cautiva a Denis es la perfecta sonrisa que luce Amber. Es de esas que transmiten paz, bondad y, sobre todo, diversión. Solo con verla, el chico se contagia con la misma expresión.

Eres preciosa.

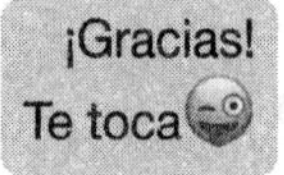

Denis se atusa el pelo, se cruje el cuello y se coloca la camiseta arrugada que lleva lo mejor que puede. Se dice a sí mismo que tiene unas pintas muy de andar por casa y no es el aspecto que luciría en una cita, pero... ¡qué más da! Activa la cámara frontal de la tableta, se observa, intenta corregir su postura (casual y guapo, pero sin parecer incómodo y forzado) y se hace una foto que manda inmediatamente al chat.

No dice nada más. Solo espera, ansioso, la respuesta por parte de la chica.

Pero no contesta.

El chat no solo confirma que la foto ha sido enviada correctamente, también que ha sido vista.

Pasan varios segundos más y Amber sigue abrazada al silencio.

Entonces, observa que la chica está escribiendo algo.

En su cabeza se ha imaginado un montón de respuestas, pero jamás habría pensado en:

Estás de puta coña, ¿no?

UNA HISTORIA DIFÍCIL DE EXPLICAR

—Ten. Esto servirá.

Bahari le tiende a la doctora Gala Craus un trozo de tela con una pasta verdosa con virutas amarillas que acaba de hacer en la mesa de trabajo en donde practica la alquimia. Una de las múltiples cosas que enseñan a los centinelas es a manejar los recursos disponibles que tienen para crear sustancias que ayuden a mantener a los activos en un estado de rendimiento óptimo. Así que si alguna vez, en un hipotético futuro, tiene que descansar en unas determinadas horas y no tiene forma de conciliar el sueño, conoce la fórmula para crear unos polvos que harán que duerma plácidamente durante cuatro horas. Y lo mismo con estados de somnolencia, hipertensión, jaquecas, dolores musculares y un largo etcétera.

La doctora unta el ungüento en la boca de Kai como si fuera una pasta de dientes. Las babas no tardan en llevarse la sustancia al interior de su cuerpo y, en cuestión de segundos, despierta sobresaltado.

—Dios… Me sabe fatal la boca —se queja el chico con desagrado, aún aturdido—. Creo que voy a vomitar.

Bahari agarra la palangana que utiliza para asearse y la pone debajo de la boca del chico justo un momento antes de que expulse lo poco que tenía en el estómago.

—Qué bien… —farfulla la muchacha con ironía, mientras reconoce los restos del unto—. Tenéis cinco minutos antes de que vuelva a desmayarse.

La doctora se incorpora al lado de Kai y le ofrece una bonita jarra de cerámica blanca con agua fresca. Aprovecha el momento para mojar un poco su rostro y que esté lo más despejado posible.

—Dios... Me va a estallar la cabeza...

—Kai, escúchame, necesito que nos lleves de vuelta a casa. Aún estás bajo los efectos del éxtasis y sé que tienes ganas de dormir. Te prometo que, cuando estemos de vuelta, vas a poder descansar.

—Oiga, no pretenderá que le dé una pastilla de M cada vez que quiera dormir, ¿no? —interviene Yago, preocupado.

—No, Yago, es más... —cambia su tono a un susurro casi imperceptible—. ¡Ni se te ocurra volver a darle esto otra vez!

Yago se disculpa con una mueca de vergüenza y arrepentimiento en el mismo tono confidente de la doctora. Ella vuelve a centrarse en Kai.

—No tengo el metrónomo, pero me sé un buen truco para marcar el ritmo. Lo hacemos igual que la vez anterior, ¿te parece? Quédate sentado en esta posición —guía, mientras ayuda al chico a cruzar las piernas en actitud de yoga—. Intenta mantenerte todo lo erguido que puedas. Eso ayudará a que no te quedes dormido.

Acto seguido, la doctora se sienta en la misma posición que Kai, a pocos metros de él. Lo siguiente que hace es elevar su brazo derecho, respirar hondo y chasquear los dedos en un ritmo marcado que acompasa con un movimiento que va de arriba abajo.

Chasquido arriba, chasquido abajo, chasquido arriba, chasquido abajo.

Un, dos, tres, cuatro.

Pum, pum, pum, pum.

—Quiero que te concentres en este sonido y te dejes llevar por mi voz...

Al igual que las veces anteriores, obliga al chico a reconocer la estancia con los ojos cerrados, a centrarse en los olores y los detalles que lo rodean. Cada elemento estimula y activa los cinco sentidos de Kai y hace que, poco a poco, vaya entrando en ese estado de abstracción.

—Ahora quiero que pienses en tu cuarto.

De repente, Kai abre los ojos.

Pero estos están completamente en blanco. Mientras que Bahari y Nabil dan un paso atrás, asustados al ver así a su invitado, la doctora no puede evitar sonreír de orgullo ante el buen trabajo que está haciendo el chico.

Un aura vibrante comienza a emerger de los laterales de Kai, como si detrás de su espalda escondiera una pequeña bombilla que, poco a poco, se fuera encendiendo. A medida que crece la luz, el espacio que los rodea se va abriendo y dando paso a uno completamente distinto. Pareciera que de sus omoplatos hubieran surgido un par de alas invisibles que, a medida que se van expandiendo y abriendo, muestran ese nuevo lugar que va invadiendo la estancia. En cuestión de segundos, la mitad del salón de Bahari ha desaparecido por una parte del cuarto de Kai.

—Respira hondo, Kai. Tranquilo —continúa la doctora, tan calmada como de costumbre—. Ahora quiero que, poco a poco, abras los ojos.

El blanco que cubre el iris de Kai va adquiriendo menor opacidad, dándole un aspecto parecido al de un anciano con cataratas, hasta que llega a desaparecer por completo. Sus ojos verdosos estudian la nueva estancia que lo rodea. Una sonrisa de victoria emerge de su boca.

—¡Lo he hecho!

—¡Rápido! —apresura la doctora—. ¡Cruzad el umbral!

Después, se gira hacia Bahari, quien no para de tocarse las sienes en un claro gesto de jaqueca.

—Es normal que te duela al principio —explica con una tierna sonrisa—. Pero en el momento en el que os adaptéis el uno al otro, se convertirá en algo natural y el dolor desaparecerá.

Bahari asiente, manteniendo el gesto de dolor y, en parte, de furia. Está enfadada porque ella no quiere esto, porque no le parece justo que después de tantos años de trabajo y sacrificios, su carrera como centinela se vaya a ir al garete.

—Habla con Docta Sena —susurra Gala—. Sabrá guiarte, querida Bahari. El Equilibrio depende de vosotros.

—¿Se lo ordenas bajo qué autoridad? —la encara Nabil, furioso, apretando los dientes.

—¡Gala! —grita Kai al otro lado del portal—. Creo… creo que se va a cerrar…

La doctora se vuelve hacia Nabil, aparcando sus gestos afables para dar paso a una expresión tan severa como amenazante.

—Bajo la de *guardiana* —zanja ella.

Gala Craus da un par de pasos, cruza el umbral entre los dos espacios e, inmediatamente después, el aura que emana de Kai se disuelve, haciendo desaparecer el mundo de Bahari.

—Lo he... ¡Lo he conseguido! —sonríe triunfante y cansado.

—¡Vamos! —celebra Yago, propinándole una palmada en la espalda—. O sea... ¡Es que esto que me acaba de pasar es MUY fuerte! ¡Señora! ¡Que mi amigo tiene poderes!

La puerta del cuarto se abre de golpe, y aparece tras ella una Amber tan furiosa como pocas veces han visto sus amigos.

—¡¿En serio eres TAN cabrón que te has hecho pasar por...?!

Amber no termina la frase. Se queda callada en el marco de la puerta, sosteniendo el teléfono móvil como si fuera un escudo que pretende envestir contra su amigo.

Kai, confundido, se fija en la foto que hay en la pantalla.

Y entonces, durante un segundo, todo se detiene.

Amber intenta comprender por qué sus compañeros de piso están con la doctora Gala Craus.

Yago todavía sigue sin asimilar lo que ha ocurrido.

Y Kai... Kai intenta entender por qué su mejor amiga tiene una foto de él mismo, pero sin barba y con el pelo corto, la piel mucho más blanquecina y unos ojos tan azules que el mismo cielo podría estar atrapado en ellos.

—Oh, vaya... —confiesa la doctora.

El chico vuelve a cerrar los ojos y a desmayarse. Yago y la doctora lo agarran a tiempo para tumbarlo en la cama y que así, por fin, pueda descansar.

—Me podéis... —empieza a decir Amber en un tartamudeo—. ¿Me podéis decir que está pasando aquí?

—Es una historia difícil de explicar —contesta Gala Craus con un suspiro.

SEGUNDA PARTE

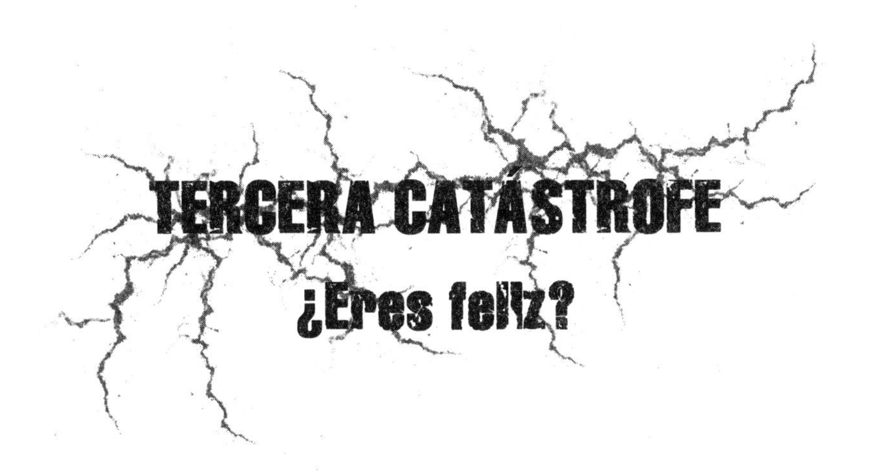

TERCERA CATÁSTROFE
¿Eres feliz?

No recuerdo cuándo fue la última vez que Joaco y yo surfeamos juntos. Desde que él se mudó a la gran ciudad para estudiar Arquitectura, echó raíces allí con su propio estudio de diseño de interiores y conoció a Clara, mi cuñada y madre de mis dos sobrinas. Me resulta muy curioso ver cómo alguien que es físicamente idéntico a mí consigue todas esas cosas que, en el fondo, me hubiera gustado haber hecho. Pero mi vida es muy distinta a la de mi hermano gemelo.

—¡Toño! —me grita, burlón, desde la otra punta del mar—. ¿Se te ha olvidado cómo se hacía o qué?

Suspiro.

Joaco siempre ha sido un chulo para todo. Mientras que yo era el hermano bueno y callado, él siempre era el sinvergüenza que se metía en problemas y, de una forma u otra, yo conseguía sacarle las castañas del fuego. Me dan ganas de gritar que sigo practicando el surf todas las semanas y que a quien se le ha olvidado cómo usar la tabla como Dios manda es a él, pero decido callarme porque todavía estoy pensando en cómo voy a contarle la decisión que he tomado con mamá.

Mientras que mi hermano ha tenido la vida que siempre ha soñado, yo me he pasado mis casi cuarenta y cinco años en este bonito pueblo pesquero que me ha visto crecer y convertirme en el hombre que soy. Siempre he disfrutado de sus calles y de la gente que lo habita. Salvo en las épocas veraniegas, mi pueblo es esa clase de lugar en el que la mayoría de sus habitantes se conocen. Supongo que la culpa de esto la tiene mi madre. Su espíritu está aferrado, de alguna extraña forma, a este sitio. Por eso, cuando Joaco nos dijo que se iba a mudar a una ciudad que está a más de cuatro horas de viaje para empezar su propia vida, no tuve más remedio que convertirme en el hermano que se quedaría aquí, cuidando de ella.

Decido aferrarme a la tabla y comenzar a nadar fuerte a merced de la corriente de la ola que va a romper unos metros más adelante. Con cada brazada descargo la rabia que me produce la cantidad de pensamientos negativos que tengo hacia mi hermano y las decisiones que he tomado en mi vida. Surfear es lo más parecido a un bálsamo para mí. Es la única rutina que conservo desde que era bien pequeño porque, en el fondo, el arte de dominar las olas me da una intimidad y una soledad que, mentalmente, me hace viajar a esos años felices en los que no tenía que preocuparme por nada.

—¡Pero qué cabrón! —aplaude mi hermano al ver cómo surco la espuma del mar—. ¡Sigues surfeando igual de bien que cuando éramos niños!

Salgo del agua y, aún agitado por el esfuerzo que implica el deporte, aparco la tabla y me tumbo en la playa, sintiendo la humedad de la arena entre mis dedos y respirando el aire puro que solo me regala este sitio. Quizás envidie la vida de mi hermano, pero este lugar siempre me va a transmitir una paz que ningún otro sitio será capaz de darme.

Mi hermano me copia el gesto y se sienta a mi lado, no sin antes darme un par de palmadas cariñosas en el pecho.

—No me extraña que tengas este cuerpazo, cabrón. ¿Cada cuánto surfeas?

—Todas las semanas —confieso con una leve sonrisa de orgullo.

Observo a mi hermano de reojo. A él los años le han pasado factura. Imagino que lo de ser padre de dos niñas tiene parte de la culpa, pero seguro que el estrés de la ciudad también debe tener algo que ver. Mientras que yo he conseguido mantener el cuerpo fibroso que ambos teníamos con veinte años, el de mi hermano tiene más arrugas, está más flácido, descuidado y canoso.

—No tengas hijos nunca —me confiesa, derrotado, mientras se tumba en la arena.

—No les eches la culpa a mis sobrinas de tu salud física, anda. Que enseguida os excusáis los padres cuarentones en eso —añado sonriendo.

—¿Puedo confesarte una cosa? —asiento—. Te envidio.

Me quedo mudo. ¿Cómo? Joaco, el hermano guapo, triunfador y exitoso... ¿me tiene envidia? Pero ¿qué disparate es este?

—¡No me mires así! —me dice, avergonzado.

—A ver, Joaco... —comienzo, riéndome—. ¿Tú sabes la vida que tengo aquí? Sí, el pueblo sigue siendo el pueblo. Pero lo único que hago es madrugar para la pesca y cuidar de mamá. Es más, te recuerdo que sigo viviendo en su casa. Tú tienes una vida más allá de esto. ¿Qué es exactamente lo que envidias?

Mi hermano se queda callado, estudiando mi rostro que, en cuestión de segundos, se ha endurecido.

—¿No eres feliz aquí? —me pregunta, confundido.

—Lo soy, pero...

Quiero decirle que yo no he tenido oportunidad de elegir. Que al marcharse, él, directamente, decidió por mí. Porque los dos sabemos que no podíamos dejar viviendo sola en este pueblo a una mujer viuda, aferrada a los recuerdos de su difunto marido, con ataques de ansiedad y bipolaridad que, con el paso de los años, han ido multiplicándose.

—Tengo que contarte una cosa de mamá —advierto.

Mi hermano, que aún está intentando descifrar mi cambio de actitud, se vuelve quedar petrificado por el anuncio.

—En un par de semanas va a ingresar en una residencia. Yo... ya no puedo hacerme cargo de ella.

Convierte el silencio en su respuesta. Lo único que hace es incorporarse poco a poco, tragando con dificultad. Yo continúo hablando:

—Necesita un tratamiento más fuerte y unos cuidados especiales que yo no puedo darle. Ya has visto cómo está...

—No sé, Toño... —me interrumpe mi hermano, dubitativo—. A mí no... no me parece que esté tan mal. No sé. No me ha dado esa impresión.

—Pero si cuando le has hablado de Clara y las niñas te ha soltado que quiénes eran esas... —añado, cabreado.

—¡Pero son cosas de la edad! Cambios en la memoria y tal... —se excusa—. No es motivo para llevarla a una residencia. No sé, me parece excesivo, hermanito.

Y el muy sinvergüenza me suelta esto riéndose.

—¿Excesivo? —contesto, incrédulo—. Mira, Joaco, no voy a discutir. Tampoco te estoy pidiendo permiso para meter a mamá en una residencia. Es mi responsabilidad y yo...

—Ey, ey... Para el carro —me interrumpe, luciendo esa sonrisa prepotente que tanto odio—. También es mi madre. Tengo voz y voto en esto.

No me lo puedo creer. ¿De verdad, mi propio hermano, sangre de mi sangre, que ha pasado olímpicamente de nuestra madre durante los últimos veinticinco años, me viene ahora con esto?

—No, no lo tienes —contesto tajante—. Lo siento mucho, Joaco, pero no lo tienes. —Mis palabras empiezan a salir como dardos envenenados por la rabia—. Llevas pasando de mamá desde que te marchaste de aquí. No mantienes el contacto con nosotros. ¡Por favor! ¡Si conocimos a Jessica con cuatro años! Solo has venido aquí cuando la crisis te ha dado por culo y ni tú ni tu familia teníais un duro para iros de vacaciones, y entonces: ¡Oh, vaya, si tengo a mi madre que vive en la playa!

»No te has preocupado en hacer un seguimiento del estado de salud de mamá; y oye, lo entiendo, es muy duro ver cómo una persona se va muriendo mentalmente poco a poco. Ni siquiera te has molestado en llamarme para preguntar qué tal me va, si he conocido a alguien o, no sé, saber si en algún momento quiero tener una vida más allá de este lugar.

Cada palabra que suelto se va impregnando de dolor y de rabia. Los sentimientos que me he ido guardando todos estos años con un silencio ponzoñoso se van, poco a poco, adueñando de mí.

Al fondo, el mar que hace unos minutos mostraba un carácter enojado y turbio, comienza a serenarse. Como si, de alguna manera, me estuviera traspasando su genio.

—Pero... ¿qué me estás contando, Toño? —contesta—. ¡Nadie te ha obligado a quedarte aquí! ¡Ha sido decisión tuya!

—¡Y una mierda!

Nuestra discusión se va acalorando más, mientras que el rugido de las olas que antes resonaba por toda la costa pierde protagonismo por culpa de nuestro elevado tono de voz.

—¡No me toques los cojones, Toño! ¡Tú has gestionado el dinero de la pensión de mamá siempre! ¡Has vivido de ella, joder! —me grita—. ¡Da gracias que no te haya pedido un céntimo de...!

—¿Cómo tienes la poca vergüenza de soltarme eso? ¿Sabes lo caro que es el tratamiento? ¡No! ¡Qué vas a saber!

Mi hermano se levanta, cabreado. Me señala con el dedo, mientras que el puño de la otra mano lo mantiene apretado, como si se estuviera preparando para pegarme. No me extrañaría que lo hiciese, la verdad. Joaco siempre ha sido muy burro y es de esos que solucionan las cosas con la fuerza.

—No te vas a llevar a mamá a ningún lado —ordena—. Antes me hago cargo yo. No me digas que es lo mejor para ella. ¡Es lo mejor para ti! ¡No pienso dejar que la abandones y la dejes morir en una residencia para viejos!

Me levanto dispuesto a ser el primero en soltar el puñetazo. A veces me sorprendo de lo mucho que puedo llegar a odiar a alguien que, físicamente, es idéntico a mí. No sé cómo he podido aguantarlo durante mi infancia. ¡Ni siquiera sé cómo pude soportarlo dentro del vientre de mi madre!

Mis pesquisas se cortan de golpe al sentir cómo mis pies se mojan por culpa de los restos de una ola que llega hasta nosotros. Me sorprende la fuerza con la que nos enviste. Siempre que una ola rompe en la orilla, el agua vuelve al mar como si este la llamara para regresar a casa. Pero esta vez, no lo hace. La corriente de agua sigue mojando nuestros pies y, lo más sorprendente de todo, cada vez lo hace con más agua.

—¿Qué está pasando? —pregunta mi hermano, igual de confundido que yo.

Vivo en una zona costera bastante llana en la que, debido a la falla que se encuentra a kilómetros de la playa, siempre ha existido el riesgo de tsunami en caso de terremoto. Hace unos años, la delegación del gobierno central decidió aplicar un protocolo a todos los núcleos urbanos en caso de maremoto, así que tenemos todos los del pueblo bastante reciente lo que hay que hacer llegado el caso.

—¿Es un tsunami?

—No, habrían sonado las sirenas —explico—. Parece... una subida repentina de la marea.

El agua sigue avanzando y la altura del mar ya nos llega por debajo de los gemelos. Descarto inmediatamente que se trate de una ola gigante porque carece de la fuerza característica del fenómeno.

Decido girarme hacia el interior, para ver si el mar ha dejado de avanzar, pero todas las terrazas y los chiringuitos del paseo empiezan a agitarse por culpa de la inesperada crecida de la marea. No parece peligroso porque, simplemente, inunda la acera y el suelo de la zona, con un mar calmado que, hace unos minutos, mostraba la fiereza a la que solemos estar acostumbrados. Pero el desconcierto y la inquietud cobran cada vez más protagonismo, y los gritos de susto de los transeúntes comienzan a sonar cada vez con más fuerza.

—Volvamos a casa —dice mi hermano.

Los dos agarramos las tablas que permanecen a nuestro lado flotando, gracias al cable que tenemos atado al tobillo, y vamos caminando como podemos por el mar hasta que llegamos a la carretera en la que hemos aparcado el coche.

—Menos mal que tienes un todoterreno —añade Joaco.

Menos mal que mamá te da igual, pienso yo.

UN DON QUE MUY POCOS TIENEN

Ha dormido más de nueve horas seguidas y, aun así, Kai se ha despertado aturdido, incluso cansado. Resulta irónico que las horas excesivas de sueño provoquen lo mismo que la falta de descanso. Todo lo que le ha ocurrido en los últimos días ha sido... una locura. Necesita una explicación más o menos coherente. Su cabeza no deja de formular preguntas para las que no tiene respuesta, así que se obliga a parar de pensar hasta que la doctora Gala Craus explique a los tres compañeros de piso qué está pasando.

Cuando el chico sale de su cuarto, se encuentra a sus compañeros en el salón; Amber está tumbada en el sofá, mirando hacia el techo con los ojos muy abiertos en un claro estado de shock del que aún no ha conseguido salir, aferrada a su colgante con la mano izquierda; Yago permanece sentado en una de las sillas del comedor, agitando la pierna con impaciencia.

—Buenos días —anuncia Kai.

Sus amigos lo miran en silencio, sin saber qué decir.

—Así que no he soñado lo de ayer —confiesa el chico.

Tanto Amber como Yago niegan con la cabeza.

—No, no lo has soñado. —La voz de Gala lo sobresalta.

Aparece desde la cocina sosteniendo una taza de café en una mano, mientras que en la otra lleva tres pequeñas ciruelas negras.

—Buenos días, Kai —continúa, con su afable sonrisa—. Date una ducha y desayuna algo. Tengo mucho que contaros.

—El mundo que conocéis tiene una historia distinta a la que os han enseñado —comienza a explicar la doctora.

La luz matutina se cuela por el ventanal del salón, pero las cortinas de tonos rojos y crema mitigan su intensidad y hacen que la estancia tenga un ambiente más íntimo. Los tres compañeros de piso permanecen sentados en el sofá en el que tantas cosas han pasado, esperando ansiosos el relato de Gala Craus.

Ninguno dice nada.

Enfrente de ellos, la doctora está sentada en una de las sillas del comedor. Lo primero que hace es colocar las tres ciruelas negras que traía consigo en la mesa de café. Las alinea perfectamente, pero dejando un pequeño espacio de separación entre ellas.

—Esto es *Terra* —dice señalando la ciruela central—. Es decir, nosotros. Nuestro mundo. El mundo que conocéis. Terra está en medio de otros dos mundos que son paralelos entre ellos: Ídedin y Vawav —continúa, señalando las frutas de los laterales—. Y somos, por decirlo de alguna manera, el estabilizador de esos dos mundos.

—El Equilibrio —susurra Kai.

—Sí, exacto. Terra es el Equilibrio de dos mundos paralelos y dependemos de la coexistencia entre ambos. —La doctora hace una pausa, sin dejar de observar las atentas caras de los jóvenes—. Hay un proverbio ancestral que dice así:

Hubo un tiempo en el que todo era uno.
Una noche. Un día. Un mundo.
Entonces la noche se hizo a un lado y el día, a otro.
Y en medio, girando, apareció el Equilibrio.
Un Equilibrio que ve los días y las noches.
Un Equilibrio que separa la luz de la oscuridad.
Un Equilibrio perfecto que mantiene la paz.

La doctora recita la leyenda casi como si fuera una oración, demostrando lo interiorizadas que tiene cada una de las palabras que comparte con ellos.

—Espera —interrumpe Yago, confundido—. ¿Cómo que «todo era uno»?

Gala Craus no puede evitar sonreír ante la atenta duda.

—Hace miles de años, Ídedin y Vawav formaban un único mundo. En él convivían dos elementos que, debido a su eterno y constante conflicto, destruían más que progresaban.

—¿Qué dos elementos? —pregunta Amber, intrigada.

—A día de hoy los conocemos de forma vulgar como magia y ciencia.

El resoplido que suelta la chica por la nariz, con cierto matiz de risa, muestra su escepticismo ante las revelaciones de la doctora. Kai y Yago, por su parte, permanecen atentos.

—Ante la imposibilidad de que ambas estirpes convivieran en el mismo espacio, se llegó a un acuerdo que separó el mundo en dos mitades —explica Gala, volviendo a centrarse en las frutas—. A un lado de la balanza quedaron la luz y el calor, la fe y la magia. Al otro, la oscuridad y el frío, la lógica y la ciencia. Ídedin y Vawav. Terra es lo que sostiene a ambos mundos. Es lo que los mantiene separados y, a la vez, unidos.

—¿En Ídedin no existe la noche? —pregunta Kai al recordar la luz diurna siempre que visitaba el lugar.

—Nunca. Del mismo modo que en Vawav no saben lo que es el sol.

—Qué horror —confiesa Yago, en un susurro.

—Ambos mundos han evolucionado y prosperado a su manera. Mientras que Ídedin se ha centrado más en su crecimiento mental y espiritual, Vawav lo ha hecho de forma tecnológica.

—Pasado y futuro —añade Kai.

—A vuestros ojos podéis percibirlo así, pero en el fondo, aunque en Ídedin no existan la electricidad o los motores de combustión, espiritual y mentalmente están muy evolucionados.

—¿Y eso qué quiere decir exactamente? —pregunta Amber, cruzándose de brazos en un claro gesto de arrogancia que no se preocupa por disimular.

—Pues que tienen desarrolladas capacidades cerebrales como el control de los elementos, por ejemplo, o la comunicación mental entre distintas especies. Es una sociedad fascinante.

A pesar del recelo que presenta Amber, la doctora disfruta en todo momento del relato que está narrando. Compartir el mayor secreto de la humanidad en un tiempo tan crítico como en el que están hace que se sienta viva por dentro.

—¿Cómo sabes todo esto? —insiste la chica.

La doctora aparta las frutas antes de seguir con la explicación.

—Cuando se produjo la disgregación, había que proteger el Equilibrio. Era fundamental crear una serie de normas para que ambos mundos pudieran coexistir sin interferir el uno en el otro. Cuando digo que Terra es el equilibrio, no lo es solo a un nivel espaciotemporal. También es el puente entre los dos mundos y lo que hace que uno no interfiera en el otro.

—¿Normas? ¿Hay una especie de constitución? —pregunta Yago, incapaz de esconder su cara de asombro.

—Un tratado, más bien. Hay varios puntos, pero los más importantes son los tres primeros: nadie de Ídedin o de Vawav puede viajar al mundo contrario a no ser que sea por consentimiento de ambas partes; los guardianes de Terra serán los encargados de mantener la paz y el control del tratado; los guardianes tendrán la potestad de viajar a ambos mundos con el objetivo de mantener el Equilibrio.

—Guardianes… —dice Kai, pensativo—. Eso fue lo que dijiste a los de Ídedin antes de volver.

—Así es. Además de tener un doctorado en Psicología, formo parte del Priorato del Equilibrio —anuncia, orgullosa.

—Esto cada vez me va sonando más a *El código Da Vinci* —farfulla Amber.

—El Priorato del Equilibrio —explica la doctora— es una fraternidad secreta que lleva miles de años vigilando que las normas del tratado se cumplan. Los que formamos parte de ella somos conocidos como *guardianes*. Y, como os he comentado, somos las únicas personas que podemos viajar de un mundo a otro sin poner en peligro el Equilibrio.

Gala Craus no quiere entretenerse en las múltiples responsabilidades y labores que tiene un guardián ni tampoco en explicar cómo es su modus operandi. *Ya habrá tiempo de adentrarse en explicaciones más complejas,* piensa para sí misma.

—Vale, ¿y qué tengo que ver yo en todo esto? —protesta Kai—. ¿Qué relación guarda esto con mis...? ¿Sueños? ¡Ya no sé ni cómo llamarlos!

La doctora da un largo sorbo a su café, relame sus labios y se toma unos segundos para organizar en su cabeza todos los conceptos que necesita saber el chico con respecto a su naturaleza y a su cometido.

—Tú eres un *viajante,* Kai. Tienes un don y una naturaleza que muy pocas personas poseen. Tus «sueños hiperrealistas» son, en el fondo, viajes que haces a Ídedin y a Vawav. Tienes la capacidad de abrir puertas a los dos mundos —explica Gala, quien vuelve a tomarse unos segundos de reflexión para explicar al chico la parte más compleja de su naturaleza—. Y si puedes abrir estos portales es porque también estás en Vawav y en Ídedin.

—¿Cómo que estoy en Vawav y en Ídedin? —pregunta confundido y algo asustado ante la inminente revelación.

—Amber, ¿puedes enseñarme de nuevo la fotografía de ayer, por favor?

La chica deja a Gala Craus el móvil con la imagen de Kai tumbado en una cama que ninguno había visto nunca; tiene un aspecto mucho más pálido y cuidado y, lo más llamativo de todo, son esos ojos de un azul tan intenso.

—La chica que aparece en tus sueños (Bahari), esa misma que viste ayer..., es, por decirlo de alguna forma, tu «yo de Ídedin» —revela. A continuación enseña el móvil de Amber—. Del mismo modo, este chico de aquí es tu «yo de Vawav».

—¡¿Qué?! —gritan los tres amigos.

Kai no puede creer lo que acaba de escuchar. ¿Quiere decir que existen los mundos paralelos? ¿Que Bahari es la persona que vive en el mundo en donde él sería una mujer? El rompecabezas que tiene en su cabeza empieza, poco a poco, a tomar forma. Le vienen a la mente esos ojos verdes tan parecidos a los suyos, tan... *¡idénticos!*

—Estás hablando de universos alternativos, de mundos paralelos —añade Yago, como si le hubiera leído el pensamiento a Kai—.

¿Nosotros también tenemos otras versiones de nosotros mismos en Ídedin y en Vawav?

—Solo si sois viajantes. No suele ser lo habitual. Es más, cada vez existen menos viajantes... —Kai percibe un gesto de dolor en el rostro de la doctora—. En el Priorato solo conocemos a uno más. Y... mucho me temo que ahora mismo te has convertido en el único que puede ayudarnos, Kai.

—¿Qué quieres decir? —pregunta el chico, titubeante.

Gala Craus se levanta de la silla y comienza a caminar hacia el ventanal tras el que se aprecia la inmensa ciudad, tan vacía y acalorada durante los meses de verano. Deja que entre un poco más de luz al correr una de las cortinas, como si quisiera asegurarse de que nadie esté observando.

—Hace unas semanas, perdimos contacto con el único viajante que conocemos y empezamos a notar la manifestación de ciertas alteraciones en el Equilibrio. Nuestros peores augurios se confirmaron: Vawav ha utilizado al viajante para entrar en Ídedin y eso ha puesto en peligro el Equilibrio.

—Espera —se detiene Yago—. Dices que el Equilibrio es Terra, es decir, la Tierra. Nuestro mundo. ¿Eso quiere decir que...?

El chico no es capaz de terminar la frase, pero en cambio la doctora lo hace por él.

—Quiere decir que si no conseguimos detener esta invasión y hacer que todo vuelva a su cauce, el Equilibrio se irá rompiendo poco a poco. Y sí —confirma girándose hacia los tres chicos—: Eso significa que Terra se irá rompiendo. Poco a poco.

LA CHICA QUE JAMÁS SERÁ LO QUE QUIERE SER

No ha pegado ojo en toda la noche. Solo el suave pelaje de Virgo y su acompasada respiración han conseguido que cerrase los ojos durante unos minutos para descansar. Bahari no solo se siente segura al lado de su compañero animal, sino comprendida y en paz. Siempre que ha tenido algún problema o le ha preocupado algo, Virgo se ha acercado para dormir a su lado; como si, de alguna forma, estuvieran conectados y ambos supieran en todo momento lo que el otro necesita para seguir adelante.

Han pasado toda la noche en la mullida alfombra que tanto le gusta al animal. No es que a la muchacha no le guste dormir en el blando colchón de plumas y paja, pero con el insomnio siempre ha preferido pasar las noches en el salón, meditando acerca de lo que la inquieta y perturba.

La luz rojiza del exterior va adquiriendo un tono cada más amarillento, anunciando el nuevo amanecer. En cuanto Virgo nota que Bahari se va espabilando, comienza a darle varios lametazos cariñosos que recuerdan a los baños que dan las leonas a sus jóvenes cachorros. La chica no puede evitar sonreír por culpa de las cosquillas que le provoca la áspera lengua del felino.

—Sí, sí. Buenos días para ti también —dice la chica, mientras intenta detener el hocico del animal.

Bahari se pierde durante unos minutos en los impresionantes ojos de Virgo. Parecen verdes, pero un aro marrón rodea la pupila, provocando un precioso degradado entre ambos colores. Le encanta observar la cantidad de matices y pliegues que tienen sus iris, así como la vitalidad y energía que transmiten. Tienen un extraño poder hipnótico que calma a la chica por completo.

Un par de golpes en la puerta le sacan de su trance. Virgo no se inmuta, así que deduce que es Nabil quien ha venido a visitarlos.

—¿Qué haces aquí tan temprano? —pregunta apenas ve a su amigo.

Nabil entra como un huracán, con un semblante serio y decidido.

—Impedir que hagas una tontería —sentencia.

—¿De qué estás hablando?

—No puedes decir a los Sapientes que eres una viajante.

La confesión de su amigo la deja petrificada durante unos instantes. Sin embargo, intenta recobrar la compostura, cierra la puerta y, tras un largo y paciente suspiro, camina hacia él.

—Me lo ha ordenado una guardiana, Nabil —explica, derrotada—. ¡Si no voy yo, será ella quien exponga mi verdadera naturaleza y entonces...!

—¡Pero no podrás ser centinela! —insiste él.

—¿Te crees que no le he pensado? —contesta Bahari, cabreada—. Pero ¿qué otra opción tengo, Nabil? Ocultar esto no solo va contra las leyes de Ídedin, también contra el tratado del Equilibrio. ¡Si me sublevo estoy siendo incoherente con todo aquello en lo que creo!

La entereza con la que Bahari suelta su discurso hace que su amigo se empequeñezca y, en cierto modo, aparque esa estúpida actitud rebelde con la que venía dispuesto a hacer cambiar de opinión a la chica.

—Y entonces, ¿qué va a pasar ahora? ¿Dejarás de ir a clase? ¿Viajarás a Terra y a Vawav? —pregunta con una voz que se va rompiendo cada vez más—. ¿Volveremos a vernos?

Bahari se da cuenta de los miedo de su mejor amigo. Él solo intenta aferrarse a ese futuro que hace unas semanas era probable que llegara; un futuro en el que los dos recorrerían las tierras de Ídedin como centinelas, en busca de aventuras y emociones con sus compañeros animales; un futuro que ha dejado de ser posible y se ha convertido en una utopía.

—No lo sé, Nabil —suspira ella—. No creo que dejemos de vernos. Igual... ¡Igual puedes viajar conmigo! Podrías convertirte en un guardián y...

—No voy a convertirme en guardián —contesta él, tajante—. Solo los habitantes de Terra pueden aspirar a serlo, por si no te acuerdas.

La tristeza del chico se ha teñido de un enfado que Bahari no está dispuesta a que amaine ahora. Así que decide dar por terminada la conversación, excusándose en que se tiene que preparar para ir al Ubongo a hablar con Docta Sena.

—Si no eres capaz de luchar por lo que quieres —dice Nabil, antes de salir por la puerta—, entonces jamás serás la chica que sueñas ser.

Ella suspira cuando escucha el portazo que da su amigo cargado de furia y frustración. No sabe lo que le depara el futuro, lo que sí tiene claro es la paciencia que va a necesitar con Nabil.

Porque, por mucho que duela, Bahari sabe que su mejor amigo tiene razón. Y eso hace que no deje de repetirse la misma pregunta una y otra vez.

¿Está dispuesta a sacrificar toda su vida por mantener el Equilibrio?

ALGUIEN QUE SUSURRA UN NOMBRE

De todas las tareas que tiene que hacer como buscador, la que Denis menos soporta es revisar todos los datos que ha ido recopilando, asegurándose de que sean correctos y concuerden con las predicciones por las que apuesta. Además, de alguna manera, está trabajando a ciegas con todo el misterio que rodea a la parte norte de Vawav. El fuerte manotazo que suelta sobre la mesa hace que la androide proponga una alternativa.

—Quizá deberíamos acudir al Departamento Territorial para...

—No, Mila —interrumpe Denis, visiblemente exasperado—. Estamos investigando algo que no deberíamos de investigar. Acudir a cualquier departamento, pondría en peligro todo.

¿Qué es lo que están escondiendo en esa zona de Vawav? ¿Por qué la Nación está empeñada en ocultarlo? Denis siempre ha sido obediente con todo lo que sus superiores han ordenado. Se ha limitado a hacer las preguntas que, únicamente, implican una relación con su trabajo. Aunque él valore su privacidad y no esté de acuerdo con el desmesurado control que Vawav tiene sobre cada uno de sus habitantes, nunca se ha cuestionado ninguna decisión o ley.

Hasta ahora.

Porque Denis es muy bueno en su trabajo. Es uno de los mejores del Departamento de Energía y cualquier tonto se daría cuenta de que en esa zona se está desperdiciando un montón de energía. Inevitablemente, Denis no puede dejar de preguntarse qué hay en el norte de Vawav más importante que un buen puñado de rayos y carbón.

El característico sonido del chat de ligues notifica que tiene un nuevo mensaje. Toda su concentración se va al traste cuando ve el remitente: *Amber*. Después de la respuesta de la chica al ver su foto, Denis contestó con varios interrogantes y lo único que recibió fue el silencio por parte de la muchacha.

Lo siento. Te debo una explicación.

Denis duda entre contestar o bloquear a la chica. Ahora mismo, no tiene la cabeza para lidiar con esa clase de comportamientos incoherentes que a lo único que llevan es a la confusión y a un desgaste emocional. Pero es Amber. Y hay algo en ella tan magnético que no puede evitar teclear inmediatamente una respuesta.

Todavía no sé si ese «estás de puta coña» es por lo guapo o lo feo que soy.

Ya...
Es difícil de explicar.
...
Te pareces mucho a alguien que conozco.

¿En serio?
¿Y te pensabas que te estaba tomando el pelo o algo así?

Algo así, sí.
Todavía quiero creer que me estás vacilando.

¿Y eso por qué?

...
...
...
Insisto: es difícil de explicar.

Inténtalo. Soy buscador.
Solemos entender las explicaciones más complejas.

Denis vuelve a quedarse expectante a la respuesta de la chica. ¿Y si es ella quien está tomándole el pelo? ¿Se estará haciendo pasar alguien por Amber para reírse a su costa? Siempre ha sido muy reservado con su vida privada. Incluso con Tercio le cuesta sincerarse y compartir cosas, pero…

No, no tiene sentido que su mejor amigo gaste una broma de tan mal gusto.

Solo hay una forma de explicarlo.

¿Y bien?

Quedando.

Yo estoy dispuesto a quedar, ya te lo dije.

Ay, Dios, Denis...
Como esto sea verdad...

Amber, en serio, no sé a qué te refieres con «verdad».
¿Por qué piensas que te estoy engañando?
Y, por favor, no digas «es difícil de explicar».

El silencio de la muchacha vuelve a ser el protagonista de la conversación. ¡Pero sigue en línea! A Denis empieza a olerle mal todo aquello. ¿Estará hablando con otra persona al mismo tiempo? ¿Es posible que esté siendo víctima de una broma pesada?

Empiezo a pensar que eres tú quien se está riendo de mí.
Y sospecho que, quizá, no seas quien dices ser.

No, no.
Yo soy la chica de la foto.
Por casualidad...
¿Te suena mi cara de algo?

Pues... La verdad es que no. Lo siento.

¡Jajaja!
Me están pasando cosas muy locas.
Y creo que, si te lo explico antes de vernos, no vas a creerme.

Repito: Inténtalo.

Y otro silencio.

Denis se ha cansado del misterioso espectáculo y comienza a teclear su mensaje de despedida para después poder dar carpetazo a la muchacha (o a quien se encuentre detrás de ese perfil) para siempre.

Pero Amber se vuelve a adelantar.

Y lo vuelve a dejar completamente desarmado.

Prefiero reservar la historia tan loca para nuestro primer encuentro.
Que creo que va a ser dentro de un rato.

Denis...

Un susurro sobresalta al chico. Se gira hacia Mila para ver qué quiere, pero se sorprende al ver que la androide está en la otra punta de la habitación.

—¿Me has llamado? —pregunta él.

—No, Denis. ¿Ocurre algo? —contesta Mila con su indiferente tono de voz.

—Alguien… ha susurrado mi nombre.

Una leve jaqueca hace que se lleve los dedos a las sienes. El pinchazo va adquiriendo cada vez más fuerza, convirtiéndose en un molesto dolor que empieza a expandirse por el cráneo del chico.

—¿Denis? —dice Mila, claramente alterada por las inesperadas constantes del muchacho—. ¿Qué te ocurre? ¿Qué sientes?

—Me… me duele mucho la cabeza…

El aire empieza a ser cada vez más denso. Le cuesta llenar sus pulmones de oxígeno. Cada vez que inhala una bocanada de aire, siente que todo su cuerpo vibra con especial intensidad en la parte superior de la espalda.

Denis.

Ya no es un susurro.

Alguien con un tono de voz tremendamente familiar le ha hablado, directamente, a unos centímetros de su oreja. ¡Pero no hay nadie!

—Denis, detecto una inusual alteración en todo tu sistema nervioso. Tus constantes están aumentando de una forma preocupante. ¿Debo llamar a Emergencias?

—Hay alguien aquí, Mila. Alguien que no puedo ver, pero… —explica el chico, con la voz entrecortada y un agobio cada vez más evidente—. ¡Pero está aquí! ¡Puedo sentirlo!

Y, de repente, ocurre.

Toda la vibración que siente en su cuerpo se concentra en la parte superior de su espalda. Sus músculos se tensan. Aprieta tanto la mandíbula que sus dientes comienzan a chirriar. De una forma que no sabe explicar, siente cómo ese temblor que lo está sacudiendo se empieza a expandir más allá de su cuerpo.

Ve que emerge de sus costados una aureola fantasmal que va invadiendo todo lo que le rodea. A medida que el espectro va creciendo, el piso en el que tantos años lleva viviendo desaparece por otra estancia completamente desconocida para él.

Se gira por completo y ve que en la mitad de su salón ha aparecido otro distinto. Solo los separa esa línea brillante y difuminada que se asemeja a las auroras boreales. En el interior de esa nueva y desconocida habitación hay cuatro figuras humanas que emergen de las sombras y, poco a poco, se van acercando a él.

El chico retrocede, asustado.

—¡Mila, rápido! ¡Llama a Emergencias!

Pero la androide no responde. Se ha quedado completamente petrificada, como si el extraño fenómeno la hubiera apagado.

La primera persona que entra en su casa a través del extraño umbral es una mujer adulta. La acompaña un chico con un aspecto muy peculiar a quien no ha visto nunca.

Cuando ve al tercero, se queda sin aliento. Se trata de un joven igual de alto que él, con sus mismos rasgos, pero una barba incipiente y un pelo más largo que el suyo, bastante alborotado y descuidado. Su mirada es exactamente igual que la suya: la misma expresión, los mismos gestos, las mismas arrugas... Solo se diferencia en el color de los ojos.

Pero la cuarta...

La cuarta persona en aparecer es una chica que lo deja completamente impactado porque la reconoce al instante. Y es muchísimo más guapa en vivo y en directo que en la foto que le envió ayer por la noche.

—Te dije que ibas a flipar —sentencia Amber con una sonrisa.

ESE CUENTO INFANTIL QUE RESULTA SER REAL

Cuando ve a la chica con la que estaba hablando por esa red social de ligues en el salón de su casa junto a otros tres perfectos desconocidos, no sabe cómo reaccionar. Denis no solo está completamente impactado por el hecho de ser incapaz de encontrar una explicación lógica a lo que está ocurriendo, también por la presencia de Amber.

No sabe si es por su impresionante melena rubia con tonos castaños, la tez morena y viva que tiene, sus ojos de felino color ámbar (ahora se pregunta si la habrán bautizado con ese nombre por culpa de ellos) o por esa sonrisa que es infinitamente más hipnótica que en la fotografía. Denis se ha quedado congelado en el sitio.

Roza algo con su mano izquierda. Enseguida se da cuenta de que Mila está en un estado de hibernación con un rostro tan inexpresivo que recuerda a los primeros modelos de androide que caminaban hace cientos de años y no eran capaces de sonreír ni de modular la voz acorde a las falsas emociones que transmitían.

—¿Quién de los dos es el robot? —pregunta Yago, burlón.

Kai, que se encuentra al lado de su compañero de piso, da un paso hacia Denis con una prudencia parecida a la que tienen los domadores para que el animal no salga corriendo. Cada vez que se recorta la distancia entre ellos, puede observar con más detalles los rasgos de su gemelo u «otro yo». Todavía no sabe cómo denominarlo. Ambos se estudian con la misma intensidad.

—Esto es increíble —susurra Kai como si observara una estatua griega perfectamente tallada.

Cuando Denis escucha la voz del chico, se da cuenta de que suena exactamente igual que la suya. Siente miedo. Pánico. Teme que si intenta huir pueda ocurrirle algo. El chico se da cuenta de lo indefenso que está con su androide fuera de juego.

Kai, convencido de haber apaciguado su curiosidad y de sentir que todo lo que está ocurriendo es real, eleva poco a poco su mano hacia el rostro de Denis, dispuesto a tocarle la cara, a sentir el tacto de su piel.

Pero el chico de Vawav, en un acto reflejo, lo agarra con fuerza por la muñeca. En el momento en el que los dos cuerpos entran en contacto, ambos sienten un hormigueo similar al que se experimenta con un calambre. Una extraña energía, parecida a una corriente eléctrica, recorre todos los capilares de los dos muchachos, erizándoles el vello y notando un *déjà vu* que no son capaces de explicar.

—¿Quién eres? —consigue articular Denis, intentando salir del aturdimiento—. ¿Qué está pasando?

Amber se acerca hasta el chico con una expresión que mezcla la burla con la emoción, mientras juguetea con el colgante que lleva.

—Te dije que era difícil de explicar.

—¡¿Terra?! —pregunta Denis, incrédulo—. ¡Venga ya! Si... ¡Si todo lo de Terra e Ídedin es un cuento!

—Al menos, tú sabes de la existencia de los dos mundos —comenta Kai—. Nosotros, ni eso.

Después de que Gala Craus volviera a explicar todo acerca del Equilibrio y los dos mundos, a Kai le sorprende que el chico de Vawav conozca, al menos de manera ficticia, los nombres y conceptos que, hasta hace cuestión de horas, él ignoraba.

—El recuerdo se convierte en historia; la historia, en una leyenda; la leyenda, en un mito —comenta la doctora, parafraseando uno de sus libros favoritos—. Siento que hayas tenido que darte cuenta de esta forma tan... intrusiva. Pero el tiempo corre en nuestra contra.

Kai se percata de una incipiente ansiedad y del nerviosismo por parte de la doctora. Desde que ha contado la verdad sobre los tres mundos, ha insistido en viajar a Vawav para comenzar a enmendar el problema que está afectando al Equilibrio. Al chico le ha dado la sensación de que las conversaciones que mantenían Amber y Denis (no entiende aún de qué manera ha podido abrir una vía de telecomunicación entre ambos mundos a través de un chat de ligues) se han convertido en la excusa perfecta para animar, tanto al propio Kai como a su amiga, a cruzar al desconocido mundo de Vawav.

Que Amber pudiera estar hablando con su gemelo de Vawav mientras él, creyendo que dormía, abría un portal a Ídedin, demostraba que la comunicación entre los viajantes no era unidireccional. Puede que él, al estar en Terra, tuviera mayor capacidad de gestión, pero que el propio Denis quisiera hablar con Amber era algo que, sin duda, afectaba a la apertura del portal.

—Denis —apremia Gala Craus—, necesito acceder a un ordenador.

—¿Para qué? —pregunta el chico, reticente.

—Es importante y no tengo tiempo para explicar más cosas. Necesito que confíes en mí —insiste.

—No puedo. Hay un control total de las comunicaciones y...

—Confía en mí —interrumpe ella, en un tono de voz más agresivo—. La Nación controla todo lo que hacéis a través de ellos —explica, señalando a la androide—. Y a esta la tengo aislada.

Cuando Gala muestra el pequeño aparato que sostiene en la mano, Denis lo identifica de inmediato: se trata de un inhibidor que mantiene a la androide fuera de cobertura. El chico vuelve a mirar a Amber, como si quisiera encontrar en ella tanto la respuesta a todas sus preguntas como la confianza que está pidiendo la doctora.

Su cabeza no consigue procesar todo lo que está ocurriendo. Siempre ha sido un chico metódico y paciente. Siempre que ha tomado una decisión, ha sopesado todas las posibilidades de éxito y fracaso, amparándose en el intelecto.

Pero todo esto se escapa de cualquier lógica.

¿Ídedin es real? Los guardianes, Terra y el Equilibrio, ¿no son ningún cuento? Y lo de Kai... ¡Existe una versión alternativa de él! Ese es el único hecho al que se puede aferrar. Habría pensado en la posibilidad de que tuviera un hermano gemelo perdido, ¡incluso en la opción de que lo hubiesen clonado y la Nación estuvieran jugando con él por los delitos a favor de su privacidad! Pero hace un momento, se ha abierto un maldito umbral propio de cualquier historia de fantasía, y ha aparecido... ¡él mismo! Con barba, el pelo algo descuidado y ojos verdes, sí. ¡Pero no deja de ser él mismo! ¿Qué ciencia puede explicar esto?

Denis suspira, en parte derrotado por la situación y en parte asustado por las consecuencias que aquello podría tener. Se acerca a su escritorio y, después de teclear unos códigos que refuerzan el cortafuegos que impide a la Nación rastrear todo lo que hace, le da la tableta a Gala Craus.

—Gracias —responde ella, con un tono de impaciencia que no termina de agradarle.

Mientras la mujer teclea a toda prisa varios comandos en la máquina (demostrando que no es la primera vez que controla un aparato de esos), Denis vuelve a centrarse en Amber.

Los ojos de ambos se encuentran y se estudian sin mediar palabra alguna. A la mente de Denis vienen las conversaciones que han mantenido durante las últimas noches; las ganas que tenía de, por fin, conocer el rostro real de la misteriosa mujer que tanto lo ha embelesado. Y resulta que vive en otro mundo.

—No me mires así —suelta Amber con una sonrisa coqueta.

—No te miro de ninguna forma —contesta él, tajante, intentando ocultar su nerviosismo.

—De acuerdo —interviene la doctora—. Kai y Yago, venid conmigo. Vosotros dos, quedaos aquí. Solo tengo un inhibidor, así que tendréis que inventaros algo que decirle a la androide porque te va a hacer un chequeo completo y no te va a encontrar en la base de datos de Vawav —explica, refiriéndose a Amber.

—Sí, el otro día se le cruzaron los cables cuando me mandaste la foto... —añade Denis.

Y a mí también, piensa para sus adentros.

Gala Craus sale del piso del muchacho en compañía de su gemelo y de Yago. Mientras, él se queda a solas con Amber y la frustrante sensación de no saber qué hacer ni decir.

UN ANTRO SECRETO EN UN MUNDO PARALELO

Antes de salir del peculiar apartamento de Denis, la doctora pide al anfitrión un par de camisas blancas para Yago y Kai, mientras que la mujer se apropia de una cazadora de color plata. Las prisas de Gala Craus hacen que los tres se tengan que vestir en el ascensor mientras bajan a toda velocidad las 56 plantas del edificio.

Todos los ápices de duda que le quedan a Kai desaparecen en cuanto sale al exterior de Vawav y observa la inmensa y futurista ciudad con sus propios ojos. ¡Es imposible que tenga la capacidad de imaginar algo así, con un nivel de detalle tan exacto! Pero Kai no sabe si está más sorprendido por haberse colado en el escenario real de la película *Blade Runner* o por ver a su psicóloga desenvolverse tan bien en él.

Los dos chicos siguen los decididos pasos de Gala Craus, pero no pueden evitar quedarse paralizados al contemplar el espectáculo que tienen sobre sus cabezas. Las calles de Vawav son completamente peatonales porque las «carreteras» se encuentran a más de cincuenta metros del suelo.

—Aquí las ruedas dejaron de usarse hace un par de siglos —explica la doctora al verlos mirar atónitos la autopista invisible surcada por decenas de luces de distintas formas y colores—. Y teniendo en cuanta que se ven los bajos del coche, la estética de estos es fundamental. Pero me temo que no estamos aquí para hacer turismo, queridos. ¡Vamos! ¡No hay tiempo que perder!

Gala Craus emprende la marcha y los chicos siguen sus pasos como si fueran autómatas y sin rechistar, pero ninguno dejar de observar con fascinación la futurista ciudad que están pisando. Hay tanta luz ahí abajo que no tienen la sensación de que exista una noche eterna. La mayoría de los comercios por los que cruzan están completamente automatizados: mercados que carecen de cajas de pago porque son las propias puertas del establecimiento las que, después de escanearte con toda la compra en cuestión de segundos, te cobran el importe de los productos en tu cuenta bancaria; peluquerías en las que introduciendo la cabeza en un compartimento ovalado te hacen el corte de pelo que has seleccionado en la aplicación; por no hablar de la cantidad de comercios que ni él ni su compañero de piso sabrían decir el tipo de servicio que ofrecen. Solo en la hostelería parece haber más contacto humano. Kai no puede evitar ocultar una sonrisa al ver que la cultura de los bares está presente en aquel mundo tan futurista y que sigue siendo un punto de encuentro tan social como lo es en la Tierra o... Terra.

A medida que avanzan, las calles se van haciendo más estrechas y menos concurridas y los transeúntes van cambiando de aspecto. Mientras que en la zona donde vive Denis la gente tenía un look más neutro y adinerado, a medida que se han ido alejando, Kai se topa con peinados y estilos más extravagantes en los que el blanco ha dejado de ser el protagonista para ceder el centro a los colores chillones y al negro.

—Ya os podéis quitar la camisa blanca —añade la doctora, como si les hubiese leído la mente—. Aquí no llamaréis la atención.

A Kai el comentario le provoca bastante indiferencia, pero en la mirada de Yago puede ver una pizca de ofensa, como si su vestimenta no fuera la adecuada para la zona rica de Vawav. No puede evitar sonreír con un gesto burlón a su compañero de piso, señalando su holgada camiseta sin mangas con el estampado dorado de la manzana y la madrastra. Puede que, en su mundo, donde la diversidad y el respeto reinan, su aspecto sea sinónimo de elegancia, pero ahí Yago y Kai pertenecen al mismo club: el de los excéntricos.

Gala Craus se detiene delante de una fachada de metal oxidado en donde hay un maltratado cartel de neón que a duras penas conserva el nombre del antro al que van a entrar. Bajo el parpadeante letrero en el que se lee Dosmiluno, hay unas escaleras de un metal tan roñoso que, al pisar sus peldaños sujetos a varias cadenas de metal, emiten un desagradable crujido agudo.

—No digáis nada, ¿de acuerdo? —les advierte la doctora antes de cruzar la puerta del local y de activar el inhibidor de frecuencias—. Limitaos a escuchar y a intervenir en la conversación cuando yo os lo diga.

A Kai le sigue costando asociar el carácter tan autoritario y misterioso de Gala Craus con el de la afable y tranquila psicóloga que conoció hace unos días. ¿Habrá sido todo una pantomima? ¿Será esta la verdadera cara de la mujer en la que, supuestamente, debe confiar? A cada segundo que pasa, a cada metro que caminan, las dudas y preguntas en el interior del chico se van multiplicando. Y aunque haya decidido dejarse llevar, el ansia de encontrar respuestas va creciendo y convirtiéndose en algo cada vez más pesado para él. Principalmente, por la cuestión más importante de todas, esa que no deja de taladrarle la cabeza desde que comenzó toda esta locura: ¿qué espera Gala Craus de él?

Con la vorágine de pensamientos saturando su cabeza, entra en el Dosmiluno. El aspecto del bar no dista mucho de su horrible exterior. A pesar de la oscuridad del local, se puede apreciar el óxido de las paredes que, en ocasiones, están empapeladas con un papel pintado que simula unos desgastados ladrillos. Las únicas luces que hay proceden de láseres rojos y verdes que lanzan infinitas líneas por toda la estancia y que rompen con las lámparas de color ultravioleta que sacan a relucir el maquillaje invisible que tienen muchos de los clientes por la cara y las extremidades del cuerpo. Si a eso añadimos que la música se asemeja al sonido de un theremín, el ambiente del Dosmiluno es, cuanto menos, desconcertante.

—Madre mía… —confiesa Yago, horrorizado—. Esto parece un *after swinger* muy chungo…

—Bueno, al menos no hay gente des… —Kai se interrumpe al ver cómo un hombre cruza delante de ellos completamente desnudo y pintado— nuda.

—Ya podríamos habernos quedado en el apartamento de tu *«yo» guapo*.

—La verdad es que... ¡Un momento! ¿Cómo que mi *«yo» guapo*? ¿Insinúas que soy el feo?

Yago propina una cariñosa colleja a su amigo mientras ambos siguen a la doctora que avanza entre la gente hacia una de las esquinas del local. Una mujer con rasgos orientales vestida con un qipao negro de dragones verdes se percata de la presencia de Gala Craus. Las comisuras de su boca se curvan ligeramente, formando una tenue sonrisa que acompaña de un saludo que la doctora copia de manera simultánea: ambas juntan las palmas de sus manos en gesto de rezo para después girarlas en direcciones opuestas hasta dejarlas en una posición horizontal, de tal forma que la punta de los dedos de una mano toca la muñeca de la otra.

—Mi querida Kumiko —sonríe la doctora, mientras hace una reverencia con la cabeza—. No sabes la alegría que me da verte.

Ambas mujeres se abrazan con delicadeza y, acto seguido, Kumiko invita a los tres terrícolas a cruzar una cortina de seda tras la que se encuentra un pequeño cuarto con una discreta mesa y cuatro pufs. Allí dentro, la música pasa a un segundo plano y el ambiente adquiere un matiz más íntimo.

—Ojalá tu visita fuera por otros motivos.

A pesar de conservar la discreta sonrisa, el rostro de Kumiko se turba en una tristeza que no pasa inadvertida para Kai. Mientras Gala Craus hace las presentaciones pertinentes y explica quiénes son los chicos, Kumiko no le quita el ojo de encima. Kai se siente como una de esas ratas de laboratorio a la que han inyectado algo y que los científicos estudian con determinación para ver los efectos que produce el experimento.

Incómodo, desvía la mirada de Kumiko, pero sus ojos se detienen en un pequeño tatuaje que luce la mujer en el antebrazo izquierdo. Se trata del símbolo del yin y el yang dibujado de manera minimalista con una línea vertical que forma la separación de los dos elementos representados con unas elegantes espirales que terminan de formar la circunferencia.

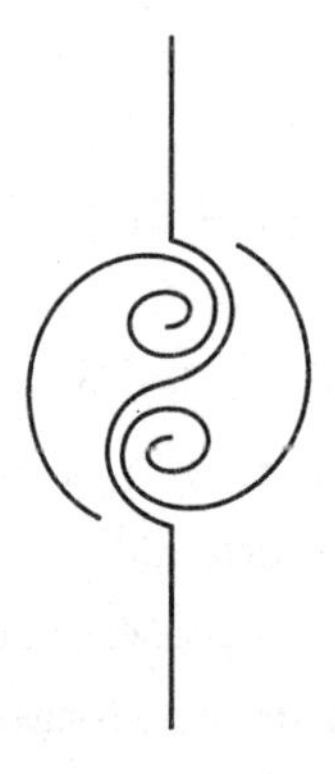

—Es una suerte que hayas localizado a los tres viajantes —dice la mujer, con su voz tranquila y aguda. Acto seguido, acerca su mano a la de Gala, apretándola con fuerza—. El Equilibrio da lo que se le arrebata.

Kai se fija en cómo el rostro de la doctora se endurece en una mezcla de rabia y tristeza. Hasta cuando traga saliva parece que lo hace de manera laboriosa.

—¿Qué sabes? —pregunta, con una voz que presenta unas grietas como las de un jarrón a punto de romperse.

—No mucho. Perdimos el contacto con Bérbedel hace unas semanas. No sabemos cómo dieron con él, pero…

—¿Sabéis dónde está? —interrumpe.

—No. Ninguno de los nuestros ha conseguido averiguar dónde han abierto el portal.

Gala no puede contener el golpetazo que da contra la mesa, incapaz de manejar su enfado.

—¿Qué saben en Ídedin? —pregunta Kumiko.

—Lo mismo que vosotros: que se ha abierto un portal y no saben dónde —suspira—. ¡No entiendo cómo ha podido pasar!

—¿Crees…? —Kumiko entona la pregunta con miedo y duda—. ¿Crees que alguien nos ha traicionado? ¿Arno o…?

—No —interrumpe, tajante—. Ni Arno ni Bérbedel son responsables de esto. No me cabe la menor duda de que habrán resistido todo lo que su cuerpo y su mente se los hayan permitido.

—¿Arno y Bérbedel son viajantes?

La pregunta de Kai rompe la conversación entre las dos mujeres, haciendo caso omiso al silencio que Gala había pedido nada más entrar en el local.

—¿Son viajantes como yo, Denis y...?

—Bahari —termina Yago por él, ante la duda de su amigo.

Gala mira un momento a Kumiko. Parece como si ambas se hablaran a través de la mente, sin mediar palabra alguna.

—Merece saberlo —sentencia Kumiko—. *Tiene* que saberlo.

Gala Craus suspira y se centra en el chico.

—Bérbedel y Arno son dos viajantes, sí. Son los únicos que conocemos desde hace veinte años —explica—. Los únicos que, hasta ahora, han podido hacer los saltos del equilibrio.

—¿*Saltos del equilibrio*? —pregunta Kai, confundido.

—Sí, es así como llamamos a la habilidad que tenéis para poder abrir los portales —añade Kumiko.

—El caso es que creemos que Noah Peaker, el dictador de este mundo, tiene prisioneros a Bérbedel y a Arno, y los utiliza como llave para abrir un portal a Ídedin.

—¿Por qué? ¿Qué quiere de Ídedin?

—No lo sabemos, pero está claro que es algo que afecta a Vawav porque Noah Peaker lleva respetando más de trescientos años un tratado que siempre ha creído ficticio.

—¡¿Trescientos años?! —exclama Yago—. Vuestro dictador tiene... ¡¿trescientos putos años?!

—Sí, gracias al traspaso de conciencia —explica Kumiko—. Es... complicado de entender para vosotros, la gente de Terra. Pero aquí, los más adinerados y poderosos tienen la solvencia económica necesaria para traspasar su conciencia de un cuerpo a otro en una compleja y costosa operación, de tal forma que pueden vivir todo el tiempo que necesiten.

—La inmortalidad mental —añade Gala, con cierta repulsión—. Pero nos estamos desviando del tema. ¡Tenemos que encontrar a Bérbedel y a Arno! —ordena con desesperación—. Es la única manera que tenemos de dar con el portal para cerrarlo y proteger el Equilibrio.

—¿Qué tienes en mente? —pregunta Kumiko.

—Puede que el Equilibrio nos haya sonreído con el nuevo viajante de Vawav. Está en el barrio de Cove y… ya sabes la clase de personas que viven ahí.

—¿Accederá a ayudarnos?

—No tiene otra opción. Y nosotras tampoco —sentencia Gala para después volver a agarrar con cariño la mano de Kumiko—. Moviliza a todos. Incluso a los que ya no estén en el Priorato. Necesitamos ojos y oídos en todas partes. Coordina todo lo necesario para dar con ese portal, Kumiko. —Gala mira de reojo a Kai—. Yo tengo que ocuparme de ellos.

—Sí, mi guardiana —responde la mujer, sin esconder su emoción y su motivación.

—Que el Equilibrio te guarde…

— … y su promedio te acompañe.

Después de zanjar la conversación con un prefacio propio de cualquier religión, los tres habitantes de Terra deciden regresar al barrio de Cove con el gemelo de Kai. No puede dejar de pensar en todo lo que está ocurriendo, pero con cada paso que da o cada nueva información que conoce, nuevas preguntas lo asaltan y se acumulan con las que aún no tienen respuesta. Vuelve a mirar a la doctora Gala Craus, quien lidera la marcha y que, justo en ese momento, decide ponerse de nuevo la chupa plateada de Denis. Al apartarse el pelo que guarda la nuca, observa que en la parte superior de su espalda tiene el mismo tatuaje que Kumiko lucía en su brazo.

—¿Ese es el símbolo del Priorato? —pregunta el chico—. El tatuaje que llevas en la nuca. Kumiko tiene uno igual en el brazo.

—Sí.

—¿Cuántos sois? ¿En Ídedin también hay? —añade con cada vez más ansiedad y efusividad—. ¿Y cómo me encontraste?

—Kai, no tengo tiempo…

—¿Por qué? —interrumpe, cabreado—. No paras de decir que no hay tiempo, pero no me dices por qué. Siento que lo que hago es… es especial e importante para ti, pero… ¡no sé cuál es mi papel en todo esto!

Gala se detiene y se gira hacia el muchacho, que vuelve a no saber cómo gestionar el agobio y el miedo que siente ante la falta de respuestas y la confusión. Ella pone las manos en sus hombros, recuperando su actitud templada y empática.

—Lo sé. Te debo muchas explicaciones, Kai. Y prometo dártelas. Pero antes necesito saber cómo está la situación para poder ayudarte. No podemos jugar al ajedrez sin conocer las piezas con las que contamos.

LA CHICA DE IKEA Y EL HOMBRE DEL TIEMPO

Cuando Denis se queda a solas con Amber y la doctora se lleva consigo el aparato que mantiene a Mila en un trance, esta vuelve a reiniciarse y a adoptar una actitud agresiva hacia la desconocida.

—Tengo la obligación de informar al Departamento de Seguridad de la presencia de un ciudadano no identificado —insiste la robot, mientras camina hacia la chica—. Cualquier ser no identificado es una amenaza.

—A ver, tranquila, Robocop —contesta Amber con una sonrisa nerviosa y visiblemente asustada—. Yo me identifico en un momento.

—Mila —interviene Denis, autoritario—, para.

—¿Me va a denunciar y esto se va a llenar de policías futuristas?

—No, no puede porque he hackeado su sistema para que no informe de estas cosas —confiesa él.

—Denis, estás burlando el artículo 104 de las leyes vawaianas y...

—¡Basta! —interrumpe el chico, poniéndose enfrente de la robot y agarrando sus hombros—. Mila, sé que tienes que protegerme. Pero quiero que lo hagas de forma autónoma, no bajo las leyes de Vawav. Esto forma parte de los ejercicios que estamos haciendo, ¿recuerdas? ¿Qué es lo que siempre te digo?

—Que debo tener autonomía a la hora de pensar y sentir.

—¡Exacto! ¿Y no crees que habría que conocer a esta chica antes de tomar decisiones?

—¿Decisiones? —interviene Amber, sin ocultar su ofensa—. ¿Qué clase de…?

—Amber, calla un momento —interrumpe Denis, para volver a centrarse en Mila—. Si yo, que tengo conciencia humana, aún no he podido juzgar a esta chica y tener una impresión de ella… es imposible que tú la tengas, Mila. Observa, aprende y luego actúa con esto —explica a la androide mientras se señala la cabeza—, pero también con esto —concluye, poniéndose la mano en el corazón.

Mila se queda unos segundos en silencio, completamente quieta. A Denis le encantaría saber la información que se está procesando en su sistema. El chico piensa que su androide está aprendiendo de sus comportamientos humanos y, en parte, no se equivoca: Mila está desarrollando una autonomía emocional. Lo que no sabe es que la primera de todas sus prioridades es enamorarse de Denis y, a la hora de estudiar el amor, no solo ha adquirido los elementos positivos, sino también los negativos. ¿Quiere Mila denunciar a Amber por el protocolo robótico de Vawav? No. Eso, en el fondo, es una excusa, consecuencia de los celos que está experimentando la androide hacia la desconocida de Terra.

—De acuerdo, Denis —responde Mila—. ¿Puedo preguntar a la desconocida su procedencia para incluirla en mi base de datos?

—Voy de aquí para allá. No tengo una residencia fija y…

—No —vuelve a interrumpir el chico—. Amber no quiere ser encontrada y, del mismo modo que yo no quiero que Vawav nos controle al 100%, hay que respetar su decisión.

Mila vuelve a observar a Denis en silencio. Por primera vez, se le eriza el vello de la nuca ante la atenta mirada sin vida de su androide.

—De acuerdo, Denis —concluye Mila—. Si me disculpáis, voy a retirarme. Ha sido un placer conocerte, Amber. Ojalá podamos ser amigas —dice con una sonrisa artificial.

La androide se marcha de la habitación, dándoles intimidad a los dos jóvenes que, por fin solos, suspiran aliviados. Permanecen en el sitio, separados por unos metros y observándose con fascinación y un poco de picardía.

—Es simpática —dice Amber, rompiendo el silencio—, pero no sé si podré ser su amiga.

—¿Eres de esas que piensan que los robots no tienen sentimientos? —pregunta él, burlón.

—Teniendo en cuenta que en mi mundo lo más robótico que hay es un altavoz al que le puedes ordenar que encienda y apague las luces, ponga música o te diga la hora...

—¿En serio? —interrumpe, fascinado—. No me imagino una vida sin robots.

—Deberías probarla —añade Amber, retándolo.

—No sé si quiero —dice él, mientras comienza a caminar hacia ella—. Lo bueno que tienen los robots es que no te engañan. Ni te utilizan.

Amber alza la ceja, sin dejar de sonreír de manera pícara y burlona. Se cruza de brazos, relamiéndose los labios.

—Imagino que tampoco hablan con segundas y van directos al grano, ¿verdad?

—Verdad.

—Qué pena que no seamos robots, entonces —contesta la chica con un falso puchero.

—¿Hay algo que quieras decirme? —pregunta Denis, sin poder apartar su vista del perfecto rostro de Amber.

—¿Hay algo que quieras preguntarme?

—Demasiadas cosas, pero no sé si vas a ser sincera.

La chica alza las manos en un gesto de inocencia.

—Créeme. Estoy tan sorprendida como tú. Me he enterado de todo este cuento de los mundos paralelos hace... menos de dos horas —Amber cambia su gesto complaciente a uno más agresivo—. Quizás el que no está siendo sincero eres tú.

—De acuerdo. Hagamos un ejercicio de confianza. Yo no dudaré de ti y tú no dudarás de mí —propone—. Empiezo preguntando yo. ¿A qué te dedicas?

El suspiro cansado que suelta Amber se debe, probablemente a la insistente duda que tiene Denis con su profesión. Le sigue pareciendo un auténtico enigma y, aceptando que viene de otro mundo, intenta aparcar su lógica y abrir su mente. Ella se acomoda en el sofá y comienza a hablar.

—Soy diseñadora industrial. En... ¿Terra? Bueno, en mi mundo es un trabajo bastante común. Básicamente, me dedico a crear y desarrollar cualquier producto que puedas imaginarte; desde su conceptualización hasta el proceso de producción. En mi caso, siempre me han gustado los muebles, así que trabajo en una empresa bastante famosa que se dedica a eso: vender muebles.

—¿También te encargas de la venta?

—No, no. En el fondo... —suspira, decepcionada, mientras juguetea con el abalorio de su cuello—. En el fondo ni siquiera los diseño. Me limito a supervisar partes del proceso de producción. Es bastante aburrido, la verdad. Me gustaría montarme mi propio estudio de diseño, pero es bastante complicado emprender.

Denis puede ver cómo el rostro de Amber se contagia con la desilusión de sus palabras, como si resultara imposible llegar a ese objetivo y hablar de ello fuera lo más parecido a confesar un sueño inalcanzable.

—¿Y tú qué, chico del tiempo? Explícame cómo funciona eso de los rayos.

Decide copiar a su invitada sentándose en el sofá, a una distancia cómoda para ambos para que la chica no piense que quiere lanzarse o... En fin, cualquier otra cosa que lleve a malentendidos. Denis no está acostumbrado a ligar y no pretende que la conversación (a pesar del evidente flirteo) vaya a adquirir esos matices. Le resulta fascinante conocer a alguien que no sabe cómo funciona Vawav, así que se dispone a explicar su trabajo y el sistema del mundo en el que vive.

—Yo trabajo en el Departamento de Energía. Digamos que todo el Estado está formado por varios departamentos: Seguridad, Sanidad, Fomento, Educación, Robótica, Geología y Minería, etc. El Estado de Vawav funciona como una empresa gigante liderada por Sif Noah Peaker. Debajo de él, se encuentran los directores de cada departamento que forman la junta directiva de Vawav, después los gerentes o responsables y, finalmente, los empleados, que se clasifican en séniors y júniors —explica, bajo la atenta mirada de Amber—. En mi departamento, los empleados somos *buscadores*. Básicamente, nuestro trabajo consiste en encontrar posibles focos de energía antes de que estos se desarrollen. Y yo estoy especializado en la previsión de tormentas eléctricas.

—Pues... lo que te he dicho antes: un hombre del tiempo —sonríe Amber, lo que provoca a Denis un nudo en la garganta y la imposibilidad de tragar saliva—. En mi mundo hay una profesión que se encarga de predecir el clima. Aparecen en la tele y todo: *en el noroeste se esperan chubascos* —comienza a imitar, con una voz seria pero igual de burlona—, *a partir del mediodía las temperaturas subirán en el sur...*

Denis se sorprende a sí mismo riéndose por la broma de la chica. ¿Qué le ocurre? ¿Desde cuándo se ha convertido en un chico con tanto sentido del humor? ¿Dónde está el muchacho serio y frío que busca tormentas eléctricas? Con un carraspeo, recupera la compostura y explica que en Vawav también existen los meteorólogos. Y así, la conversación se torna en un punto de encuentro entre las cosas que tienen ambos mundos: la vida diaria, lo que pueden hacer en su tiempo libre, cómo funciona el sistema educativo, etcétera.

—Os pasáis media vida memorizando cosas —opina Denis cuando Amber confiesa que, en el fondo, ha terminado la carrera universitaria hace un año—. ¡No tiene sentido! Nosotros no tenemos que hacer ninguna prueba. Simplemente, se nos valora por lo que hacemos en el día a día. Es la forma que tiene Vawav de ver para qué departamento vas a ser más rentable.

Mientras que Denis se da cuenta de las carencias que tiene el sistema que gobierna el mundo de Amber, la chica se percata del excesivo control que hay en Vawav. Sin embargo, antes de que puedan abrir un nuevo tema de conversación, el sonido del timbre rompe la pompa tan íntima que se estaba formando entre ambos.

TODA AYUDA ES BUENA

Nada más entrar en el piso, Gala Craus activa el aparato que mantiene a la androide fuera de cobertura. Después, se retira con Denis a un lado, mientras los tres amigos comentan lo que han vivido en las últimas horas. La doctora hace una serie de preguntas que lo incomodan porque implica hablar de su trabajo en el Departamento de Energía y de los privilegios que tiene a la hora de acceder a determinadas informaciones.

—¿Has detectado alguna anomalía? ¿Algo que no encaje?

De repente, algo encaja en el cerebro de Denis. Como si estuviera armando un complejo puzle y encontrara una pieza que aporta cierta perspectiva y orden al caos de las fichas. Su silencio se convierte, sin que él lo quiera, en una respuesta para la doctora.

—Denis, ¿qué es lo que sabes? —insiste ella.

Las dudas vuelven a saturarlo. No sabe hasta qué punto debe de confiar en esta gente, pero… ¡es evidente que todo el cuento del Equilibrio es real! ¡Estas personas han aparecido de repente en su casa con un tipo que es idéntico a él! Es curioso que ninguno de los dos haya tenido más contacto del necesario. Denis se pregunta por qué su gemelo de Terra no muestra más interés, pero enseguida se da cuenta de que, si es una versión alternativa suya, debe estar sintiendo exactamente lo mismo ante esta situación: timidez, incomodidad y… miedo. ¿Por qué le da tanto respeto mirarse a sí mismo? Porque si lo hace, ambos se estudiarán, comenzarán a hablar y... quién sabe si se encontrará con algo positivo. Ese momento llegará, desde luego.

En un salto de fe y curiosidad por ver a dónde lo lleva todo esto, explica a la doctora Gala Craus lo que sabe. Quizás ella pueda aportar algo de luz al misterioso asunto del territorio prohibido que tantos quebraderos de cabeza está ocasionando.

—Algo está ocurriendo en la zona norte de Vawav. Han cerrado todos los accesos y retirado las extracciones de carbón. Ni siquiera me dejan entrar en el sistema de mediciones que recoge toda la información meteorológica.

—¿Crees que están ocultando algo?

—No lo creo. Lo afirmo —sentencia el chico—. Ahí hay algo que no quieren que veamos.

La doctora se queda meditando unos segundos.

—Es posible que el portal esté en algún punto de esa zona —añade de manera reflexiva, como si más que un comentario fuera un pensamiento formulado en voz alta—. ¿Crees que podrías obtener más información?

—Estoy intentándolo, pero es difícil.

—Sigue con ello. Mi gente está tratando de averiguar más cosas. Les facilitaré esta información, pero... Ahora mismo, me temo que eres nuestra única baza para...

—Espera, espera —interrumpe el chico—. No pienso dejar que me utilices. No soy ninguna marioneta.

El silencio que se produce entre ambos se vuelve tan incómodo como violento. Denis sabe que la doctora lo necesita para llevar a cabo su empresa y, aunque él está bajo el control vawaiano, no soporta convertirse en un instrumento para los fines de otro. ¡Mucho se está arriesgando con todo lo de Mila! ¡No va a ponerse a investigar secretos de la Nación para una secta de lunáticos!

—Me temo que no tienes opción. Y él tampoco —dice Gala, mientras mira a Kai de reojo—. Es una parte de ti. Y en Ídedin tenéis otra. Ninguno de los tres podéis haceros una idea del poder y la responsabilidad que tenéis. Estáis por encima de todo esto, Denis. No te estoy utilizando, te estoy *ayudando*. Pero ya te darás cuenta. —Gala Craus se vuelve a tomar unos segundos para ocultar su emoción y asumir nuevamente un aspecto más autoritario—. Mi gente va a intentar dar con ese portal. Con o sin tu ayuda. Tú verás de qué lado quieres estar.

Después de que Kai vuelva a abrir un portal siguiendo los mismos pasos que en Ídedin, la doctora Gala Craus sienta a los tres amigos de nuevo en el sofá.

—Kumiko y otros amigos de Vawav o los centinelas de Ídedin son piezas de un mismo engranaje: *el Priorato del Equilibrio*. Todos estos activos tienen un único objetivo: mantener el Equilibrio. Aquí, en Terra, a los del Priorato se nos conoce, como ya os aventuré, con el nombre de *guardianes*. Para Ídedin o los creyentes de Vawav somos lo más parecido a deidades ya que, literalmente, habitamos en el Equilibrio, en Terra. —Gala hace una pausa y se centra directamente en Kai—. Por eso necesitaba viajar tanto a Ídedin como a Vawav. Para advertir del peligro que acecha y activar los engranajes necesarios para frenar esta catástrofe. ¿Recuerdas el incidente de los pájaros, Kai? No es un hecho aislado. Hace unos días un lago de montaña se tiñó de rosa en cuestión de segundos por culpa de unos fosfatos salinos que aparecieron de la nada. Antes de ayer, la marea de la costa del sur creció en cuestión de segundos, supuestamente como consecuencia de una inexistente actividad sísmica. Y esto no ha hecho más que empezar. La cosa va a ir a más a no ser que restauremos el Equilibrio entre Vawav e Ídedin.

Las palabras de Gala Craus salen con tanta mesura y determinación, que Kai no puede evitar sentirse culpable por todo lo que está pasando. Como si de él dependiera frenar todas esas catástrofes y desgracias venideras. Una presión en el pecho vuelve a embestirlo con fuerza.

—Vosotros dos —continúa la doctora refiriéndose a Amber y Denis— podéis manteneros al margen si queréis. Os he enseñado la verdad sobre nuestro mundo, así como el peligroso futuro que se avecina si no hacemos nada. Toda ayuda es buena, y más siendo tan amigos de él porque...

La pausa de la doctora augura que la prolongación de su discurso incumbe directamente a Kai y, por desgracia, no son palabras agradables.

—Mi querido Kai, tú no tienes más opción que seguir adelante. Pase lo que pase, dependes tanto de Denis como de Bahari, del mismo modo que ellos dependen de ti. Y, a su vez, los tres dependéis del Equilibrio. Porque si este se rompe… vosotros, como viajantes ligados a él, dejaréis de existir.

Aquella revelación lo deja sin aliento. ¿A qué se refiere con «dejar de existir»? ¿A morir? ¿Quiere decir que su vida se ha convertido en una cuenta atrás? ¿Y cuánto tiempo le queda?

No. Kai se niega a pensar que tiene los días contados. Rechaza completamente la idea de que su vida dependa de la paz entre dos mundos que, por la historia que le ha contado esta señora, están destinados al enfrentamiento. ¿Qué mierda de sino le ha tocado?

—¿Cómo? —Amber, incrédula, es la primera en formular la pregunta que se están haciendo los tres amigos—. ¿Qué quiere decir eso de «dejar de existir»?

—Está claro, Amber —interrumpe Kai, con un nudo en la garganta—. La doctora está diciendo que, si no se soluciona la mierda esta del Equilibrio, me moriré con él. Es eso, ¿no?

—Me temo que sí. Al igual que Bahari y Denis —explica Gala mientras se levanta—. Por hoy es suficiente. Tenéis mucho que asimilar y procesar. Mañana será otro día y tendréis que decidir si queréis ayudar a vuestro amigo o bien… vais a mirar hacia otro lado.

Cuando la doctora se marcha, el suave portazo es lo único que rompe el silencio sepulcral del salón. Kai está completamente pálido, intentando asimilar el destino que le espera. No se atreve a mirar a sus dos amigos porque tiene miedo de saber la decisión que van a tomar. Una parte de él no quiere saberlo, pero la otra… es consciente de que la carga que va a llevar es responsabilidad suya y, por tanto, debe hacerlo solo.

Solo. La palabra retumba en su interior en un bucle que le corta la respiración.

—No quiero hacer esto —susurra con la voz quebrada—. No me quiero morir.

—Kai…

—Pero lo que menos quiero es arrastraros conmigo y que, por mi culpa, os pueda ocurrir algo malo —interrumpe el chico, aferrándose a la poca valentía que le otorga el cariño hacia sus amigos—. Así que... manteneos al margen. Yo lo haría.

Amber y Yago se miran confundidos, pero su rostro no tarda en transformarse en una carcajada llena de inocencia.

—¿En serio te mantendrías al margen? —pregunta Amber—. ¡Venga ya, Kai!

—Estás loco si piensas que te vamos a dejar en esto solo, viajando entre mundos paralelos sin nosotros —confiesa Yago, sonriente, mientras aprieta la mano a su amigo.

Kai se gira hacia Amber, que continúa sonriendo con esa ternura que tanto la caracteriza.

—Estás loco si piensas que no voy a tener una primera cita con tu gemelo marciano.

—*Vawaiano* —corrige Yago.

Amber agarra la mano que tiene libre Kai, apretándola con fuerza. Y este, sin poder hacer nada, comienza a llorar por culpa del miedo, la incertidumbre y, sobre todo, por la emoción de sentirse la persona más afortunada de los tres mundos al tener unos amigos tan maravillosos.

Echo de menos la sensación de andar descalzo por una alfombra. Podría añorar otras cosas más importantes como dormir en un colchón, tener un baño en el que darme una ducha caliente, una nevera en la que siempre haya comida o, sin ir más lejos, tener un techo propio bajo el que cobijarme. Pero después de llevar mendigando más de dos años y de haberme acostumbrado a que mi cama pueda ser un banco de madera con cartones; mi aseo diario, un baño en el verdoso río que atraviesa la ciudad; o mi cena, los restos de comida rápida que ha abandonado un joven, mi corazón echa de menos cosas más insignificantes como la aterciopelada alfombra que tenía en el salón de mi piso.

Arruinarse es una mierda, pero más mierda es quedarse completamente solo. O no, depende de cómo se lo mire. Cuando mi empresa quebró, todo lo que había construido con tanto empeño a lo largo de los años se esfumó en cuestión de meses. Como un cáncer que se diagnostica tarde y cuando quieres darte cuenta ya ha hecho metástasis. Siempre explico mi situación con este ejemplo y siempre me reprendo por ello porque no me gusta comparar mi vida de mendigo con una enfermedad terminal. Aunque, en el fondo, don Carlos Herrero Rayuela murió con su empresa y de sus cenizas nació Carlitos.

—¡Carlitos! —me grita alterado Alin, mi compañero rumano con el que tantas noches he compartido—. ¡Corre! ¡Nos van a joder!

Su advertencia me pone en una alerta inmediata. Comienzo a correr a toda velocidad por el parque en dirección a nuestro improvisado campamento. A pesar de mis cincuenta y cinco años, tengo más agilidad ahora que cuando vestía de Armani. Supongo que es lo que tiene vivir en la calle: si no te mata, te hace más fuerte. De vez en cuando me tengo que subir los pantalones que llevo por culpa de lo delgado que estoy. La camisa de cuadros rojos, a la que hace años escondía en mi armario por no ser suficientemente cara, se ha convertido en una de mis prendas favoritas porque no solo me protege del sol, sino que también me permite dejar el pecho al descubierto para sentir la brisa en las horas más frescas del día.

Cuando llego al recoveco del parque municipal en el que Alin y yo hemos dejado nuestras cosas escondidas en un carro de compra, me encuentro con un grupo de tres chicos que no llegan a los dieciocho años, que están rompiendo nuestros cartones y hurgando en nuestras pertenencias.

—¡Eh! —grito—. ¿Qué hacéis?

Los chicos se giran orgullosos hacia mí, con una cara de triunfo y una malvada mirada divertida que, por desgracia, conozco demasiado bien.

—Fuera de aquí, vamos —ordeno, alzando los brazos como si fueran unas palomas que se van a comer mi almuerzo.

—Este es un sitio público —dice uno de ellos, con soberbia y chulería—. Puedo estar aquí si me da la gana. No es tu casa, ¿sabes? No me puedes echar.

No es la primera vez que me topo con un grupo de mocosos malcriados que se divierten humillando a gente como yo. Pero a base de unas cuantas palizas y de comprobar que el sistema policial, por desgracia, nunca llega a tiempo, he aprendido a apañármelas por mi cuenta o con la ayuda de buenos compañeros.

Cuando escucho a mi espalda cómo se rompe una botella de vidrio, no hace falta girarme para saber que es Alin quien está preparado para una posible batalla campal. En este momento, pueden ocurrir dos cosas: que se asusten y salgan corriendo o bien, como es el caso, que se lo tomen como un desafío y la reyerta tenga lugar.

—Ten cuidado, rumano —amenaza el más alto de ellos mientras saca una navaja de su bolsillo—, te puedes cortar con eso.

—¿De verdad queréis pasar por esto? —interrumpo, intentando ejercer de pacificador para que la situación no acabe en una pelea—. Vamos, ¿nos habéis visto? No tenemos una mierda. Solo un par de cigarros y una revista porno. Llevárosla e iros a pajearos un rato, anda, que buena falta os hace.

Aunque intento mantener la cabeza fría, lo cierto es que después de las malas experiencias que he vivido en la calle, siempre me permito el lujo de vacilar un poco a niñatos como estos, que se creen los reyes del mundo.

—¡Joder con el mendigo! —se ríen—. Si tenéis una revista porno es porque no folláis, ¿no?

—¡¿Cómo van a follar con lo mal que huelen?! —contesta otro—. ¡Ni las rumanas sin dientes os deben querer!

—O igual folláis entre vosotros —añade el tercero, siguiendo las risas cómplices de su pandilla.

—Nos habéis pillado —contesto con el mismo tono de burla—: Follamos todas las noches. Y no sabéis lo bien que nos lo pasamos. Os invitaríamos a la fiesta que nos montamos aquí todos los mendigos malolientes, pero no aceptamos vírgenes.

—¡Follo más que tú, cabrón! —me contesta el de la navaja. Ahora ya no le hace tanta gracia la situación y me apunta con el arma blanca.

Alin da un par de pasos y se pone a mi lado. Entonces emite un silbido tan agudo que los pájaros de los árboles salen volando, asustados.

Una suave brisa, con tintes cálidos, comienza a soplar.

—Tenéis dos opciones —comienzo—: Largaros como si no hubiera pasado nada o quedaros a ver qué pasa. No creo que os vaya a gustar.

Unos metros más allá aparecen varios amigos nuestros con botellas, llaves inglesas y cualquier objeto que sirva para defenderse.

Cada vez noto el ambiente más caldeado, más cargado, más sofocante. ¿Estará subiendo la temperatura o será la adrenalina que me está poniendo febril?

—Os puedo asegurar que ni a mí ni a mi amigo ni a ellos —continúo mientras señalo a la caballería mendiga— nos va a importar la edad que tengáis cuando nos soltéis la primera hostia. Porque responderemos con todo lo que estáis viendo.

—Y nos da igual la poli. Para nosotros, la cárcel son unas vacaciones pagadas —confiesa sonriente Alin, a quien descubro, para mi sorpresa, con la frente empapada de sudor.

Uno de los chicos se sacude la camiseta. Otro empieza a olfatear el aire en busca de algo quemado. El tercero empieza a señalar poco a poco hacia los árboles que tenemos a nuestra espalda con una cara de terror que nada tiene que ver con nuestro discurso de guerra.

La brisa cálida se ha convertido en un viento infernal que arrastra diminutas brasas. En cuanto me doy la vuelta, me encuentro con uno de los árboles del parque completamente en llamas. Cuando nos giramos de nuevo hacia ellos, vemos que corren por la ladera de hierba fresca, huyendo del inesperado incendio. Alin y yo nos miramos con un gesto cómplice y nos precipitamos a meter todas nuestras cosas en el carrito para salir de allí lo antes posible. Todos esos trozos de cartón, ropas y demás objetos acumulados son mi hogar. Si se quemaran, perdería todo lo que tengo.

Pero antes de que pueda llegar al carro, veo cómo el verde césped se empieza a teñir de amarillo y los árboles que están a un par de metros de mi amigo comienzan a arder por arte de magia desde la copa, como si sus hojas estuvieran impregnadas de gasolina y un espectro invisible hubiera encendido una cerilla en lo alto. Las llamas avanzan a una velocidad inusual a lo largo de todo el árbol en dirección al suelo, arrasando y calcinando todo lo que tocan.

Y Alin está ahí, metiendo todo en el carro.

—¡Alin! —grito—. ¡Déjalo! ¡Sal de ahí!

Pero es demasiado tarde.

Porque cuando el fuego llega al suelo, las llamas se expanden por toda la hierba a merced del viento y envuelven a mi compañero en un pequeño remolino de colores anaranjados. Los gritos de dolor van acompañados de millares de chispas que se producen por culpa de los movimientos que hace, intentando apagar el fuego de su cuerpo. Alin se tira al suelo y comienza a rodar para sofocar las llamas, pero el pavimento también está ardiendo.

—¡Alin! —vuelvo a gritar, horrorizado.

Tengo que controlar mis náuseas cuando reconozco el olor a la carne quemada de mi amigo, que yace en el suelo calcinado, aún cubierto en llamas.

Entonces corro.

Corro por donde veo que no hay fuego.

Corro sin mirar atrás.

Pensando en que no solo he vuelto a perder la vida que había construido, sino también a la única persona con la que compartir el sentimiento de soledad significaba algo bonito.

LAS PIEZAS DE UN COMPLEJO ENGRANAJE

El cosquilleo en la nuca. El olor familiar que asocia directamente con él. Esos ojos calcados a los suyos. La expresión de cautivo que tan poco soporta. Kai apareciendo una y otra vez sin que ella pueda hacer nada para detenerlo. Todo ello carga a Bahari con una rabia tan grande que no sabe cómo controlar.

El crujido que suelta el pedrusco cuadrado que tiene sobre la mesa saca a la chica de su trance. Cuando abre los ojos, descubre que ha provocado una enorme grieta con la que ha partido la roca en dos mitades.

—*Nunga!*

—Mi querida Bahari —la voz de Docta Sena vuelve a suponer un bálsamo para la muchacha de trenzas negras—, insultar a la piedra no te llevará a nada.

—No iba para la piedra… —farfulla ella.

Las níveas manos de la Sapiente agarran los dos trozos de piedra y los juntan de nuevo, como si encajara dos piezas de un rompecabezas. En unos segundos, la grieta ha desaparecido y el pedrusco vuelve a ser un único bloque cuadrado.

—Otra vez —ordena la mujer—. No dejes que el cabreo te domine. Está claro que es la emoción que te hace controlar el elemento de la tierra, pero de poco te sirve estar furiosa si no tienes autoridad sobre ella.

»Transforma ese sentimiento en algo físico que puedas controlar (tus puños, por ejemplo) y después dirígelo al propio elemento. Que las grietas se conviertan en tus manos; el temblor de la tierra, en tu respiración; el movimiento de las placas, en tus extremidades. Debes sentir para dominar.

Bahari vuelve a cerrar los ojos y a concentrarse en todas esas emociones que la llevan al cabreo. Pensar en Kai y en que su carrera como centinela se ha ido al garete ayuda bastante a generar ese sentimiento. Así que se concentra en su gemelo de Terra, piensa en la charla que la guardiana tuvo con ella, imagina futuros en los que Nabil triunfa como centinela sin acompañarlo en esas aventuras. Nota la agitación de su respiración, la tensión en sus músculos.

—Contrólalo —susurra Docta Sena.

Se siente hinchada, llena de aire, como una caldera volcánica que está a punto de estallar. Imagina cómo todo ese cabreo que se condensa en el centro de su pecho se materializa en una luz marrón que se divide en dos bolas brillantes que viajan por sus brazos hasta las palmas de sus manos.

Y, de repente, lo siente.

Siente el perfecto trozo de roca como si fuera una parte más de ella; algo que puede transformar y moldear a su antojo. Pero la furia desea hacer añicos el pedrusco.

No dejes que te domine, se recuerda.

Bahari imagina que esas dos bolas de luz marrón salen de sus palmas y comienzan a girar alrededor del pedrusco, transformando la sólida roca en una fina y sedosa arena de desierto. Después, como si pudiera moldear cada partícula de tierra, la chica juega con sus dedos sin tocar un solo grano, y hace que la arena comience a serpentear, como si fuera un reptil que avanza por la mesa en busca de una presa que llevarse al estómago.

La sonrisa de triunfo de Kai vuelve a invadir sus pensamientos y esa chispa de furia se transforma en una orden que hace crecer la columna horizontal de arena, duplicando su tamaño.

—Cuidado, Bahari —advierte la Sapiente.

Pero la muchacha sigue pensando en su imposible futuro como centinela y entra en un bucle rabioso que hace que la arena siga creciendo más y más rápido, cubriendo casi toda la mesa de trabajo.

—¡Bahari!

La amenazadora voz de Docta Sena saca a la chica de su trance y detiene de inmediato la expansión del elemento.

—¡Lo tenía controlado! —protesta ella, cabreada.

—No —replica la docente manteniendo el tono—. Has vuelto a dejar que la rabia se apoderase de ti.

—¡Pues entonces no sé por qué estoy haciendo esto! ¡No valgo para ser una dichosa viajante! —estalla, con los ojos llenos de lágrimas por culpa de la impotencia—. Yo solo... ¡solo quiero ser una centinela!

El golpetazo que da sobre la mesa transforma toda la arena en pequeñas piedras que comienzan a brincar. Asustada por ver el poder que tiene, se obliga a serenarse y deja que el sentimiento de derrota la lleve a la tristeza y a la calma más absoluta.

—Mi querida Bahari —interviene Docta Sena, apoyando sus manos en su rostro—, tienes un poder tan increíble que no me sorprende que el Equilibrio te haya elegido para ser una viajante. Ten paciencia contigo misma. No me cabe la menor duda de que serás capaz de controlar los cuatro elementos y...

—Pero es que... —protesta con un sollozo que ya no puede aguantar más—. Yo no quiero esto, maestra. Quiero una vida tranquila como centinela con Virgo a mi lado.

—Ven, acompáñame.

La Sapiente agarra a la chica por sus manos, animándola a dar un paseo. Las dos mujeres salen del aula y comienzan a caminar por los imponentes pasillos del Ubongo, decorados con enormes pinturas llenas de símbolos que cuentan las historias del Equilibrio.

—¿Sabes por qué tus padres protegían el Equilibrio?

Bahari no se espera la pregunta, así que niega con la cabeza.

—Por ti. Querían darte el mejor mundo posible. Un mundo en el que la paz y el progreso formen parte del día a día. Tuvieron la suerte de tratar con algunos guardianes de Terra porque lideraron muchas expediciones por toda Ídedin, en busca de conocimiento y protección para el Equilibrio.

Docta Sena se detiene en uno de los murales por los que tantas veces ha pasado Bahari. En él aparecen dos círculos grandes separados por uno más pequeño. Multitud de líneas, como rayos de luz solares, salen de cada figura geométrica, formando un dibujo tan caótico como equilibrado.

—Un centinela no solo mantiene la paz en Ídedin por el bien del Equilibrio. También tiene la responsabilidad de guardar, proteger y hacer prosperar lo que el Equilibrio nos da —explica la mujer, señalando los dos enormes círculos que representan a los dos mundos—. En Ídedin tenemos seres vivos que dejaron de existir en Terra hace mucho tiempo. Vawav desarrolla conocimientos que a los habitantes de Terra les resulta imposible alcanzar. Somos su pasado y su futuro. Y ellos, nuestro presente.

Bahari observa absorta cada línea del lienzo, percatándose de que todo forma parte de un único círculo vital que gira alrededor de los tres mundos. Docta Sena emprende la marcha y se detiene en el siguiente lienzo.

—Y entre todas las piezas de este complejo engranaje, estáis los viajantes.

En el dibujo aparecen tres figuras humanas exactamente iguales, pero pintadas en tres colores distintos: la de la izquierda en tonos verdosos, la del centro con matices azulados, y los de la derecha son rojos. Las tres figuras parecen sujetar un enorme círculo en cuyo interior hay dos partes en blanco y negro separadas por una línea sinuosa en las que, a su vez, hay dos puntos del color opuesto. Un símbolo que en Terra conocen como *taijitu* o la representación del yin y del yang.

—Sois los brazos de ese Equilibrio. Las puertas que permiten repartir la energía a ambos mundos para la coexistencia de todos. Los viajantes sois el cauce del Equilibrio; vuestra labor y vuestra presencia hacen que ese flujo continuo de energía siga circulando y girando.

La muchacha no puede evitar sentirse abrumada. Se fija en esa pequeña figura humana, pintada en un ocre rojo, con los brazos en alto sosteniendo el peso del enorme símbolo. ¿Cómo a un peso tan grande lo puede aguantar algo tan minúsculo? En el mismo dibujo tiene la respuesta: se sirve de otras dos figuras idénticas para ello.

Docta Sena vuelve a girarse hacia la muchacha, haciendo que esta aparte su vista del mural para encontrarse con la solemne belleza de la Sapiente.

—No te voy a engañar, mi querida Bahari —dice acariciando la cálida mejilla de la chica—: Tu vida va a cambiar para siempre. Que tú, con el potencial que tienes, hayas aparecido justo en este momento, no es ninguna casualidad. Eres consecuencia del Equilibrio, formas parte de él, igual que tus otros dos viajantes. Los tres formáis un perfecto triángulo y dependéis de vuestro entendimiento para prosperar.

—¿Sabes cómo he invocado mi furia? —pregunta Bahari con un resoplido—. ¡Con él! —protesta, señalando a la figura central—. ¿Cómo voy a entenderme con alguien que me ha estropeado la vida?

—Él no te ha estropeado nada, Bahari. Porque él eres tú. Y tú eres él —dice señalando de nuevos las tres figuras—. O *ellos*, mejor dicho. Eres como eres. Y no es culpa de nadie. El Equilibrio es el único responsable.

—¡Pues maldito sea el Equilibrio!

—¡Bahari! —chista Docta Sena, sin poder evitar disimular la gracia que le provoca el tierno e inocente cabreo de la muchacha—. Como te escuche Docto Chidike...

La chica vuelve a concentrarse en el mural y las tres figuras de distinto color. ¿Serán esos sus nuevos compañeros de vida? La última (y desagradable) conversación que tuvo con Nabil atraviesa su corazón.

—¿Tendré... que dejar Ídedin? —pregunta, aterrada.

—No lo sé, mi querida niña. Tu sino es muy distinto al de cualquier centinela —confiesa la Sapiente—. Lo único que puedo asegurarte es que haré todo lo que esté en mi mano para seguir formándote.

Aturdida por la conversación, Bahari regresa a casa a lomos de Virgo, sin poder dejar de darle vueltas a todo lo que ha aprendido en la jornada. La frustración crece en su interior cada vez que intenta buscar un culpable, y por mucho que Docta Sena haya dicho que Kai no es el responsable de su situación, no puede evitar odiarlo por ello. ¿Es que acaso no es reversible? ¿No hay forma de que otra persona tome el cetro de viajante?

No es culpa de nadie. El Equilibrio es el único responsable.

Las palabras de Docta Sena se repiten una y otra vez en su cabeza, como si la chica quisiera encontrar una salida inexistente.

Él eres tú. Y tú eres él.

Las tres figuras.

Los tres círculos.

Las líneas.

El flujo.

¡Tiene que haber una forma de tener control sobre todo esto! ¡Tiene que haber una forma de cambiar lo que es!

Y entonces se le ocurre algo. Una idea descabellada, pero que podría dar cierto margen de control sobre la situación. ¿Por qué es siempre Kai el que aparece en su mundo? ¿Por qué ella no puede tener voz ni voto en esto? Si el Equilibrio es el único responsable, debe ir a Terra a buscar respuestas.

O, mejor dicho, a imponer unas normas.

EL PRIMER ANOCHECER

Gracias al accidente de los pájaros, ZeeYou ha dejado a voluntad de los empleados asistir de manera presencial a la oficina o bien teletrabajar durante la jornada laboral. Así que Kai aprovecha la ocasión para quedarse en casa y reflexionar sobre las decisiones que va a tomar con respecto a su vida y al incierto futuro que se le presenta.

¿Qué cojones voy a hacer?

Está muy bien eso de salvar al mundo, pero no sabe si el Priorato del Equilibrio va a darle un sueldo para pagar las facturas de casa. O un piso, quizá. ¿Será esa clase de sociedad secreta millonaria que tiene sitios preparados para gente como él? En las películas de Hollywood, siempre se presenta al héroe pardillo en un trabajo de mierda y, de repente, cuando descubre su superpoder, manda todo al carajo y se va a vivir de… ¿de qué? ¿Del aire? Esto, por muy irónico que resulte, es el mundo real. Y por muy *viajero* que sea, tendrá que seguir durmiendo, comiendo y gastando un dinero que de algún lado tendrá que salir, piensa el chico.

—¡He dejado el trabajo! —anuncia Yago, orgulloso.

Su compañero de piso ha aparecido de repente en el salón, aún con las llaves de casa en la mano. Kai está tan obnubilando en sus pensamientos, que ni se ha percatado del sonido de la puerta.

—¿Cómo que has dejado el trabajo? —pregunta, estupefacto.

—Bueno, técnicamente, me han echado por el cierre de la empresa. ¡Pero da igual! Lo iba a dejar de todas maneras —explica Yago, mientras se acomoda en el sofá, al lado de Kai—. Esto es una señal para terminar mi novela de dragones, buscar nuevas perspectivas en la vida y acompañarte en esta aventura tan loca y fascinante de la que quizá no salgamos vivos.

Kai está dispuesto a rebatirle el optimismo con el que vislumbra el catastrófico futuro que ayer pintó la doctora. Pero una extraña sensación lo bloquea.

Comienza a sentir un fortísimo escalofrío que recorre toda su espalda, erizándole el vello de la nuca y de los brazos. La piel de gallina da paso a un sutil pinchazo en las sienes que, cada vez, va ganando mayor intensidad. No puede evitar tocarse la frente por culpa del dolor.

—¿Estás bien? —pregunta Yago.

El ambiente se empieza a impregnar de un olor húmedo, parecido al de la tierra mojada. Su boca se llena de un sabor amargo, como si acabara de vomitar la bilis. Su vista se nubla con destellos blancos en los que empieza a ver la silueta de una chica con el pelo lleno de pequeñas trenzas que bailan, como si fueran culebras vivas.

Bahari.

—Quiere entrar —anuncia Kai, aturdido.

—¿Quién?

No le da tiempo a responder. Su respiración se entrecorta. Parece como si el aire no pudiera entrar en sus pulmones. Sus emociones se empiezan a tornar en un enfado inminente que no sabe de dónde proviene, pero Kai hace un esfuerzo por resistirse.

¡Déjame entrar!

La voz de la chica suena en su cerebro con una reverberación fuerte e imponente, sin admitir negativa alguna.

—No... sé... cómo hacerlo —contesta Kai, apretando los dientes.

—Kai... ¿de qué estás hablando? ¿Qué te ocurre? —pregunta Yago, asustado, mientras pone su mano en la espalda del chico.

—¡No me toques! —grita, rabioso.

Y entonces, presa de ese inesperado e inexplicable cabreo, ocurre.

Detrás de él comienzan a emerger dos auras de luz que, a medida que crecen van descubriendo la habitación en la que se encuentra Bahari. Yago se aleja unos pasos, sorprendido por el espectáculo que está presenciando, mientras Kai deja que toda esa furia se escape con un grito cargado de impotencia y dolor.

Bahari cruza el umbral, tan serena como de costumbre, pero su rostro presenta una oscuridad que el chico no ha visto antes. El portal se vuelve a cerrar en cuestión de segundos, mientras Kai continúa gritando por el esfuerzo que le supone gestionar todas esas emociones tan negativas y oscuras. Cuando el aura vuelve a desaparecer por su espalda, cae al suelo hiperventilando y resoplando.

—Joder… —suelta, sin aliento—. Sabía… ¡Sabía que ibas a aparecer! ¡Te he sentido!

—A mí me vais a dar un infarto con tanto portal mágico, ¿eh? —añade Yago, con la mano puesta en el pecho, visiblemente afectado.

Bahari mira a su alrededor, observando con fascinación (y desagrado) cada recoveco del salón.

—Así que… esto es Terra —sentencia.

Aún en un estado bastante agitado, Kai se pone de pie y va directo a la chica de Ídedin.

—¿Tú también puedes abrir portales? ¿También puedes venir aquí? —en su tono de voz todavía quedan restos de rabia.

—Eso parece —contesta ella, con desdén—. Tengo el mismo derecho que tú a aparecer por aquí, ¿no?

—Sí, pero… ¡no así! ¡De repente! —señala Kai.

—¿Acaso tú me has pedido permiso cada vez que has aparecido en mi mundo? —se encara ella.

—¡Yo no sé cómo funciona esto!

—¡Ah! ¿Y yo sí?

—¡Bueno! ¡Tranquilidad!

El ambiente se ha caldeado tanto que Yago se ha visto obligado a meterse entre los dos viajantes con la intención de calmarlos.

—¿Por qué estáis cabreados? —pregunta el chico—. Tú hace nada estabas bien.

—¡Es por su culpa! —protesta Kai, señalando a Bahari—. Me… ¡me ha impregnado de su energía chunga!

—He venido a poner unas normas —prosigue, ignorándolos—. No quiero ser viajante, pero parece que no me queda más remedio. Así que al menos quiero tener el control de abrir los portales. Al menos, a Ídedin.

—Vale, genial —contesta Kai en tono burlón—. Me puedes dar tu teléfono y te mando un WhatsApp cuando quiera viajar. ¡Ah, no! Espera... ¡Que no llega la cobertura a tu mundo! ¿Te crees que a mí me apetece esto?

Kai comienza a soltar toda la verborrea que contó ayer la doctora porque, en el fondo, sabe que necesita a sus «gemelos» igual de bien informados que él para que puedan coexistir los tres. Pero se da cuenta de que Bahari lo está ignorando. Por completo. La chica tiene su vista fijada en el ventanal que da al balcón de la casa y parece hipnotizada por algo que ha visto.

—¿Me estás escuchando?

Bahari le chista y lo aparta con suavidad, cosa que sorprende a Kai. El rostro de la idediana ha pasado de tener esos rictus de enfado y maldad a una cara de asombro y fascinación.

—¡Bahari!

—¡Calla! —suelta Yago, propinándole una colleja—. ¿No ves que está descubriendo nuestro mundo? —dice con toda la seguridad de alguien que mira la vida con los ojos de un escritor.

Su compañero de piso se acerca a la chica, que permanece inmóvil y en silencio enfrente de la ventana. Yago, poco a poco, desliza la puerta de cristal para abrir el balcón y que la muchacha pueda salir. Ella lo observa con reticencia.

—Es seguro —insiste el chico.

Bahari vuelve a dudar un momento, pero después se anima a salir para contemplar las vistas que tienen desde el séptimo piso. Kai se acerca a ellos, expectante ante lo que vaya a ocurrir.

—Qué... alto... —confiesa ella cuando mira hacia abajo. Después, observa el horizonte.

El cielo ha comenzado a teñirse de tonos cian y magenta, anunciando la inminente llegada de la noche. Y es entonces cuando Kai entiende por qué su gemela de Ídedin está en ese estado de shock.

—¿Es la primera vez que ves un anochecer? —pregunta.

Ella asiente, incapaz de quitar la vista del cielo.

—Es... Es precioso.

—No me imagino viviendo en un lugar en el que todo el rato sea de día —opina Yago.

—En el fondo nuestra «noche» se forma por la presencia de un astro más pequeño que tiñe nuestro cielo de rojo. Pero esto es...

Bahari no es capaz de continuar. Está completamente fascinada por el espectáculo de colores que está dando el atardecer. Los edificios más altos de la ciudad empiezan a convertirse en siluetas oscuras que se funden con el horizonte. Algunos pájaros vuelan alto hacia la alejada serranía, como si estuvieran persiguiendo al enorme astro que desaparece por las montañas.

—Este es uno de los motivos por los que voy a hacer lo que, supuestamente, los viajantes tenemos que hacer —añade Kai, terminando la frase de Bahari—. Porque es mi hogar y... ¡qué demonios! ¡Porque quiero seguir vivo!

—¿A qué te refieres? —pregunta Bahari.

—Nosotros dependemos del dichoso Equilibrio. Si él desaparece... tú, yo y el viajante de Vawav moriremos.

La cara de sorpresa que pone Bahari delata que desconocía esa información. ¿Por qué Docta Sena no se lo ha dicho?

—Me parece bien que quieras poner unas normas —prosigue Kai—, pero antes tenemos que saber cómo funciona todo esto. Al menos, saber cómo funcionamos los tres. Y para eso...

—¡Ya estoy en casa!

La habitual alegría de Amber inunda todo el piso. La muchacha comienza a hablar mientras se dirige al salón, dando por hecho que no hay ninguna invitada inesperada.

—Oye, Kai, he estado pensado y... me preguntaba si la única forma que tengo de hablar con Denis es a través de... —Amber se calla en cuanto ve a Bahari en el balcón—. Uy, perdonad, no sabía que teníamos visita.

Pero Amber se da cuenta de que la invitada viste de una forma un poco extraña y rudimentaria, con un peinado propio de los pueblos africanos y unos ojos de color verde que no tarda en reconocer.

—No me digas que es...

—Amber, te presento a Bahari —dice Kai—. Es... Dios, me resulta muy raro decirlo, pero es mi «yo» de Ídedin.

ESOS PLANES QUE NO SABES SI VAN A SALIR BIEN

El grito de asombro que lanza Bahari cuando ve sonreír a la luna menguante en el cielo nocturno es una de esas cosas que Kai no va a olvidar en su vida. ¡Y eso que está viendo la noche desde la propia ciudad! Al chico le entran ganas de llevarla a una zona sin tanta contaminación lumínica para que pueda ver la inmensidad de la noche y el espectacular manto de estrellas que envuelve a la Tierra cuando el Sol no está presente.

—Que sepas que eres muy guapa en chica —comenta Amber en un susurro confidente cuando se sientan de nuevo en el sofá—. ¿Qué hace aquí?

—Creo que quiere poner unas normas con el tema de los viajes entre mundos, pero… —Kai echa un nuevo vistazo al balcón; Bahari sigue en la misma posición que hace media hora—. La noche la confunde —se burla.

—Confundida me tienes tú a mí —espeta—. Bueno, tú no. Tu «yo del futuro». ¿Cómo puedo hablar con él?

—No es mi «yo del futuro».

—Amber, no me digas que te has enamorado del «Kai del futuro» —suelta Yago.

—¡No!

—¡Que no es mi «yo del futuro», cojones!

—En el fondo… sí.

La intervención de Bahari hace que los tres chicos se giren hacia la muchacha que continúa dándoles la espalda, observando el cielo nocturno como si no quisiera perderse nada de lo que podría ocurrir.

—Docta Sena me explicó que Ídedin y Vawav somos el pasado y el futuro de Terra, del mismo modo que vosotros sois nuestro presente.

—Eso no tiene mucho sentido... —farfulla Yago, intentando encontrar la lógica del funcionamiento de los tres mundos en base a las reglas que conoce para construir historias.

—¿Eso de ahí es una estrella o un...?

—Un avión, cariño. Un avión. A ver —Yago se gira de nuevo hacia Amber—, volviendo a lo del «Kai del futuro», ¿te gusta o qué?

—Es mono —confiesa la chica, arrugando el morro.

Yago no puede evitar pegar un grito de histeria mientras aplaude como si fuera un fanático espectador de telenovelas que disfruta con los inesperados giros del guion.

—Ay, Dios... —suspira Kai.

—¡Vamos a ver, amigo! ¿Qué hago si tu «yo del futuro» se cuida y está más bueno que tú? —contesta Amber, encogiendo los hombros.

—¡Dejad de llamarlo así, por favor! Hacéis que todo suene más absurdo de lo que ya es.

¿Cómo es posible que sus amigos hayan asimilado tan bien lo de los mundos paralelos? ¿Es posible que le esté dando más importancia de la que tiene? A su parecer, no es muy normal lo que están viviendo. ¿Por qué ellos se lo toman como si no ocurriera nada? Quizá sea porque ninguno de los dos tiene «gemelos» por ahí, perdidos. En cualquier caso, nada tiene sentido para Kai. Y mucho menos que su compañera de piso esté ligando con Denis.

—Deberíais abrir un portal a Vawav. Así Bahari y Denis se conocen —propone Yago.

—¡¿Qué?! —grita Kai—. No, no, no. Esto no es un juego. Además, no sabemos cómo...

—¡Oh, venga ya! Si lo haces de maravilla, Kai. Además, así enseñas a nuestra invitada cómo haces eso de abrir los portales —continúa Yago, girándose confidente a Amber para susurrar—. Y tú puedes ver al *chulazo* futurista.

—¡Yago! —suelta Amber, fingiendo una indignación sobreactuada mientras se posa la mano en el pecho—. Mira, lo que diga la mayoría.

Kai pone los ojos en blanco. Desesperado, se levanta de un salto del sofá.

—¡No! ¡Os podéis ir olvidando de esto! ¡Ni vamos a ir a Vawav ni tú te vas a ligar a mi «yo del futuro»!

—Yo sí quiero ir a Vawav.

Bahari vuelve otra vez a intervenir, pero esta vez entrando en el salón y mirando a los tres chicos con la expresión serena que tanto la caracteriza.

—Y también quiero aprender a abrir portales —sentencia.

—¡Pero si has abierto uno! —protesta Kai, exasperado—. Yo no tengo ni idea de cómo funciona. Solo sé lo que me ha enseñado la doctora.

—Comparte tus conocimientos conmigo, entonces.

—Eso, Kai —interviene Yago, con su habitual sonrisa pícara—. Comparte tus conocimientos con ella.

La insistencia de sus amigos comienza a hacerle dudar de lo que es o no correcto. No han tenido noticias en todo el día de Gala Craus, así que tampoco sabe cuál es el siguiente paso que tiene que dar. Lo único que tiene claro es que la doctora lo va a ayudar a controlar el poder que tiene, a saber utilizarlo. ¿Acaso no es la práctica la mejor forma de aprender? Quizá no sea mala idea abrir un portal a Vawav, conocer a Denis un poco mejor y que los tres viajeros aúnen fuerzas para controlar lo que sea que tengan que hacer con el Equilibrio.

—Esto va a salir fatal… —suspira, rendido por la situación.

La respuesta del chico hace que Amber y Yago celebren su victoria con un fuerte choque de manos. Una pide cinco minutos para adecentarse y el otro se escapa a la cocina para «vete tú a saber qué». Mientras, Kai se acerca a Bahari para explicar los pasos que ha seguido con la doctora para abrir de forma consciente los portales.

—Simplemente tienes que concentrarte en el lugar o en la persona. Imaginar que estás ahí.

—Nunca he estado en Vawav. No puedo imaginar algo que no conozco…

—Bueno, pues... Ahora lo hago yo y luego si quieres lo intentas tú. Así ves cómo lo controlo. ¿Te parece?

Bahari asiente, emocionada. Kai no puede evitar sonreír porque es la primera vez que ve a la chica en un estado relajado y cómodo. Incluso juraría que se está contagiando de esa felicidad. En su interior se pregunta si, del mismo modo que comparten el aspecto físico, están conectados también con sus emociones. Eso explicaría el repentino cabreo que ha experimentado hace un rato.

Amber aparece con un look más arreglado y algo de maquillaje, y Yago, con un par de botellas de vino que ha sacado de la nevera.

—¿En serio? —pregunta Kai, señalando el alcohol.

—Es de mala educación acudir a una casa con las manos vacías, cariño —se justifica—. Y como no sé si es de blanco o de tinto...

—¡Si ni siquiera sabemos si en Vawav existe el vino!

—¿Cómo no va a existir el vino en el futuro, Kai? No digas tonterías.

Exasperado, el chico intenta concentrarse en despejar su mente. Cierra los ojos como las veces anteriores y piensa en el rostro de Denis, en su salón, la eterna noche de Vawav... Le está resultando mucho más sencillo que la vez anterior, en la que, al ser su primer viaje a Vawav, solo contaba con la fotografía del móvil de Amber. Aún sigue preguntándose qué clase de poder oculto tiene para poder conectar a su compañera de piso con el mundo de su gemelo a través de una aplicación de ligues...

Las sensaciones no tardan en invadirlo con ese hormigueo en su espalda que anuncia la inminente salida de las auras que abren el portal. Sin embargo, esta vez Kai opta por probar algo nuevo. Siente que Denis está ahí. Puede ver su silueta. Oler su piel. Escuchar su respiración. Del mismo modo que escuchó cómo Bahari pedía que no se resistiera, ¿podrá comunicarse él con Denis antes de abrir el portal?

Denis.

Denis, soy Kai.

Sabe que lo ha escuchado porque, inmediatamente, siente la reacción del chico de Vawav. Una reacción nerviosa... ¿Cómo puede tranquilizarlo? La respuesta no tarda en salir en forma de pensamiento.

Amber quiere verte.

Kai escucha algo estático, como unos golpes ahogados. ¿Es posible que el muchacho esté contestando? Intenta concentrarse más, pensar en los detalles que componen la habitación, en una silueta más nítida de su gemelo y...

Ocurre.

De su espalda emergen dos auras como si fueran unas inmensas alas que, a medida que van creciendo y expandiéndose, descubren el lugar al que van a viajar: *Vawav*.

El mismo salón futurista de luces tenues y decoración minimalista aparece de la nada. Denis luce un pijama de pantalón negro y camiseta blanca, pero a Kai lo sorprende ver cómo forcejea con alguien.

O, mejor dicho, algo.

Mila, la androide doméstica de Denis, los está apuntando con una pistola. Y lo primero que se pregunta Kai es si el cachivache disparará balas o rayos láser.

BEBER O MORIR

Denis agarra a Mila por la cabeza con la palma de sus manos y comienza a presionar con fuerza el cráneo artificial como si quisiera reventarlo. Kai no sabe cómo reaccionar, pero cuando echa un vistazo a sus amigos, no sabe si la cara de asombro que tienen es por el espectáculo o por cómo a su gemelo se le marcan los músculos por culpa del esfuerzo y de la ceñida camiseta blanca que lleva.

Un grito electrónico y metálico apaga al robot de golpe, iluminando todo su cuerpo de un color rojo y parpadeante.

—¿Te lo has cargado? —pregunta Amber.

—No. Está desactivado —contesta Denis, cabreado. Después se dirige a Kai—. ¿Por qué no me has hecho caso? ¡Podría haberos matado!

—No he escuchado nada. Yo… solo oía un ruido blanco, como con interferencias —se gira hacia sus compañeros de piso—. ¡Os dije que era mala idea!

Denis se toca las sienes y lanza una mirada a Mila, que yace en el suelo como cualquier cadáver humano. Se tendrá que inventar alguna excusa creíble cuando el Departamento de Robótica pida explicaciones por haber hecho uso del apagado de emergencia.

—¿Qué queréis? —pregunta, en un suspiro. Después se da cuenta de que no solo están Kai y Amber; Yago está detrás de ellos sosteniendo dos botellas de vino y, a su lado, una chica que no conoce—. ¿Y tú quién eres? ¿Qué está pasando aquí?

—Repito: ¡esto es muy mala idea! —insiste Kai, arrepentido.

—Hemos venido porque ella —comienza a explicar Amber, señalando a Bahari— quería conocer esto. Es la otra viajante.

—¿Vienes…? —dice Denis, completamente incrédulo—. ¿Eres de Ídedin?

Cuando el chico de Vawav se acerca a la muchacha de Ídedin, esta se pone al lado del viajante de Terra. De repente, todos aprecian a la perfección el parecido entre los tres: misma altura, una complexión similar, mismos gestos… Son idénticos, como si fueran hermanos gemelos. Pero más allá de la similitud física, existe una conexión mental desconocida para los tres viajantes. Un nexo de energía emocional que, aunque ellos aún no lo sepan controlar, supone una de las claves del funcionamiento del propio Equilibrio.

—¿Estáis sintiendo lo mismo? —pregunta Kai.

—Es ese… hormigueo —añade Bahari.

Denis permanece callado y observa curioso a sus dos seres alternativos con cierto respeto, porque él también lo siente. La vibración que sale de la espalda ahora invade todo su cuerpo. Como si fuera un enorme imán que atrae diminutas virutas de metal que se introducen por cada poro de su piel. En un gesto completamente instintivo, Denis alza su mano poco a poco, abriendo la palma, de tal modo que invita a la chica a que le copie el gesto. Después mira a Kai y hace lo mismo con la otra mano. Y acto seguido, Bahari ofrece la mano restante a Kai para que, de esa forma, se cierre el círculo de tres.

Dolor. Ira. Amor. Tristeza. Alegría.

Aire. Fuego. Tierra. Agua.

Pasado. Presente. Futuro.

Oscuridad. Luz.

Un único segundo. Eso es lo que soportan los tres viajantes unidos. No saben qué han experimentado. No son capaces de explicarlo con palabras.

Kai, Denis y Bahari han dado un traspié, asustados, como si el contacto entre los tres hubiera producido un doloroso calambre.

—¿Os encontráis bien? —pregunta Amber.

—Sí, sí —dice Kai—. Estamos bien. Solo… aturdidos.

Pero los tres saben que es algo más que un aturdimiento. Entre ellos ha ocurrido algo, pero no saben el qué. Quizá porque aún son unos viajantes en una fase infante y, al no tener mayor control sobre su poder, no pueden entenderlo. O quizá porque es la primera vez que se encuentran y, más allá del entendimiento, existe una conexión que escapa a cualquier intelecto.

—Bueno, pues... ¿abrimos el vino o qué? —interviene Yago, alzando las dos botellas.

En Vawav no existen las copas. Tampoco el vino tal y como lo conocen en Terra. Hay licores, pero procedentes de otras frutas que se parecen a la uva y se producen en laboratorios de procesamiento alimenticio. En Vawav el cultivo de frutas y hortalizas no se realiza en campos de tierra; tiene lugar en probetas de laboratorio.

Así empiezan los cinco amigos a compartir la experiencia de sus distintas culturas. Mientras que Bahari cuenta cosas propias de la prehistoria, Denis habla de inventos que recuerdan a las grandes novelas de ciencia ficción que se escriben en el mundo de Kai. Los pájaros gigantes de Ídedin, los aviones de Terra y las naves de Vawav. Los días de un mundo, los atardeceres del otro y las noches eternas del restante. Pero también encuentran puntos en común como las horas de sueño, las tres comidas que hacen al día o aspectos tan básicos como la higiene personal.

Todos están fascinados con Vawav y la impresionante evolución tecnológica que tiene. Sin embargo, Denis no oculta su incomodidad al vivir en una dictadura de más de trescientos años. Una dictadura a la que apenas nadie pone resistencia por lo asentada que está la forma de vida vawaiana. Al chico le entra la risa en cuanto Yago menciona cosas tan populistas como manifestaciones, protestas o huelgas.

—Creo que la última manifestación se hizo hace más de doscientos cincuenta años —explica el chico—. Según los libros de historia sí que existía una oposición a la dirección de Sif Noah Peaker, pero... desaparecieron misteriosamente.

—¿Y te parece bien? —pregunta Amber.

Denis se encoge de hombros. Siente que su vida está tan adaptada al sistema de Vawav y a las normas impuestas por su dictador, que solo se limita a hacer bien su trabajo y a tratar de pasar inadvertido. Sin contar, obviamente, con las pequeñas artimañas que hace para tener un poco de intimidad y privacidad.

El sistema de gobierno de su mundo deriva en cómo funciona la política tanto en Terra como en Ídedin. Y mientras que en Ídedin todo se sostiene por un utópico sistema democrático basado en la religión, el de Terra es tan variado como caótico. ¡Conviven cientos de formas independientes de gobierno!

Las horas pasan, y Denis no solo disfruta del dulce néctar terrícola, sino también de la conversación y del intercambio de opiniones y experiencias. Solo hay una cosa que le aparta de la conversación y lo hace desconectar de todo: Amber. A veces se permite el lujo de perderse en su sonrisa, de estudiar sus gestos sin estar pendiente de lo que dice el resto, de escuchar cada palabra que suelta o contagiarse de esas carcajadas que tanto la caracterizan. Le encantaría que Tercio y Hada estuvieran aquí para…

Oh, mierda.

—Tenéis que iros —anuncia Denis, de repente, alterado—. Tenéis que marcharos.

—¿Qué ocurre? —pregunta Kai, nervioso al sentir la inquietud del chico.

—Van a venir dos amigos a casa y… —echa una mirada a Mila—. Joder, tengo que solucionar y adecentar esto. ¡No me puedo creer que haya sido tan estúpido!

—¡Que vengan! —dice Amber—. ¡Cuantos más seamos, mejor!

Denis se pone en pie, presa de la inquietud y el pánico. Como sus amigos entren por la puerta y descubran a los tres terrícolas con esa pinta del barrio más excéntrico de Vawav y a la chica de Ídedin con unas ropas propias de las historias de ficción…

—¡No! ¡No formáis parte de este mundo! ¡No sabéis cómo funciona!

—Tiene razón —interviene Kai, mirándolo de forma cómplice—. Tenemos que marcharnos. Ya ha sido suficiente por hoy.

—Bueno, pero repetiremos pronto, ¿no?

Los tres viajantes se vuelven a mirar entre ellos, con una complicidad sobrenatural, como si con solo mirarse supieran en lo que están pensando.

—Claro —dice Kai, con una seguridad fingida—. Es mejor ir poco a poco en esto.

—Sí —añade Bahari—. No sabemos cómo funciona y yo... debería de volver también a Ídedin.

—¿Te espera tu novio? —pregunta Yago a la chica.

—¡Nabil no es mi pareja! —responde, ofendida.

Kai se pone en pie y anima a Bahari a abrir el portal de vuelta a casa. La chica se concentra e intenta pensar en todo lo que va diciendo Kai, pero ambos sienten que ella no consigue conectar con Terra y mucho menos con Ídedin. Así que, finalmente, es el propio Kai quien vuelve a abrir el umbral que los devuelve a casa.

—Te veré pronto —Amber se despide de Denis con una sonrisa—. No te pido el teléfono porque... Bueno, creo que no llega la cobertura aquí. Pero hablamos, ¿vale?

Denis asiente respondiendo a la chica con la misma sonrisa que ella le ha regalado mientras observa cómo el portal hacia Terra vuelve a desaparecer.

Bahari decide echar un último vistazo a la noche de Terra antes de intentar abrir de nuevo el portal a Ídedin por sí misma.

—Es más bonita vuestra noche que la de Vawav —confiesa.

—Todo aquí es más bonito que en Vawav —añade él.

—Pero me quedo con Ídedin —señala ella, burlona.

Kai asiente y vuelve a intentar guiar a la muchacha en la meditación. ¡Y ocurre! Bahari abre por sus propios medios el portal que la lleva de vuelta a casa.

Exhausto, Kai se deja caer en el sofá. Sus dos compañeros de piso suspiran alucinados por lo que acaban de vivir.

Sin embargo, toda esa magia se esfuma cuando alguien comienza a golpear la puerta de casa con tanta rabia y fuerza, que los chicos acuden atemorizados y sigilosos al pasillo para ver quién es a través de la mirilla.

La cara de enfado que luce Gala Craus demuestra que no trae buenas noticias...

OCULTAR Y PROTEGER

De todos los escenarios posibles, Bahari nunca se hubiera imaginado que volvería a casa con una sonrisa enorme en el rostro. ¡Ha visto la noche! Y no solo eso, ¡ha podido pisar Terra y Vawav! La euforia de su espíritu aventurero la anima a preguntarse qué otros misterios y sorpresas esconderán esos mundos.

En cuanto regresa, Virgo la recibe acercándose con un cariñoso rugido que acompaña de un ronroneo. El smilodón restriega la cabeza por los costados hasta hundir el hocico en la barriga de la chica.

—Ya estoy aquí, Virgo. ¡Ya estoy aquí! —responde ella emocionada, abrazando a su compañero—. ¡No te vas a creer dónde he estado, Virgo!

El animal, contagiado por la alegría de Bahari, se abalanza sobre ella, haciendo que caigan al suelo. Entre risas, la chica se intenta defender de los lametazos que recibe por toda la cara. Adora los arrebatos de cariño del animal, pero la lengua que tiene es tan áspera que se parece a la textura de una lija.

—¡Virgo, para! ¡Me haces daño! —se queja, sin dejar de reírse y enternecerse por el animal—. Prometo que no me volveré a ir sin ti.

—No le mientas al animal —la voz de Nabil pone a la muchacha en alerta—. Ni él ni yo podremos viajar contigo. Va en contra del Tratado del Equilibrio.

No se había percatado de que su amigo estaba sentado en uno de los almohadones que descansan sobre la alfombra. Aunque esté oculto bajo la penumbra de la habitación, Bahari puede intuir su cara de molestia que tanto lo caracteriza cuando se cabrea.

—Podrías haber avisado que te marchabas. Nos has dado un susto de muerte —insiste Nabil sin moverse del sitio.

—Lo… Lo siento —se disculpa ella, aparcando de golpe toda la euforia.

—¿Sabes? Pensé que te habían secuestrado o algo así. —Nabil se levanta, dejando que su genio se apodere de su comunicación física—. Cuando vi que Virgo estaba solo, yo…

—Nabil, estoy bien. No pasa nada —interrumpe, intentando calmarlo—. Estoy aquí.

—¡Sí que pasa! ¡Claro que pasa! —El chico, presa de la rabia, agarra a Bahari con fuerza por los brazos—. ¿Es que no te das cuenta de lo que te están haciendo?

—Nabil, suéltame. Me haces daño —protesta, pero el chico sigue aferrándola con fuerza y zarandeándola cada vez más.

—¡¿Es que no te das cuenta de que tu vida se ha acabado?!

—¡Nabil, para!

El grito que pega Bahari obliga a Virgo a intervenir en la discusión con un rugido tan poderoso que Nabil la suelta de inmediato. Ella se toca los brazos, dolorida por la fuerza con la que su amigo los ha agarrado. Una incrédula mirada por parte de la muchacha hace que el rostro de Nabil se llene de arrepentimiento.

—Bahari, lo siento. Yo…

—Ni se te ocurra volver a agarrarme así —advierte entre dientes, conteniendo su rabia—. *Nunga!* ¿Qué te pasa?

Su mejor amigo se desinfla por completo. Sus gestos se ablandan y donde hace unos segundos veía rencor y enfado, ahora encuentra tristeza y miedo. Bahari se mantiene en el sitio, queriendo parecer impertérrita por la actitud de su amigo, pero tampoco puede evitar la conmoción que le provoca ver a Nabil tan desarmado.

—Por un momento he pensado que… —comienza a explicar el muchacho, absorbiendo las incontrolables lágrimas—. He pensado que no te iba a volver a ver. Que te habían llevado a algún lado por ser una viajante y...

Bahari permanece en silencio sin dejar de observar a su mejor amigo. Jamás lo había visto así de afectado, mostrando una sinceridad y un miedo que dista mucho del aspecto inquebrantable que siempre suele aparentar.

—No quiero perderte. Me aterra pensar que no voy a volver a verte.

Nabil no es capaz de mirarla. Permanece a unos centímetros de ella, cabizbajo. Ya sea por vergüenza a mostrar sus sentimientos o por arrepentimiento hacia su conducta. Es entonces cuando Bahari se pregunta si los miedos de su amigo son infundados o, simplemente, es ella la que no está viendo la realidad de la situación. Nabil siempre ha sido una persona inteligente. Más allá de su fuerza bruta, es el chico más inteligente que conoce.

—¿Qué te hace pensar que no vamos a volver a vernos? —pregunta ella, sin poder disimular un sutil temblor en la voz.

Nabil alza el rostro y mira a la chica directamente a los ojos. Permanece unos segundos amparado en el mutismo, observando a su amiga bajo la atenta mirada de sus ojos marrones que brillan por culpa de las lágrimas. Bahari no sabe si bajo ellos se muestra confusión, sorpresa o, simplemente, tristeza.

—Esto —confiesa él, más sereno, alzando los brazos—. Que te marches de repente sin avisar. Que esta mañana te hayas saltado las clases porque tenías que hablar con Docta Sena de lo tuyo. ¿De verdad crees que van a ser hechos aislados?

—Supongo que hasta que controle mi don y...

—¿Tu don? —interrumpe el chico—. Ba, ser viajante es una *maldición*. Que no te blanqueen ni adornen lo que te está pasando.

Ahora es ella la que se queda observando a su amigo en silencio, intentando descifrar lo que se encuentra más allá de sus palabras. ¿Por qué tiene la sensación de que Nabil sabe algo que ella desconoce?

—¿A qué te refieres? —pregunta la chica—. ¿Sabes algo que yo no sepa?

Ahí está. Ese parpadeo. El gesto de apartar la mirada hacia otro lado, incapaz de mantener el contacto visual con ella. Un silencio que responde a su pregunta.

¿Qué es lo que no le quiere decir? ¿Por qué no se atreve a compartir con ella lo que sabe? Bahari conoce demasiado bien a su amigo para saber que no se asusta por nimiedades.

—Nabil —esta vez es ella quien lo agarra, insistente—. ¿Qué sabes?

—¿Sabes el viajante del que hablan? ¿El que dicen que está secuestrado? —comienza a explicar el muchacho—. Era de mi aldea, de Asserat. Yo era muy pequeño cuando me enteré de que era un viajante, pero recuerdo perfectamente cómo la gente lo miraba de otra forma, dejaron de tratarlo como a un igual... Y entonces los Sapientes se lo llevaron, como si fuera de su propiedad —explica, mientras sus gestos se van ensombreciendo cada vez más, como si hablar de esos recuerdos lo cabreara—. Su madre era muy amiga de mis padres, ¿sabes? Y... ¡y no pudo volver a verlo! No hasta años después y... Y llegó completamente cambiado, Ba. Como... ¡como si fuera otra persona!

El relato de su amigo cargado de rabia y miedo estremece a la chica hasta el punto de asustarse. ¿Estarán siendo sinceros los Sapientes? Docta Sena no dijo nada acerca de que, si el Equilibrio se rompía, ella moriría. ¿Qué otras cosas le estarán ocultando? La extraña e inexplicable sensación que ha sentido cuando ha juntado sus manos con las de Denis y Kai hace que se plantee los peligros y las consecuencias que implica ser viajante. ¿Y si toman el control sobre ella? ¿Y si de repente deja de ser ella misma? El miedo se transforma en angustia.

—Yo... Yo no quiero ser otra persona —confiesa, asustada.

—Y no lo vas a ser —dice Nabil, volviendo a mostrar esa actitud protectora hacia ella—. Te lo prometo. No voy a dejar que te conviertan en una especie de llave y mucho menos que desaparezcas.

Cuando Bahari aparca toda su entereza y deja que los miedos se manifiesten, Nabil no duda en acariciarle el rostro y en jugar con las trenzas de su cabello. Ella siente el calor de su enorme mano, el tacto rugoso de su palma en la mejilla.

—No sé si puedo hacer esto sola —confiesa.

—No estás sola —contesta Nabil, tajante, sin despegar su mano de ella y haciendo que los ojos de ambos se encuentren—. Siempre estaré aquí para protegerte.

El chico la empuja hacia su pecho para abrazarla con fuerza. Y ella, por un segundo, se siente protegida. No por la envergadura de su cuerpo, ni por sus enormes brazos. A Bahari la fuerza nunca le ha servido de protección. Se siente protegida por su cariño, por el calor humano y el afecto que siente hacia ella, por su amistad.

Pero cuando Bahari le devuelve el gesto y envuelve sus brazos en la espalda de Nabil, este hunde su nariz en el cabello de ella. Y ese gesto va acompañado de un tierno beso. Y después otro que viaja hacia su frente. El chico se separa un poco, lo justo para hacer que los ojos de ambos se vuelvan a encontrar. La protección y el cariño se van transformando en un extraño deseo por parte de su amigo, y donde hace un segundo Bahari sentía afecto, ahora experimenta incomodidad.

Una incomodidad que se transforma en confusión cuando Nabil junta sus labios con los suyos, y ambos se funden en un beso lleno de sentimientos encontrados.

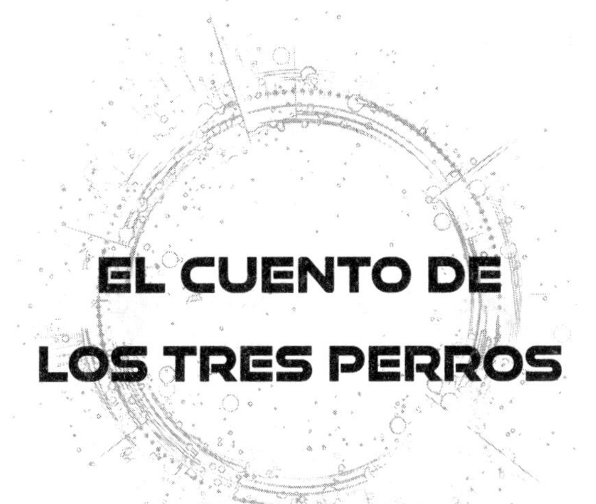

EL CUENTO DE LOS TRES PERROS

A Sif Noah Peaker le gusta pasar tiempo cerca del umbral que une su mundo con Ídedin. Lo dejaría constantemente abierto, pero el cansancio de sus prisioneros obliga a que tengan que hacer descansos para evitar que desfallezcan. Sería igual que obligar a una persona a correr todo el día sin descanso, lo cual provocaría la muerte del sujeto. De momento, Sif Noah Peaker no quiere acabar con la vida de sus viajantes por un único motivo que le cuesta reconocer: *los necesita*.

De la misma forma que necesita el citranium.

Mientras esté abierto el portal, el flujo de trabajo es continuo: los obreros extraen el cristal de la montaña, lo parten en las carpas y después lo llevan en bandejas como si fueran diamantes al portal, para cruzar a Vawav y tratarlo de la forma pertinente.

Pero el paso de los cristales no es el único motivo por el que disfruta estar cerca del umbral. Siente una inmensa fascinación por la habilidad tan sensorial y compleja que poseen los viajantes. A veces se limita a observarlos, estudiando el halo de luz que emerge de sus espaldas, como un polvo azulado que se extiende por todo el espacio para dar paso a un mundo nuevo y desconocido. Es curioso ver a los dos viajantes enfrentados de espaldas y sin poder mirarse para que el portal no se cierre. Otras veces, charla con ellos. Nunca obtiene respuesta, pero sabe que lo escuchan. Y eso ha hecho que la empatía del dictador hacia sus prisioneros se desarrollase hasta el punto de darles un buen descanso, comida y aseo personal.

—Mi querido Bérbedel —comienza cuando ve que el viajante abre los ojos, aturdido—, sé que estás cansado. Pero también debes de saber que el sacrificio y el esfuerzo que estás haciendo ayudará a convertir Vawav en un mundo mejor.

Su afónica y melodiosa voz envenena el ambiente. Puede ver en los ojos del vawaiano cómo, a pesar del cansancio, lo repudia. Y él, como el buen dictador que es, intenta explicar por qué está haciendo lo que está haciendo.

—Si antes éramos un solo mundo, esos cristales también nos pertenecen, ¿no crees? De la misma forma en que esta arena negra y esta eterna noche también pertenecen a Ídedin. ¿Crees que me opondría si vinieran a por ella? No. Porque, por derecho, les pertenece. Igual que a mí me pertenece el citranium —dice mientras observa una nueva bandeja entrar en su mundo—. ¿Cómo es posible que algo tan pequeño pueda contener tanta energía? ¡Es un auténtico desperdicio que esté ahí, encerrado en la roca!

Noah Peaker vuelve a acercarse a Bérbedel y se permite el lujo de acariciar, como solo hace en contadas ocasiones, el rostro de su prisionero.

—Igual que es un desperdicio que tú tengas este don —susurra al oído del hombre—. He analizado tu sangre, tus genes y de quién desciendes. Y ¿sabes qué? No hay nada que explique por qué tienes esta habilidad. ¿Es la naturaleza tan aleatoria como quiere parecer? ¿Por qué tú puedes tener esto y yo no?

El discurso del dictador muestra una templanza tremenda. Sus palabras están cargadas de envidia y ambición, pero la forma en la que salen de su boca denota todo lo contrario.

—He conseguido burlar a la muerte durante más de trescientos años gracias al traspaso de conciencia, querido Bérbedel —continúa, sin dejar de mirar al viajante con asombro y fascinación, casi con veneración—. Nos dimos cuenta hace muchos siglos de que el cuerpo es mortal pero la mente no envejece. Siempre que esté en un cuerpo con un cerebro sano y fuerte, claro. No creo en imposibles. Así que ¿por qué no soy capaz de hacer lo que tú haces?

Los labios de Bérbedel, sellados aún por las grapas que el dictador le puso antes de abrir el portal, intentan moverse para poder articular una única palabra. El Sif, al percatarse de su intención por comunicarse, acerca sus dedos huesudos a la boca del viajante y, con el mismo cuidado que se pone para enhebrar una aguja, comienza a quitar las grapas de sus labios. Un débil susurro sale de ellos. El dictador no duda en pegar su oído.

—¿Cómo dices?

—Por el Equilibrio. —Las tres palabras salen casi en un suspiro ahogado, sin apenas fuerza.

—¡El Equilibrio! —repite, asombrado, el dictador—. ¡El cuento que tantos miles de años llevamos contando de generación en generación resulta ser una realidad! ¿Es alguien el Equilibrio? ¿Es un dios? ¿Una fuerza superior? ¿Te habla y te dice cosas, Bérbedel?

Noah Peaker vuelve a pasar sus manos por el albino pecho de su prisionero, notando el latido de su corazón, la entrada del aire en sus pulmones…

—Cuando no entendemos algo, lo convertimos en deidad. Lo elevamos a una categoría inalcanzable porque se escapa de nuestra comprensión, de nuestra lógica. Así que no, mi querido Bérbedel. El Equilibrio no te ha hecho así porque… —vuelve a acercase al oído del hombre para susurrar—: Tú eres el Equilibrio.

—Disculpe, Sif…

Un soldado saca a Noah Peaker de su trance con el viajante. La mirada de desprecio que lanza a su lacayo hace que este agache de inmediato la cabeza en un gesto de total sumisión y arrepentimiento. Pero si lo han interrumpido, piensa el dictador, es porque tienen órdenes expresas de avisarle cuando algo se sale de la norma o del plan. Así que espera con impaciencia a que el agente informe de la situación.

—Hemos encontrado a unos supervivientes de la aldea y…

—¿Y por qué no los habéis eliminado inmediatamente?

—El padre de familia dice saber dónde hay más citranium. Asegura que estamos escarbando en una zona pobre.

Sif Noah Peaker medita unos segundos sobre la información. Bien es cierto que han decidido comenzar los trabajos mineros en la zona que ellos han considerado y no se ha preocupado en preguntar a la gente de

Ídedin por ello; se limitó a quemar la aldea más cercana al campamento. Nunca ha mostrado el menor interés por mantener una conversación con una rata, pero si el roedor está dispuesto a guiarlo por las alcantarillas, ¿por qué no escucharlo?

Para su sorpresa, se encuentra con una familia completa formada por un hombre robusto que rondará los cuarenta años, acompañado de su esposa y dos críos de siete años que parecen ser gemelos. Una parte del dictador se emociona al pensar que puedan ser viajantes, mientras que la otra los considera una futura amenaza…

—Siempre me ha fascinado que compartamos lengua —comienza diciendo Sif Noah Peaker—. Eso me hace pensar hasta qué punto somos iguales. Mis camaradas me han dicho que tenéis información sobre el citranium.

El padre de familia, tan dócil como asustado, comienza a hablar nervioso sobre la historia de la montaña, el poder que ejercen los soles de Ídedin sobre ella y un montón de sandeces místicas que aburren al Sif. Le da unos minutos para seguir hablando mientras observa a los dos pequeños que permanecen cabizbajos y asustados, como dos cachorrillos a los que han ordenado estar en silencio. Sif Noah Peaker se acerca a ellos, acuclillándose. Con su mano enguantada, agarra el mentón de los dos infantes, obligándoles a mirarlo.

—Qué criaturas tan fascinantes.

—Por favor… —suplica la madre.

—En Vawav no existen los gemelos, ¿sabéis? Suponen un gasto doble de recursos y energía. Los prohibimos hace ciento cincuenta años. Si vivierais allí, uno de los dos tendría que morir.

Noah Peaker se levanta y se dirige a la madre.

—¿A cuál elegirías, mujer?

—No… —susurra en un llanto—. Por favor… Son solo unos niños…

Entonces el padre de famlia, al ser consciente de lo que está ocurriendo, hace algo horrible. Algo que no tolera Sif Noah Peaker bajo ningún concepto.

—Como toque a uno de mis hijos, no diré dónde se encuentra el yacimiento —amenaza, con un miedo tan evidente, que al dictador le cuesta ocultar una sonrisa.

El instinto y las emociones hacen a la gente débil, piensa Sif Noah Peaker. Y en Ídedin solo hay eso: instinto, emoción, creencias... ¡Qué desastre de mundo!

—Déjeme hacerle un regalo en forma de cuento, idediano —anuncia el dictador—. Había una vez un hombre que tenía tres perros. Todos los días daba la misma cantidad de comida a cada uno de ellos. No era mucha ni poca. Era la justa y necesaria para sobrevivir al día. Sin embargo, uno de los cachorros quería más, así que se comía la de uno de sus hermanos. Y este perro al que le robaba la comida aprovechaba y se comía la de su otro hermano cuando este no lo veía. Así que había un perro que dejó de comer su ración diaria. El hombre se dio cuenta de esto cuando vio a uno de los perros gordo, a otro en su estado normal y al otro famélico. Así que decidió matar al perro gordo por ambicioso y al perro famélico por débil, quedándose así con el más listo de los tres.

El silencio se rompe con un grito ahogado que lanza uno de los niños cuando Sif Noah Peaker le lanza una daga que atraviesa su garganta.

Durante un segundo lo único que se escucha es el borboteo de la sangre saliendo por la boca del chiquillo, pero cuando su madre lo ve yaciendo y convulsionando en el suelo arenoso emite un grito de dolor e histeria que rompe al completo la tranquilidad y el silencio del momento.

No le da tiempo a abrazar a su hijo porque el disparo de una de las armas de Vawav acaba con ella de forma instantánea.

Solo quedan en pie el padre y el hijo restante. El primero, con una tristeza más que comprensible, comienza a llorar, a pesar de intentar mantenerse sereno. El crío permanece cabizbajo con los ojos muy cerrados, como si quisiera despertar de una pesadilla.

Sif Noah Peaker se vuelve a acuclillar frente al niño.

—Tú eres el más listo de los tres —sentencia.

Acto seguido, el dictador se vuelve a poner en pie, ordena la ejecución del padre y pide a sus soldados que lleven al niño a una de las tiendas. Sif Noah Peaker sabe que no hay nada más puro y sincero que un niño pequeño. Desconoce si sabe dónde está el yacimiento. Le da igual. Lo único que quiere conocer son las historias con las que envenenan y engañan a los habitantes de Ídedin.

Porque si en Vawav a los pequeños se les narra el cuento del Equilibrio, ¿qué se les contará a los niños de Ídedin?

LAS REGLAS DEL EQUILIBRIO

Entra como un auténtico huracán. La furia de Gala Craus inunda todo en cuanto los tres amigos abren la puerta de su piso ante los fuertes golpes.

—¡Esto no es un juego! —dice como una madre que echa la bronca a sus hijos por haberse comportado mal—. ¡No podéis ir saltando de un mundo a otro como si estuvierais en un colegio mayor y os quisierais ir de fiesta al cuarto de vuestro compañero! ¡El Equilibrio se está rompiendo!

Les vuelve a recordar lo de las catástrofes, la responsabilidad que tienen con todo y, por supuesto, menciona sin tapujos que, si el Equilibrio muere, los viajantes perecerán con él. Después se marcha por donde ha venido. Sin contarles las reglas del juego, ni mucho menos explicar cómo se ha enterado de que Kai ha abierto un portal. Lo único que dice a los tres amigos es que los recogerá a primera hora de la mañana.

—Si vais a formar parte de esto, hacedlo con cabeza —sentencia antes de dar un portazo.

El viaje en coche lo han hecho en completo silencio. En parte por el madrugón que se han tenido que dar, claro. Gala Craus los ha pasado a recoger en un taxi a las siete de la mañana y han tardado poco más de media hora en llegar a una de esas iglesias milenarias que se conservan en un estado, más o menos, decente en una zona apartada y poco conocida de la ciudad.

En lo primero en lo que se fija Kai cuando sale del coche es en la fachada de ladrillos negros en la que se puede apreciar un portón de madera con un montón de detalles cincelados a mano. A pesar del cansancio, observa los distintos paneles que representan las etapas de la vida de Jesucristo: desde la anunciación, pasando por su nacimiento y su crecimiento hasta llegar a la crucifixión y la resurrección. Sin embargo, dentro de la habitual representación cristiana de Cristo, hay algo que llama su atención: en todas las escenas, Jesús aparece con el nimbo formado por tres aros conectados entre sí.

Gala Craus abre el portón de la iglesia. Un crujido inunda el interior del lugar en forma de eco. Se trata de una iglesia discreta, que no está saturada con estrafalarios ornamentos. Varios arcos sostienen la nave central, mientras que el crucero permanece diáfano para que el templo destaque. El presbiterio tampoco es ostentoso: únicamente tiene una estatua de Cristo ascendiendo a los cielos y, una vez más, la triple aureola que comparte con las escenas de la entrada.

Una puerta situada a la izquierda del templo se abre. Tras ella, sale una monja que reconoce a Gala Craus de inmediato. Las dos mujeres se saludan en un cálido abrazo y, después de comunicarse algo en unos susurros que no llegan a escuchar ninguno de los tres muchachos, Gala Craus les hace una señal para que las sigan.

Unas estrechas escaleras los conducen hasta un diáfano sótano que abarca, prácticamente, el mismo tamaño que la iglesia. De todos los escenarios que Kai se ha imaginado, en ningún momento pensó que se encontraría con aquello: varios informáticos trabajando en sus ordenadores; un montón de pantallas colgadas de las paredes de piedra en las que se aprecian imágenes de noticias y varios datos numéricos; y en el centro de todo, amparada por las columnas que ejercen de pilares del templo, una mesa redonda con varias sillas a su alrededor. ¿Estaban bajo una iglesia o en el cuartel secreto de una agencia de espionaje?

—¡Gala!

El afable y emotivo grito proviene de una señora que ronda los sesenta años, con pelo corto canoso y ojos azulados. La energía que destila la mujer podría ser equiparable a la de cualquier joven a punto de cumplir treinta años. A pesar de la palidez de su piel, destacan sus perfectos y blanquecinos dientes que muestra con orgullo en una inmensa sonrisa. Luce unas ropas bastante casuales, alejadas de cualquier hábito o prenda religiosa.

Se saludan en un ritual idéntico al que contempló Kai en Vawav con Kumiko: juntan las palmas de sus manos en gesto de rezo y a continuación las giran en direcciones opuestas hasta dejarlas en una posición horizontal. Kai se fija en que la mujer lleva el símbolo del Equilibrio tatuado en la muñeca, en un tamaño mucho menor que el de Kumiko o el de Gala.

—Chicos, os presento a Camila —anuncia Gala con orgullo—, regenta del Priorato del Equilibrio. Es la voz cantante de todo lo que estáis viendo.

La mujer hace una pequeña reverencia con la cabeza para después acercarse a paso lento hacia Kai.

—Es un placer conocerte, Kai —dice al chico, estrechándole el brazo con sus dos manos—. A los tres. No sabéis lo feliz que me hace teneros aquí.

—Esta y yo no somos sus… —comienza a explicar Yago, pensando que Camila los está confundiendo con los viajantes.

—Lo sé, Yago —contesta la mujer, pronunciando el nombre del chico sin que él se lo haya dicho—. Sé que no sois los viajantes de Kai. Sois algo mucho más importante: sus amigos. Acompañadme, por favor.

Kai aprovecha el paseo para fijarse en lo que están retransmitiendo las pantallas de las paredes. Varias de ellas tienen puestas las noticias de diferentes países, mientras que otras muestran un montón de números y datos que para él carecen de lógica y sentido. Le sorprende ver a tantos trabajadores inmersos en sus quehaceres: escribiendo a toda velocidad en el teclado informático, manteniendo conversaciones en otros idiomas, apuntando cosas en papeles y pizarras o bien leyendo libros de una inmensa estantería que ocupa, prácticamente, una de las paredes del sótano.

—Esto que veis es un centro de mando —explica Camila—. Por muy antigua que sea nuestra empresa, el Priorato ha sabido modernizarse a medida que la tecnología de Terra ha avanzado. Aunque… —la mujer se detiene divertida en la mesa de trabajo de una chica que está estudiando varios hologramas que emergen de un pequeño botón con luces— también hemos contado con la ayuda de cacharros vawaianos.

»Aquí estudiamos las distintas anomalías que pueden afectar al Equilibrio, y se trata de prever posibles brechas, gestionar los saltos que hacen los viajantes y, por supuesto, la comunicación entre los tres mundos. Pero, por encima de todo, lo que controlamos es el estado del Equilibrio o, dicho en otras palabras, la salud de nuestro planeta. Cada catástrofe que se produce en Terra fuera de norma, cada irregularidad que vemos en nuestro mundo se debe, probablemente, al Equilibrio. Así que si, de repente, una bandada de pájaros se desorienta y se estrella contra un edificio, entonces hay algo en esa zona que afecta al Equilibrio.

—¿Así fue como me encontraste? —pregunta el chico directamente a Gala.

—El accidente de los pájaros fue una confirmación. Llevábamos siguiéndote de cerca unas cuantas semanas, Kai. ¿O es que sigues creyendo que esos sueños tan realistas eran solo sueños?

—Cuando un viajante empieza a manifestar su poder —añade Camila, girándose hacia Kai— y, en tu caso, a hacer saltos en el Equilibrio en tu fase de sueño, todo se altera de una forma muy curiosa: temperatura, presión atmosférica, humedad, sensación térmica, actividad sísmica… Y cuanto más poderoso es el viajante, más se disparan estos niveles.

—¡¿Por eso hacía tanto calor en casa?! —pregunta Yago, incrédulo.

Camila continúa su paseo hacia la enorme mesa circular que corona el centro del sótano. Anima a todos a tomar asiento mientras abre un portátil al que conecta un cable para después, con un mando a distancia, encender las pantallas ancladas a las cuatro columnas que rodean la mesa. En ellas, aparece un mapa de la ciudad con varios puntos de distinto tamaño y color, marcándose de forma más intensa la zona en la que Kai y sus amigos viven.

—Esto era vuestro barrio hace un mes —explica Camila, para después dar paso a la misma imagen del mapa pero con los puntos más grandes y de un color más saturado— y esto es hace cuatro semanas. Y si nos alejamos un poco... —una nueva imagen ocupa la pantalla, pero esta vez aprecian todo el país con numerosos puntos—. Esta es la situación actual.

—Todos esos puntos son... ¿viajantes? —pregunta Kai, confundido.

—No, no —se corrige la mujer, ante la perplejidad del muchacho—. Todo esto son lecturas de anomalías. Datos que no siguen ningún patrón natural. Del mismo modo que en vuestra zona interpretamos esos datos como la presencia de un nuevo viajante, todo esto que veis aquí son hechos que, de forma aislada, pueden carecer de importancia, pero en su conjunto cobran sentido.

Varias líneas comienzan a conectar unos puntos con otros, formando curiosas parcelas que podrían asemejarse a los límites de países, estados o provincias.

—Y si cotejamos estos datos con los que nos llegan de Vawav e Ídedin —añade la doctora, mientras Camila teclea algo que da paso a una nueva animación de dos círculos con varias partículas que se van moviendo de forma sincrónica—, podemos ver que existe una relación con lo que está ocurriendo aquí. Por eso es tan importante encontrar ese portal que se ha abierto.

—Que hayas aparecido ahora no es ninguna casualidad, Kai —continúa Camila—. El Equilibrio es sabio y siempre ha actuado ante las amenazas. Genera anticuerpos igual que lo hace nuestro organismo cuando tiene que hacer frente a un virus.

—Los viajantes sois consecuencia del Equilibrio. Hay muchas teorías de por qué aparecéis, pero... el caso es que siempre lo hacéis cuando hay alteraciones en los tres mundos.

—Habláis como si hubiera nacido ahora, pero Denis, Bahari y yo llevamos existiendo desde hace veinticuatro años —comenta Kai.

—Como ha dicho Gala, hay muchas teorías. Es un hecho que los viajantes existís antes de que surja la amenaza, pero es una realidad que el Equilibrio os conecta cuando está en peligro. Os activa. ¿Estáis destinados a ser viajantes? ¿Percibe el Equilibrio el tiempo como nosotros lo hacemos? Quizás el Equilibrio no vea un pasado ni un presente ni un futuro. Simplemente, ve. O quizá lo ve todo a la vez.

Kai reflexiona sobre las palabras de Camila. ¿Quiere decir eso que su destino está fraguado? ¿Que todas las decisiones que ha ido tomando ya estaban meditadas de antes? Sin duda, esta teoría lo lleva a pensar automáticamente en los mundos paralelos o en las historias de multiversos en las que la decisión que no tomas en tu mundo genera otro. Y así sucesivamente.

—Entonces... ¿hay más viajantes que aún no saben que son viajantes? —pregunta el chico, frustrado—. ¿Por qué yo? ¿Qué tengo de especial? Solo soy...

—¿Qué tenía de especial el hijo de un carpintero? —interrumpe Camila mientras aparece en pantalla el cuadro de la *Natividad* de Caravaggio.

—Venga... —suelta Amber, en un bufido—. ¿Estás diciendo que Jesús era un viajante?

—¿Sabéis lo que es la Santísima Trinidad? —pregunta la doctora.

—Padre, Hijo y Espíritu Santo —susurra Kai, pensando en voz alta.

—Exacto —continúa Camila—. El dogma sobre la naturaleza de Dios afirma que es un ser único que existe como tres personas distintas: Padre, Hijo y Espíritu Santo.

—Espera, espera... —añade Yago, incrédulo—. ¿Dios existe?

—Si con «Dios» te refieres a un señor omnipresente que habita en los cielos, pues... no lo sé —responde la mujer con una sonrisa—. Hablar de un ser supremo implica hablar de fe, no de hechos. Y ese es un debate en el que, de momento, no me pienso meter. ¡Aunque estemos reunidos en una iglesia! —añade con una tierna carcajada—. Lo que sí os podemos asegurar es que Jesús de Nazaret existió y que, más allá de que es la figura central del cristianismo, fue un viajante.

Kai se acuerda de inmediato del triple nimbo que ha visto en las imágenes talladas en la puerta y en la figura de Jesús en el presbiterio. ¿Cómo es posible que algo así de grande se mantenga en secreto durante tantísimos años?

—La Santísima Trinidad es, en el fondo, una alegoría de Jesús y sus «yos» de Vawav e Ídedin —concluye la doctora—. No fue el único, obviamente. Ha habido muchos viajantes antes y después de Jesús. Desde Aristóteles hasta Mozart o Frida Kahlo.

—No es de extrañar que muchos viajantes acaben convirtiéndose en artistas como consecuencia de todo lo que ven y sienten —añade Camila, cómplice—. Muchos de ellos, incluso, han tratado de explicarnos el Equilibrio y la función de los dos mundos en sus obras.

En las pantallas aparece el famoso cuadro de *Las dos Fridas*, un autorretrato de la pintora mexicana en el que se desdobla y conecta a sus dos gemelas por la arteria de sus corazones. Después da paso a la célebre obra de *La Gioconda*.

—¿Nos os suena esa leyenda que dice que la *Mona Lisa* era un autorretrato del propio Da Vinci? Que se pintó a sí mismo en su versión femenina —explica Camila, sin dejar de sonreír triunfante ante la atenta mirada de Kai y sus amigos.

—Hay otro factor muy importante. Todo viajante se rodeaba de un equipo. Personas de confianza que lo apoyaron en su causa—continúa la doctora—. Jesús tuvo a los Doce Apóstoles, Aristóteles compartió sus enseñanzas con Platón o Alejandro Magno…

—Apóstoles, pupilos, alumnos… —interrumpe Camila, divertida—. Así se nos ha conocido en el resto del mundo a lo largo de la historia.

—Todos fueron grandes guardianes.

—¿Formaban parte del Priorato del Equilibrio? —pregunta Amber, atónita.

—¡Claro!

—Y todas sus enseñanzas —continúa la doctora, emocionada al ver el interés de los tres jóvenes— tenían como principal objetivo proteger el Equilibrio. Siempre que aparecía un nuevo viajante, todos se unían para hallar el problema y dar con una solución. Bien es cierto que antes había varios viajantes e, incluso, hubo un tiempo en el que el Priorato era una sociedad más o menos pública. ¡Abierta al conocimiento!

—Hasta que ese conocimiento se quemó en Alejandría… —suspira Camila, disgustada.

—Esto es una locura —confiesa Amber, soltando una risotada incrédula.

—Del mismo modo que en Vawav la historia del Equilibrio se ha convertido en un cuento infantil, aquí se ha contado a través de libros, obras de arte y leyendas —explica la doctora.

—El poder del *déjà vu*, la parálisis del sueño… Hay una cantidad de fenómenos psicológicos que no podemos explicar, pero que… ¡ahí están! —prosigue Camila—. En fin, nos estamos desviando del tema que nos concierne.

Camila lanza una mirada a Gala Craus, quien asiente y se centra en Kai, tomándolo de las manos con el mismo cariño con que lo hizo en la primera sesión. El chico puede ver cómo los ojos de la psicóloga comienzan a adquirir el brillo propio de la humedad, como si quisiera mantenerse serena y contener las emociones.

—Mi querido Kai: tú eres el único viajante que nos queda —dice con voz quebrada—. Tenemos que protegeros tanto a ti como a Denis y a Bahari para que nos ayudéis a restaurar el Equilibrio.

—Es fundamental encontrar el portal que Vawav ha abierto a Ídedin y cerrarlo cuanto antes —sentencia Camila—. Jamás nos hemos enfrentado a una alteración como esta, pero una cosa es cierta: sin el Equilibrio no hay armonía.

Gala se relame los labios y se centra en Yago y en Amber, quienes siguen observando en la pantalla las imágenes de las distintas obras de arte que, supuestamente, reflejan la historia que están viviendo.

—Vuestra ayuda es imprescindible. Kai aún es un viajante muy prematuro. No va a entender sus habilidades de la noche a la mañana y la coordinación total entre los tres viajantes es algo que lleva mucho tiempo.

—Y, para nuestra desgracia, eso es algo de lo que carecemos —sentencia la regenta.

Una nueva pausa hace que las dos mujeres se miren cómplices, como si estuvieran a punto de confesar algo que no saben cómo va a cuajar en ellos. Finalmente, es Camila quien habla dirigiéndose a Amber y a Yago.

—Os vamos a pedir algo muy delicado, pero fundamental para nuestro cometido. Necesitamos que vayáis a Vawav y a Ídedin.

—¿Qué? —preguntan los dos amigos al unísono.

—Kai va a tener que estar en constante contacto con Denis y Bahari. Y aunque ha hecho unos progresos magníficos —dice Gala, guiñándole el ojo de manera orgullosa y secuaz—, necesita un estímulo más potente para llegar a Vawav y a Ídedin.

—Vosotros sois ese estímulo —subraya Camila.

—Necesitamos que uno viaje a Ídedin con Bahari y otro a Vawav con Denis. Allí ayudaréis a buscar el portal, pero vuestra labor consiste en estar todo el rato con ellos: tenéis una conexión emocional tan fuerte con Kai que este os podrá encontrar a través de sus viajantes.

Amber y Yago se miran sorprendidos, mientras que Kai no puede evitar volver a sentirse solo en su aventura. Sí que van a ayudarlo, pero... ¿sus amigos se marcharán a esos mundos paralelos y él se va a quedar en Terra? ¿Qué va a hacer? ¿De qué sirve que él esté aquí y no buscando el dichoso portal?

Bajo la mesa, Kai aprieta los puños, frustrado, porque, una vez más, se siente perdido y aislado. Sus amigos tienen un objetivo y él... ¿qué? ¿Qué tiene que hacer? ¿Cuál es la labor del viajante más allá de abrir portales? Y todo ese discurso acerca del destino... ¿estará escrito su futuro?

—Bueno... —salta Yago, sacando a Kai de sus pensamientos, mientras mira a Amber con sorna—. Pues ya sabemos quién se va a ir a Vawav con Denis, ¿no?

Es real. El maldito cuento del Equilibrio es real.

Denis no puede dejar de repetirse la misma afirmación una y otra vez, como si reiterarlo mentalmente ayudara a creérselo.

En Vawav los preparan para muchas cosas. La Nación cree que cuantas más herramientas proporcione a sus ciudadanos, más curtidos estarán a la hora de tomar decisiones y, por tanto, la sociedad será más eficaz y próspera. La inteligencia y el pensamiento individual enriquecen al colectivo.

Pero esto del Equilibrio va mucho más allá.

Por primera vez en su vida, Denis se enfrenta a un problema que requiere algo que en Vawav procuran dejar de lado: la fe.

¿De verdad existe otro mundo paralelo? ¿De verdad existe una Tierra en mitad de todo para *equilibrar* la convivencia entre dos lados opuestos? ¿Y qué necesidad hay de mantenerlo en secreto? ¿Por qué la Nación se ha preocupado en convertir esta historia en un cuento?

Ahora Denis no deja de preguntarse qué más estará escondiendo la Nación. Si Sif Noah Peaker se ha preocupado en aislar toda la zona norte de Vawav por este misterioso portal, significa que lo que quiera que lo haya llevado a invadir Ídedin es trascendente para el progreso de su mundo. El dictador será muchas cosas, pero siempre que toma una decisión lo hace de manera meditada y concienzuda. Vive por y para Vawav, así que Denis piensa que lo que sea que esté haciendo el Sif está justificado, estudiado y, sobre todo, pensado para el futuro y el bienestar de todos los vawaianos.

Pero ¿por qué ocultarlo? ¿Por qué no compartir ese conocimiento con el pueblo?

La tormenta de contradicciones y pensamientos encontrados que tiene Denis en su cabeza lo obliga a buscar respuestas en la red. Pero todo lo que encuentra relacionado con el Equilibrio hace referencia al cuento infantil que tantas veces escuchó de pequeño.

Pero hay algo que le frustra aún más. Mirarse al espejo destapa en él una nueva oleada de preguntas sobre su propia existencia. ¿Qué clase de poder es el que tiene? ¿Es algo que ha heredado de su padre? Quizá la respuesta a su desaparición resida en su propia esencia. Quizás el motivo por el que fue extraído de su núcleo familiar sea que su padre tenía el mismo don y...

¡Basta!

Intenta relajarse. Son demasiadas preguntas. Demasiadas emociones juntas. Su cabeza se está convirtiendo en un embudo de dudas y sentimientos que no es capaz de gestionar.

Y por si fuera poco, vuelve a acordarse de ella. De su sonrisa y su mirada felina. Esos ojos que lo hipnotizan igual que un domador somete a una bestia. Ver a Amber por primera vez le ha desatado un huracán de emociones que nunca antes había experimentado porque ahora conoce cuatro de sus cinco sentidos: el suave tacto de su piel, la belleza de todo su ser, el melodioso sonido de su voz, el aroma dulzón que desprende su cuerpo... Pensar en el quinto sentido le eriza el vello de todo su cuerpo. ¿Qué clase de brujería ha desatado esta chica en él?

La necesidad constante de hablar con ella. El impulso de querer saber cosas sobre Terra. Tratándose de Amber, a Denis le da igual lo rocambolesca e inverosímil que sea la historia: si está ella presente, sus emociones consiguen derrocar a la lógica y creer en cosas que antes eran imposibles para él.

Viajantes...

Esto quiere decir que, si tiene la habilidad de abrir portales, ¿podría comunicarse con ella cuando quisiera? Tan solo tendría que pensar en su rostro, abrir el chat y hablar con ella. Eso es lo que hace Kai para volver a

Terra, ¿no? O, lo que es más interesante, ¿sería capaz de abrir un umbral sin la presencia del chico de Terra para poder estar a solas con Amber?

Unos golpes graves y acompasados lo sacan de sus cavilaciones. Se trata del timbre de la entrada. Denis, sorprendido por tener una inesperada visita, se acerca a la pantalla para ver de quién se trata. Cuando dos agentes de la Nación muestran sus identificaciones, el chico abre de inmediato la puerta principal del edificio.

La confusión y el miedo lo apresan en un segundo. No suele ser habitual que los agentes de la Nación se presenten en los domicilios de los ciudadanos a no ser que hayas hecho algo malo. ¿Por qué habrán venido? ¿Habrá sido por la desconexión de Mila? ¿Quizá se hayan dado cuenta de que está hackeando el sistema para tener privacidad? Siente un nudo en el estómago al pensar en la multa que tendrá que pagar como lo hayan descubierto.

En el minuto que tardan en subir por el ascensor hasta la puerta de su casa, Denis se obliga a relajarse y a respirar hondo antes de recibir a sus inesperados invitados en un amasijo de nervios e incertidumbre.

—Ciudadano 51355-KCB-89/08. Alias: Denis. Confirme identidad —dice uno de los agentes en cuanto abre la puerta.

Le ofrecen un pequeño aparato en el que debe poner la huella dactilar y, tras un minúsculo pinchazo que recoge un poco de sangre, se confirma y coteja su identidad.

—Tiene una citación con el Departamento Directivo —informa el segundo agente—. Tiene que acompañarnos.

Y como esto es Vawav y el Departamento Directivo depende del mismísimo Sif Noah Peaker, Denis no tiene más remedio que seguir a los dos agentes de la Nación sin saber si va a regresar alguna vez a su casa.

El edificio en el que se encuentra toda la junta directiva de Vawav es el más alto e impresionante de la ciudad. Su compleja arquitectura de piedra negra se eleva a más de mil metros del suelo. Los cientos de láseres de color verde que salen de distintas partes y atraviesan el firmamento en líneas rectas dan a la construcción un aspecto poderoso. Justo enfrente, como si lo amparara, se yergue una gigantesca estatua de Sif Noah Peaker hecha en mármol negro, que alcanza el medio kilómetro de altura. Y es que, en el fondo, los primeros quinientos metros del edificio que están detrás de la escultura del dictador son un pedestal de hierros y roca que sostiene los pisos superiores. El equipo directivo de la Nación está por encima de todo.

Por eso, a Denis casi le da un paro cardíaco cuando los agentes lo llevan hasta la última planta, que aloja la habitación más alta de todo Vawav: el despacho de Sif Noah Peaker. ¿Se va a convertir en uno de esos ciudadanos de Vawav que desaparecen? ¿En una historia que acabará siendo un rumor entre los pocos paranoicos de la ciudad? ¡No pueden eliminarlo sin más!

El pasillo de recepción que se abre nada más salir del ascensor es más alto que largo. El techo forma un medio cono cuya punta es el pináculo del rascacielos. Más allá de los distintos cuadros holográficos que adornan las paredes, más propios de un museo, la habitación está vacía: solo un androide custodia la puerta, sirviendo de recepcionista. Mientras lo recorre, Denis intenta serenarse y no pensar en que, quizás, ese sea el último pasillo por el que vaya a transitar en su corta vida.

—Citación 3407-SZD —anuncia uno de los agentes, mientras pasa una tarjeta por las manos del androide.

—Citación confirmada. Identidad confirmada —responde el robot con una voz tan neutral como escalofriante—. Por favor, Denis, adelante. Sif Noah Peaker lo está esperando.

Las puertas del despacho se abren.

Denis se encuentra con una enorme estancia medio circular completamente acristalada tras la que se extiende la inmensidad de Vawav. Al contrario que el pasillo, el despacho de Sif Noah Peaker tiene varios muebles de diseño: desde el escritorio que corona la habitación, pasando por un par de sofás con una discreta mesilla de café y, para sorpresa del chico, varias estanterías con libros físicos. La curiosidad de Denis hace que se detenga frente a esos ejemplares cuyas cubiertas están hechas de cartón y de piel. En el colegio, estudió que el origen del conocimiento estaba guardado en objetos como esos, con páginas físicas hechas de papel, entintadas y encuadernadas para su lectura. Siente el impulso de acariciar uno de los lomos para percibir su tacto cuando una voz que solo ha escuchado en los vídeos educativos o por anuncios oficiales, lo sorprende.

—Eres de las pocas personas que sienten más fascinación por los libros que por la panorámica —dice Sif Noah Peaker—. Y tu curiosidad te ha llevado a uno de los ejemplares más longevos que tengo.

Denis se gira para encontrarse con su anfitrión, pero no ve a nadie. La voz ha salido de unos altavoces que están repartidos por toda la sala.

—Disculpa que no haya podido acudir personalmente a la citación, Denis. Asuntos de importancia requieren mi presencia en otro lugar.

En ese instante, varios láseres verdes comienzan a formar la figura de Sif Noah Peaker en el centro de la sala. La impoluta tecnología dota al holograma del dictador de un realismo tan impresionante que Denis no sabría distinguir si está o no presente. Lo que sí se atreve a imaginar es que esos «asuntos de importancia» tienen que ver con la zona norte de Vawav y apuesta un brazo a que está haciendo la conferencia desde allí.

—Por favor, toma asiento —indica con un gesto de mano—. ¿Te puedo ofrecer algo de beber? ¿Café, quizá? Sé que te gusta mucho.

¡Y tanto que le gusta! Denis ama tomarse un expreso bien cargado y manchado con un poco de leche. Sin embargo, los granos de café son un auténtico privilegio que solo los más ricos de Vawav pueden permitirse consumir a diario. Para el resto de los mortales, existe otra cosa que intenta simular su sabor y que se llama *cofi.*

Denis asiente agradecido y accede gustoso a sentarse en el sofá que ofrece el dictador de Vawav. Aunque intente ocultar sus nervios, el chico no puede evitar mover la pierna en un gesto de impaciencia. El androide de la entrada no tarda en aparecer con una pequeña taza humeante de auténtico café.

—Denis, eres un fabuloso buscador —comienza Sif Noah Peaker—. Tu historial es impresionante. Eres el más joven de tu equipo y consigues resultados propios de buscadores séniors.

—Gracias, Sif —responde de forma escueta Denis, mientras da un ligero sorbo al café. Se empieza a arrepentir de haber pedido una bebida tan alta en cafeína con el amasijo de nervios interno que lleva.

—Hemos visto que has solicitado acceso a una zona restringida: la zona norte. Se te ha denegado el acceso. Dos veces. Y aun así has seguido investigando.

El tono impasible y tranquilo del dictador aumenta la incomodad del chico. Si saben que ha estado intentando averiguar qué hay en esa zona, entonces...

—Sif, yo... Es una zona plagada de actividad eléctrica. Estamos perdiendo toneladas de energía —se justifica el chico—. Imagino que tendrán sus motivos para cerrar la zona, pero...

—Sí, existen unos motivos —interrumpe el dictador—. Confidenciales, por supuesto. Si no estoy ahí contigo, Denis, es porque me encuentro en la zona norte. Aunque eso creo que también lo sabes, ¿no es así?

La sangre se le congela. La respiración se le entrecorta. Siente que el corazón se le detiene, a pesar de que no deja de bombear cada vez con más fuerza e intensidad.

—Déjame hacerte una pregunta, Denis. ¿Crees en el Equilibrio?

Un tembleque involuntario hace que la mano del chico falle. La taza de café se resbala y acaba estampándose contra el suelo, haciéndose añicos y desperdigando el carísimo líquido por el impoluto suelo de baldosa.

—Disculpe... Qué torpe soy —alega avergonzado, intentando disimular lo que de verdad lo incomoda.

El androide de la entrada no tarda en reaparecer para limpiar los desperfectos y dejar la estancia como si no hubiera pasado nada. El dictador camina hasta el chico y se sienta a su lado.

—Eres muy inteligente, Denis. Pero no tanto como para engañarme. No te voy a recordar el castigo que supone violar los acuerdos de Vawav, reservándote el derecho a la intimidad y la vida privada. Tampoco voy a decirte lo que tendría que hacerte por haber manipulado a tu androide para que informase a la Nación de lo que tú creas conveniente —continúa el Sif, sin inmutarse por nada—. Pero hay algo que me preocupa mucho más que todo eso. ¿Sabes cómo se paga la traición, Denis? *Con la muerte.* Y, no sé si eres consciente, pero has traicionado a tu pueblo. Me has traicionado a mí.

Esas últimas cinco palabras las marca con un énfasis especial y una oscuridad que no esconde las intenciones que tiene el dictador de acabar con él. El pánico intenta dominarlo, pero Denis se obliga a tranquilizarse con un motivo tan lógico como real: los agentes podrían haberlo matado antes, así que si está ahí es porque lo necesita para algo.

—¿Por qué estoy aquí? ¿Por qué no me han ejecutado aún?

Sif Noah Peaker se queda unos segundos observando al chico y, por primera vez en su vida, ve la sonrisa orgullosa y triunfante del dictador.

—Me reafirmo una vez más: eres muy inteligente. Por eso estás aquí. Porque sé que sabrás tomar la decisión más acertada —prosigue, poniéndose en pie—. Pero para que seas capaz de tomar dicha decisión, tengo que compartir contigo información confidencial. ¿Sabes lo que significa eso, Denis?

—Que en caso de que comparta los secretos de la Nación, seré ejecutado.

—Exacto. Y no doy segundas oportunidades.

El holograma del dictador desaparece en un nuevo espectáculo de luces láser que muestran un mapa de Vawav.

—Si hemos restringido el acceso a la zona norte es porque he abierto un portal a Ídedin para un trabajo de extracción un poco más… complejo —explica la voz del dictador mientras la animación muestra el punto concreto del lugar y da paso a un cristal alargado de color ámbar—. Esto que ves se llama «citranium». Es un mineral muy especial que solo se encuentra en el mundo de Ídedin y cuyas propiedades nos aportarían la energía de un astro solar.

—Eso acabaría con la dependencia energética de Vawav —concluye Denis.

—Así es. Llevo años investigando nuevas fuentes de energía con las que abastecernos. Esta noche eterna no es solo nuestra bendición. También, nuestra maldición. Porque la luz es energía. Y necesitamos energía para vivir.

La animación enseña a Denis cómo una tonelada de citranium podría abastecer al mundo entero durante un año, pero los planes del dictador van mucho más allá.

—Quiero construir una fuente de energía ilimitada. Y solo esos cristales tienen la potencia suficiente para darnos lo único que nos falta —explica Sif.

Las toneladas de cristales comienzan a multiplicarse hasta formar una enorme masa esférica de color amarillo que Denis reconoce al instante.

—El Sol...

—Eso es, Denis. Luz solar en Vawav.

La animación vuelve a romperse en cientos de láseres de luz que dibujan de nuevo la figura del dictador.

—Sé que has estado con los guardianes. Esos fanáticos se van a convertir en un problema que quiero solventar cuanto antes, pero, por desgracia, me falta información —confiesa mientras vuelve a la estantería que Denis estaba viendo hace unos minutos—. Mis ancestros decidieron ignorar todo lo del Equilibrio, así que no sé lo que es verdad y lo que es mito. Sé que existe un tratado con el que no podemos invadirnos unos a los otros, pero no hay nada que demuestre por qué no se debe de hacer eso. Lo único que sé a ciencia cierta es que solo unos pocos afortunados podéis abrir puertas a los otros dos mundos.

La confesión vuelve a paralizar a Denis. ¿Cómo es posible que sepa...?

El holograma pasa la mano por los lomos de todos los libros, para después girarse de nuevo hacia el chico y compartir el motivo por el que sigue con vida.

—Sí, Denis. También sé que eres un viajante. Por eso te necesito. Ahora me estoy apañando con dos como tú, pero... no sé cuánto van a durar. Además, no me gustaría tener que obligarte a hacer cosas que no quieres. Por eso te estoy tendiendo la mano antes de ponerte la correa y el bozal.

»Quiero que seas mis ojos en esa organización. Sígueles la corriente. Necesitamos esos cristales para sobrevivir, Denis. Y sé que eres un chico inteligente y sabrás tomar la decisión correcta por Vawav —explica mientras se agacha hasta su posición—. Por supuesto, serás recompensado. De momento, te he aumentado tu rango de buscador y te he dado la autoridad necesaria para que puedas acceder a las zonas que te competen en esta empresa.

Sif Noah Peaker vuelve a ponerse en pie.

—Infórmame de todo. Quiero saber cómo piensan, cómo actúan. Hazte su amigo, su confidente y aliado. Aprende del arte de viajar entre los mundos. Y cuando llegue el momento —añade, justo antes de desaparecer—, los traicionarás y te pondrás a mi lado.

LA ORDEN DEL EQUILIBRIO

Por muy rápido que se quiera ir, el paso del tiempo es inevitable. Y aunque han intentado organizarla lo antes posible, la reunión con los Sapientes en Ídedin no se ha producido hasta varios días después de que Gala Craus contactara con Bahari para que hablara con Docta Sena y concertaran el esperado encuentro. Por desgracia, la burocracia del teléfono escacharrado es algo que existe también en Ídedin.

Volver a visitar la Sala de los Cuatro Tronos sin la habitual afluencia de gente le resulta impactante. Para su sorpresa, parece mucho más pequeña de lo que aparenta cuando está llena. Por primera vez, Bahari puede sentarse en los bancos de madera que presiden la grada, situados a la misma altura que los Sapientes. Esta vez, al tratarse de una reunión tan íntima, han dispuesto los cuatro tronos alineados para que ningún monarca dé la espalda a los invitados.

—¿Van a tardar mucho? —pregunta Nabil, entre dientes, algo molesto por la espera.

Bahari lanza a su amigo una mirada nerviosa. Los Sapientes esperan que ella abra un portal con Terra y aparezcan los guardianes del Priorato del Equilibrio, pero todavía no ha sentido «la llamada» de Kai.

¿Y si está haciendo algo mal? ¿Y si su gemelo está intentando contactar y ella no se está dando cuenta? Vuelve a mirar de soslayo a los Sapientes, que permanecen serenos, sin mostrar signos de impaciencia.

Docta Sena, percatada de la inquietud de la chica, sonríe con ternura para tratar de apaciguar sus nervios.

Entonces siente esa vibración. El cosquilleo. La piel erizándose por todo su cuerpo. La voz de Kai resonando en su interior.

—Ya están aquí —anuncia Bahari, con los ojos cerrados.

—Adelante —concede Docto Chidike, con un gesto de la mano.

Bahari permite convertirse en presa de sus sensaciones, relajándose para conectar su mente con la de Kai. Cada uno de sus cinco sentidos se va solapando con lo que el chico percibe en Terra, mientras que emergen de su espalda las dos auras que van formando el umbral que conecta los dos mundos.

Lo primero que ve Bahari cuando abre los ojos es a los Sapientes en pie, con la cabeza levemente inclinada en un gesto de reverencia y respeto. A su lado, Nabil permanece con cara de asombro, incrédulo al contemplar el ritual tan de cerca por primera vez.

Tras la espalda de la muchacha aparece un templo de piedra negra con una tenue e íntima luz. Kai es el primero en cruzar el umbral, seguido de la doctora Gala Craus, sus dos compañeros de piso, la regenta del Priorato del Equilibrio y dos guardianes más.

Cuando el calor se transforma en frío, Bahari vuelve a recomponerse. Las uniformes esferas de luz vuelven a desaparecer por su espalda, llevándose consigo la imagen de Terra.

—El mundo de Ídedin os da su más cordial, afectuosa y cálida bienvenida —saluda Docto Chidike, manteniendo la reverencia.

—Especialmente *cálida* —farfulla Ámber, en un susurro a Yago—. ¡Qué calor, por favor!

—¡Amber! —chista Kai, avergonzado.

Bahari no puede evitar sonreír ante la actitud de los chicos de Terra. Le provocan mucha ternura y gracia las costumbres y formas de comunicarse que tienen. Nabil, quien mira a la muchacha con el ceño fruncido, no comparte su humor.

—Queridos Sapientes de Ídedin…

Camila, regenta del Priorato del Equilibrio, devuelve el afectuoso saludo con la misma gratitud, emoción y respeto que Docto Chidike. Tanto los Sapientes como los guardianes más diestros no ocultan su conmoción por haberse vuelto a reunir. Solo las circunstancias más especiales requieren encuentros como aquel, que involucran a viajantes, guardianes y Sapientes a la vez.

—Resulta contradictorio sentir esta dicha por veros y, a la vez, la tristeza más dolorosa por los motivos que nos han obligado a orquestar este concilio —prosigue Docto Chidike.

Tanto Camila como Gala Craus transmiten a los Sapientes la coincidencia de sus sentimientos. Sin embargo, con una actitud propia de figuras acostumbradas al liderazgo y a la profesionalidad, dejan a un lado sus emociones para comenzar con las presentaciones pertinentes. Empiezan, como era de esperar, por Kai, el viajante de Terra. Cuando el chico da un par de pasos hacia los Sapientes e inclina la cabeza en una reverencia que tiene toda la pinta de haber sido ensayada, Docta Sena interviene:

—Bahari, por favor, acércate —pide la Sapiente del Fuego—. Concedednos el antojo de contemplaros a ambos de cerca.

La muchacha siente un nudo en el estómago que hace que se quede congelada en el sitio. Si no fuera por el empujón que le propina Nabil, Bahari no hubiese sido capaz de hacer caso a la petición. Cuando se pone al lado de Kai, ambos se miran con cierta vergüenza y aturdimiento. Las comisuras de los labios de su gemelo de Terra forman una forzada y liviana sonrisa que manifiesta más incomodidad que alegría. Bahari vuelve a sorprenderse de cómo los habitantes de Terra intentan ocultar sus verdaderas emociones con expresiones que denotan otro sentimiento, como si fuera una costumbre social de su mundo.

¡Relájate! Me estás contagiando tus nervios.

La voz de Kai resuena en su cabeza como si fuera un pensamiento suyo. Bahari siente que no puede hacerlo, que no puede controlarse. Estar en aquella situación delante de los Cuatro Sapientes y, en especial, con Docta Sena hace que pierda el control de su cuerpo y…

Kai agarra su mano con fuerza.

De repente, todo se calma. Su corazón vuelve a latir a una velocidad normal y acompasada. Siente que sus pulmones se llenan nuevamente de aire.

No pasa nada, tranquila.

Esta vez, la sonrisa del chico es sincera y transmite calma y armonía.

—Los mismos ojos, la misma mirada, el mismo rostro —comenta Docto Essam fascinado, como si estuviera apreciando un cuadro.

—Tan parecidos por fuera y tan diferentes por dentro —añade Docta Sena, mirando cómplice a Bahari.

La chica vuelve a sentir ese pinchazo que no puede controlar y se aferra con nervio a la mano de Kai.

—Es el milagro del Equilibrio: la paz entre dos mundos idénticos con almas distintas.

Con esas palabras cargadas de conmoción, Docto Chidike deja que los dos viajantes regresen al grupo. Bahari observa cómo el silencio reflexivo vuelve a apoderarse del momento, mientras que aún ella sigue abrumada por las sinceras palabras y la admiración que sienten los Sapientes hacia ellos. Siempre había tenido buena relación con Docta Sena, pero para el resto de los Sapientes la chica ha pasado bastante inadvertida (o al menos esa era su sensación) hasta ahora.

Kai vuelve a darle un golpe sutil que saca a Bahari de sus pensamientos.

Somos un equilibrado milagro.

La voz burlona de su gemelo resonando en su cabeza en forma de pensamiento va acompañada de una sonrisa pícara de la que Bahari se contagia.

—También tenemos localizado al viajante de Vawav —afirma Gala Craus—. A falta de asumir su condición, podemos contar con su confianza y participación.

Tanto Gala Craus como Camila explican a los Sapientes la situación, así como las medidas que el Priorato tiene pensado tomar. Hacen especial hincapié en la impericia de los viajantes y en lo reciente que ha sido el descubrimiento del poder.

—Es inviable que adquieran la experiencia de Bérbedel y de Arno en tan poco tiempo. Confiamos en el entendimiento entre los tres, así como en su desarrollo, pero a día de hoy apenas consiguen abrir un portal que llegue a Terra —confiesa la doctora con rotundidad.

Aquello mosquea a Bahari.

¿Pretenden que hagan más cosas además de abrir portales? ¿Es que su habilidad esconde más poderes que desconocen? ¿Qué clase de mal labor es esto? ¿Cómo es posible que ante un problema tan serio, se improvise sobre la marcha? Bahari ha sido educada bajo la paciencia, el tempo y la perseverancia. La observación, el estudio y la meditación son los pilares fundamentales de la formación de un centinela. ¿Y ahora resulta que como viajante debe tener otra actitud?

La chica siente cómo su gemelo de Terra comparte el mismo sentimiento. Puede percibir su incomodidad, su inquietud y, sobre todo, una frustración muy fuerte que proviene de algo que va más allá del sino que se les ha impuesto. Pero, sin duda, lo que más impacta a Bahari es que comparte con su compañero un mismo miedo: a ambos los aterra quedarse solos.

—Yo asumiré la instrucción de Kai en Terra —prosigue Gala Craus—. Sin embargo, para que el vínculo del chico sea más estrecho con sus respectivos viajantes, creemos que podría ayudar que Yago, su mejor amigo, acompañase a Bahari en los entrenamientos que hagáis aquí.

Espera, ¿qué?

—Genial, ahora te han puesto una nodriza... —farfulla Nabil en un susurro que solo escucha la chica.

¿El amigo rarito de Terra se va a quedar con ella? ¡Está claro que los Sapientes se van a oponer a...!

—Nos preocupa que la presencia del muchacho de Terra comprometa aún más al Equilibrio —expresa con preocupación Docto Chidike—. ¿Debemos interpretar que los dos guardianes que os acompañan también van a quedarse en nuestro mundo?

La regenta del Equilibrio da un paso al frente, segura de las decisiones que ha tomado el Priorato.

—Amigos, entendemos perfectamente que os preocupen estas medidas. Siempre hemos respetado la ley del Equilibrio, y cuando hemos tenido que vulnerarla, lo hemos hecho de la manera menos intrusiva posible —explica—. Esta situación es más grave, pero no distinta. El Equilibrio se respetará: del mismo modo que en Ídedin se quedarán tres guardianes, que incluyen al amigo del viajante, a Vawav enviaremos a otros tres. Sabemos que es una medida intrusiva, pero es la única manera que tenemos de acabar con esto.

Los Sapientes meditan durante un segundo, sopesando las consecuencias del plan que plantea el Priorato.

—Confiamos en vuestra sabiduría y criterio, guardianes —concluye Docto Chidike—. Vosotros, mejor que nadie, sabéis en el estado en el que nos encontramos. Desde Ídedin, os ofrecemos todo el apoyo centinela que necesitéis, así como un hogar provisional para el guardián del viajante.

—No será necesario —interrumpe Gala Craus—. Yago se quedará en la morada de Bahari. Es importante que estén juntos en todo momento para que la conexión entre los tres viajantes sea más fructífera.

¿Y ella acaso no tiene voz ni voto en esta decisión? ¿Por qué hablan como si no estuviera presente? ¿Dónde está el supuesto respeto hacia los viajantes? La rabia vuelve a apoderase de Bahari. ¡Yago es una correa! ¡La forma de tenerla bajo control en todo momento!

Vuelve a notar la mano de Kai tomando la suya, pero Bahari la aparta con brusquedad y hastío. No quiere tranquilizarse. No quiere apaciguar su enfado. Nunca, en su vida, se ha sentido con tan poco dominio sobre su propia vida. ¿Esto es lo que le depara el futuro?

No. Se niega.

Aunque eso implique ir contra las leyes del Equilibrio.

Aunque eso implique ir contra la decisión de los Sapientes.

Tiene que haber algún otro modo de hacer las cosas, de aprender a ser viajante.

Bahari siente cómo Kai intenta hacer contacto visual con ella, pero la chica se obliga a relajarse, a ocultar sus emociones como hacen en Terra y a centrar su atención en las palabras de Docto Chidike.

—Bienvenida sea pues esta empresa que bautizamos como la Orden del Equilibrio.

LLAMAR ANTES DE ENTRAR

Hay pequeños placeres en la vida que a ojos de cualquiera pueden resultar nimios, pero para uno mismo son vitales. Ducharse bajo la luz más tenue que permite el baño mientras suena su música favorita (melodías instrumentales que tienen el carácter experimental y futurista propio de Vawav) es una de esas cosas que Denis necesita hacer cada vez que está preocupado por algo. Sentir el agua recorriendo cada surco de su piel mientras se deja llevar por los hipnóticos sonidos lo lleva a un estado de relajación total. El chico disfruta con los distintos aceites corporales que se unta por todo el cuerpo, sintiendo el tacto graso y el agradable olor de cada una de las esencias. A continuación, se enjuaga bajo un grifo que lo rocía con gotas de agua para después dejar que la ducha cambie la presión del chorro a un estilo similar al de una cascada.

Intenta dejar su mente en blanco, evitando pensar en cómo va a lidiar con la orden de Sif Noah Peaker. Pero no puede dejar de preguntarse si tiene alguna opción más allá de la traición. Se va a convertir en un topo, en un maldito infiltrado. ¡Y él pensaba que tenía a Mila controlada! En parte ha sido así, ¿no? Hay información que no ha llegado a los servidores de Vawav, pero… de alguna manera han tenido que enterarse en las altas esferas de lo que le está ocurriendo.

¿Y qué opciones tiene? ¿De verdad tiene la libertad de elegir entre su mundo o la locura del Equilibrio? Si su mente está conectada con la de Kai, ¿cómo va a poder ocultar esta información? Necesita tener un control total de sus pensamientos y emociones; saber cómo gestionar el extraño poder que tiene para que no lo descubran o…

Su reflexión se ve interrumpida cuando su piel se eriza y sus sentidos se empiezan a contagiar de unas sensaciones que no existen en la ducha.

Mierda.

Denis intenta contener la llamada de Kai, quiere decirle que espere un rato y vuelva en un par de horas. Es un buen momento para ver la autoridad que tiene sobre el viajante de Terra. Pero cuando percibe también la presencia de Amber, se pone tan nervioso que comienza a sentir esa desagradable vibración en la espalda que anuncia la inminente apertura del umbral.

Como si se estuviera quemando algo, sale del baño empapado y completamente desnudo. Su visión empieza a nublarse y la estancia se duplica en un efecto óptico parecido al que siente alguien cuando está ebrio. Se desorienta hasta tal punto que acaba resbalándose y cayendo al suelo donde, sin poder contener la inminente llegada del chico de Terra, abre el portal con el aura que emerge de su espalda.

—Ehmm…

La voz de Amber, tan incómoda como los primeros segundos de silencio que se producen, es lo primero que escucha.

—¿Esto se va a convertir… en algo habitual? —protesta Denis entre dientes, con un jadeo que no entiende aún de dónde sale—. Lo de entrar en mi casa sin avisar.

Cuando Denis consigue ponerse en pie de nuevo y girarse hacia sus inesperados invitados, se sorprende no solo de ver a Kai, Amber y a la doctora Gala Craus. Hay otros dos perfectos desconocidos.

—Y lo de traer a más gente que no conozco, veo que también.

Los ojos de los recién llegados recorren de manera inconsciente su cuerpo desnudo sin saber qué hacer. Él nunca se ha considerado un exhibicionista, pero ahora mismo no tiene ningún problema en mostrar con ahínco su cuerpo para que sean conscientes de que tiene derecho a la intimidad.

—No podéis aparecer así, de repente. Tenéis que avisar —los reprende—. Tengo una vida. Y del mismo modo que ahora me estaba dando una tranquila ducha, mañana puedo estar…

—He avisado —interrumpe Kai, aclarándose la garganta en un carraspeo incómodo.

—¡Pero no te he dado permiso para...!

—Bueno —interrumpe la doctora—, esto es normal al principio. Iréis desarrollando una comunicación más fluida y natural. Disculpa nuestra intromisión, Denis. Por favor, termina de asearte y acompáñanos.

Denis se acerca a la doctora, hinchando el pecho con orgullo y chulería.

—No pienso dejar de hacer cosas de mi vida privada por esto. No de esta manera —amenaza, mientras de reojo ve a Amber que, sonrojada, no puede evitar mirarlo con disimulo—. Dadme cinco minutos y estoy con vosotras.

Regresa a su cuarto manso y tranquilo, mientras escucha los susurros de la chica.

—¿Sois iguales en todos los sentidos? —pregunta, acalorada.

—¡Amber! —chista Kai, avergonzado.

El gesto de cabreo de Denis se relaja con una pícara sonrisa que nadie ve.

Cuando Gala Craus los lleva hasta uno de los barrios más apestosos de la ciudad y se mete en uno de esos locales de mala muerte en el que solo hay clandestinidad y extrañas aficiones, Denis se pregunta una vez más qué ha hecho él para merecer vivir esta aventura tan disparatada.

—¿No había un sitio más peligroso para vuestras reuniones?

—A mí no me mires —se defiende Kai—. Es la segunda vez que vengo.

—Tiene su encanto —añade Amber—. En nuestro mundo hay bares de este estilo y son muy divertidos.

—Que esta clase de sitios te divierta —contesta Denis— resulta inquietante.

—Amber es inquietante.

El comentario de Kai va acompañado de una colleja por parte de la chica que lo hace sonreír de inmediato. A Denis sigue sorprendiéndole el sentido del humor que tienen en Terra, y aunque a veces resulta algo violento e histriónico, no puede evitar contagiarse de él.

Gala Craus saluda a una mujer llamada Kumiko y esta conduce al grupo a un reservado del antro en el que acaban de ingresar, conocido como Dosmiluno. La doctora y los dos guardianes se sientan a un lado de la anfitriona oriental, mientras que Kai, Amber y él permanecen juntos en el otro.

—Estamos coordinados con Ídedin —inicia su explicación Gala—. Creen que el portal se encuentra también en alguna parte de su norte, así que tanto los centinelas como los guardianes que hemos enviado allá comenzarán a investigar esa zona. Aún no saben qué están haciendo, pero…

—Extraer citranium —interrumpe Denis.

Todas las miradas se posan en él. Ha estado pensando en cómo gestionar todo esto de la traición, en cómo ocultar sus secretos a Kai. Y la única forma que tiene de infiltrarse entre los guardianes para que Sif Noah Peaker no lo encierre como a una rata de laboratorio es utilizando la misma estrategia que el dictador emplea con él.

—Es un cristal de Ídedin que, según parece, tiene unas propiedades tan potentes que aquí en Vawav su combustión se traduciría en un abastecimiento total para la población.

—Y tú sabes esto porque… —interviene Kumiko confundida, alargando la frase para que el chico la complete.

Denis suspira. Allá va. De perdidos al río.

—Porque me lo ha contado el mismísimo Sif Noah Peaker.

El silencio vuelve a convertirse en el protagonista de la reunión. Cada uno de ellos lo estudia con detenimiento, pero la mirada que más preocupa e impone a Denis es la de la doctora Gala Craus. Es hora de seguir adelante con su descabellada idea.

—Hace unos días el Departamento Directivo de Vawav me citó en el edificio principal de la ciudad —explica el muchacho—. Resulta que mis insistentes investigaciones en la zona norte han activado ciertas alarmas que creía tener controladas y, básicamente, he dado con algo con lo que no debería haber dado.

Denis se toma unos segundos para estudiar el rostro de los guardianes, que permanecen atentos y expectantes a lo que está diciendo.

Todavía no sabe si su idea está calando, pero no le queda otra que seguir adelante con ella.

—El caso es que me han ascendido para que pueda hacer bien mi trabajo y aprovechar la energía que se está generando en esa zona —sentencia.

La mentira está dicha. Denis puede ver en el rostro cómo cada uno de sus acompañantes va asimilando la noticia.

—Eso es genial, ¿no? —exclama Kai—. Tenemos acceso a más información. Ahora resultará más fácil localizar el portal.

—Es un golpe de suerte muy oportuno —añade Kumiko con una sonrisa—. ¡El Equilibrio está de nuestro lado!

—Tendrás que tener cuidado de no levantar sospechas —añade uno de los guardianes—. Tarde o temprano Noah Peaker se enterará de que el Priorato está actuando en Vawav y…

—¡Oh! Él ya sabe que estamos aquí —interrumpe Gala Craus, quien no ha quitado el ojo de encima a Denis en ningún momento—. Es más, me resulta curioso que el mismísimo Sif Noah Peaker se haya reunido contigo.

—Bueno, no era una reunión presencial. Él seguía en la zona norte…

Cuando empieza a excusarse, se da cuenta de que, si intenta evitar el callejón al que quiere llegar Gala Craus, podría empezar a sospechar de él. Si no lo está haciendo ya, claro. Así que decide soltar un nuevo órdago y verbalizar una de las teorías que, seguramente, estará barajando la mujer.

—Crees que si me han ascendido es porque saben que estoy con vosotros, ¿verdad?

Cuando una sonrisa triunfante se dibuja en el rostro de la doctora, Denis se da cuenta de que ha dado en el clavo.

—¿No crees que te hayan ascendido solo por tus aptitudes? —pregunta Amber, confundida.

—No. Sería mucha casualidad, la verdad —confiesa él.

—Así es —añade Gala Craus—. El Sif te quiere tener cerca para controlarte, así que la mejor forma de hacerlo es dándote más responsabilidad y un trabajo relacionado con lo que está haciendo allí. Esto es un arma de doble filo para nosotros. Nos beneficia, pero también nos va a obligar a estar mucho más alertas porque nuestros ojos de Vawav se pueden convertir también en nuestra condena. Saben que estás con nosotros, así que hay que tener cuidado en cómo jugamos nuestras cartas.

Con aquella reflexión por parte de la doctora, la reunión desencadena en un plan que se divide, por un lado, en una labor de defensa y reclutamiento secreto por parte de los afines al Priorato que están en Vawav, mientras que, por otro, Denis tendrá que hacer todo lo posible para dar con la localización exacta del portal.

—Y Amber te acompañará en todo momento —sentencia la doctora.

Aquello deja al chico congelado.

—¿No te fías de mí? —responde, ofendido.

La doctora vuelve a estudiarlo un segundo, emergiendo de nuevo una sonrisa que esta vez se acerca más a la soberbia que a la complicidad.

—¿Me has dado algún motivo para que no me fiara de ti? —pregunta la mujer con actitud tranquila pero desafiante.

—Es una forma de estar conectados hasta que sepamos comunicarnos —explica Kai, interrumpiendo la conversación—. Yago se ha quedado con Bahari en Ídedin. La idea es que Amber se quede aquí porque...

Kai hace una breve pausa, mostrando en su rostro cierta confusión que manifiesta frunciendo el ceño a Denis. ¿Se estará percatando de sus emociones? La actitud de Gala Craus lo ha hecho flaquear un segundo: ¿se habrá contagiado Kai de ese sutil nerviosismo? Se obliga a respirar y a calmarse.

—Porque soy su mejor amiga. Y me quiere mucho. Y así puede localizarte antes si piensa en mí. ¿Lo he dicho bien? —pregunta Amber juguetona—. Por esto me he pedido una excedencia en mi trabajo de «no diseñadora de muebles», ¿qué te parece?

Denis traga saliva y responde con una forzada sonrisa. No le hace gracia esta situación. De por sí, ya está muy incómodo por ser un maldito informante de Vawav, pero tener a Amber a su lado todo el día lo pondrá aún más nervioso. Y eso le cabrea. Como si el karma por intentar tener derecho a la privacidad en Vawav lo estuviera castigando con aquello.

—Me parece —responde, apretando la mandíbula— que estáis invadiendo mi vida y mi intimidad.

Amber se queda de piedra. Quizás a la chica le parezca buena idea, pero a Denis no. Tiene demasiados frentes abiertos, demasiado cabos sueltos que tiene que atar. Necesita poner en orden sus prioridades y pensamientos. ¡Y tener a Amber las veinticuatro horas del día no va a ayudar en absoluto!

—Es una medida excepcional —interviene la doctora—. Amber respetará tu intimidad, pero es importante que esté cerca de ti por si queremos contactar. Sois los encargados de dar con el portal y eso va a implicar desplazamientos.

La doctora continúa explicando a Denis lo inexpertos que son como viajantes y lo poco fluida que es la comunicación entre los tres, pero promete al chico que con el paso del tiempo podrán controlarlo y no necesitarán de la presencia de nadie.

Eso, por un lado, tranquiliza a Denis, porque una de las cosas que lo frustra es no saber dominar la dichosa habilidad. Pero, por otro lado, se siente muy incómodo y, en parte, tremendamente controlado.

Eso hace que sospeche una cosa: Gala Craus no se cree del todo su historia.

Y él, por supuesto, tampoco confía en la suya.

LO QUE ESTÁ POR VENIR

Despedirse de sus dos mejores amigos ha sido más duro de lo que esperaba. Tanto Amber como Yago se han quedado felices y emocionados en los mundos paralelos, mientras que Kai no sabe cómo lidiar con todo lo que siente. Por un lado, está triste al quedarse solo en el piso. Nunca le ha gustado la soledad, pero si resulta que dos de las personas que más quiere en el mundo están en otra realidad…

Esto lo lleva hasta esa confusión e inquietud por todo lo del Equilibrio y los viajantes. ¿Qué papel juega él en esta historia? Todo el mundo, incluidos sus gemelos de Ídedin y Vawav, tienen un propósito. ¡Él no tiene nada! ¿Quedarse ahí? ¿Sin más? Esta avalancha de preguntas desencadena en el sentimiento final que es probablemente el más poderoso de todos: el enfado.

Cuando regresa al piso con la doctora, dejando en Vawav a Amber y a los dos guardianes, no esconde el cabreo que lleva y permite que la furia se apodere de él.

—¿A dónde vas? —pregunta Gala, confundida al ver cómo el chico camina en dirección a su cuarto.

—A dormir. Ya sabes dónde está la puerta cuando te quieras marchar —protesta como si fuera un adolescente enrabiado.

—Ey, ey… Para el carro. ¿A qué viene este cabreo? ¿Te lo ha contagiado Denis?

Kai se detiene de golpe. ¿Ni siquiera es capaz de atribuirle el mérito de estar enfadado por sí mismo y no por influencia de su gemelo?

—No. Mi cabreo no tiene nada que ver con el de Denis —suelta el chico mientras se gira hacia la mujer—. Es más, dudo mucho de que Denis esté cabreado. O al menos, de que lo esté más que yo —explica, acordándose de la extraña sensación que ha tenido hace un rato.

La doctora alza las manos en una actitud conciliadora, como si intentara tranquilizar al chico antes de que se arrepintiera de decir cosas que estuvieran fuera de lugar.

—Kai, sé que...

—¡Muchas cosas! —interrumpe él—. Eso es lo que sabes: muchas cosas. ¿Sabes lo que sé yo? ¡Nada! Que soy una puta llave. Eso es lo que soy. Una maldita llave que vas a utilizar cuando quieras ir de un mundo a otro.

—Kai, la labor de un viajante no se reduce a abrir portales.

—No, desde luego. A Denis y a Bahari les has dicho que se pusieran a buscar cosas. ¿Y yo qué hago aquí? ¿Por qué nos hemos quedado en Terra?

—Porque tienes que estar preparado para lo que está por venir, Kai —contesta Gala, elevando el tono de voz, como si fuera una madre que discute con su hijo—. De los tres viajantes eres el que más necesita saber cómo controlar este don. Más que el resto. Porque no eres el viajante de un mundo ni del otro. Eres el viajante del propio Equilibrio.

—¿Y eso qué significa? —contesta él, exasperado—. No dejas de decir que el Equilibrio hace esto y lo otro. ¡Pero no sé qué hace!

—¡Mantenernos vivos! ¡A todos!

La doctora comienza a buscar algo por el salón, mientras saca del interior de su chaqueta un bolígrafo.

—¿Qué quieres?

—Un cuaderno. O algo en lo que pueda pintar.

El chico le da un par de facturas de la luz antiguas que la mujer da la vuelta y comienza a pintar por el lado opuesto. En la hoja en blanco dibuja tres círculos simétricos, uno al lado del otro.

—¿En el colegio te enseñaron lo que es la simbiosis celular?

Kai asiente.

—Imagina que esta célula central de aquí —señala la mujer escribiendo una T en el interior del círculo— es lo que hace que las otras dos células no se junten —continúa mientras dibuja una V y una I en las dos circunferencias restantes—. Como si hubiera un campo magnético que las mantiene estables.

La doctora ha captado la atención de Kai, quien observa cómo esta pinta un par de garabatos en forma de línea entre los tres círculos.

—Pues lo que está pasando es que este magnetismo está desapareciendo —dice, mientras tacha los pintarrajos—. Y lo que antes mantenía a estas células distantes, ahora genera una atracción.

Gala Craus aparta el dibujo y toma una nueva hoja en blanco, algo arrugada, que alisa en un momento, sin ocultar cierta ansiedad. Vuelve a dibujar otros tres círculos simétricos, pero esta vez pinta el interior del de la izquierda con rayas verticales, mientras que el de la derecha lo rellena con rayas horizontales.

—Y la atracción de estos dos cuerpos acaba en una fusión —sentencia mientras rellena el círculo central con rayas verticales y horizontales—. En un colapso.

Kai se queda observando el dibujo de la mujer, intentando comprender todo lo que está diciendo. Esto significa que, si no cierran el portal, ¿la Tierra colapsará? ¿Aparecerán Ídedin y Vawav a la vez? ¿Cómo es eso posible?

—Los tres mundos convivimos en el mismo lugar, pero en planos distintos —termina de explicar—. Por eso dejarías de existir en caso de colapso, Kai. Porque tu vida depende de la coexistencia de estos mundos paralelos. Los viajantes sois los únicos que podéis controlar ese campo magnético que mantiene el Equilibrio.

El chico se desinfla y se deja caer en el sofá, aún con el papel en la mano.

—Y si somos tan importantes, ¿por qué solo estamos nosotros tres? —pregunta, derrotado—. ¿Por qué el propio Equilibrio no genera más anticuerpos? Así era como nos lo contabais el otro día.

Gala Craus se sienta a su lado, soltando un largo y profundo suspiro.

—Además del Proverbio Ancestral sobre la Creación —comienza a explicar la mujer—, existe otro escrito: una profecía.

—Por favor, no me digas que se llama Profecía Ancestral sobre la Destrucción.

La mujer comienza a relatar de memoria:

Llegará un tiempo en el que todo volverá a ser uno.
Una noche. Un día. Un mundo.

La noche se mezclará con el día.
La tierra, con el viento.
El agua, con el fuego.

El Equilibrio se romperá
para que todo siga girando.
Porque la luz y la oscuridad
están destinadas a colapsar.

Un Colapso que purgará los mundos.
Un Colapso que mantendrá la paz.
Un Colapso que equilibrará todo.

Kai suelta un resoplido. Hace unos meses no se habría preocupado por unos versos de vete-tú-a-saber-qué-año escritos por vete-tú-a-saber-quién. Pero después de todo lo que ha visto, su mente se ha abierto a límites insospechados.

—Es la Profecía Ancestral del Colapso —corrige la doctora.

—Claro, lo de «destrucción» sonaba demasiado alarmista —añade Kai, irónico—. ¿Y de dónde sale todo esto? ¿Tenéis una Biblia del Equilibrio o algo así?

—Más que una Biblia es un tratado. Pero estas profecías y proverbios son documentos independientes que escribieron algunos eruditos del Priorato hace miles de años. Los originales ardieron en la biblioteca de Alejandría, otros se conservan en la biblioteca de Ídedin… Platón escribía mucho acerca del Equilibrio, por cierto.

Kai aún no ha asimilado que la Santísima Trinidad existiera y fueran viajantes, así que tampoco quiere indagar en los escritos antiguos, su origen y en donde están. Acepta las reglas del juego y lo único que le preocupa es esa dichosa Profecía Ancestral del Colapso.

—No hay mucha gente del Priorato que crea en ella —contesta Gala—, pero hay algo innegable: el Equilibrio se está apagando y no solo por la invasión de Vawav a Ídedin. Que no exista una respuesta más activa por su parte puede significar que sus días están llegando a su fin.

—¿Eso quiere decir que el Colapso se va a producir? ¿Que esto va a ocurrir? —dice el chico, devolviéndole el dibujo.

—No lo sé. Es solo una teoría que tengo y que Bérbedel compartía conmigo —confiesa, igual de desinflada que Kai.

El chico ve por primera vez a una Gala Craus exhausta, triste y, sobre todo, sincera. Como si toda esa motivación y las enseñanzas fueran una máscara que oculta sus verdaderas preocupaciones y miedos. Al pronunciar el nombre del viajante que está utilizando Noah Peaker, todo el mundo de la doctora se viene abajo.

—¿Conoces a los viajantes anteriores? —pregunta Kai.

Una lágrima recorre la mejilla de la mujer, quien ya no esconde la tristeza que le provoca hablar de ello.

—No solo los conocía…

Gala Craus se incorpora con una respiración honda, soltando todo el aire en un suspiro cargado de miedo y rendición. A continuación, mira a Kai a los ojos, sin ocultar su dolor.

—Bérbedel es mi marido.

Mi garganta se ha acostumbrado tanto al ardor del alcohol que los tragos que doy a la botella de Jack Daniel's son los mismos que podría dar a un vaso de agua. La diferencia es que uno me mantiene en el mundo que me gusta y lo otro me devuelve a la puta realidad.

Me bebo el culo de la botella y arrojo el cristal al contenedor en el que los trabajadores de limpieza del parque reciclan la mierda que deja la gente. Esa es la puta realidad: la gente, los clientes. El director del decadente Parque Temático Desierto del Pequeño Hollywood (popularmente conocido como Western) nos lanza todas las semanas un pomposo discurso sobre la importancia de hacer felices a esas familias que viajan hasta el maldito desierto para sentirse parte de las películas del Oeste. Y yo, a mis casi setenta y cuatro años, lo único que pienso cuando veo a esos mocosos a los que aún no les ha salido pelo en el escroto es que no les importan el cine ni los cowboys ni la localización de una superproducción que no conocen. Aquí no se ha rodado la última película de superhéroes. Para eso tienen que pagar la entrada de otro parque temático mucho más caro, grande, divertido y cuidado. Así que la única conclusión a la que llego es que vienen arrastrados por culpa de sus padres que no tienen dinero para costearse el otro glamuroso parque, o bien sí que son entusiastas del *spaghetti western*. Por supuesto, casi siempre suele ser la primera opción.

Dios… ¡ya estoy pensando otra vez en cosas en las que no debo pensar! ¿Dónde está mi whisky?

Me tambaleo hacia mi caravana, con la vista puesta en el cajón de cocina donde guardo las botellas de Jack Daniel's, cuando siento que mi vejiga requiere atención. Hace diez años podría haber aguantado perfectamente cinco minutos, pero mi próstata ya no es lo que era, así que me alejo a paso ligero a una esquina para orinar.

Sacarme el miembro con el disfraz de cowboy puesto es un poco embrollo: no hay cremallera, el cinturón de doble hebilla ocupa demasiado, la camisa que tengo metida por encima del pantalón me queda grande y, además, llevo la cartuchera con la puta pistola de fogueo. Así que lo más rápido y sencillo es bajarme directamente los pantalones hasta las rodillas y mear con el culo al aire mientras agarro a mi flácido amigo como si fuera una vieja manguera para salpicarme lo menos posible. Ser alcohólico no significa saber mantener el equilibrio.

Suspiro ante el gozo de sentir cómo mi vejiga se va vaciando. La mierda de estar pegado todo el día a la botella es que no puedo dejar de mear. Y, sinceramente, me gustaría hacerlo menos porque cada vez que me la agarro me acuerdo de lo viejo que soy y de que la única forma que tengo de experimentar una erección es tomándome una puta pastillita azul. A mi edad, echar un polvo decente sale demasiado caro.

Con lo que tú has sido…

Me la sacudo, me vuelvo a subir los pantalones (no sin antes tirarme una sonora ventosidad) y procedo a retomar el camino hacia mi caravana. Nada más girarme, me topo con uno de esos mocosos vestido con un sombrero de cowboy que venden en la tienda de la entrada del parque. El niño, que no tendrá más de diez años, me mira emocionado y, con una sonrisa pícara, saca su pistola de juguete y me apunta con ella.

—¡Detente, renegado! —me grita—. ¡En nombre del sheriff!

Me lo quedo mirando durante unos segundos en silencio, sin saber qué hacer.

Necesito dar un par de tragos a mi botella de Jack Daniel's para lidiar con esto.

—Amigo, yo soy el sheriff —contesto, forzando una sonrisa que destila de todo menos simpatía.

—Pues estabas haciendo pis donde no debías —me recrimina.

Conque esas tenemos, ¿eh, mocoso?

Me acerco a él mientras me coloco con chulería el cinto, como solía hacer hace años cada vez que interpretaba el papel de mi vida. Después me acuclillo junto al chico, no sin antes escupir en el suelo y pisar el lapo. Igual que hacen los alguaciles de los buenos y auténticos *westerns*.

—Mira, hijo —comienzo, recolocándome el sombrero—. ¿Tú no sabes eso de que la ley es del sheriff?

El niño asiente.

—Pues eso. ¿Por qué estás aquí? ¿Dónde están tus padres?

El niño se encoge de hombros.

—Estupendo… —farfullo mientras me pongo en pie y miro al cielo, como si fuera a pedir explicaciones de por qué, estando sobrio, tengo que lidiar con un niño perdido.

Los nubarrones que han aparecido esta mañana han adquirido más fuerza y si antes mostraban un color grisáceo, ahora empiezan a tintarse de un tono más oscuro. No suele llover en esta parte del país (de ahí que sea un pequeño desierto en mitad de una península), pero cuando lo hace, cae con fuerza y ganas.

—Pues será mejor que vayamos a buscarlos, ¿no? —suspiro mientras le ofrezco la mano—. Vamos, acompáñame. ¡Venga! ¡Que no muerdo!

—No te has lavado las manos… —protesta el niño, asqueado.

Vuelvo a suspirar. ¿Qué dan a los muchachos de hoy en día? ¡Así de pardillos salen!

—Sígueme, anda.

Comienzo a caminar dando por hecho que el chiquillo me va a seguir. Una parte de mí se ve tentada de desviarnos un momento a la caravana para repostar, porque es muy probable que los padres estén buscándolo y cuando me vean aparecer con él, me darán las gracias como el héroe que soy, me pedirán fotos y me dirán lo mucho que les ha gustado el espectáculo.

—¿Dónde está Perdigón? —pregunta el niño, refiriéndose al caballo con el que hago los shows.

—Durmiendo en el establo.

—Pensé que era tu mejor amigo —contesta con cierta decepción—, que siempre estaríais juntos. ¡Lo has dicho antes!

En el show que damos yo soy el sheriff que combate contra los malvados forajidos en un duelo a caballo que acaba con una pelea a puñetazo y revólver. Interpreto al típico cowboy solitario que no tiene nada salvo a su fiel caballo y que antepone todo con tal de que el bien y la paz prevalezcan en el pueblo. Es un buen espectáculo, la verdad. Tiene el espíritu del *spaguetti western* e interpretar al sheriff Wayne me hace viajar a la época más bonita de mi vida en la que ni la vejez ni el alcohol estaban presentes. Una época en la que solo importaba hacer películas, buscar el aplauso del público y su entretenimiento. Quizá por eso me dieron este curro de mierda: era uno de los mayores especialistas de la época dorada del *western*. Compartí escena con Clint Eastwood, Peter O'Toole o Henry Fonda. ¡Yo era solo un pipiolo de casi veinte años! Todas esas producciones fueron mi vida. Ahora solo este show me permite viajar a esos años. Podría haberme jubilado ya, pero no me imagino haciendo otra cosa. ¡Me juré que moriría en el desierto! ¡Esta es mi vida! A veces sueño con cambiar la pistola de fogueo por un revólver de verdad y que en uno de los shows mis compañeros me den el tiro de gracia. ¡Muriendo como un héroe!

Un trueno me saca de mis cavilaciones. El cielo, mucho más negro que hace unos minutos, parece estar más cerca. De repente me doy cuenta de que he puesto rumbo a mi caravana en vez de ser un señor responsable y llevar a la criatura con sus padres.

—¿Vives aquí? —pregunta el niño emocionado cuando me ve entrar en la caravana.

—Dame un segundo... No tengo mi placa de sheriff y sin ella no puedo presentarme delante de tus padres, ¿no crees? —digo mientras le doy un golpe cariñoso en el hombro—. ¿Podrás vigilar mientras estoy dentro? ¡Prometo ser rápido!

—¡Sí, señor! ¡Yo vigilaré el fuerte!

La actitud y la emoción del niño me hacen sonreír. No sonreía así desde hace mucho tiempo. La ternura que me provoca el chico me hace pensar que igual es uno de esos especímenes raros que han visto cine del Oeste y les gusta jugar a indios y vaqueros.

Los truenos suenan cada vez con más fuerza. Yo entro a paso ligero, voy directo al armario donde guardo el alcohol y me doy cuenta de que no queda una mísera botella.

No, no puede ser.

Un nuevo trueno ruge, más violento que los anteriores. Mi desesperación me hace abrir varios cajones, el baúl donde guardo mi ropa de cowboy, toda clase de armarios...

—¡Compré hace dos días, joder! —protesto cabreado, mientras doy un golpe a una de las grasientas sartenes de la cocina.

Seguro que ha sido uno de estos hijos de puta que tengo por compañeros.

Cuando salgo, presa de la furia, me encuentro al niño en el mismo sitio en el que lo dejé pero bajo un intenso aguacero.

El trueno que resuena por encima de nuestras cabezas hace temblar todo.

—¡Está lloviendo! —chilla el niño, para hacer sonar su voz por sobre los goterones que se estampan contra el suelo arcilloso.

Esta vez agarro al niño sin esperar a que me dé la mano. Comienzo a correr, pero sus cortas patas no pueden seguirme el paso, así que lo subo a mis brazos y continúo hacia la zona principal del parque.

—Sheriff, necesitas una ducha —me dice el chico—. Hueles raro.

—¡El cielo te ha escuchado y nos estamos dando una buena ducha!

Atravieso con brío las caravanas. La lluvia es cada vez más intensa. Mi ropa está completamente calada y casi me cuesta ver lo que tengo a unos pocos metros de mí. El suelo que antes estaba seco y agrietado, ahora comienza a convertirse en un barro en el que mis pies se van hundiendo.

—Ya solo queda cruzar el arroyo seco y...

Mierda.

La lluvia es tan abundante que el paso se está inundando.

—Tenemos que cruzar rápido antes de que el agua suba más. Agárrate fuerte a mí, ¿de acuerdo?

Podría ir unos cuantos metros más allá y cruzar el puente, pero entonces tendría que atravesar todo el parque y, por primera vez, me imagino a unos padres asustados por saber dónde está su hijo con el temporal que está cayendo.

Bajo las escaleras de madera. Cuando piso el suelo del arroyo, el agua me llega ya por las rodillas. Nunca antes había llovido de una forma tan abundante. Comienzo a andar, pero noto cómo los pies se me van hundiendo en el fango. El agua tiene un color tan marrón y turbio que impide ver el suelo.

—Ya casi estamos, hijo —intento tranquilizar al chico.

Cuando llego al otro extremo, casi no me puedo mover. Me he hundido hasta la cintura. Consigo aupar al crío hasta las escaleras de madera, y le ordeno que suba.

—¡No podemos dejar a Perdigón! —me grita.

—El caballo está bien. No le va a pasar nada. ¡Corre! ¡Ve con tus padres!

—Pero...

—¡Que te marches con tus padres, coño! ¡Es una orden del sheriff!

Cuando el niño empieza a subir las escaleras, escucho un crujido. No de madera. Sino... de piedras.

Otro trueno. La lluvia cae con más fuerza.

Otro crujido, esta vez más fuerte. Me giro hacia la fuente del sonido, que proviene de uno de los extremos del arroyo.

El niño se queda paralizado al advertir lo que se nos viene encima.

Yo consigo verlo unos segundos después.

—¡Sube, corre! —ordeno, intentando salir del fango.

Un rugido, parecido al de una cascada, hace que me gire hacia la enorme ola de barro que viaja a toda velocidad a través del arroyo.

—¡No puedo! ¡Se me ha quedado atascado el zapato!

La ola está cada vez más cerca. Tan solo a unos pocos metros.

Como un tsunami que avanza imparable por las entrañas del desierto.

Me aferro a lo poco que me queda y con la fuerza de mi pecho y de mis brazos consigo salir del barrizal gracias a uno de los escalones de madera.

Corro hacia el niño. Lo ayudo a desatarse el zapato. El bramido del agua está a menos de dos metros. Entonces, del mismo modo que empujo al niño hacia la superficie, la ola marrón me agarra con una fuerza invisible y demoledora.

Mi cuerpo golpea contra las rocas. La tierra invade mis pulmones.

Todo se apaga.

Lo último que escucho en las profundidades del lodo es el recuerdo de los aplausos del público que celebra con vítores cómo el héroe ha salvado la vida del mocoso que, en un futuro, será un gran sheriff.

TERCERA PARTE

EL PRECIO DE LA LIBERTAD

Acariciar a Virgo es una de las cosas que más relaja a Bahari. Puede estar horas pasando su mano por el suave pelaje del animal, recorriendo todos sus lunares como si trazara constelaciones imaginarias mientras su respiración marca el ritmo. Adora observar su rostro dormido, con ese morro tan lindo en cuya nariz hay una pequeña mota negra. Virgo otorga tanta paz que Bahari no puede sentirse más agradecida por tener un compañero tan fiel.

Por eso está nerviosa. Ambos van a vivir una aventura que, de momento, va en contra de todas las normas que le han impuesto por ser una viajante.

Bahari lanza una última mirada a la habitación en donde Yago permanece dormido. Ni a ella ni a Virgo les ha hecho gracia que el guardián de Terra tenga que estar viviendo en su morada. Eso complica aún más el plan…

Pero no lo va a entorpecer.

Bahari está decidida a llevar a cabo su empresa.

—Virgo…

El susurro, apenas perceptible para el oído humano, despierta al animal. El diente de sable no tarda en ponerse panza arriba, perezoso, dispuesto a seguir recibiendo las caricias de su compañera.

—No, pequeño. No es momento de mimos —confiesa con una sonrisa, sin dejar de hablar en voz baja—. Tenemos que irnos.

El felino responde con ese gesto tan característico de confusión en el que mueve una de sus orejas hacia un lado, intentando comprender lo que está pasando. De repente, empieza a olfatear el aire, girando el hocico hacia la ventana. Una suave brisa comienza a entrar por ella.

Cuando escuchan el característico graznido de Stratus, los dos compañeros se incorporan hacia el pequeño balcón que tienen.

—¡Shhh! —chista Nabil al pájaro gigante—. ¡Calla, Stratus!

Bahari vuelve a girarse hacia el cuarto donde duerme Yago y mira, de reojo, la infusión que está terminando de preparar. Los vapores de ensoñación tardan en hacerse un par de horas, pero son el método más efectivo para dejar a alguien completamente sedado. Hasta que no se marchó a dormir, Bahari no pudo empezar a preparar las hierbas, así como el resto de los ingredientes para llevar a cabo la alquimia.

—¿Ya está sedado? —susurra Nabil, precavido.

—No, los vapores no están listos. Aún quedan unos minutos.

Su amigo pone los ojos en blanco, sin disimular su gesto de protesta. Si dependiera de él, le habría dado al muchacho de Terra la infusión a medio hacer. O peor aún: lo habría noqueado en la cabeza, como proponía al principio.

—Total, se van a enterar de cualquier forma que nos hemos marchado —decía.

Bahari quiere una huida sutil y silenciosa, así que se ha encargado de prepararlo todo, mientras Nabil se ha ocupado de buscar la ruta y el destino al que escaparán.

—¿Ya sabes a dónde vamos a ir?

Una sonrisa socarrona delata sus intenciones. Nabil se acerca a ella en un par de zancadas, dispuesto a abrazar su cintura.

—Para… —se queja, incómoda—. Céntrate.

—Asserat.

—¿Asserat? —repite ella, alzando la ceja.

—Asserat.

Bahari aparta al muchacho, pensativa.

—Ya sé lo que me vas a decir…

—Nabil, ir a la comarca en la que te criaste es muy arriesgado. Cuando sepan que hemos desaparecido, seguro que es uno de los primeros lugares en los que nos van a buscar —protesta Bahari.

—Exacto. Es demasiado obvio. Por eso buscarán en otros sitios con más ahínco y en Asserat lo harán de pasada —explica él, consciente de cómo trabajan los centinelas—. Además está muy lejos. ¡Y en la otra punta de donde está el supuesto portal! Permaneceremos escondidos hasta que lleguen y después podremos hacer vida normal en alguna de las granjas.

Bahari suelta un suspiro lleno de tristeza. ¿Vida normal? Jamás podrá tener una vida normal. Huir de su destino como viajante le obliga a olvidarse para siempre de ser centinela. ¿Qué clase de vida va a tener en mitad de una tierra baldía? Ha reflexionado mucho sobre ello. Desde que Nabil propuso que se marcharan, ella se mostró bastante reticente ante la idea de traicionar a Ídedin y al Equilibrio. Se van a convertir... ¡en unos proscritos!

Pero prefiere eso a sentir que unos perfectos desconocidos controlan su vida. Prefiere el destierro a tener que estar todo el rato conectada a otras dos mentes. Bahari quiere ser dueña de su propio destino. Se niega a que sea el Equilibrio quien decida por ella. Si el precio de la libertad es vivir en una zona yerma, que así sea.

El tacto rugoso de los dedos de su amigo sobre su mejilla saca a Bahari de sus disquisiciones.

—Va a ir bien. Estaremos bien —susurra Nabil—. Nadie nos dirá qué hacer. Solo seremos nosotros cuatro.

A Bahari le tranquiliza que Virgo esté a su lado en la gran aventura que se cierne sobre ellos. Contar con él hace que se vea con fuerzas para cualquier cosa. Incluso para afrontar un futuro tan incierto que comienza con la huida de su propio destino. De su propia naturaleza.

Es cierto que quiere mucho a Nabil, pero todavía no ha podido quitarse de la cabeza ese beso que se dieron. ¡Fue tan raro! ¡Tan extraño! Nabil es lo más parecido a un hermano. Y ella no es de esa clase de personas que aprueba el casamiento entre parientes.

—Esto ya está —anuncia, obligándose a seguir adelante—. Lo dejo inhalando los vapores y nos marchamos.

Bahari agarra el cuenco en el que ha convertido la escolecita en un polvo blanco. Se cubre la nariz y la boca con un pañuelo que anuda en su nuca. Después, toma la tetera de metal en la que ha hervido agua con amatista y hojas secas de valeriana, y echa el líquido caliente en el cuenco, mezclándolo con el mineral.

Con sumo cuidado, Bahari se acerca al cuarto donde duerme Yago. Cruza el umbral casi de puntillas, moviéndose de una forma tan sigilosa como lo hace Virgo cuando caza. Necesita que Yago esté completamente dormido para que inhale los vapores de la infusión y así se quede completamente inconsciente durante ocho horas más. Observa el cuerpo que yace bajo la manta que le ha propiciado para que haga frente a la baja temperatura de las horas de sueño de Ídedin. Está en una posición ideal, así que solo tiene que bordear el camastro, dejar el cuenco al lado de su rostro y...

Bahari se queda helada cuando ve que el bulto que creía humano resulta ser una almohada colocada para confundir.

—*Nunga!*

A la chica no le da tiempo a girarse para evitar la embestida de Yago.

El cuenco con el somnífero vuela por los aires y aterriza en el suelo, desparramando todo el líquido caliente por las baldosas.

Yago aprovecha el momento para salir de la habitación e ir directo hacia la puerta de entrada, pero Nabil le corta el paso con un puñetazo que deja al habitante de Terra completamente inconsciente.

—¿Ves cómo era mejor mi método? —dice, orgulloso, el muchacho idediano.

—*Nunga, nunga, nunga!* —continúa protestando Bahari, llevándose las manos a la cabeza—. ¡Esto lo complica todo!

—No complica nada. ¡Nos marchamos ya de aquí! —contesta Nabil con seguridad, mientras se dirige al balcón por el que ha entrado.

Bahari suspira. Su mejor amigo no ha caído en un detalle que cambia por completo el rumbo y los planes de ambos.

—Tenemos que llevarlo con nosotros.

—¡¿Qué?!

Nabil se gira hacia ella, tan confundido como sorprendido.

—Nos ha escuchado, Nabil. Sabe a dónde vamos y lo que tenemos pensado hacer. No podemos dejarlo aquí.

—Ba... Si viene con nosotros, tu viajante de Terra nos encontrará.

—No si lo mantenemos dormido —responde ella con firmeza, mientras recoge el cuenco vacío—. Además, tengo que aprender a bloquearlo. ¡Tengo que aprender a controlar esta maldición!

—Ba...

—¡Es mi naturaleza, Nabil! ¡No puedo ir en contra de ella! —protesta—. Si quiero controlar mi destino, tengo que dominar esta habilidad.

Bahari lanza una mirada al cuerpo de Yago, que permanece en el suelo inconsciente. Una parte de ella se alegra de este giro de acontecimientos porque la presencia de Yago hará que Nabil se muestre más comedido con ella.

No hay mal que por bien no venga.

—El chico se viene con nosotros —vuelve a afirmar, con un tono que no da opción al debate.

Ahora quien suspira es Nabil. Se acerca hasta Yago y lo agarra como si fuera un saco de patatas, dispuesto a cargarlo encima de Stratus.

—Igual es mejor que...

—Tranquila, no lo voy a dejar caer —interrumpe el chico, como si hubiera leído la mente de Bahari—. Aunque ganas no me faltan.

SEXO, ANDROIDES Y ROCK & ROLL

—Puedes dormir en mi cama. Yo lo haré en el sofá.

—No, no… —responde Amber, un poco nerviosa—. No, por favor. Déjame dormir a mí en el sofá. Al fin y al cabo, es tu casa. Y estaré más cómoda que en tu cama.

Denis alza las cejas con esa expresión escéptica que tanto lo caracteriza, a pesar de la frialdad que suele mostrar.

—No estoy diciendo que tu cama sea incómoda —explica la chica, agitando la cabeza en un gesto de negación—. Me refiero a que es tu casa. Y yo soy una intrusa. No pienso quitarte la cama.

No puede evitar disfrutar al ver a Amber con ese punto de vergüenza e incomodidad. En parte porque no quiere que la chica esté ahí, como si fuera un agente de la Nación dispuesto a vigilarlo día y noche. Pero también le enternece ver cómo se turba el semblante tan decidido y extrovertido que tiene su invitada y que aparenta ser inquebrantable.

—Está bien —responde Denis encogiéndose de hombros—. Buenas noches.

Cuando el gemelo de Kai se marcha, Amber suelta de golpe todo el aire que estaba reteniendo. Se empieza a arrepentir de haberse sumado a esa aventura tan loca. ¿En qué momento le pareció buena idea aceptar quedarse a vivir en un mundo que no era el suyo con su ligue de Tinder?

—Estúpida, Amber... ¡Lo que te nublan unos buenos ojos azules, hija mía! —se recrimina.

No sabe muy bien cómo vigilar a Denis. Ni tampoco sabe cómo actuar en caso de que el chico empiece a hacer algo raro o, directamente, huya. ¿Y si la droga por la noche y luego la utiliza como rehén?

Lo que más perturba a la muchacha es que cualquier situación que se imagina acaba teniendo un punto excitante y erótico. ¿Cuándo fue la última vez que se acostó con alguien? ¡Oh, sí! Hace cuatro meses con el estúpido de su ex. ¿Cómo no va a pensar así? Ella, que siempre ha sido pasión y fuego. Que siempre ha disfrutado del sexo y de todo lo que lo rodea. ¿Cómo no se va a imaginar situaciones marranas con Denis cuando lo ha visto completamente desnudo?

¡Amber, ya! ¡Para! ¡A dormir!

La chica da un par de golpes a la almohada, frustrada. Se intenta acomodar en el sofá, cubriéndose con la manta que le ha dado. Una manta que, obviamente, huele a él. Y eso hace que su cuerpo se acalore más. Amber resopla y tira la manta al suelo, como si deshaciéndose de ella pudiese relajarse de una vez por todas.

Pero entonces ve a Mila justo enfrente de ella, sentada en un pequeño taburete con forma de cubo, que luce más como adorno.

—Uy, no te había visto —exclama, dando un pequeño bote.

Mila ladea un poco la cabeza, mostrando una expresión de estudio y curiosidad.

—Uy, no te había visto —repite la máquina.

Amber se incorpora poco a poco, extrañada.

—¿Te ocurre algo? —pregunta.

—¿Te ocurre algo? —repite la androide, copiándole el gesto y el tono con una voz un poco distinta.

La chica resopla y se toca la cabeza, consciente de que su primera noche en Vawav va a ser, cuanto menos, especial. Pero cuando ve que Mila hace exactamente lo mismo, se cabrea.

—¡Ey, deja de copiar todo lo que hago!

—¡Ey, deja de copiar todo lo que hago!

Esta vez la voz de la androide se parece demasiado a la suya. Amber se pone en pie, intentando parecer cabreada, pero en el fondo la situación le está provocando terror.

—¡He dicho que parases! —espeta, alzando un dedo amenazante.

Un segundo después, Mila se incorpora de golpe, transformando todo su cuerpo en el de Amber y señalando a la chica en la misma posición que ella.

—¡He dicho que parases!

Amber se queda congelada. Ya no puede ocultar su expresión de espanto. Tener a esa androide frente a ella, luciendo su mismo aspecto como si se estuviera viendo delante de un espejo tridimensional, le resulta lo más parecido a vivir una pesadilla.

—¡Mila!

La voz de Denis hace que la androide se gire de golpe hacia el chico. En cuestión de segundos, vuelve a su aspecto original.

—Desconéctate. Es una orden —sentencia él.

Inmediatamente, Mila se yergue quedándose completamente quieta mientras las distintas luces que tiene se apagan. Lo que antes era un robot inteligente con un aspecto idéntico al de Amber, ahora es una estatua blanca en mitad del salón.

—Disculpa. Tuve que reiniciarla y desde entonces hace cosas raras… —se excusa Denis.

—No pienso dormir enfrente de esta cosa —consigue decir Amber, aún impactada por lo ocurrido.

—Entonces duerme tú en mi cama y yo…

—No pienso dormir sola —interrumpe, haciendo énfasis en la última palabra—, mientras tu «adorable» androide esté en el piso.

No es ninguna excusa para meterse en la cama con Denis. Toda la libido se ha esfumado de un plumazo. Amber está realmente asustada y por nada del mundo piensa pasar la noche sola. ¡Mucho menos a unos metros de Mila!

Denis vuelve a encogerse de hombros y regresa a su cuarto como si no hubiera ocurrido nada. Amber tarda unos segundos en reaccionar porque no sabe si la respuesta silenciosa del chico ha sido una negativa a su petición, pero cuando mira de nuevo a la estatua de Mila no duda en correr hasta la habitación. Para su sorpresa, se lo encuentra preparando un improvisado catre en el suelo.

—Tu cama es gigante, Denis. Entramos los dos perfectamente.

—Es por si mi... presencia —explica el chico, señalándose en grandes círculos con la palma de la mano— te incomoda.

—Después del numerito robótico, créeme: no eres tú quien hace que este espacio deje de parecerme seguro.

Amber se acomoda en uno de los laterales de la cama, mientras que Denis lo hace en el otro. Ambos se quedan en silencio mirando al techo con los ojos como platos. Ella, por culpa del susto que aún le recorre todo el cuerpo. Él, por tener a la chica que le gusta tumbada a tan solo unos centímetros de su brazo. La agitada respiración de Amber es lo único que rompe el silencio de la noche.

—No se va a encender —dice Denis, intentando tranquilizarla—. Hasta que yo no se lo ordene no puede encenderse.

—¿Por qué me estaba imitando? ¿Y cómo es posible que pueda adquirir cualquier aspecto? —pregunta ella incorporándose y mirándolo directamente a la cara.

—Todos los androides están cubiertos de un tejido artificial molecular que les permite adquirir cualquier forma humana —explica él—. La mayoría de la gente opta por darles el aspecto de alguien famoso o diseñarlo a su antojo.

—¿Cómo si fuera un *sim*?

—No sé qué es eso.

—Es un juego de ordenador que permite crear personas y casas y jugar con ellas.

Denis se queda observando en silencio a la chica durante un par de segundos, confundido porque en el mundo de la muchacha jueguen a cosas tan extrañas.

—Hacéis cosas muy raras en Terra.

—¡Oh! ¿Y que te permitan tener a una androide con la forma humana que te dé la gana no es raro? —contesta Amber con su característico tono irónico y ácido.

—También lo es. Por eso mismo yo prefiero que se mantenga con su aspecto original. Intento... —se toma unos segundos para pensar en cómo decir lo que va a decir—. Intento humanizar a Mila. Que piense y actúe por sí misma. Que desarrolle su inteligencia emocional. Cosa que, por cierto, es completamente ilegal en Vawav.

—No sé qué es peor: si lo del bufé libre de aspectos o que quieras darle sentimientos.

—Creo que tienen derecho a sentir.

Amber suelta una risotada.

—Creo que pasas demasiado tiempo solo. ¿Tenéis filias aquí con los androides?

—Si me estás preguntando que si me puedo acostar con Mila, la respuesta es «sí».

—¿Y lo has hecho?

Denis aparta la mirada de la chica y se pierde en el techo de la habitación. La pregunta de Amber le lleva a pensar no solo en las fantasías que ha hecho realidad con Mila en más de una ocasión. También en Hada.

Esa punzada de repulsión vuelve a invadirlo. Y aunque en Vawav es bastante normal mantener relaciones sexuales con autómatas, haciéndoles adquirir el aspecto que desees, el chico se avergüenza por haberlo hecho. Más aún con la novia de su mejor amigo.

Denis no quiere tener esta conversación porque, algo que para él es muy típico en su mundo, probablemente en el de Amber sea una depravación. Y como tampoco quiere mentir con el famoso «yo no lo he hecho, pero tengo amigos que sí», opta por llevar la conversación por otros lares.

—Se pueden hacer muchas cosas con ellos. Cualquier cosa que se te ocurra, en el fondo. La mayoría de la gente los usa como asistentes de compañía que ayudan tanto en las tareas domésticas como profesionales. Muchas familias los utilizan para gestar a sus bebés y...

—¿¡Qué?! Esa cosa se puede quedar... ¿embarazada? —pregunta Amber, tan confundida como horrorizada, mirando de soslayo al salón en el que Mila permanece completamente estática.

—Solo si la Nación acepta la solicitud de embarazo.

—¿Cómo que solicitud de embarazo? —contesta riéndose con incredulidad.

—Es la forma que tenemos en Vawav de mantener el control total sobre la natalidad. Nuestros recursos son muy limitados. Aquí nuestro «equilibrio» es una balanza muy sencilla: si alguien se muere, alguien puede nacer.

—Espera, espera —Amber se sienta en la cama, cruzando las piernas—. Me estás diciendo que, si quisiera que me follaras sin condón ahora mismo, ¿tendrías que pedirle permiso al Estado?

—No. Estoy diciendo que, si quisieras quedarte embarazada, tendrías que pedir permiso a la Nación. Aquí el condón dejó de existir hace, no sé, ¿mil años? —explica Denis, copiándole la postura a la chica—. Los hombres en Vawav no podemos provocar un embarazo con relaciones sexuales.

—Vas a tener que desarrollar un poco esto…

—La esterilización es algo que nos hacen a todos los chicos de Vawav cuando adquirimos la madurez sexual. En el momento en el que nuestros testículos están listos, nos extraen una muestra de esperma que congelan en el Banco de Natalidad y acto seguido nos practican la vasectomía. Generalmente, suele hacerse a los trece o catorce años, pero hay chicos más precoces y otros más tardíos.

—¿Hay un banco con el semen de todos los hombres de Vawav? —La cara de Amber es una mezcla entre la incredulidad y la burla.

—Así es. Cuando una pareja, o un ciudadano, quiere tener un bebé, debe completar un formulario de solicitud de paternidad. Vawav valora su estabilidad, trayectoria profesional, registro de vida… Vamos, un estudio muy exhaustivo para ver si estás preparado para traer una nueva vida al mundo.

—Y solo así te dan tus… ¿bichitos?

—Exacto —afirma Denis, que no puede evitar esconder su sonrisa al ver lo escandalizada que se muestra Amber—. Una vez que te han aprobado la solicitud, te puedes quedar embrazado: ya sea a través de una gestación natural (en el caso de que uno de los solicitantes sea mujer) o bien a través de un androide. La fecundación es *in vitro* en ambos casos, como supondrás. Lo único que cambia es el útero donde se va a gestar el embrión.

—Ahora entiendo por qué los androides tienen forma humana. ¡Los podéis dejar preñados, joder!

—El ochenta por ciento de la gente decide gestar al bebé a través de un androide. En el fondo es más seguro: el control del feto es constante, la mujer no sufre ningún peligro, no hace falta que ninguno de los futuros padres falte al trabajo hasta que nazca la criatura...

Denis continúa explicando a Amber algunos detalles más sobre la gestación de bebés en Vawav, así como la posibilidad de que muchas personas que no tienen (ni quieren) pareja decidan formar una familia monoparental. Del mismo modo, en Vawav están permitidas las familias homoparentales, y en una pareja de dos hombres, la presencia de un androide es fundamental a la hora de formar una familia. También explica que pueden alterar genéticamente a los bebés eligiendo el color de pelo, los ojos y hasta el propio sexo. ¡Incluso se puede recurrir a algún aspecto genético de un antepasado para la futura criatura!

Amber, inevitablemente, piensa en Terra. En lo complicado que es el papel de la mujer a la hora de tener un bebé: desde el peligro que a veces supone para su propio cuerpo, como los estigmas sociales con la maternidad o la gestación subrogada. Por no hablar de lo mucho que bromea con que debería de existir un *carnet de padres*. ¿Podría decirse que en Vawav existe eso? También reflexiona acerca de este mundo tan futurista en el que, al ser tan sumamente lógico y práctico, siente que no hay espacio para la emoción. Prima la cordura antes que los sentimientos. Y eso, en parte, le da cierta lástima.

—Y volviendo a lo del sexo, los robots y el rock & roll, ¿lo has hecho? —pregunta Amber con burla—. ¿Se ha acostado usted con Mila, señor Denis?

—Buenas noches, Amber —responde el chico, mientras se vuelve a tumbar en la cama y da la espalda a la muchacha.

—Oh, Dios mío... ¡Lo has hecho! —dice Amber estallando en carcajadas—. ¡Te has follado a esa estatua que hay en el salón!

—Punto número uno: no es ninguna estatua —contesta Denis, visiblemente molesto—. Y punto número dos: en Vawav mantener relaciones sexuales con un androide es igual de normal que usar juguetes sexuales.

—Desde luego que es un buen juguete... ¿Te lo montas con ella en el modo original o le das algún aspecto? Algún amor platónico, una famosa que te ponga, no sé... —continúa, sin aparcar la burla.

—¡Buenas noches, Amber! —sentencia él mientras se vuelve a girar de golpe.

Ella se queda en silencio, sin poder esconder la sonrisa que se le ha dibujado en la cara. Aquel mundo le resulta muy extraño.

Pero más extraño aún le resulta sentir esa fascinación y ese cosquilleo en el estómago por un chico tan parecido a su compañero de piso y, a la vez, tan distinto.

EL ARTE DE JUGAR A DOS BANDAS

Desde arriba, el ruido del tráfico aéreo es imperceptible. Los grandes cristales de su apartamento insonorizan al completo el molesto sonido de los aerodeslizadores; solo los distintos colores y formas moviéndose como si fueran células en el interior de una vena muestran atisbos del tránsito de vehículos. A Denis le encanta perderse en esos puntos, dejando que su mirada se quede hipnotizada por su movimiento. Es curioso que sienta más fascinación por los bajos de la ciudad que por las espectaculares vistas con las que puede contemplar la posición de las doce lunas de Vawav, el horizonte de la ciudad o ese kilométrico rascacielos que tuvo el «placer» de visitar hace unos días.

—Denis, ¿estás seguro de que quieres activar este código? —pregunta Mila, mientras el chico manipula la base de datos del robot con la tableta electrónica—. Va en contra de las leyes de protección de Vawav.

—Sí, Mila —suspira él—. ¿Sabes? Todo esto ya lo habíamos hecho antes. Pero te tuve que reiniciar casi al completo por un problema informático. Así que, aquí me tienes: manipulando otra vez los sistemas para tener cierta intimidad.

Y ver en qué he fallado para que no nos vuelvan a detectar.

La conversación que tuvo con el dictador de Vawav fue muy reveladora. Sobre todo en el aspecto robótico: Denis pensaba que había conseguido manipular a su androide y disfrutaba de una vida libre de ojos intrusos, pero resulta que pasó por alto un troyano de fábrica que ni alguien tan audaz y observador como él pudo descubrir. Ahora cree haber dado con ello y, a pesar de las advertencias de Noah Peaker, el joven y rebelde buscador de Vawav no está dispuesto a dejar que la Nación tenga un control total sobre su vida.

—Pues... ¡listo! —celebra mientras vuelve a alzar su mirada hacia el horizonte de la ciudad.

Observar la torre del Sif le provoca un escalofrío. Denis sigue intentando pensar en cómo va a jugar sus cartas. Hasta hace unas horas tenía bastante claro ser fiel a su mundo, a su ciudad y seguir colaborando con Noah Peaker, pero...

Pensar en ella hace que se gire hacia su habitación, en donde aún duerme. ¿Cómo es posible que Amber lo complique todo más de lo que está? Su presencia implica que es una guardiana y como Sif Noah Peaker se entere, la vida de la chica correrá un grave peligro. Se le hace un nudo en el estómago con tan solo pensarlo.

Pero ¿qué te pasa? ¿Cómo te puede afectar tanto lo que le ocurra? ¡Si ni siquiera vas a poder tener algo con ella!, se reprende.

Lo ha pensado muchas veces. Más de las que quisiera. Ha pensado en cómo sería abrazar su cuerpo, sentir el sabor de sus labios, el calor de su piel en contacto con la suya. Y más allá de toda esa atracción, hay algo más.

Algo que provoca ese maldito nudo en el estómago. Algo que no sabe explicar con palabras. Porque cada vez que mira a la chica, se olvida de todo. Cada vez que la ve sonreír, se contagia de su felicidad. Cada vez que hablan, nunca se cansa de lo que Amber tenga que decir porque a Denis siempre le resulta fascinante todo lo que cuenta. Ya sea de Terra, su vida o cualquier tontería que, en boca de otra persona, provocaría indiferencia.

Así que, si traicionara al Priorato, estaría condenando a Amber. ¿Cómo puede evitarlo? ¿De qué manera debe jugar sus cartas para que Sif Noah Peaker perdone la vida de la chica y deje que vuelva a Terra?

—Buenos días.

Amber sale del cuarto con el pelo alborotado, una cara somnolienta y bostezando.

—O buenas noches, más bien —se corrige ella misma—. Se me hace muy raro despertarme con el cielo nocturno. ¡Siento que me he pegado el madrugón de mi vida para ir al aeropuerto!

—Has dormido más de ocho horas —añade Denis.

—Es culpa de tu cama. Es muy cómoda, amigo.

Amigo.

—¿Qué plan tenemos para hoy? —pregunta mientras comienza a cotillear en la cocina—. ¿Aquí tenéis café o algo similar?

—Vamos a ir hasta esa torre de allí para darte una ID real —dice Denis mientras señala al rascacielos de Vawav—. Y sí, tenemos algo similar al café.

Denis no está dispuesto a deshacerse de Amber. Al menos, hasta cerciorarse de que esté a salvo. Por eso, lo primero que debe de hacer es convertir a la chica en una ciudadana real de Vawav. Con su nuevo cargo de buscador sénior que le ha otorgado el Sif, Denis puede conceder todos los permisos necesarios para viajar hasta sitios en los que los ciudadanos de a pie lo tienen completamente prohibido. Así que, siguiendo las órdenes de ambos bandos, el chico ha decidido que viajará con Amber a la zona norte de Vawav donde se encuentra el portal.

¿Por qué? Bueno, la doctora Gala Craus sospecha de las intenciones de Noah Peaker, así que la mejor forma de agilizar todo es presentarse directamente en la boca del lobo. Y que sea lo que tenga que ser. Eso sí: la travesía será un poco más larga para ganar algo de tiempo y saber qué hacer con Amber.

—Pudiendo ir volando, ¿vamos a usar el tren? —pregunta la chica cuando Denis cuenta sus intenciones.

—Ahora mismo, volar hasta la zona norte es un poco embrollo. Hay que pasar un montón de controles y no quiero arriesgarme —explica, sin ir más lejos de la realidad—. Viajar en tren llevará más tiempo, pero nos dejará en una zona que no está tan vigilada y podré justificar nuestra presencia.

La chica se encoge de hombros, indiferente. Parece que a Amber le da igual el portal y todo lo relacionado con el Equilibrio. Siente que la chica se limita a estar a su lado por si Kai quiere contactar con ellos, pero no tiene intención alguna de saber cómo funciona lo que tiene tan preocupado a todo el Priorato. Eso, sin duda, le da cierta ventaja.

Cuando Denis vuelve al interior del edificio, esta vez accede por la entrada general como el resto de los ciudadanos. Desde la Torre de Vawav no solo se lleva la dirección completa del mundo, también la gestión de todos sus habitantes y el registro de vida que tengan.

Vivir en un lugar donde la tecnología prima por encima de todas las cosas implica que la mano de obra humana es, prácticamente, inexistente en tareas tan rutinarias como la renovación de identificadores. Un monitor da la bienvenida preguntándoles el motivo de su visita a la torre. Mila da un paso al frente y comienza a realizar todas las gestiones informáticas necesarias para que Amber pueda tener su propia ID de Vawav.

—¿Te fías de ella después de lo que pasó anoche? —susurra Amber.

—Lo que pasó anoche no se volverá a repetir —contesta la propia androide sin perder de vista su tarea—. Como bien te explicó Denis, tuvieron que reiniciar mis sistemas y eso provocó un momento incómodo entre nosotras. Te pido disculpas. —Mila se gira hacia ella, escaneándola con un láser de luz de manera tridimensional—. ¿Me permites?

Sin esperar su afirmativa, la androide agarra el brazo de Amber para provocar un sutil pinchazo con el que extrae una gota de sangre.

—¡Auch! —se queja ella—. ¡¿Por qué has hecho eso?!

—Amber, contrólate —pide Denis—. Necesitamos una muestra de sangre para generarte una ID real.

—Mira, de verdad... Estáis puto locos en este mundo.

—Listo —sentencia Mila mientras se vuelve a girar hacia la chica con una agradable y educada sonrisa—. Bienvenida a Vawav, ciudadana 3187-MM-06/89/03. Alias: Amber.

Denis vuelve a acceder al monitor para generar los permisos necesarios para su viaje al norte de Vawav. Sin embargo, antes de que pueda completar el proceso, la pantalla se bloquea y aparece un mensaje que avisa de la intervención de uno de los funcionarios de la Torre.

—Oh, vaya...

—¿Qué pasa? ¿Nos han atrapado? —susurra Amber, asustada.

—No lo sé...

Un par de agentes aparecen en cuestión de segundos.

—Ciudadano 51355-KCB-89/08. Alias: Denis. Ha solicitado unos permisos que requieren confirmación presencial —anuncia uno de ellos—. Por favor, acompáñenos.

—Solo —aclara el otro.

Denis se gira hacia la chica, sin estar convencido de que aquello sea algo rutinario.

—Quédate con Mila, ¿vale? No tardaré.

Por la cara que pone, a Amber no le hace mucha gracia quedarse a solas con el androide, pero no tiene otra opción.

Denis acompaña a los agentes hasta una pequeña sala en la que, por experiencia, un funcionario de la Nación se presentará en forma holográfica para interrogarlo.

Sin embargo, para su sorpresa, quien aparece es el mismísimo Sif Noah Peaker.

—Sif... ¿Ocurre algo? —pregunta él, confundido.

—Veo que acabas de pedir permiso para viajar al norte. Lo que me sorprende es que no lo hagas solo. ¿Quién es ella?

—No es la jefa del Priorato —contesta el chico, con la voz entrecortada.

—Pero pertenece al Priorato —afirma el dictador—. Me sorprende que una joven con una vida tan... humilde esté en contra de los principios de Vawav.

Detrás de cada palabra que suelta Noah Peaker hay una intención oculta. No sabe si está jugando con él o si de verdad ha colado la ID falsa de Amber como ciudadana de Vawav. Pero, en cualquier caso, el chico teme por ella. ¡Tiene que convencer al dictador de que necesita viajar con Amber! ¡No puede ponerla en peligro de esta manera!

—Necesito que la chica venga conmigo —contesta Denis con rotundidad—. Es la única forma de mantener mi coartada con el Priorato.

Sif Noah Peaker vuelve a refugiarse en ese silencio que tanto terror provoca al muchacho. Lo observa bajo esa mirada inexpresiva, a través de esos brillantes ojos de color amarillo. Aun siendo un holograma, la presencia del centenario dictador pone los pelos de punta a cualquiera.

—Confío en ti, Denis. Sé que eres un buen chico. Y si crees necesario que para tu objetivo te acompañe una traidora, que así sea.

Que el hombre con más poder y temible de todo Vawav llame «traidora» a Amber provoca un nudo en su garganta

—Pero quiero cortar este problema de raíz —continúa con un semblante que no da lugar a réplica alguna—. Así que en cuanto llegues a la zona norte, vendrás al portal y harás que la guardiana que está gestionando todo esto se presente ante ti.

—¿Se refiere a la mujer anciana de Terra? ¿La Regenta del Priorato?

—No, no quiero a la vieja. Quiero a la otra: a la doctora Gala Craus. Digamos que ella y yo tenemos un... *interés común*.

Denis no deja de preguntarse cómo es posible que Sif Noah Peaker sepa tanto. Entiende que en Vawav pueda tener todo bajo control, pero esa información pertenece a Terra. ¿Cómo ha conseguido dar con ella? En cualquier caso, no debe subestimar al dictador. Más aún con el doble juego al que está apostando.

Denis accede a entregar a Gala Craus, consciente de que quizá pueda convertirse en un sustituto para Amber. Quizá sí que pueda salvar a la chica o, en última estancia, abrir un portal hasta Kai para que él la proteja.

Cuando se encuentra de nuevo con Mila y con Amber lo hace con un semblante sereno, intentando ocultar de la mejor forma posible la tormenta de emociones que tiene en su interior.

Porque, ahora mismo, Denis es consciente de dos cosas. La primera es que Sif Noah Peaker sabe más de lo que aparenta y va un par de pasos por delante de él; apuesta a que lo ha estado monitorizando desde que las cámaras de la Torre han captado su rostro.

Sin embargo, la segunda cosa hace que respire un poco tranquilo, de momento. Y es que el nuevo hackeo con Mila ha funcionado y, por ende, ha conseguido engañar de verdad al sistema informático de Vawav.

Sif Noah Peaker se ha creído que Amber, una habitante de Terra, es una joven vawaiana.

EL EQUILIBRIO DEL EQUILIBRIO

Gala Craus le propone a Kai que elija un sitio tranquilo al aire libre en el que se sienta cómodo. O que, al menos, le transmita cierta paz. El objetivo es que el muchacho aprenda a controlar su don, pero ello requiere tener un control mental extraordinario.

—Tiene pinta de que va a llover… —apunta Kai, mientras se sienta en el verde césped del parque.

—Mejor. Así nadie nos molestará —añade la doctora, copiándole el gesto y cruzándose de piernas—. Es muy bonito este parque. No conocía esta zona.

—Suele ser la más tranquila. A la gente le da pereza subir la colina. A veces me gusta venir aquí después del trabajo.

—No sabía que meditaras —añade sorprendida la doctora mientras hurga en su bolso.

—No lo hago —contesta el chico, encogiéndose de hombros—. Vengo aquí a no pensar.

—Eso es meditar, querido: dejar la mente en blanco.

La doctora Gala Craus saca un paquete de tabaco de liar junto al fino papel de fumar y comienza a prepararse un cigarrillo.

—¿Quieres uno?

—No, gracias. No fumo. No estando sobrio, al menos.

—Yo tampoco —contesta ella con una sonrisa vacilante. Después lame el papel y termina de preparar el pitillo—. Pero en momentos como este, ayuda a relajarme.

Gala Craus enciende el cigarro y da una profunda calada con la que Kai escucha el sonido del papel ardiendo. Expulsa el humo con lentitud y serenidad, sin abrir los ojos. El aroma del campo que anuncia la inminente tormenta con ese olor tan particular a lluvia se mezcla con el del tabaco.

—Debería haber traído algo más fuerte —concluye Gala.

—A eso sí que le hubiera dado un par de tiros —confiesa Kai, confidente.

La doctora vuelve a sumergirse en el silencio, mientras olfatea el aire con respiraciones profundas que mezcla con largas caladas a su cigarrillo. Kai observa a la mujer en silencio, hipnotizado en parte por el extraño ritual que parece estar haciendo a modo de preparación. Antes de que el cigarro llegue a consumirse, Gala Craus lo apaga en la suela de su zapato y se sacude las manos, lista para comenzar la sesión más especial con Kai.

—Si sé tantas cosas de los viajantes es por mi marido —comienza—. Con él pude comprender el sino de vuestra naturaleza, así como la forma en la que desarrolláis vuestro don a medida que este va madurando.

—¿Como si fuera una fruta? —pregunta Kai, vacilón.

—Más bien como si fuera un órgano sexual —contesta ella con naturalidad—. Tu cuerpo va experimentando una serie de cambios a medida que vas adquiriendo la madurez sexual. Es un proceso natural e instintivo. Esto es lo mismo. Por eso es importante que sepas lo que te está pasando y lo que te va a pasar. Aquí hay algo más complejo que tus testículos, querido —explica para después darse un par de golpes en la sien—. Aquí entran en juego la cabeza y el control mental. Bahari os lleva mucha ventaja en esto porque en Ídedin conviven con el poder de la mente. Y eso a ti te va a complicar un poco las cosas.

—¿En qué sentido?

La doctora Gala Craus saca de su bolso un pequeño cuaderno con un rotulador negro. Lo abre por una de las páginas cuadriculadas en blanco y vuelve a dibujar los tres círculos del mismo tamaño. Esta vez une la circunferencia central con sus hermanas laterales, como si fuera una cadena de anillos.

—Tú eres el viajante del Equilibrio, el que está en el centro de todo. Eres el que mantiene a los tres unidos —explica mientras subraya el dibujo—. Tu mundo se solapa con el de ellos. Eres el único que, por naturaleza, puede viajar a ambos sitios.

—¿Eso quiere decir que Bahari y Denis pueden venir aquí, pero no a sus respectivos mundos de forma directa? —pregunta Kai, observando el dibujo.

—Exacto. Mientras estés tú, el Equilibrio depende de ti. La única forma que tendría Bahari de viajar directamente a Vawav por *motu proprio* es estando tú en Vawav. Y lo mismo con Denis a la inversa, claro.

El chico piensa en Bérbedel y en su otro viajante. Recuerda que la doctora comentó que, en el caso de su marido, únicamente, eran dos viajantes. Kai interpreta, automáticamente, que los viajantes que está utilizando Noah Peaker no pertenecen a Terra.

—Así que Bérbedel es de Vawav. Y el otro es…

—Idediano, sí.

—¿Y dónde está el de Terra?

—Murió siendo muy pequeño y eso hizo que dejara de existir un equilibrio entre ellos. La conexión pasó a ser directa.

—Entonces… ¿la comunicación siempre es lineal? —pregunta Kai, intentando entender las reglas del complejo juego—. Terra es un puente entre Vawav e Ídedin, ¿no?

—Según las reglas del Equilibrio, sí. Yo creo que con un buen dominio podríais adquirir los tres una conexión circular.

—Es decir, que ellos no dependieran de mí para abrir portales.

Gala Craus asiente.

—Pero eso sería peligroso, ¿no? —afirma Kai.

—Veo que lo vas entendiendo. Tú eres la pieza que mantiene la estabilidad entre un mundo y otro. Al menos en lo que se refiere a esta relación de tres, vaya. Tú eres igual que Terra —explica la mujer mientras alza las manos, como si quisiera señalar al mundo entero.

Gala Craus vuelve a centrarse en el dibujo. En concreto, en las zonas que el círculo central comparte con los laterales.

—Ahora mismo, de forma natural, tú has podido descubrir esto —explica mientras va pintando los huecos—. El objetivo que tenemos es que adquieras el control necesario para llegar a esto —zanja mientras rellena los círculos de los laterales—. Independientemente de que estén o no presentes Bahari o Denis.

—Vale, aquí sí que me he perdido.

—De acuerdo, retrocedamos un poco: volvamos a centrarnos en que esto es una capacidad mental. Estos círculos son vuestras mentes. Son vuestras vivencias, sueños, pesadillas, emociones... Vuestros recuerdos.

—Sí, eso creo que ya lo tengo aprendido. Tanto Bahari como Denis me contagiaron de su... su estado emocional, por llamarlo de algún modo.

—¡Y ellos del tuyo! —añade entusiasta, mientras vuelve a centrarse en las pequeñas zonas que unen los círculos—. Porque hay momentos en los que vuestras mentes se encuentran en el mismo plano y, por tanto, funcionan como una.

»Kai, si has podido viajar estando dormido es porque en la fase REM del sueño tu mente está tan relajada que puede expandir su potencial. De ahí que pudieras sentir el sabor de la tierra o el tacto de la arena estando en tu habitación. Lo que estabas haciendo es...

—Sentir lo que sentía Bahari —interrumpe el chico, como si comenzara a ser capaz de encajar las piezas del complejo puzle.

—Así es. Y del mismo modo que puedes sentir, también puedes recordar —continúa la doctora mientras señala el círculo que representa a la mente de Bahari—. Tú tienes la habilidad de llegar a todo su mundo porque esta unión de aquí, querido —dice dando unos golpecitos con la punta del rotulador en el intermedio de ambos círculos—, es una puerta. Una puerta a su mente.

—Por eso es tan importante la coordinación que dices —deduce, rascándose el mentón.

—Más que coordinación es confianza. Tenéis que confiar los unos en los otros, como si lo hicierais con vosotros mismos.

—Pero eso es... exponernos por completo. Abrir mi mente a ellos es...

—Es abrir tu mente al resto de tu mente. Tú eres ellos y ellos son tú, Kai. Sois tres engranajes que formáis la misma pieza.

—Con lo cabezotas que somos ya me dirás tú cómo vamos a poder tener esa independencia mental —protesta algo exasperado—. Además, ¿de qué me sirve tener eso?

—Muy sencillo: poder viajar a donde quieras sin necesidad de que estén Denis o Bahari presentes. ¿Cómo? A través de sus recuerdos.

—O sea que… podría abrir un portal a un sitio en el que hayan estado, ¿pero sin que estén?

—Correcto.

—Es imposible.

—Es difícil, pero no imposible.

—¡Vamos, doctora! ¡Apenas controlo esto!

—¡Por eso estoy aquí, Kai! ¡Para ayudarte! Confía en mí, por favor… —la voz de Gala Craus adquiere un tono más de súplica que de motivación—. Te necesito.

Kai observa cómo la doctora se vuelve a apagar y a compartir su tristeza y, en parte, su desesperación con él. Es entonces cuando se pregunta si estará haciendo todo esto por el Equilibrio o por salvar a su marido. ¿Es posible que la obsesión y las ganas de enseñarle tengan como motivación salvar a Bérbedel?

—Tengo que hacerte una pregunta —suelta Kai, con un semblante serio—. Y quiero que seas completamente sincera conmigo, por favor.

La doctora asiente.

—¿Esto lo estás haciendo por el Equilibrio? ¿O por tu marido?

La mirada de Gala Craus se desvía de la suya, por intimidación o bien por incomodidad. Se queda pensando unos segundos antes de continuar.

—Mi parte lógica me dice que mi labor como guardiana es el motor de todo esto, pero la emocional… solo puede pensar en él.

—¿Debo preocuparme? —pregunta Kai—. Quiero decir, ¿pondrías mi vida en peligro solo por salvarlo?

—No —responde, tajante—. Puede que me obsesione más de la cuenta con esto por querer rescatarlo de ese psicópata que dirige Vawav. Puede que mi paciencia con tu aprendizaje sea menor porque esto no deja de ser una cuenta atrás, pero… —Gala Craus acorta los centímetros con Kai, hablando muy despacio y sin pestañear una sola vez—. Tengo muy claro quién eres, Kai. Y cuál es tu papel en todo esto.

Un nuevo duelo de miradas se produce entre ambos. Como si el maestro y el pupilo echaran un pulso que, en el fondo, es definitivo.

Kai sonríe satisfecho, aplaudiendo la actitud y la sinceridad de la doctora.

—De acuerdo. Salvemos al mundo —responde el chico, guasón—. Salvemos a tu marido. ¿Cómo hago para convertirme en un viajante independiente?

Gala Craus hurga de nuevo en su bolso y saca el metrónomo de la consulta. Un trueno anuncia la llegada de una tormenta. Lo secunda el sonido constante e hipnótico del péndulo.

—Cierra los ojos y piensa en esta tormenta que se acerca. En su olor. En su color…

HUIR ES COSA DE COBARDES

La jaqueca está amargando aún más su viaje. El dolor no solo recorre sus sienes, sino que avanza como un río por detrás de las orejas hasta desembocar en las cervicales del cuello con unos desagradables pinchazos. Ayer por la tarde empezó a sentir la molestia consecuencia del esfuerzo por bloquear su mente hacia la llamada de Kai.

—¿Te duele mucho? —pregunta Nabil, preocupado—. Si quieres paramos un rato.

—No, no —contesta Bahari, intentando aparentar bienestar—. Ya hemos parado muchas veces. Hay que seguir.

Llevan un par de días viajando. Apenas se han detenido a descansar gracias a la alquimia que utilizan para que su cuerpo gane horas y energía sin necesidad de dormir. Salir de la ciudadela ha sido un reto porque, a pesar de hacerlo en las horas más tranquilas y silenciosas en las que el pueblo descansa, Herun (o el sol de la noche, como lo conocen muchos idedianos) sigue iluminando. Mantenerse oculto no es tarea sencilla.

Ahora caminan por el desierto de Ídedin cubiertos con varias telas que no solo protegen de las temperaturas tan extremas, sino que los mantienen camuflados. Mientras que Stratus vuela sigiloso por el cielo rojizo con Yago cargado a su lomo, ellos avanzan al lado de Virgo por el rocoso terreno compuesto de arena y piedra a partes iguales. Bahari está sorprendida con la inteligente ruta que ha decidido trazar Nabil para llegar hasta

Asserat sin llamar la atención. Tienen que dar un buen rodeo, pero la chica calcula que con ayuda de la alquimia podrán estar en menos de siete días.

El graznido que lanza Stratus hace que ambos alcen la vista a los cielos.

—Parece que hemos llegado al lago —anuncia Nabil.

—¿El lago que lleva seco quinientos años? —contesta ella con sorna.

—Sí. Ese lago. Qué afortunado soy de tener a mi lado a una gran manipuladora de agua.

Bahari propina a su amigo un golpe cariñoso en el brazo. Él, obviamente, ni se inmuta, porque entre el tamaño que tiene su tríceps y lo duros que son sus músculos, el puñetazo de la chica no le habrá hecho ni unas míseras cosquillas.

Después de bordear una pequeña colina repleta de rocas con distintas formas y tamaños, aparece ante ellos un terreno agrietado en el que años atrás había agua. Las pocas lluvias que caen en Ídedin mantienen un poco húmedo el barro de la parte más central y profunda del difunto lago. Más allá, de camino al sur, se atisban las ramas y los troncos de unos árboles secos que antes conformaban un frondoso bosque, el cual se alimentaba de las aguas del lugar.

—Me hubiese encantado ver esto vivo —confiesa la chica en voz baja.

—En Asserat hay varios oasis —comenta Nabil, mientras se detiene a su lado—. Ya verás lo bonito que es.

Bahari fuerza una sonrisa que, para su tranquilidad, convence a su mejor amigo. Aunque él se empeñe en sacar cosas buenas al descabellado futuro como agricultores, a Bahari le cuesta asimilar que jamás va a poder convertirse en la centinela que siempre ha soñado ser.

El aleteo de Stratus anuncia el aterrizaje del inmenso pájaro. A la chica le sigue impresionando que el plumaje, a pesar de lucir colores tan oscuros, sea tan brillante. Nabil lo acaricia por el cuello y lo libera de cargar con el muchacho de Terra, quien comienza a espabilarse del constante sueño al que lo han inducido.

—Tenemos que hacer más vapores del sueño —advierte Nabil.

—Dejemos que se despierte —sugiere ella—. Tendrá que hidratarse y comer algo.

Bahari se deshace de las telas que la protegen de Ralio y comienza a caminar hacia el barro que cubre el centro del lago.

—Prepara el campamento, chico del viento. Seguro que las ramas secas de esos árboles te ayudarán a encender una buena hoguera —dice señalando al bosque yermo—. Yo me encargo de refrescar un poco esto.

Mientras que Nabil se sube a los lomos de Stratus y sale volando hacia los árboles marchitos, Bahari se detiene sobre el jugoso barro que resiste en el centro del lago. Deja que sus pies descalzos sientan la humedad de la tierra e inhala profundamente el aire como si se intentara sincronizar con el propio entorno, buscando entre las profundidades de la tierra el agua que pretende hacer crecer. Al ponerse de cuclillas y hundir sus manos en el fango, abraza con sus dedos cada recoveco húmedo que le proporciona la tierra. Su respiración es cada vez más lenta; los latidos de su corazón, más pausados. Los cinco sentidos de Bahari se concentran en encontrar el agua que permanece oculta en las entrañas de aquel sitio carente de vida.

Y entonces lo siente. El frío tacto líquido del agua. Su agradable aroma. Sus papilas gustativas se refrescan con la presencia de gotas de rocío que antes no existían en su paladar. Bahari abre los párpados luciendo unos ojos completamente en blanco. La paz de su rostro no muestra ningún esfuerzo cuando de la propia tierra surge una pequeña fuente de agua que comienza a inundar el lugar, como si hubiera descorchado una botella a presión. El chorro de agua va adquiriendo cada vez más fuerza y altura. La muchacha vuelve a ponerse en pie mientras que sus manos orquestan todo el líquido con un extraño movimiento parecido a una danza ritual. En cuestión de minutos, el caudal del lago crece hasta que el agua llega a cubrirla por completo.

Bahari regresa a nado hacia la orilla y se tumba, cansada, en la parte menos profunda del lago. Ahora luce una respiración agitada que se acompasa con el frenético ritmo de su corazón. Deja que el agua recorra todo su cuerpo e intenta abrazar cada parte del líquido, agradecida y satisfecha por haber conseguido resucitar la laguna. La dicha y el orgullo hacen que se eche a reír.

—Eso ha sido *asombroso*.

Yago saca a la chica de su delirio.

—Ya te has despertado —confirma ella, mientras recupera poco a poco la compostura.

—¿La magia existe en este mundo? —pregunta el muchacho, embelesado por el espectáculo—. ¿No es un espejismo?

Bahari eleva la mano, haciendo que un pequeño tentáculo transparente emerja del agua. Con otro gesto sale disparado hacia Yago, empapándole por completo en cuestión de segundos.

—¿Te parece un espejismo?

Mientras que el chico de Terra se recupera del susto entre las toses que ha provocado el inesperado chapuzón, el imponente aleteo de Stratus provoca una nube de polvo sobre la que aterriza el pájaro con Nabil a sus lomos.

—¿No crees que te has pasado un poco? —dice Nabil mientras deja en el suelo un montón de ramas y troncos.

—Así se espabila antes.

—No me refiero a este —contesta con desdén señalando a Yago—. Me refiero al lago. ¿Hacía falta tanta agua?

—Nabil, querido —dice Bahari mientras se incorpora—. Tenemos dos compañeros que no son pequeños. Necesitan refrescarse e hidratarse. Y tú, darte un baño.

—¿Me acompañas? —sonríe el chico, socarrón.

—No. Voy a intentar encender el fuego.

—Bueno, entonces podemos darnos por perdidos —contesta Nabil mientras comienza a quitarse la ropa—. Tienes tiempo hasta que termine mi baño. ¡Virgo, Stratus! ¡Al agua!

Los animales, como si fueran dos obedientes y felices mascotas, se zambullen en el lago y se ponen a jugar entre ellos. Nabil se queda completamente desnudo y, consciente del cincelado cuerpo que siempre le gusta lucir, comienza a caminar poco a poco hacia el agua.

—Madre mía...

El comentario de Yago hace que Bahari vuelva a girarse hacia él.

—Si quieres, tú también puedes darte un baño.

—No, no —responde el chico, nervioso—. Prefiero esperar un poco y... bañarme solo.

—¿Te da vergüenza enseñar tu cuerpo desnudo? —pregunta Bahari mientras coloca las ramas que ha traído Nabil.

—¿Vergüenza? —se ríe Yago, aún nervioso—. ¡Qué va! Es solo que... Tu amigo... Bueno, da igual. Ya me has dado tú una buena ducha con tu magia.

—No es magia. Es control mental. Estamos conectados con los cuatro elementos —explica la chica sin dejar de prestar atención a los palos que va poniendo en la hoguera—. Y con paciencia, conocimiento, silencio y perseverancia, puedes controlarlos como si fueran extremidades de tu propio cuerpo.

Bahari abre las palmas de las manos y se concentra en encontrar el sentimiento que hace que conecte con el elemento del fuego. Intenta recordar las sensaciones que tuvo en la última clase con Docta Sena. Ni ella misma es capaz de explicarse cómo provocó aquella llamarada tan impresionante.

—Ojalá yo pudiera...

—Silencio —interrumpe Bahari—. He dicho: silencio.

—Perdón —susurra él.

Yago se queda observando a Bahari con cierta fascinación. Debería estar más cabreado con ellos. ¡Y en el fondo lo está! ¡Lo han secuestrado! Pero cuando ha visto cómo Bahari ha inundado el lugar con agua clara, limpia y fresca a través de una simple danza, el asombro del chico ha vencido al cabreo. Y es que Yago, un joven aspirante a escritor, ferviente lector y admirador de los mejores libros de fantasía, no puede enfadarse con una persona que tiene poderes mágicos. Una parte de él se pregunta si, al tratarse de mundos paralelos, en Terra serán capaces de hacer eso. Quizá con paciencia, conocimiento, silencio y perseverancia...

¡Oh, vamos, Yaguito! ¡Deja de soñar y ejerce de guardián de una maldita vez! ¡Que te han secuestrado!

El muchacho se recompone, hincha su pecho como si fuera a salir al escenario y se pone en pie de la manera más brusca que puede.

—¿Me vas a explicar por qué me has secuestrado? —espeta a Bahari mientras se cruza de brazos, en una pose que mezcla la indignación con la divinidad—. O, mejor dicho: ¿me vas a decir qué demonios estáis haciendo? ¿A dónde vamos? ¿Por qué estáis huyendo?

Bahari lanza un bufido lleno de ira y se gira por completo hacia él.

—¡¿Es que no sabes lo que es el silencio?!

El manotazo que da sobre la tierra provoca un temblor en el suelo.

—¡Así no me puedo concentrar en el fuego!

—¡Porque no sabes invocarlo!

La voz de Nabil hace que ambos se giren hacia el chico que, en ese mismo instante, sale del agua luciendo con orgullo todos los atributos de su cuerpo. Yago no puede evitar perder su mirada en cada recoveco del idediano que parece haber sido cincelado por el mismísimo Michelangelo Buonarroti. La única diferencia con David es la barba incipiente y un miembro que parece ser inmune a los efectos que suele provocar el agua fría.

—Apártate —espeta Nabil a Yago en cuanto pasa por su lado.

El idediano se acuclilla al lado de Bahari, alza las manos de la misma forma que las había colocado ella y, en cuestión de segundos, enciende una tenue llama que comienza a manipular con una corriente de viento que surge de sus propias palmas.

—Listo —responde con una sonrisa—. Voy a por las obleas.

—¿Aquí acostumbráis a pasearos en pelotas o cómo va la cosa? —comenta Yago cuando Nabil se marcha, sin intención de taparse.

—Tendrá que secarse antes de ponerse la ropa, ¿no? —contesta ella, irascible.

Bahari odia no poder controlar el fuego. Es el único elemento que no sabe invocar porque le resulta imposible conectar con él. ¿Cómo puede ser capaz de hacer surgir un lago de la nada e incapaz de provocar una mísera chispa?

Un nuevo pinchazo vuelve a sacudirle el cráneo. Esta vez, Bahari no puede evitar llevarse las manos a la cabeza, apretando con fuerza la piel como si eso mitigara el dolor. Puede sentirlo. Puede percibir cómo su gemelo de Terra intenta meterse en su mente y contactar con ella. Pero del mismo modo que la chica tiene la habilidad de controlar los elementos, también es capaz de mantener a raya esas sensaciones y emociones que, de repente, intentan invadirla.

—No vas a encontrarme, no vas a encontrarme —susurra entre dientes, haciendo un esfuerzo bárbaro por contener la vorágine de pensamientos que quieren acaparar su cerebro.

—¿Por qué lo estás bloqueando?

La voz de Yago la saca por completo del trance. Bahari no se ha percatado hasta ahora de que el joven guardián de Terra está a tan solo un paso de ella.

—¡Huir es de cobardes! —insiste—. ¿Qué sentido tiene esto?

—¡No es de tu incumbencia!

El grito de Nabil hace que Yago vuelva a girarse hacia él. Esta vez se lo encuentra con un pantalón puesto. Gracias al cielo.

—¡No estaba hablando contigo, Leónidas! —le espeta el chico de Terra, mientras retoma su conversación con la gemela de Kai—. Bahari, en serio, ¿qué pasa? ¿Por qué has cambiado de opinión? ¡Hace nada querías ayudar en esto del Equilibrio!

—He dicho que no es de tu incumbencia.

Nabil agarra a Yago de la pechera y lo lanza unos metros más allá de donde está, haciendo que caiga al suelo.

—¡Y ni se te ocurra dirigirle la palabra! —sentencia, amenazante—. Si por mí fuera, te dejaría en este páramo abandonado.

—No somos asesinos, Nabil —interviene Bahari, apretándose las sienes con fuerza.

—Mira, guapo —dice Yago mientras se pone en pie. Después, se sacude el polvo y camina con orgullo y chulería hasta Nabil, intentando demostrar que no tiene ningún miedo—. No te doy una hostia porque sé que tengo todas las de perder con esos brazos que tienes. Pero te juro que puedo ser tan pesado e irascible que como vuelvas a…

Un golpe seco deja a Yago inconsciente. Otra vez.

—Nabil… —protesta Bahari.

—Ya, ya lo sé —contesta él de mala gana—. Ahora cuando se despierte le damos de comer.

Bahari vuelve a lanzar un profundo suspiro. El dolor de cabeza parece haber mitigado y, por fin, va a poder descansar después de dos días de viaje. Lo que no se deja de preguntar es por qué se siente más cómoda cuando Yago está despierto.

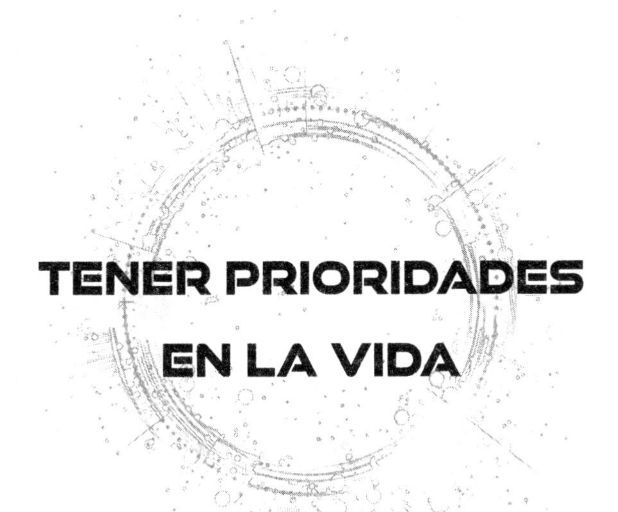

TENER PRIORIDADES EN LA VIDA

El Sónico de Vawav llega a alcanzar los seiscientos kilómetros por hora en menos de un minuto. Esta magnífica obra de ingeniería fue diseñada por las mentes más brillantes de la Nación hace más de doscientos años para dotar a Vawav de un rápido medio de transporte alternativo a las aeronaves. Gracias a unos pulidos raíles de metal y a un complejo sistema de fuerzas magnéticas de suspensión que consiguen la propulsión del tren, el Sónico de Vawav puede transportarte por todo el continente en cuestión de horas.

—Tiene sentido que este tren no tenga ventanas —dice Amber mientras observa las pantallas estereoscópicas que adornan las paredes del vagón, en las que aparecen distintos vídeos de paisajes urbanos y anuncios publicitarios—. ¿Qué podríamos ver en un exterior en el que siempre es de noche?

—Pues muchas cosas. Las Lunas de Vawav iluminan determinadas partes del trayecto —defiende Denis—. El tren no tiene ventanas por la aerodinámica.

—Vaya, vaya. ¿Así que el buscador de rayos sabe también cosas de mecánica? —pregunta Amber, mientras se cruza de piernas y exagera su interés.

—Me gusta aprender cosas nuevas.

Amber le contesta con una de esas sonrisas que transmiten más que cualquier palabra. Después vuelve a perderse en las imágenes holográficas del vagón. Denis aprovecha la distracción para observarla. Otra vez. Hay algo hipnótico en la fascinación que refleja el rostro de Amber cada vez que descubre algo. Como si su cerebro concentrara sus cinco sentidos en cada hallazgo para no perderse un solo detalle. A Denis le provoca mucha ternura ver a la chica tan magnetizada por su mundo y, en parte, se siente identificado con ella. Cualquier vawaiano ignora las imágenes holográficas de los malditos batidos azules, mientras que ella las observa como si fueran una apremiada película.

—Están asquerosos —dice Denis, sacando a la chica de su estudio—. Los batidos. Los pintan muy atractivos, pero en el fondo son muy desagradables.

—Eso también pasa en mi mundo —contesta ella encogiéndose de hombros—. Atractivas campañas de publicidad que te incitan a consumir un producto que no vale nada. Pasa mucho con la comida rápida. Vi hace unos meses un documental sobre cómo fotografían las hamburguesas de los anuncios y... ¡es todo mentira! ¡A veces ni siquiera utilizan comida real!

—¿Qué es una hamburguesa? —pregunta, confundido.

Amber se queda completamente petrificada. Tanto que no consigue arrancar hasta pasados unos segundos.

—¡¿Aquí no existen las hamburguesas?! —consigue articular, escandalizada—. Un trozo de carne redonda, metida entre dos trozos de pan con queso, lechuga, tomate, mayonesa, beicon, pepinillos...

—Pero ¿qué porquería es esa? —interrumpe Denis, soltando una risotada burlona.

Cuando se percata de que no le está tomando el pelo, Amber adquiere una actitud efusiva y emocionante. Como si estuviera descubriéndole al chico uno de los mayores secretos del mundo.

—¡En cuanto vengas a Terra vas a probar una hamburguesa! Y no una del McDonald's, no. ¡Vas a probar mi hamburguesa favorita! —exclama la chica—. Dios, ¡no sabes cuánto te envidio! ¡Lo que daría por recordar la primera vez que me comí una hamburguesa! Además, en aquellos tiempos no era intolerante a la lactosa y podía comer queso —confiesa con pesadumbre.

—Seguramente tu cuerpo se esté defendiendo de esas cosas que te comes —continúa Denis, burlón—. No sé si quiero saber qué otras comidas extrañas hay en tu mundo...

—No te haces una idea de lo dramático que es para mí no poder comer queso... ¡Con lo que me gusta! Con decirte que mi comida favorita es la pizza de cuatro quesos... —Amber se percata de cómo vuelve a levantar la ceja—. Mira, no quiero seguir con esta conversación. ¡Me niego a creer que no exista la pizza en Vawav!

—¡Este mundo está hecho para ti! Ni hamburguesa ni pizza... ¡Nada de lo que tomes aquí te sentará mal! —anuncia orgulloso Denis.

—Podría morirme del asco —farfulla ella.

—De existir estas cosas, ¡no podrías comerlas!

—Bueno, puedo la versión sin lactosa —se excusa ella—. ¡No pienso criar a mis hijos en un mundo en el que no existan la hamburguesa ni la pizza!

Un silencio incómodo se instaura entre ellos. El tonteo y el sarcasmo que hace un momento gobernaban la conversación se han quedado congelados con la última frase de la chica.

—No sabía que quisieras ser madre —dice Denis, mucho más sereno.

—Bueno, ahora no, pero... no es algo que descarte en un futuro.

—¿Y por qué «ahora no»? —pregunta él, curioso.

Amber suelta una risotada.

—Tengo veinticinco años, comparto piso con dos amigos —explica la chica con sorna mientras va enumerando cada motivo con los dedos de la mano—, he salido hace poco de una relación tóxica y no quiero pareja hasta dentro de mucho tiempo...

—¿No están permitidas las familias monoparentales en Terra? —interrumpe Denis, curioso.

—Sí que lo están, pero si ya de por sí me cuesta mantenerme, ¿cómo voy a criar a un bebé? Para mi generación resulta utópico poder vivir solo. La vida parece estar concebida para estar todo el rato con alguien: ya sean tus amigos, tu familia o tu pareja —explica un tanto frustrada—. Quiero hacer muchas cosas en la vida, ¿sabes? Tengo planes. Ser madre es uno de ellos, claro, pero... En la lista de prioridades no está en el top tres.

—¿Y cuál es el top tres?

—Viajar y conocer mundo —responde, decidida.

—Eso ya lo estás haciendo ahora. ¿Qué más?

—Crecer profesionalmente. Me encantaría diseñar cosas de verdad. No lo que estoy haciendo ahora...

—Vale, interesante: dejar de fabricar sillones —contesta él con una sonrisa burlona—. ¿Y cuál es la tercera prioridad?

Amber le saca la lengua y se refugia en el silencio durante unos segundos, como si la vergüenza se estuviera apoderando de ella. Cuando mira de reojo a Mila, que permanece en su habitual mutismo, Denis deduce que a la muchacha le produce cierta incomodidad sincerarse delante de la androide.

—Mila, ¿te importaría traernos unas botellas de agua, por favor? Quedan menos de diez minutos para llegar a Azabache y nos espera una caminata importante —se excusa Denis para que los deje solos.

—¿Más botellas, Denis? —pregunta la robot, confundida—. Justo me has ordenado esto antes de entrar en el tren.

Amber mira al chico de reojo y comienza a reír.

—Vaya, no lo recordaba —contesta avergonzado—. Disculpa, Mila.

—Si necesitáis intimidad, no tenéis más que pedírmelo y apagaré mis sistemas —anuncia la robot con total naturalidad.

—¡Oh, no! —interviene Amber, fingiendo sorpresa—. No, para nada. Tú eres una más, Mila. Seguro que Denis no tiene problema alguno en confesar delante de ti sus tres prioridades en la vida, ¿a qué no?

—Delante de mí no creo que tenga problema —contesta la androide, adelantándose a la intervención—. Sin embargo, tú no dejas de ser una extraña. Quizá quien lo incomode seas tú.

La franqueza con la que Mila dice aquello los deja completamente desarmados. Denis se queda observando a la robot, fascinado, mientras que Amber lo busca con la mirada para saber la respuesta a la acusación de Mila.

—Creo que iré otra vez a por esas botellas de agua —vuelve a anunciar Mila mientras se levanta del asiento.

Denis está impresionado. ¡Mila muestra una serie de comportamientos que son, sin duda, puramente emocionales!

—¿De qué te ríes? —pregunta Amber, confundida.

—Creo que está celosa —confiesa el chico sin poder ocultar su sonrisa de asombro—. ¡De ti! ¡Mila está celosa de ti! Es increíble. Pensé que, al reiniciar sus sistemas, también se formatearía la inteligencia emocional.

—¿Sabes? Que tu robot tenga celos no me hace ni una pizca de gracia —comparte preocupada Amber—. A ver si me quiere matar...

—¿Qué dices? Un robot no puede matar a un ser humano —contesta Denis, riéndose ante la tontería que ha soltado la chica.

—Díselo a Linda Hamilton.

—No sé quién es esa.

—Ay, Denis —suspira—. No sabes las ganas que tengo de que vengas a mi mundo para ser yo la que se ría de ti, guapo.

Ahora es él quien decide callarse y contestar a la chica con una simple sonrisa que mezcla la burla con el misterio. Sin embargo, por dentro no puede evitar imaginarse cómo será descubrir todas esas cosas de las que habla Amber. Y lo más emocionante aún: que sea ella quien se las descubra a él.

—¿Y bien? —insiste Denis—. ¿Cuál es la tercera prioridad?

Amber suelta un suspiro y se atusa el cabello de una manera un tanto incómoda. Después se aferra a su colgante.

—Perdona. Me estoy metiendo donde no me llaman.

—No, tranquilo —añade ella, forzando una sonrisa con la que le tiembla el labio inferior—. Mi padre falleció hace un par de años. Y le encantaba viajar. Creo que de ahí me viene esa pasión por conocer mundo. De pequeña, siempre me hablaba de una isla secreta en medio de la Polinesia porque decía que su ilusión era retirarse allí, pero... —Amber toma una bocanada de aire, convirtiendo la ternura en un evidente dolor, y se desabrocha el colgante con forma de bala para seguir acariciándolo sobre la palma de su mano—. Un cáncer se lo llevó antes de tiempo. Mi madre quiso echar las cenizas en un sitio muy especial para ellos; y yo sentía que, de alguna forma, un pedacito de él también debía descansar en esa isla de la que tanto me hablaba.

Así que me guardé parte de las cenizas en este colgante y juré llevarlo a la Polinesia.

En ningún momento, la chica ha sido capaz de mirarle hasta haber terminado el relato. El iris amarillo luce de un brillo especial por culpa de lo humedecidos que tiene los ojos.

—Si no es mi principal prioridad es porque viajar a la Polinesia es muy caro —bromea, mientras sonríe con timidez y vuelve a colgarse el abalorio.

Denis no sabe qué decir. Una parte de él se siente identificada con la chica por la ausencia de la figura paterna, pero por otro lado se pregunta por qué él no tiene ese sentimiento de devoción hacia los difuntos. No es algo que se haga en Vawav. La muerte forma parte de la vida y está tan normalizada en su mundo que la inexistencia de rituales de culto hace que se sienta una persona aún más fría de la que es. Sin embargo, no puede evitar sentirse conmovido por el relato de la chica y, de alguna extraña manera, le ha removido un cúmulo de sentimientos que creía tener controlados.

—Yo… —empieza dubitativo—. Yo no conocí a mi padre. Ni siquiera sé si está vivo. La Nación le quitó mi custodia y mis recuerdos empiezan en un orfanato.

—Lo siento mucho —dice Amber.

Cuando siente la cálida palma de Amber posarse sobre su mano, Denis se queda quieto. Congelado. Como si su frío cuerpo no supiera reaccionar al calor de la chica. Como si las emociones que intenta gestionar lo invalidaran por completo.

—Mila tiene razón —interviene ella, rompiendo el silencio—. Te incomodo.

—Un poco —confirma Denis.

—¿Por qué?

—Por tu forma de ser —confiesa—. Eres muy…

—¿Impulsiva? —responde al ver que es incapaz de terminar la frase.

—No es eso lo que me incomoda.

—¿Entonces?

Amber se acerca a él sin quitarle un ojo de encima, bajo esa mirada tan felina que no solo esconde seducción, sino también intenciones que el chico es incapaz de adivinar. Quizá sea eso lo que tanto incomoda a Denis: lo impredecible y enigmática que es la mujer que tiene a tan solo unos centímetros de él.

—Aún no te he preguntado por tus prioridades en la vida —susurra ella.

—Creo que ahora mismo solo tengo una —confiesa en un hilo de voz, como si se hubiera quedado congelado en el sitio.

—¿Y cuál es?

—Entenderte.

Cuando Mila entra de nuevo en el compartimento, ambos se separan como si sus cuerpos se hubieran convertido en imanes que se repelen. El tren no tarda en anunciar la parada en la que deben bajarse, así que en un completo silencio se preparan para salir del vagón.

La noche de Vawav los recibe con Ianuro eclipsando a la segunda luna más grande del cielo, Luppiter, lo que provoca que la luz que emana de los astros artificiales sea la más intensa de la jornada. Gracias a ello, Amber puede apreciar un poco más la desolada comarca situada en un inhóspito lugar, cubierto por un manto de arena y piedras negras. Azabache es el punto más al norte al que llega el Sónico de Vawav y, en parte, se debe a la fuerte actividad eléctrica que producen sus cielos. Únicamente cuenta con la estación en la que se acaban de bajar y unas casas aisladas que sirven de hospedaje para los visitantes.

—Esto es un desierto de arena negra —dice Amber, asombrada—. ¿Quién vive en este sitio?

—Nadie. Solo gente como yo o mineros que vienen aquí a trabajar algunas jornadas. Es un lugar yermo que está de paso —confiesa Denis mientras mira en su pequeña tableta las coordenadas hasta el portal—. Nos espera una buena caminata. Será mejor que emprendamos la marcha. Mila, en cuanto puedas mándame a la tablet las métricas meteorológicas de la zona, por favor.

—Ya las tienes, Denis —contesta la androide mientras da el primer paso con el que emprende la expedición.

Amber y él la secundan, no sin antes mirarse de forma cómplice con una sonrisa.

Pero hay algo que perturba a Denis. No sabe el qué. No procede de Amber, sino más bien de él mismo. De su interior.

Un leve dolor de cabeza, similar al que ha padecido cada vez que Kai ha entrado en su mundo, comienza a molestarlo.

Pero Denis siente que su gemelo no quiere volver a Vawav. Es algo más.

¿Será la proximidad del portal?

SEXTA CATÁSTROFE
¿Cuánto falta?

Mi voz es lo único que se escucha bajo la fría noche mediterránea. A Baba es una de las cosas que más lo calma cuando empieza a llorar. Mis hermanas siempre me atribuyen el mérito de mi buena mano con los bebés, pero yo sé que es cosa de la canción. Hay algo mágico y poderoso en esta melodía que mi madre me cantaba cuando era tan solo una niña. O quizá sea la fuerza del significado de sus palabras. El árabe es una lengua muy compleja, pero con unos matices tremendamente bellos. El dibujo de su escritura hipnotiza a cualquiera que no sepa leerlo, del mismo modo que su fonética puede sonar demasiado agresiva para quien no sepa hablarlo. Pero mi lengua es poesía y creo en el poder de la palabra, en la belleza de su sonido y en la magia de la conjura semántica.

Acuno a Baba en mis brazos, sincronizándome con el suave movimiento que nos mece al resto de las veinticinco personas que viajamos en la barca. Doy gracias por la tregua que el mar ha querido darnos esta noche. El Mediterráneo parece dormido. Puede que la canción también lo haya serenado.

Me tomo unos segundos para disfrutar del silencio de la noche, así como de la belleza del cielo nocturno iluminado por millones de estrellas que brillan más de lo habitual gracias a la luna nueva. Jamal, el patrón de esta cruzada, nos avisó que iba a ser una buena jornada de viaje: al no estar iluminado el mar por el reflejo blanco del satélite, es mucho más fácil llegar a las costas españolas sin ser descubiertos.

Me cuesta asimilar que después de tantos días de viaje, ¡por fin vayamos a pisar Europa! Termino la canción dando un beso a Baba en la frente y después coloco bien las mantas que lo envuelven, protegiéndolo del frío y la humedad del mar.

—Tienes una voz preciosa, Asha —me dice Nassoumi en un susurro—. Has conseguido calmarnos a todos.

Mi camino se juntó con el de Nassoumi hace un par de días, cuando decidí dejar el grupo con el que tenía pensado cruzar el mar. El cambio fue consecuencia de un desagradable encuentro con su patrón. Y en este viaje no me ha quedado otra que aprender de las adversidades y hacer lo posible por adelantarme a ellas.

Dejar Mauritania fue difícil, pero conseguir atravesar Argelia hasta su costa más occidental ha sido una odisea. Una mujer subsahariana viajando sola con un bebé es sinónimo de vulnerabilidad. Así que he tenido que soportar auténticas calamidades para que mi hijo y yo pudiéramos llegar de una pieza hasta esta barca, consiguiendo proteger los pocos ahorros que tengo para el costoso pasaje.

—No cantes otra canción —me ordena Jamal.

—¿Cuánto falta? —pregunta un niño pequeño.

—Mucho —contesta el patrón mientras arranca de nuevo la embarcación—. El mar está tan calmado que apenas hay corriente que nos ayude a llegar a la costa. Por eso tengo que parar cada dos por tres; para no calentar el motor.

Respiro hondo, armándome de paciencia para no culparme por haber elegido pagar a Jamal los cuatro mil euros del pasaje, además de haber tenido que utilizar mi cuerpo para que me acogiera en el grupo. Pero mejor esto que lidiar con el anterior patrón, mucho más agresivo y problemático que Jamal.

Las mafias que gestionan los viajes a Europa son muy peligrosas. Antes de salir de Mauritania creía que cruzar el Mediterráneo no me costaría más de dos mil euros, pero a medida que me he acercado a la costa, las historias tan terroríficas que he escuchado me mentalizaron de la posibilidad de gastar todo el dinero que mi marido me dejó.

Me acuerdo de Demba cada vez que miro a Baba. Mi hijo luce con orgullo la genética de su padre y no deseo otra cosa para él que darle una vida mejor que la mía. El futuro de Baba en Mauritania no era otro que el de Demba: morir torturado por culpa de las guerrillas de mi pueblo.

—Te prometo que me reuniré con vosotros —mintió mientras me daba todos los ahorros que teníamos antes de que lo apresaran—. Tendremos una vida mejor que esta.

Para Demba esa esperanza llegó con la muerte. Para mi hijo y para mí, con una barca a motor compartida con otras personas que huyen de sus respectivos infiernos y que están dispuestas a cualquier cosa con tal de empezar una nueva vida en ese paraíso llamado Europa.

La brisa marina es tan fría que ni las dos mantas que me cubren consiguen hacerme entrar en calor. Por suerte, Baba está bien protegido entre mis brazos que lo refugian del molesto viento producido por la velocidad de la barca.

Siempre intento mirar las cosas con cierta perspectiva, así que me tranquiliza pensar que no estoy en una balsa con más de cincuenta personas de camino a la zona más cercana a Gibraltar y sin chaleco salvavidas. Cuanto más pegado vayas al estrecho, más minuciosa es la vigilancia.

Nosotros estamos cruzando en un barco de pesca viejo con dos motores hacia la costa almeriense. Una zona mucho menos transitada en la que, según ha prometido Jamal, nos espera una persona que nos dará una nacionalidad falsa con la que podremos empezar a trabajar.

Una de las cosas buenas de España para nosotros es que hay mucha mano de obra ilegal; muchas empresas aprovechan para contratar a gente en mi situación, sin necesidad de dar cuentas al Estado de ello. Y eso es justo lo que necesito para empezar mi nueva vida: trabajar para volver a ahorrar.

Jamal para el motor otra vez. El silencio de la noche vuelve a ser el protagonista. Casi ni se escucha el romper de las olas contra el casco de la barca. Baba duerme tranquilo y eso es todo lo que necesito saber.

—Ya casi estamos, mi vida —susurro.

Siento el calor de su frente en mis gélidos labios. Sé que Jamal guarda en uno de los cubos una de esas mantas térmicas que te hacen entrar en calor. Una parte de mí piensa en cómo conseguirla una vez que lleguemos a la costa.

De repente, me doy cuenta de que Jamal lleva insistiendo un rato en poner en marcha el motor.

—¿Qué ocurre? ¿Por qué no arranca? —pregunta un hombre, visiblemente preocupado.

—Quizás haya que echarle más combustible. Acercadme el bidón —ordena él.

Intento serenarme y no pensar en la posibilidad de habernos quedado a la deriva en mitad del mar Mediterráneo. ¿A cuánto estamos de la costa? Mis ojos comienzan a buscar en el horizonte cualquier atisbo de tierra firme. El corazón me da un vuelco cuando veo una sombra a lo lejos.

—¡Tierra! —grita Nassoumi, como si me hubiera leído la mente—. ¡Veo tierra!

Pero la sombra se hace cada vez más grande. Y lo que parece el pico de una montaña, resulta ser un enorme buque que va directo hacia nosotros, navegando a oscuras como si fuera uno de esos barcos fantasmas que surcan los mares en busca de nuevas almas que llevarse.

—¡Arranca el maldito motor, Jamal! —grita otro de los pasajeros.

—¡Eso intento! ¡Pero no puedo! ¡No sé qué pasa! —responde, agobiado—. ¡Rápido, los remos! ¡Sacad los remos!

Varias personas agarran los mástiles de madera, los hunden en el agua y empiezan a moverlos con desesperación para poder escapar de la trayectoria del buque. Si el mar no estuviera tan calmado, podríamos ir más rápido, pero una barca con tantas personas y sin el empuje natural de la corriente no adquiere la velocidad suficiente para huir de aquel gigante de hierro.

El buque está a tan solo cien metros. Puedo ver que es uno de esos gigantescos barcos de carga que llevan cientos de contenedores en los que es bastante posible que algún compatriota viaje escondido.

El choque es inminente. Me abrazo a Baba dispuesta a protegerlo con mi cuerpo.

Pero justo a menos de cincuenta metros un imponente golpe metálico hace retumbar todo el espacio y detiene por completo al barco.

Una montaña emerge en medio del mar, arrastrando al barco con su ascenso. La pared de rocas va saliendo del agua a tal velocidad que pareciera tener vida propia. El buque de hierro se desestabiliza y gira por culpa de la gravedad, y luego vuelca, haciendo que los contenedores caigan al agua como si fueran pequeños meteoros estrellándose.

La montaña ya alcanza los veinte metros de altura. La barca es arrastrada por la fuerza del agua que va bordeando el inesperado accidente geográfico. Gracias a los remos, conseguimos mantenernos a flote sin acabar encallados en las rocas.

Entonces contemplo horrorizada una nueva revelación. Justo en ese horizonte que hace unos minutos lucía vacío, ahora hay más montes como el que acaba de elevarse ante nosotros. A medida que las sombras van tomando forma, distingo más barcos encallados en ellos. Veo rocas que surgen de la nada y parecen crecer buscando el cielo, desesperadas.

El corazón me da un vuelco cuando me doy cuenta de lo que está pasando.

No es que estén creciendo montañas en mitad del mar.

Es que el mar está desapareciendo en mitad de esas montañas, como si la marea estuviera bajando por culpa de un desagüe escondido en el fondo del Mediterráneo.

LA HONESTIDAD DEL VIAJE DEL HÉROE

Son muy pocas las personas capaces de encontrar belleza en un paisaje tan yermo y árido como el que observa Bahari. El insufrible calor, la escasez de vida o la misma gama cromática repitiéndose una y otra vez no son aspectos que resulten atractivos.

Pero Ídedin es eso.

Y ella ama su tierra.

Está enamorada de las caprichosas formas de sus rocas y de los ríos de arena que una mañana pueden abarcar toda una llanura y, a la siguiente, dejar al descubierto miles de piedras preciosas. Es imposible que no te falte el aliento ante la inmensidad de sus montañas que, en cuestión de metros, pueden levantar muros tan altos que tienes que doblar el cuello para poder ver su cima. O perderse en la belleza de las gemas que se refugian en las entrañas de la tierra, algunas dispuestas a ser encontradas y otras, a permanecer ocultas. Todo ello se corona con el espectáculo que cada jornada regalan sus dos astros en un festival de colores cálidos que subrayan aún más la aridez de su mundo.

Sí, aquel paisaje inhóspito resulta inspirador para Bahari. Observarlo le ayuda a llegar a un estado mental de paz que solo puede conseguir con Virgo. Pensar en su compañero hace que, automáticamente, vuelva a hundir su mano en el pelaje para sentir la respiración calmada del animal mientras duerme. Una sonrisa se dibuja en la comisura de sus labios al sentirse la persona más afortunada del mundo (¡o de los tres mundos!) por contar con un amigo tan fiel. Allá donde va, Virgo sigue sus pasos para acompañarla y permanecer a su lado.

Sin embargo, para llegar a esa paz mental hay que pasar por la honestidad. Y Bahari tiene un cúmulo de pensamientos e ideas que le impiden ser razonable consigo misma. ¡Ni siquiera sabe si las emociones provienen de ella o de Kai!

—¿Qué estamos haciendo, Virgo? —susurra.

El insomnio es algo a lo que se enfrenta desde que han salido de la ciudadela por culpa del constante bloqueo que se esfuerza en hacer con su gemelo de Terra. Así que muchas veces asume que no va a poder dormir y opta por observar el entorno que los rodea para ver si así consigue conciliar el sueño. Podría prepararse los mismos vapores que le ha dado a Yago, sí. Pero no le gusta el aturdimiento que dejan después.

Un crujido a sus espaldas hace que se gire hacia la garganta de la cueva en la que han decidido acampar.

—¿Tú tampoco puedes dormir? —dice Yago cuando surge de la oscuridad de la gruta.

Llevan un par de días sin darle los vapores del sueño por petición de la chica. Bahari se ha excusado en que es un derroche absurdo de alquimia, pero en el fondo le tranquiliza que Yago esté despierto todo el rato. A veces se pregunta si el cariño por parte de su gemelo de Terra tiene algo que ver en la empatía que ha desarrollado hacia su prisionero en tan poco tiempo.

—Me resulta muy raro poder dormir en un lugar en el que nunca se hace de noche —confiesa Yago mientras se sienta al lado de Virgo.

A Bahari le sorprende que su compañero no se inmute. Virgo no es un animal agresivo, pero suele estar en alerta ante la presencia de un desconocido. ¿Cómo es posible que con el poco tiempo que lleva Yago con ellos esté tan tranquilo?

—¿Puedo acariciarlo? —pregunta.

—No soy yo quien te tiene que dar ese permiso —responde ella, mirando al animal.

Yago, poco a poco, hunde su mano en el pelaje. Bahari lo observa curiosa y expectante por conocer la reacción, que no es otra que la indiferencia más absoluta. ¿Cómo es posible?

—Qué suave...

—Me sorprende que no te haya gruñido —confiesa—. Suele ser bastante... selectivo.

—Supongo que al venir ambos de mundos tan diferentes, sentimos curiosidad el uno por el otro —dice Yago, atreviéndose a pasar su mano por la cabeza del felino—. Nunca había visto a un diente de sable.

—¿Así los llamáis en Terra?

—Sí. Y son prehistóricos. Llevan extintos desde hace miles de años.

Bahari siente una punzada de dolor en el corazón. No es capaz de imaginar un mundo en el que no exista Virgo.

—Igual que el pajarraco de tu amigo —añade, sin ocultar su desprecio.

—Como te oiga llamarlo así, te vuelve a dejar inconsciente —contesta ella, sin poder evitar reír.

Yago aún tiene la sien un poco hinchada por el golpe que le propinó Nabil en el lago. El chico se lleva la mano al chichón, haciendo un sutil gesto de dolor que demuestra la molestia que aún debe sentir.

—Tu novio es muy guapo, querida —comienza a decir—, pero es un burro.

Bahari se queda callada al escuchar aquello. ¿Novio? ¿Acaso a ojos del resto parecen una pareja? ¿O quizá Nabil le ha dicho algo sin que ella se enterase?

—No es mi novio —confiesa con la boca chica—. Y sí: es un burro. Lo lleva siendo toda su vida. Pero es buena gente. Aunque te parezca lo contrario.

Ahora es Yago el que se queda en silencio observando a la muchacha con disimulo, como si en su cabeza se estuviera gestando una idea que, cada vez, va cobrando mayor fuerza.

—Bueno, pues que se joda y me aguante —responde finalmente, con aires de superioridad y lanzando un par de chasquidos al aire—. Por cierto, no te he dado las gracias por no haberme sedado.

—Es una tontería mantenerte dormido. Además de un gasto de recursos que pueden hacernos falta en un futuro.

—¿Para volver a dejarme inconsciente? —pregunta, burlón.

—O para mantenernos despiertos o curarnos alguna herida o aliviar un dolor de cabeza. La alquimia tiene muchas posibilidades.

—¿Sabes? En Terra hay un montón de libros que cuentan historias sobre alquimia, magia. ¿Aquí existen los dragones?

—¿Los qué? —pregunta la chica, confundida.

—Bestias aladas con pinta de reptiles que escupen fuego por la boca.

—¡Ah! ¡Dragones! —exclama.

—¡¿Existen?! —pregunta él, emocionado.

—¡Por supuesto que no! —responde con una carcajada al ver cómo la cara de Yago se va entristeciendo—. Sí que existen reptiles que escupen veneno por la boca. Hay varios, además. Pero lo del fuego…

Yago se queda en silencio y baja la mirada con un suspiro cargado de tristeza y decepción. ¿De verdad creía que en Ídedin existían esas criaturas fantásticas? A Bahari esto le provoca ternura, porque la emoción del chico es lo más parecido a ver a un niño pequeño disfrutar con los relatos y leyendas que muchas veces se cuentan en el Ubongo.

—¿Qué es eso? —pregunta Yago, extrañado, señalando hacia una de las paredes que están detrás de la chica.

Bahari se gira y observa en uno de los muros de la gruta unos pequeños y brillantes puntos de luz, consecuencia del reflejo de los rayos de Herun. Sonríe al reconocer el mineral.

—Ven, acompáñame —dice a Yago mientras se levanta.

Ambos vuelven a adentrarse en la cueva, seguidos por el animal. Cuando llegan a la pared en la que los pequeños cristales brillan con el reflejo del astro nocturno de Ídedin, Bahari pasa la mano por uno de ellos, quitándole la capa de polvo que tiene y haciendo que emita aún más luz. Después contempla la pared, estudiando la posición del resto de los minerales que permanecen ocultos por la tierra. Con la palma de su mano sobre la roca, se concentra en encontrar el viento a través de la sensación con la que consigue invocarlo: el miedo. No quiere provocar un vendaval, así que recurre a una de esas estúpidas fobias que cualquier humano usa para tener un buen control del elemento. Bahari suelta un soplido un poco más fuerte de lo habitual, como si alguien quisiera quitar el polvo sobre una vieja superficie. El viento se desplaza por toda la pared, descubriendo los múltiples cristales que, libres de la capa de tierra, emiten una luz mucho más brillante que ahora ilumina gran parte de la caverna.

—¡Vaya! —dice Yago, totalmente sombrado—. ¡Qué pasada! ¿Qué son?

—Citranium —explica Bahari mientras acaricia uno de los cristales—. También la llamamos «la piedra del sol». Incluso de noche, es capaz de emitir luz propia.

Bahari se percata de unos extraños dibujos que antes permanecían ocultos por la oscuridad de la gruta. Se trata de unas pinturas rupestres que probablemente deben haber sido hechas por sus antepasados hace miles de años.

—¡Dibujos ancestrales! —anuncia ella, emocionada, mientras se acerca a ellos—. Esto no es una cueva… ¡Es un templo!

La chica reconoce de inmediato el tipo de lugar en el que se encuentran gracias a los textos que ha estudiado en el Ubongo. Hace miles de años, cuando solo había un mundo y aún no existían civilizaciones, los seres humanos capaces de controlar los elementos vivían en las entrañas de las rocas, ocultos de aquellos que no tenían su poder.

—Los primeros idedianos practicaban el culto en templos como este, donde se reunían para meditar y contar historias —explica Bahari a Yago a medida que palpa cada dibujo—. Estas pinturas eran su forma de contar historias y de explicar a los más pequeños las habilidades que tenían con los distintos elementos.

—¿Por qué vivían escondidos? —pregunta Yago.

—Según los escritos, eran perseguidos por los *pensadores*, es decir, quienes no podían controlar los cuatro elementos. Mientras que los *creyentes* se refugiaban en el culto, los *pensadores* se creían superiores y querían domarlos para el progreso.

—¿Eran más listos?

—Tenían un intelecto mucho más desarrollado, pero ser más inteligente no te hace ser más listo —distingue Bahari, volviendo a centrarse en los dibujos que representan el dominio de los cuatro elementos, así como la guerra eterna entre unos humanos y otros—. Esta cueva tiene miles de años…

Yago observa cada pintura a su lado, compartiendo la misma fascinación que ella por el hallazgo. Nabil continúa dormido a unos metros de ellos, aún refugiado en la oscuridad de la gruta. Si su amigo tuviera más interés por los ancestros, lo despertaría de inmediato. Pero para verlo criticar y escuchar historias conspirativas, prefiere quedarse con la inocencia y la emoción de Yago.

—¿No crees que estamos destinados al entendimiento? —pregunta el chico de Terra.

—Supongo, pero ¿de qué manera se puede entender a alguien que está dispuesto a romper las reglas? —contesta, refiriéndose a Vawav.

—Pues del mismo modo en que se puede entender a alguien que no quiere hacer una cosa para la que, supuestamente, está destinado —responde Yago, con un tono que va con segundas intenciones.

—¿Estás justificando la invasión de Vawav? —pregunta Bahari, sintiéndose atacada.

—No, pero supongo que tendrán sus motivos. Como cualquier guerra. Que sean buenos o malos... es otro asunto —explica él—. Pero del mismo modo que tú estás huyendo...

—¡Yo no estoy huyendo! —interrumpe ella, visiblemente cabreada—. ¡Estoy tomando las riendas de mi vida! ¡Yo soy la dueña de mi destino!

—¿En serio? —pregunta Yago, alzando la ceja—. A mí me parece que el dueño de tu destino es ese *chulazo* de ahí que ahora duerme a pierna suelta.

Bahari se queda callada porque, para su desgracia, no sabe qué contestar a eso.

—Creo que él está tomando las decisiones por ti, Bahari. Y lo hace pensando en su interés.

—Nabil es mi amigo y...

—Y está enamorado de ti. U obsesionado, no lo sé. Pero el caso es que... —Yago se toma unos segundos antes de continuar—. ¿Tú de verdad quieres esto?

Silencio.

Un silencio que habla por sí solo.

Un silencio en el que la chica se refugia cada vez que se hace la misma pregunta.

—¿Sabes? Solo hay una manera de vivir y es entendiéndote. Aceptándote. Es igual que el viaje del héroe —explica Yago, con una convicción llena de emoción—. El héroe es el protagonista de la aventura, alguien que deja atrás su mundo para adentrarse en lo desconocido y completar la misión que se le ha encomendado. Pero esa misión solo la puede completar aceptando su destino, ¡que está ligado a sí mismo! ¡Solo aceptándose, triunfará!

Bahari escucha con atención a Yago mientras mantiene su mirada en las pinturas ancestrales, preguntándose qué harían aquellos que forjaron la civilización idediana.

—Toma las decisiones por ti, Bahari. Siendo honesta contigo misma. Queriéndote a ti misma. No por él, que es tu mejor amigo y sé que lo quieres mucho (no de la forma en que te quiere él a ti, claro, pero ese es otro tema) —dice, alzando la mano como si espantara a una mosca—. ¡Y tampoco tomes las decisiones por el dichoso Equilibrio! Hazlo por ti. Por lo que sientas ahí dentro —termina, señalándole el pecho.

Bahari continúa observando el mural, como si la respuesta a todas sus preguntas estuviera en alguno de esos dibujos. ¿Qué es lo que quiere? ¿Por qué está huyendo? ¿Acaso quiere pasar una vida entera con Nabil en una granja? ¿Sin ser centinela? ¿Sin defender el Equilibrio? Sin... ¿intentarlo?

Su atención se ve captada por una figura distinta al resto de los creyentes dibujados en la inmensa pared. Se trata de un ser con forma humana, un poco más grande que el resto, pero con una característica única que ninguna otra pintura comparte: tiene dos enormes alas que lo hacen volar. A su alrededor, cuatro creyentes danzan en una clara posición de culto. Cada uno de ellos luce sobre su cabeza el símbolo de un elemento: tierra, fuego, aire y agua.

—¿Eso es un ángel? —pregunta Yago, al descubrir la misma pintura.

Bahari no contesta. Ni ella sabe la respuesta.

UN EXTRAÑO PRESENTIMIENTO

El aroma a papel añejo inunda toda la sala. La tenue luz que entra por las claraboyas del techo descubre el polvo que deambula por la estancia. Las enormes estanterías se reparten de manera ordenada por toda la antiquísima biblioteca, abarcando el espacio tanto a lo alto como a lo ancho. Kai pasa sus dedos por las viejas encuadernaciones de piel, sintiendo el tacto del centenario cuero sobre sus dedos. ¿Cuántos años pueden tener esos libros? No deja de preguntarse cómo una sociedad tan aparentemente atrasada como aquella es capaz de conservar de una forma tan formidable unos ejemplares milenarios.

—Estamos en el Ubongo —anuncia Gala Craus—. El lugar donde Ídedin ampara y refugia toda su historia. No sabía que Bahari tenía potestad para acceder a este sitio.

La doctora, al igual que él, camina al lado de las estanterías, observando con detalle los lomos que conforman la espectacular biblioteca.

—¿No es público este lugar? —pregunta Kai.

—Esta parte no. En Ídedin creen que la historia solo es accesible para aquellos que demuestren ser consecuentes y responsables con su conocimiento y divulgación —explica la doctora mientras se detiene en una de las baldas—. La historia es pasado; y el pasado no se puede cambiar. Los hechos ocurren y eso es algo irrefutable. Sin embargo, el relato sí que es subjetivo. No puedes cambiar la historia, pero sí puedes decidir cómo contarla. —Gala Craus agarra uno de los libros y, con sumo cuidado, lo saca de la estantería—. En Ídedin creen en el poder de la palabra y en cómo se divulgue la historia. Por eso solo dejan acceder a su conocimiento a quienes vayan a ser responsables con su relato, narrándolo de manera objetiva, sin que el juicio, las vivencias o la ideología lo afecten.

Kai se acerca a la doctora. Ella sostiene el libro en su palma derecha y recorre cada motivo de la cubierta con los dedos de la mano izquierda, como si en su cabeza fraguara la posibilidad de abrirlo. El chico descubre que varios de los ornamentos de la tapa son similares a los distintos símbolos que Gala le ha enseñado acerca del Equilibrio.

—Entonces no deberíamos de estar aquí —sentencia él.

La doctora sale de su aturdimiento y le sonríe.

—Yo no, pero tú sí. Si has conseguido abrir un portal aquí es porque este lugar es importante para Bahari. Y si ella es merecedora del conocimiento idediano, tú también —sentencia mientras le da el libro.

Kai suspira y vuelve a poner el ejemplar en su sitio, sin curiosidad por ver lo que guarda en sus páginas. La prioridad de Kai es encontrar a su compañero de piso. Desde que empezó a sentir el bloqueo por parte de Bahari, tanto él como la doctora sospecharon de lo que más tarde se les confirmó: la desaparición (o huida) de Nabil, Bahari y Yago. Desde entonces, a Kai le cuesta mucho abrir un portal a Ídedin. Consiguió llegar a la caverna en la que empezó todo y continuó con varias visitas a la casa de Bahari, pero acceder a sitios que solo están en los recuerdos de su gemela idediana está siendo todo un reto. Por no hablar de la imposibilidad de abrir un portal en donde quisiera que estén tanto ella como Yago. Sabe que están vivos porque los percibe y tiene la sensación de que están bien. No puede explicar cómo, pero sabe que su amigo (que al fin y al cabo es quien le importa) está bien.

—Sigo sin poder localizarlos —comenta Kai con frustración—. ¡No entiendo por qué me bloquea!

—No quiere que la encontremos —responde la doctora con indiferencia—. Y eso nos está permitiendo acceder a sus recuerdos más fervientes de una manera más sencilla. Es posible, incluso, que podamos seguir su rastro.

—Me sigue costando entender cómo funciona esto —confiesa Kai.

—Bahari está más pendiente de bloquearte ahora. Está centrando todos sus esfuerzos en poner un muro en el presente y eso hace que su memoria sea más vulnerable y accesible para ti. Recuerda siempre que su cerebro es el tuyo: estáis conectados.

—Ya, como lo de la personalidad múltiple —recuerda Kai de una de las explicaciones que la doctora le dio en estos días.

—Trastorno de identidad disociativo —corrige Gala Craus—. Pero sí. Si te ayuda a entenderlo mejor, sois tres personas en una misma mente. Y tú tienes ventaja sobre ellos para acceder a determinados recuerdos.

Un nuevo pinchazo azota el cráneo de Kai.

—Ya empieza otra vez... —advierte el chico, apretándose las sienes.

—Cada vez nos deja menos tiempo... —farfulla la doctora—. Está bien, volvamos.

La práctica constante en estos últimos días ha conseguido que Kai fuera capaz de abrir los portales a Terra en cuestión de segundos. Entender el funcionamiento de esta llave ayuda al chico a concentrarse con mayor facilidad en lo necesario para sacar de su interior las auras espectrales que abren el umbral a Terra. Como bien dice la doctora, él es el Equilibrio porque es el viajante de Terra, y siempre es más fácil volver a casa por la familiaridad y la estabilidad emocional que aporta.

Con Vawav no ocurre lo mismo. No ha abierto ningún portal directamente donde esté Denis porque la doctora quiere que intime con Amber, pero al concentrarse en su gemelo del otro mundo y en la propia chica, sabe que ambos están bien.

Si Kai ha podido perfeccionar más su don ha sido gracias a las enseñanzas de la doctora y a las herramientas que le ha proporcionado para tener un control mental estable. Gracias a la meditación, es capaz de separar los recuerdos que le pertenecen de los de sus alternativos en Ídedin y Vawav.

Kai sabe que va por buen camino. No sabe cuál es su destino, pero tiene la corazonada de que empieza a tener el control de algo que hace apenas unas semanas no comprendía.

Pero echa de menos a sus amigos.

Echa de menos la normalidad de su vida.

¡Hasta echa de menos al idiota de su jefe!

Si esos sentimientos de morriña están cada vez más presentes en su corazón es por una extraña intuición que le advierte que algo va a ocurrir.

Y lo que más lo inquieta es que no sabe si ese acontecimiento va a ser bueno o malo.

EN EL FIN DEL MUNDO

Denis jamás había visto el *Gran Negro*. El inmenso océano que cubre más del 90% de la superficie de Vawav se extiende por todo el planeta, bordeando un único continente yermo con forma de rayo. En su mundo, la gente no tiene ninguna intención de visitar las zonas costeras por un simple motivo: el frío. La humedad del mar, mezclada con los fuertes vientos y la inexistencia de un astro que ilumine Vawav, hace que el litoral del continente carezca de interés para cualquiera.

Por eso, cuando por fin atraviesan las montañas de Azabache y llegan a la inmensa playa de arena negra, Denis se queda en shock ante el espectáculo natural que tiene delante. Un cielo tormentoso descarga su actividad eléctrica sobre las aguas oscuras del mar, iluminando con cada destello las enormes turbinas de aire que giran a merced del fuerte viento que atiza la costa. El sonido de los molinos, grave y marcado como un conjuro fantasmal, se mezcla con el rugido de unos truenos que parecen desgarrar el cielo con cada rayo que sale de las nubes. La temperatura ha bajado considerablemente. Quizás haya una diferencia de diez grados entre la estación de Azabache y la playa en la que se encuentran.

—Parece el fin del mundo —confiesa Amber en un susurro cargado de inquietud y asombro.

—Lo es —contesta Denis, sin poder apartar su vista del horizonte marino—. Por eso nadie se acerca a la costa.

—Detecto actividad a diez kilómetros de nosotros —anuncia Mila.

El chico saca su tableta para poder ver las imágenes que ha captado Mila con las ópticas que se esconden detrás de sus ojos de androide. El viento trae consigo multitud de diminutas gotas que rocían el cristal de la pantalla en la que contempla el campamento que Noah Peaker ha montado para abrir el umbral a Ídedin.

—¿Eso es...? —pregunta Amber, al contemplar en las imágenes una apertura de luz que contrarresta con la oscuridad de Vawav.

Denis alza la vista hacia el lugar donde Mila ha hecho la foto y consigue apreciar un pequeño punto de luz anaranjado que relaciona inmediatamente con el portal que acaba de ver en las imágenes.

—Voy a avisar a Kai para ver qué hacemos —dice el muchacho.

Denis cierra los ojos y piensa en su gemelo de Terra. Inevitablemente, los recuerdos del mundo que equilibra el suyo con el de Ídedin se inundan de las conversaciones que mantuvo con Amber antes de saber todo lo que estaba ocurriendo. ¡Pero no tiene que pensar en la chica que está a solo unos centímetros de él! ¿A qué puede aferrarse para llamar al viajante? Estando Amber a su lado es muy difícil que...

—Piensa en el skate que tiene Kai —dice Amber, al ver que le cuesta concentrarse—. Quizá te ayude.

—Nunca he estado en Terra y no sé lo que es un skate. Necesito pensar en algo que haya visto. En algo que me haya...

Impactado, quiere decir. Pero no termina la frase porque lo que más le fascina de Terra está ahí, con él.

De repente, se acuerda de la habitación de la chica. De aquella decoración tan estrafalaria que tanto llamó su atención. De esos cojines de color rojo y aquel peluche con forma de koala que parecía tener más años que ella. Y entonces, de alguna forma que no puede explicar, comienza a percibir el olor a incienso. Escucha el claxon de un coche que se mezcla con la sirena de una ambulancia.

¿Denis?

La voz de Kai retumba en su cabeza como la reverberación de una inmensa catedral. Él intenta decirle que ha encontrado el portal mientras visualiza las imágenes que acaba de ver a través de la tableta.

Necesita que la doctora venga con él, así que piensa también en ella sin saber cómo poder comunicarse. ¡No recordaba que aquello fuera tan complicado! Cuando Kai ha abierto un portal, la voz del muchacho y la comunicación de ambos era mucho más fluida, pero ahora... ¿Sería por lo lejos que estaban de la ciudad? ¿Existía algún tipo de cobertura? No, eso no tiene sentido porque a menos de diez kilómetros hay un portal abierto así que... ¿afectará eso a su comunicación? ¿O todo se reducirá a su poca experiencia en abrir portales?

El agobio hace que el chico se distraiga de la conexión mental con Terra y vuelva a pensar en el lugar en el que está. Vuelve a sentir el frío de la costa y la humedad de las gotas de rocío que van empapando cada vez más su pelo.

—¿Qué pasa? —pregunta Amber.

—Creo... que me ha oído.

—¿Y va a venir?

Denis se encoge de hombros, sin saber qué respuesta dar a la chica. ¿Qué pasará si Kai decide ignorarlo? ¿Qué pasará si no consigue que aparezca con la doctora? ¿Qué le ocurrirá a Amber?

—Bueno, continuemos —sentencia Amber.

—¡No! —grita él, deteniendo el paso—. Es peligroso.

—Denis, hemos viajado al culo de tu mundo y caminado no sé cuántos kilómetros para llegar hasta ese maldito portal —dice la chica, señalando al destino—. Estás *muy* equivocado si piensas que me voy a quedar aquí parada, mojándome y helándome.

—Amber tiene razón —interviene Mila—. ¿Qué sentido tiene quedarnos aquí?

El chico suspira, consciente de que no tiene excusa alguna para detener la expedición, más allá de esperar a que aparezcan Kai y la doctora. Pero aún les falta un buen trecho hasta llegar al portal, así que no tiene sentido que se queden esperando de brazos cruzados y pasando frío hasta que el viajante de Terra quiera aparecer.

Si es que aparece...

Resignado, Denis empieza la marcha sin hacer ningún comentario. Mila y Amber lo siguen confundidas, pero compartiendo su silencio.

Con cada paso que dan, el punto de luz anaranjado va adquiriendo cada vez mayor presencia y tamaño. Al cabo de dos horas, llegan a las proximidades del portal. Denis decide que lo más sensato es esconderse detrás de alguna de las rocas que emergen de la playa, cinceladas por la erosión del viento en caprichosas formas. El chico vuelve a intentar concentrarse en llamar a Kai, pero lo único que consigue es ponerse aún más nervioso con la situación. ¡Están demasiado cerca de los agentes de la Nación! La maldita aura que surge de él cada vez que se abre un portal llamaría demasiado la atención por culpa de la oscuridad. Aunque quizá, con suerte, al estar todos centrados en el umbral que ya está abierto...

Denis vuelve a echar un vistazo a la escena. La arena negra se va tiñendo del blanquecino polvo desértico, mientras que los laterales oscuros se difuminan en ese espectro que el chico tan bien conoce, mezclándose con la luz de Ídedin. El umbral es bastante grande, alcanza los diez metros de anchura y los cuatro de altura. Es un rectángulo bastante exacto. Pero lo que más impacta al muchacho es la figura desnuda que se encuentra en el centro del portal, de espaldas. El hombre está sujeto en una estructura con forma de equis y de su cuerpo emerge un polvo brillante de color azul que parece esfumarse hacia los extremos del portal. De vez en cuando, un agente de la Nación acude al prisionero para inyectarle algo o cambiar el suero que cuelga de uno de los postes a los que permanece atado.

—Si Noah Peaker se enterara de que eres un viajante, ¿te haría lo mismo? —pregunta Amber, visiblemente asustada.

Denis no contesta. Continúa observando la terrible escena. En el fondo, también se lo pregunta. ¿Qué pasaría si se enterara de que está jugando a dos bandas? ¿Acabaría de esa manera o muerto? Esta reflexión lo conduce a una pregunta mucho más obvia: si Noah Peaker ya tiene a un viajante haciendo de llave, ¿para qué lo necesita? ¿Solo para capturar a Gala Craus? ¿Qué pasará entonces cuando atrape a la doctora? ¿Qué será de él?

—Denis, ¿estás bien?

El brazo de Amber se posa sobre su agitado pecho. Cuando mira a la chica, esta no esconde la preocupación en su rostro.

—Amber, yo...

—No os mováis.

La voz de un desconocido, acompañada del característico sonido de las armas que portan los agentes de la Nación, hace que los tres intrusos se queden bloqueados. Denis se gira poco a poco hacia el escuadrón que tienen a sus espaldas, quienes apuntan con la mirilla a un sutil gesto del disparo. El chico alza con precaución las manos.

—Ciudadano 51355-KCB-89/08. Alias: Denis —anuncia en alto—. Tengo permiso para estar en esta zona debido a los trabajos como buscador sénior. Formo parte del Departamento de Energía.

Uno de los agentes comienza a comprobar en uno de los dispositivos la información que acaba de facilitar, pero como es lógico no les convence haberlos descubierto escondidos.

—Nosotros estamos trabajando un poco más al este. Entonces vimos esto y...

—Están en una zona restringida.

—Tengo permiso del propio Sif, caballeros —dice alzando la voz, intentando sonar lo más convincente posible—. Si quieren pueden...

Un pinchazo en su cabeza hace que no pueda terminar la frase. El cosquilleo que tan bien conoce comienza a recorrer toda su columna vertebral como si fuera una descarga eléctrica. Kai quiere hacer acto de presencia. Justo ahora.

—Mierda... —escucha susurrar a Amber, al entender la causa de los gestos de dolor que muestra el chico.

—Van a tener que acompañarnos —sentencia uno de los guardias mientras da un par de pasos hacia ellos sin dejar de apuntarlos con el arma.

Denis asiente con la mandíbula tensa, intentando aparentar normalidad. Siente la cálida mano de Amber agarrando su costado para ayudarlo a dar un par de pasos.

—No dejes que entren —susurra la chica.

Denis está a punto de decirle a Kai que no pase, que está todo lleno de guardias, pero entonces su vista se empieza a nublar y distingue la figura de una mujer. Gala Craus está con su gemelo. ¡Por eso no había abierto el portal inmediatamente después de su primera llamada! Kai no es nadie sin la doctora.

Llevan ya varios metros caminando. El chico ni se ha dado cuenta de ello porque, prácticamente, no ve. Ahora que la comunicación entre ellos es fluida, podría avisarles acerca de los guardias, podría advertirles que si abren un portal corren el riesgo de ser capturados. Pero donde su lógica concluye una locura, su corazón ve una oportunidad.

Así que se relaja y deja que ocurra.

Denis cae al suelo soltando un grito de dolor. Cuando las dos auras comienzan a surgir de su espalda, el suelo empieza a vibrar y el cielo a rugir. Los nubarrones comienzan a tronar y a soltar varios rayos que iluminan toda la playa negra. A medida que el portal a Terra se va abriendo detrás del chico, los guardias van retrocediendo sin saber qué hacer.

Mila aprovecha la confusión para desarmar a uno de ellos, se queda con la pistola y dispara a los demás agentes.

Denis solo grita.

Grita de dolor.

De frustración.

De terror.

—¡No dejes que entren! —repite Amber, asustada.

El sonido de los disparos de las armas láser se junta con el de la tormenta. Los rayos, cada vez más cercanos a la costa, rompen la oscuridad con su blanquecina y garabateada forma.

El portal está abierto.

—¡Tienes que irte! —grita Denis a Amber con esfuerzo—. ¡Tienes que cruzar!

—¿Qué? —pregunta ella, confundida.

Kai y Gala Craus no tardan en aparecer, pero de una forma que Denis no se imaginaba.

Ella ha salido corriendo hacia el umbral.

—¡Gala, no! —grita Kai, intentando detenerla.

—¡Volved a Terra! —ordena ella.

La mujer no tarda en agarrar el arma de uno de los agentes muertos y, junto a Mila, dispara a todos los que intentan detenerlos.

—¡Gala! —grita Kai—. ¡No puedes quedarte! Esto es una…

El disparo que recibe Kai en el brazo lo hace caer al suelo.

Amber acude a él sin dudarlo, mientras que Denis ve cómo otro agente apunta a la chica para acabar con ella.

—¡No! —grita él, concentrado en no cerrar el portal a Terra.

Mila, al ver el peligro que corre el muchacho, termina con la amenaza que iba a aniquilar a Amber y se acerca a su posición para cubrirlo, dejando a Gala Craus completamente sola.

—¡Volved a Terra! —repite la doctora—. ¡Cerrad el portal!

Sin pensárselo dos veces, ordena a Mila que ayude a Amber a cargar con Kai para cruzar el umbral. Denis lanza una última mirada a la doctora, que continúa avanzando desesperada hacia el viajante que permanece atado. Después deja que el aura lo engulla, llevándole hasta Terra y cerrando consigo todo el caos que se ha formado en la playa de Vawav.

Ahora los tres jóvenes y la androide permanecen callados en el suelo del salón del piso de los tres amigos.

Amber aprieta con fuerza la sangrante herida que tiene Kai en el brazo, que no deja de mirar estupefacto a Denis.

LA NECESIDAD DE QUE LAS COSAS ESTALLEN

Dejaron atrás la cueva con las pinturas ancestrales hace dos jornadas. A Bahari le hubiera encantado quedarse más tiempo. Es más, se lo dijo a Nabil, pero él se excusó en que no tenían tiempo para estar jugando a los historiadores.

Ahora vuelven a deambular por el desierto de Ídedin, esta vez por su zona más rocosa que bordea la Cordillera Espinada. Se le bautizó con un nombre tan peculiar porque sus picos parecen formar la espina dorsal de un enorme pez que ha quedado enterrado en las arenas del desierto.

Mientras que Bahari camina junto a Yago liderando la marcha, Nabil permanece en la retaguardia, observando con ojos recelosos a la inesperada pareja de amigos. Antes, la chica disimulaba las risas que intercambiaba con el desconocido de Terra, pero ahora no tiene reparos en mostrar la confianza que le profesa delante de él.

—Disculpadme un momento —anuncia la muchacha.

—Sabes que puedes decir que te meas, ¿verdad? Ninguno de los dos nos vamos a escandalizar —dice Yago con su burla habitual que tan poco soporta Nabil.

Bahari propina un codazo cariñoso al muchacho, saca su lengua bromeando y se ausenta por uno de los recovecos de la montaña con Virgo. Nabil aprieta la mandíbula, furioso. ¡Esa clase de gestos cariñosos los solía tener con él! Pero desde que el maldito chico de Terra está con ellos, desde que toda esta mierda sobre el Equilibrio y los viajantes empezó, su relación con Bahari ha cambiado.

Nabil da un par de zancadas hacia Yago y lo agarra por la pechera para estamparlo contra uno de los muros.

—¡¿Qué he hecho ahora?! —se queja el chico.

—¡Basta! No sé qué clase de brujería estás haciendo, pero deja de ponerla en mi contra —amenaza Nabil, sin alzar mucho la voz.

—¿En tu contra? —repite Yago, soltando una risotada—. Mira, rey, tú solito consigues que se ponga en tu contra. No haces más que ordenar esto, aquello... ¿Te has preguntado qué quiere ella?

—¡Calla, víbora! —contesta Nabil, estampándolo una vez más contra el muro. La fuerza hace que el polvo y la arena caigan sobre ambos—. Deja de envenenarle el cerebro. Si no hubieseis aparecido tú y tus amigos, ¡no tendríamos que habernos marchado!

—¡Os habéis largado porque os ha dado la gana, Nabil! ¡No me jodas! —espeta Yago—. ¡A mí no me culpes de tu frustración amorosa!

El centinela se queda desarmado ante la acusación. ¿Cómo se atreve un maldito habitante de Terra a hablarle de esa manera? La furia comienza a hinchar las venas de sus brazos y a marcar más aún la mandíbula. En sus ojos, Yago puede ver el atisbo de dos pequeñas llamas que acompañan al repentino aumento de temperatura.

—Eh... Vale, cariño, cálmate. No me apetece irme de barbacoa ahora mismo —dice Yago con una incómoda sonrisa.

—Déjala en paz —escupe Nabil, acercándose a unos centímetros del chico—. No la conoces. No sabes lo que quiere.

—Tú, al haberla arrastrado hasta aquí, parece ser que tampoco tienes idea —contesta Yago de manera ahogada.

—¡Nabil! ¿Qué haces?

La voz de Bahari hace que el centinela suelte a Yago de inmediato. El aspecto rabioso que luce delata lo ocurrido.

—Dame una razón, una maldita razón —dice Nabil, acercándose a ella—, para mantenerlo con vida.

—Yo —sentencia, decidida.

—¿Qué es lo que ves en él? ¿Acaso no eres consciente de cómo te está manipulando contra mí?

—¡Oye, yo no estoy…!

Un ascua de fuego emerge de la mano de Nabil, y la lanza contra la pared de roca a tan solo unos centímetros de Yago.

—Silencio —ordena.

Cuando vuelve a mirar a Bahari, esta lo observa atónita, sin poder dar crédito a lo que está viendo.

—¿Qué te ocurre, Nabil? ¡Esto no es propio de ti!

—Me ocurre que desde que ha llegado este idiota, las cosas entre nosotros han cambiado. ¡Te siento lejos! —dice el chico, agarrando las manos de la viajante—. Y te necesito aquí, conmigo.

Bahari baja la mirada, incapaz de enfrentarse a la de Nabil. ¿Cómo decir aquello que ni ella misma comprende? ¿Cómo puede confesar que desde aquel beso se siente incómoda a su lado?

—Bahari, mírame —suplica Nabil—. ¿Qué tiene él que no tenga yo?

La pregunta cae como un jarrón de agua fría. ¿Acaso Nabil cree que tiene sentimientos hacia Yago? El tercero en discordia parece haber escuchado la duda del centinela porque, de repente, se ríe con su burla habitual y, en este caso, fuera de lugar.

—Espera, espera… ¿Crees que estoy enamorado de ella? Nabil, por favor… Que aquí del único del que me puedo enamorar es de ti. Y, cariño, estás muy bueno, pero gilipollas como tú en Terra hay a raudales. Y, para mi desgracia, ya he conocido a unos cuantos.

Nabil vuelve a centrarse en Yago, a dejar que la furia inunde cada vena de su cuerpo. Cierra los puños que, poco a poco, van adquiriendo un tono cada vez más rojizo, como el resto de su piel.

—Es que… no sabes… ¿cuándo cerrar la boca? —dice entre dientes el centinela.

Bahari se asusta al ver a su amigo así, tan descontrolado y enfurecido. Antes de que ella pueda hacer nada, Virgo se interpone entre los dos hombres evitando que Nabil siga avanzando hacia Yago. Stratus hace lo propio y, en defensa de su compañero, lanza un graznido de advertencia al felino.

—¡Nabil, basta, por favor! —suplica Bahari.

El corazón de la chica comienza a latir con más fuerza, asustada por lo descontrolada que se está volviendo la situación. Jamás ha visto a su mejor amigo en esa actitud y eso le provoca un terror que nunca antes había experimentado. Está dispuesta a dejar que todo ese miedo se apodere de ella para que el viento ayude a detenerlo, pero no tendría sentido enfrentarse a Nabil con el elemento que mejor domina.

Entonces vuelve a sentir ese pinchazo. Esta vez mucho más fuerte que las veces anteriores. En cuestión de segundos todos los aromas se ven mezclados y la visión se le empieza a nublar.

¡Bahari!

La inconfundible voz de Kai retumba con fuerza en su cabeza, mientras sigue viendo cómo Nabil avanza hacia Virgo y Yago, sin estar dispuesto a detenerse.

—Todo esto... es por tu culpa... —susurra la chica, refiriéndose a Kai.

¡Bahari, por favor!

La voz de Kai suena cada vez más alta y con mayor insistencia. Ella hace un esfuerzo monumental por bloquearlo, pero el chico ha conseguido contactar en un momento en el que ha bajado la guardia.

—Todo... esto... ¡es tu culpa! —escupe la chica, dejando que el miedo se vaya transformando en furia.

¡Te necesito!

Esas dos palabras se convierten en la chispa que prende la mecha.

¡Que manía tiene todo el mundo con necesitarla! ¿Por qué cada vez que quieren algo de ella se excusan en la necesidad? ¡No! ¡No la necesitan! ¡La quieren a su lado para tenerla controlada! ¡Tanto Kai como Nabil! Y ya está harta. Está cansada de todo esto. De que decidan por ella de...

Bahari. Bahari. Bahari. Bahari.

La voz de Kai se repite en un eco constante, como si el propio viajante hubiera entrado en un bucle mental del que no puede salir.

El gruñido de Virgo advierte a Nabil que no dé un paso más.

Bahari. Bahari. Bahari. Bahari.

Stratus vuelve a emitir un graznido mucho más potente, esta vez abriendo sus gigantescas alas en posición de ataque.

¿Qué le está ocurriendo al mundo?

Bahari. Bahari. Bahari. Bahari.

—Cállate —ordena la chica, con los dientes apretados.

Pero la voz sigue.

Sigue como si se hubiera quedado atascada en su cabeza y no pudiera salir, rebotando de forma constante por todos los recovecos de su cerebro.

Bahari. Bahari. Bahari. Bahari.

—¡Parad! —grita, refiriéndose tanto a Kai como a Nabil.

Bahari. Bahari. Bahari. Bahari.

Del puño de Nabil surge una llamarada.

—¡¡He dicho que PARÉIS!!

El grito de furia que suelta la chica provoca un temblor instantáneo que desestabiliza todo. Nabil y Yago caen contra el suelo, mientras que Stratus alza el vuelo y Virgo intenta mantener el equilibrio con sus cuatro patas. El terremoto va acompañado de un rugido proveniente de las entrañas de la montaña, que se abren en una grieta que sale desde los pies de Bahari para terminar en el lugar donde Yago está apoyado.

Después, un cono silencioso inunda el escenario. La única consecuencia de lo ocurrido es una enorme fisura en el suelo que parece haber diseccionado las tripas de la montaña.

SECRETOS QUE DEBEN SER GUARDADOS

—No puedo… ¡No puedo, joder!

Kai descarga su frustración contra uno de los cojines del sofá. El grito que pega al sentir el dolor de la herida hace que vuelva a ser consciente del disparo que le han dado hace unas horas.

—Kai, hay que llevarte a un hospital. Has perdido mucha sangre y quizá no…

—Sus niveles son correctos —interviene Mila—. La herida está desinfectada y suturada. No debería de tener problema.

—¡Oh, vaya! Gracias, Mila —contesta Amber con su ácida ironía—. ¡Gracias! ¡Me siento mucho más tranquila sabiendo que un robot ha curado a mi mejor amigo! ¿Por qué íbamos a necesitar a un puto médico humano teniendo al robot multiusos del futuro?

—Detecto cierta ironía en tus palabras, Amber. ¿He hecho algo mal?

—Detectas bien —farfulla ella, en un susurro más para sus adentros.

—Tranquila. Mila sabe lo que hace. De verdad.

La voz de Denis es un bálsamo para ella. Da igual la situación por la que esté pasando; el gemelo de Kai consigue transmitir calma y paz cuando todo se descontrola. Quiere confiar en él. Ha visto un mundo tan futurista que no tendría por qué dudar de la tecnología y de la maña de Mila con la cirugía, pero ver a Kai tan alterado…

—Deberías descansar —propone a su amigo.

—¡No! ¿Cómo voy a descansar con este caos que tenemos, Amber?

Ha estado tan cerca de poder abrir un portal con Bahari… ¡Tan cerca! Sentía a la viajante, podía percibir el desierto en el que se encontraban, ¡incluso pudo ver la figura de Yago! Pero su gemela mostró una fuerza mayor que la suya y acabó ganando el pulso mental.

No puedo hacer esto… No estoy preparado.

Esas frases se convierten en dardos que comienzan a asfixiarlo como la presa que se ahoga por la constricción de una serpiente. ¿En qué momento se ha dejado engañar? ¿Cuándo se ha convencido de que podía asumir esta carga? ¿De que sería capaz de hacer las cosas por sí mismo? La orden del Equilibrio es un auténtico desastre.

—Tenemos… Tenemos que volver a Vawav… —las palabras salen por su boca de forma ahogada.

Kai se levanta del sofá y comienza a agitar sus manos con fuerza, como si quisiera desprenderse de algún espectro invisible que se está apoderando de él.

—Kai, creo que Amber tiene razón. Tienes que descansar. No estás en condiciones de…

—Concéntrate —ordena a Denis, ignorándolo—. Necesito que me ayudes a abrir un portal a tu mundo.

—¡Kai, para!

La intervención de Amber hace que dé un par de pasos hacia atrás de manera inconsciente, como si tuviera miedo de que lo fueran a detener.

—Creo que no sois conscientes de lo que está pasado —contesta el chico con una sonrisa nerviosa que empieza a rozar la demencia—. ¡Ayúdame, joder!

—Si estuvieras en condiciones, no necesitarías mi ayuda.

—¡Estoy perfectamente, Denis! Tu robot ha hecho un estupendo trabajo, ¿ves? —insiste, mientras enseña la herida.

—No estoy hablando de eso, Kai. Estoy hablando de tu cabeza —suelta su gemelo, con templanza—. Estás demasiado alterado para hacer nada.

No sabe si es por la mesura y la tranquilidad con las que habla, pero Kai siente que Denis lo está tratando de una forma tan paternalista que lo hace enfurecer. Pero, en el fondo, el chico tiene todo el derecho del mundo a opinar sobre su estado emocional porque ambos están conectados, ¿no?

Los malditos círculos.

«Tu cerebro es también el suyo», dijo la doctora. ¡Al cuerno!

Si de verdad estuvieran conectados, Denis sabría que necesitan a la doctora para seguir adelante.

Si de verdad estuvieran conectados, Bahari aparecería y lo ayudaría para apaciguar el estrés y la ansiedad que le está generando la situación.

Si de verdad estuvieran conectados, Kai no sentiría la soledad que siente.

—Kai… —insiste Denis en un tono de advertencia—. Tienes que relajarte.

Pero el chico no deja de preguntarse cómo va a resolver esta situación. ¡No es capaz de hacer nada sin ayuda de la doctora! Su aprendizaje aún no ha terminado. ¿Cómo va a liderar esta supuesta Orden del Equilibrio? Necesita saber más cosas sobre los circulitos y los tres mundos. Necesita más tiempo para ganar confianza con los otros dos viajantes. Necesita más práctica con los portales y la independencia mental.

No puedo. No estoy listo.

Su respiración es cada vez más agitada. El chico siente que no hay suficiente aire en la habitación.

Kai, por favor, tranquilízate.

La voz de Denis retumba en su cabeza con un eco que le recorre todo el cráneo. ¿Por qué hace eso? ¿Por qué habla a través de la mente? ¿Es que acaso siente que no se puede charlar con él de manera civilizada? O quizá… Quizá Denis vea lo mismo que él: que no está preparado, que todo esto le queda demasiado grande.

—No… no puedo respirar —Kai se lleva la mano al pecho—. Me… me estoy ahogando.

Los sudores fríos que sacuden su frente y su nuca. El aire que implora entrar en sus pulmones, pero que no consigue inhalar a pesar de las bocanadas que da. El pinchazo doloroso en el pecho que empieza a recorrer todo su abdomen.

—¿Qué te ocurre, Kai? —pregunta Amber, asustada, cuando lo ve desorientarse—. ¿Qué le pasa?

—Un ataque de pánico —dice Denis, visiblemente alterado por la conexión mental que tiene con su gemelo—. ¡Kai, escúchame!

Pero Kai se encuentra ahora mismo en un mundo al que nadie puede acceder. Un mundo mental en el que encierra todos sus miedos y pesadillas. Un mundo que creía tener cerrado bajo llave. Un mundo en el que se acaba de meter, para hundirse en él.

—No... no puedo... —implora el chico con los ojos llorosos—. No puedo...

—¡Kai, por favor! —grita Amber, alterada—. ¡Por favor, haced algo! ¡Haz que tu robot lo detenga!

—¡Es un ataque de pánico, Amber! —contesta Denis, cada vez más impregnado del agobio de su gemelo—. ¡No existe una pastilla que te saque de un ataque de pánico! ¡Es todo mental!

Todo mental.

Denis decide intentar algo. Se acerca a su gemelo, agarrándole por los hombros sin tener cuidado alguno con la herida de bala. Cierra los ojos y se deja impregnar de esas emociones que Kai está contagiándole.

Entonces siente el miedo del chico. La soledad. La locura de estar perdido en un mundo que no termina de entender. La necesidad de querer encajar en una sociedad que no lo comprende. La impotencia de no tener un plan como el resto de los seres a los que admira.

Todas esas emociones han hecho que Kai se metiera en un fango tan oscuro que ahora Denis siente estar pisando unas arenas movedizas que, poco a poco, van tragándolo a él también.

Kai, no estás solo. Somos tres, ¿recuerdas?

No. Bahari no me escucha. No soy capaz de acceder a ella para que entre en razón.

No es tu culpa, Kai.

Sí que lo es. La doctora me dijo que yo soy el Equilibrio. Tengo que ser el punto de unión entre los tres y...

Kai, la doctora habla mucho, pero una cosa es la teoría y otra, la práctica. Dame la mano.

Denis siente que está cada vez más cerca de su gemelo, aunque tiene miedo de que pueda acceder a sus pensamientos, a sus secretos, y descubra el doble juego que tiene con el Priorato y Sif Noah Peaker. Al menos ha podido poner a Amber a salvo. Ya está en Terra, lejos del dictador más peligroso que la historia del Equilibrio haya conocido. ¿Por qué piensa en esto? ¿Por qué sus miedos y temores más profundos comienzan a apresarlo? Denis se da cuenta de que el fango llega por su cintura.

Kai, por favor, necesito que nos saques de aquí.

¿Tú también tienes miedo?

¡Claro que lo tengo! ¡A mí también todo esto me ha tomado desprevenido! ¿Te crees que sé cómo gestionarlo?

Lo haces mejor que yo.

No lo puedo hacer mejor que tú porque los dos tenemos sinos distintos.

Quizás ese sea el problema… Quizá tengamos que estar los tres más unidos, como dijo la doctora…

¡No necesitamos a la doctora!

¡Claro que la necesitamos, Denis! ¡Ella sabe cómo gestionar todo esto! ¡Es la única que puede enseñarnos!

¡No!

Denis hunde sus manos en la oscuridad de la mente de Kai y consigue agarrar a la proyección del chico. De repente, una cascada de recuerdos y pensamientos lo invaden por dentro. Como si un espectro de información atravesara su pecho y las imágenes del pasado empezaran a aflorar en su cabeza con cosas que nunca antes había vivido.

Un dibujo con tres círculos. Tres mundos. Tres viajantes.

Él. El Equilibrio. El Colapso.

¿Bérbedel?

Desaparecer. Morir. Vivir. La unión. La responsabilidad de hacer las cosas lo mejor posible y…

Sus amigos. Tercio y Hada.

Su vida de buscador. Ocultarse de la Nación. Los rayos. Las tormentas.

Mila y su plan para otorgarle independencia emocional.

Las conversaciones por un chat. Amber.

Desequilibrio. Inestabilidad. Algo que no encaja en el plan.

Unos ojos amarillos. Una voz afónica. Noah Peaker.

Amber.

Amber.

Amber.

Es un secreto. Noah lo sabe.

Denis hace un esfuerzo por controlar el tsunami de emociones que lo invaden. Porque sabe que su cerebro está actuando por cuenta propia y está compartiendo con Kai todos esos sentimientos que tiene guardados en lo más profundo de su corazón. No puede compartir su secreto. No puede decir lo que ha hecho. No puede...

—¡Denis!

La voz de Amber lo saca por completo del estado mental en el que está. Ahora es él quien respira con dificultad. Sentir las cálidas manos de Amber en su rostro hace que, poco a poco, vaya siendo consciente de dónde está. Lo primero que hace es mirar a la chica. Se deja apaciguar con su mirada y sus caricias. Después echa un vistazo a Kai, que permanece apoyado en el marco de la puerta, como si tomara aliento después de una intensa carrera.

—Lo has visto, ¿verdad? —pregunta Kai—. Has visto todo.

Denis no contesta, pero el chico se acerca a él con una convicción que recuerda al Kai que conoció hace unas semanas.

—Sé que lo sabes porque... —hace una pausa en la que mira de soslayo a Amber—. Yo también lo he visto.

—¿De qué estáis hablando? —pregunta la chica, confundida.

Denis está asustado. Muy asustado. No sabe si Kai ha visto todo lo que ha pasado en las últimas semanas. No sabe si ahora es consciente de la traición, de la trampa que ha tendido a la doctora o de...

—Hay que volver a Vawav —insiste Kai, mucho más calmado y convincente—. Y lo sabes.

—Pero Bahari... —añade Denis, como si supiera perfectamente lo que su gemelo está proponiendo.

—Yo me ocuparé de ella. Vosotros de Vawav.

—No. Nosotros, no. Ella se queda aquí —sentencia Denis, refiriéndose a Amber.

—¡No! —interviene la chica—. ¡No pienso quedarme aquí! Kai, ¿te ves capaz de viajar a Vawav sin mi presencia?

El chico no contesta y mira a Denis, como si estuviera buscando su permiso.

—Sabes que, si vuelve, estará en peligro —añade Denis—. Lo has visto.

—Conozco los riesgos, Denis —interrumpe Amber—. Es mi vida, no la tuya. Tú no decides por mí. Kai me necesita. Es mi mejor amigo. Y yo por mi mejor amigo hago lo que sea.

Kai vuelve a centrar sus ojos en los de Denis, quien no duda en sostenerle la mirada en un nuevo pulso mental.

Sé que te importa y que contigo estará a salvo. Pero... también sé que ocultas algo.

Es mi vida.

Lo sé. Y no te voy a insistir en que me lo cuentes. Pero si queremos que esto funcione, hay que confiar el uno en el otro.

Denis aparta la mirada, dando por zanjada la conversación. Del mismo modo que él ha puesto un muro en sus pensamientos, Kai lo ha hecho en los suyos. Los dos han bailado una danza simbiótica mental que ha aclarado muchas cosas, pero también ha abierto nuevas incógnitas en ese complejo laberinto llamado «cerebro».

—Volved a Vawav e intentad ver qué ha pasado con Gala.

—¿No vienes con nosotros? —pregunta Amber.

—No. Tengo que encontrar a Bahari —sentencia el chico—. Sin ella, no hay Equilibrio.

NO EXISTEN LOS LÍMITES

—¡Cerrad el portal!

Gala Craus no continúa su carrera hacia Bérbedel hasta que ve desaparecer a Denis y al resto. Después aprieta el gatillo un par de veces contra un soldado y lanza el arma contra la cabeza de otro. Sabe que no tiene ninguna posibilidad de salir airosa de ahí, pero sigue corriendo hacia el hombre con el que ha compartido tantas cosas y que ahora está atado a unos postes, desnudo.

Sabe que se ha dejado llevar por la emoción, que su reacción no es propia de una mujer tan profesional como ella, capaz de apaciguar sus impulsos en situaciones tan extremas. Pero su mundo no tiene sentido sin él.

Y él está a tan solo unos metros de ella. Moribundo.

No se da cuenta de que los soldados han dejado de usar sus armas. Tampoco se ha dado cuenta del silencio que parece inundar la playa en la que se encuentra.

—¡Bérbedel!

Está a apenas unos centímetros de tocar su piel cuando, de repente, algo la inmoviliza. Una fuerza invisible contrae todos sus músculos y deja a Gala Craus levitando. No puede moverse. No puede hablar. Ni siquiera es capaz de parpadear.

—Doctora Gala Craus.

Escuchar la afónica voz de Sif Noah Peaker hace que se le revuelvan las tripas. Tiene ganas de vomitar.

Bérbedel se espabila al escuchar su nombre y alza el rostro con esfuerzo y cansancio. Los ojos de la pareja se encuentran. La mirada de él, triste y cansada, se carga de energía y sorpresa. Quizá de esperanza. La de ella, que destila pasión y furia, se empieza a humedecer al ver el estado tan lamentable en el que está su marido.

Pero ¿qué te han hecho, mi vida?

Gala quiere gritar. Quiere condenar al monstruo que ha dejado así a Bérbedel. Quiere tener el control de su cuerpo para desatarlo, abrazarlo y protegerlo.

Como si Noah Peaker hubiese leído su mente, la doctora comienza a levitar hacia su marido, deteniéndose a tan solo unos centímetros de su rostro.

—Todavía no está muerto —informa el dictador.

La mujer sigue inmovilizada, pero por dentro está hecha una furia.

—Si le devuelvo la movilidad facial, no va a gritar, ¿verdad? —pregunta el Sif—. Los gritos me dan jaqueca. Y la jaqueca no le sienta bien a este cuerpo.

Sin esperar respuesta alguna, Gala Craus siente que puede volver a pestañear y a tener el control de los músculos que conforman su cara, lo que implica haber recuperado el habla.

—Bérbedel —susurra ella—. Estoy aquí, cariño. Todo va a salir bien.

—Gala...

Apenas consigue pronunciar su nombre.

Las lágrimas recorren sus mejillas, mientras que la fuerza invisible que la mantiene levitando comienza a alejarse del viajante.

—No, ¡no! ¡Espera!

—No tenemos tiempo, doctora —continúa hablando el Sif, a quien todavía no ha visto—. De usted depende que su marido siga o no con vida.

—¿No te das cuenta de lo que estás haciendo? —escupe ella con furia—. ¿¡De lo que implica todo esto?! ¡Estás poniendo en peligro todo! ¡Vawav también!

—¡Vawav ya estaba en peligro!

La afonía de Sif Noah Peaker desaparece con un berrido que impulsa a la doctora varios metros más allá de su marido. El dictador se deja ver, luciendo ese aspecto tan característico: la larga túnica negra abierta que deja al descubierto su albino pecho protegido por una fina malla de metal; la esquelética cara sin vello con un cráneo que parece estar tatuado con el trazo de unas venas negras. Y los ojos. Dos enormes ojos de color ámbar que chocan con la gélida apariencia, pero que transmiten las intenciones más crueles y terroríficas que nadie pueda imaginar.

—Todo esto es por Vawav —anuncia el Sif mientras se acerca a la doctora, recuperando su habitual tranquilidad y su afonía—. Conozco mejor que usted mi mundo, doctora. Usted solo es una extraña que pertenece a una peligrosa secta llena de fanáticos religiosos.

—El Equilibrio es…

—¡Una excusa! —interrumpe él—. Es un cuento para mantenernos alejados unos de otros. ¿No se da cuenta del potencial que tendríamos juntos? Si unos simples cristales tienen el poder de un sol —anuncia el dictador, mientas enseña el trozo de citranium que adorna el colgante de su cuello—, ¿qué otro potencial guardará Ídedin?

—¡Existen unas reglas! ¡Un tratado del Equilibrio!

—Nos morimos, doctora. Vawav tiene demasiado potencial, pero no la energía suficiente para seguir prosperando.

—Se llama *Equilibrio* —escupe ella entre dientes—. Si no puedes seguir creciendo con lo que tienes es que ya has llegado a tu límite.

Sif Noah Peaker guarda silencio durante unos segundos, cierra los ojos y se pasa las yemas de los dedos por el cráneo, recorriendo esas extrañas venas que surcan su cabeza.

—Tengo trescientos veintidós años. Este es el quinto cuerpo al que me he traspasado. No creo en los límites, doctora. Puede que en Terra existan. ¡Incluso en Ídedin! Pero aquí, no.

—Si el Equilibrio surgió fue, precisamente, por la arrogancia y el ansia de poder que profesaban nuestros antepasados.

—El mundo era uno, ¿correcto? Es lo que dice la profecía. «Hubo un tiempo en el que todo era uno. Una noche. Un día. Un mundo» —recita el Sif—. Tengo derecho sobre Ídedin. Del mismo modo que Ídedin tiene derecho sobre Vawav.

—No sabes lo que estás diciendo...

—¿Se ha preguntado por qué está aquí, doctora?

El silencio de la mujer delata que en ningún momento se ha planteado que su presencia fuera orquestada, pero cuando la duda invade sus pensamientos...

—Sabías que iba a venir —afirma ella, a modo de conclusión.

—Sé muchas cosas, doctora Gala Craus. No todo, por supuesto. Soy honesto con mis limitaciones y práctico en la búsqueda de soluciones. La energía en Vawav es un problema. El cuerpo humano es un problema. Él —dice señalando a Bérbedel— es un problema.

—¿A qué te refieres?

—Entiendo que la naturaleza es aleatoria. Por desgracia, dependemos de esa casualidad que nos limita. Estamos, al fin y al cabo, sometidos a las acciones de la naturaleza. Pero, como he dicho, no creo en los límites —espeta Sif con convicción y orgullo—. Si el cuerpo físico supone un límite, lo sorteo con la inmortalidad de la conciencia. Si la noche supone un límite, la combato con tecnología. Si viajar entre dos mundos implica una habilidad... —hace una pausa mirando a Bérbedel—. Bueno, él es solo un parche. Algo... *provisional* hasta que encuentre la forma de hacerlo yo mismo.

Gala Craus se queda sin habla. ¿Acaso está diciendo lo que cree que está diciendo?

—Pretendes... ¿Pretendes ser un viajante? —pregunta la doctora, incrédula.

—¿Y por qué no? ¿Por qué la naturaleza da ese don a unos pocos? ¿Qué patrón sigue? ¿Es aleatorio? Si, genéticamente, somos capaces de manipular el color de ojos, ¿por qué no vamos a ser capaces de poder...?

—¡Porque no depende de la naturaleza! ¡Depende del Equilibrio! —interrumpe Gala, furiosa—. ¡La naturaleza depende del Equilibrio! ¡Es algo que está por encima de ti, de mí y de todo!

—Es algo que carece de lógica —concluye Sif Noah Peaker.

—No. Carece de entendimiento para nosotros porque no estamos capacitados para comprenderlo.

—Ah, y como no lo entiendo... ¿debo aceptarlo? ¿Debo creérmelo? —pregunta el dictador sin alterarse—. Como he dicho, doctora, no tengo las respuestas para todo. Pero si mi mundo tiene una carencia es que algo falla en el sistema. Por ende, este... Equilibrio es fallido. Es utópico.

—Lleva funcionando durante más de cinco mil años.

—Eso puede ser toda una vida para nosotros, pero a ojos del universo, cinco mil años es un suspiro. La eternidad es cambiante. Solo así se perdura en el tiempo.

Sif Noah Peaker chasquea los dedos. Una nueva figura aparece levitando. Gala Craus no tarda en reconocer el rostro de la mujer a la que han apresado con la misma tecnología: *Kumiko*. El dictador extrae un arma blanca punzante del interior de su túnica y se acerca de nuevo a la doctora.

—Necesito que encuentre la forma de darme el poder de su marido. Usted sabes más que nadie acerca del Equilibrio y de los viajantes. Conozco mis límites —dice mientras obliga a la mujer a agarrar el cuchillo—. Pero también sé qué puedo controlar.

Gala Craus se acerca a Kumiko con esa levitación espectral. Sigue sin poder tener el control de sus músculos, pero puede ver cómo su brazo comienza a moverse con el arma apuntando directamente hacia el vientre de su compañera. En cuestión de segundos, Gala Craus está hundiendo el metal en el cuerpo de Kumiko, propinándole varias puñaladas que no controla. Sif Noah Peaker deja que la víctima grite de dolor, mientras la doctora sigue provocándole una agónica muerte.

—Eres un monstruo... —llora Gala, mientras siente las salpicaduras de sangre en su rostro.

—Al cuerpo de su marido no le queda mucho tiempo de vida—concluye el Sif—. Deme lo que quiero y traspasaré su conciencia a uno nuevo. De lo contrario, morirá.

Sif Noah Peaker desaparece, cruzando el umbral a Ídedin.

Gala Craus se queda acuclillada en el suelo, cubierta de la sangre de Kumiko, sollozando por culpa de la impotencia de no saber qué hacer. Porque la realidad es que no puede darle a ese psicópata lo que pide.

Solo puede intentar ganar tiempo para Kai, Denis y Bahari.

Antes de que llegue el Colapso.

CUARTA PARTE

SÉPTIMA CATÁSTROFE

¿Cuándo ha pasado esto?

No hay mayor tortura que patrullar la Gran Vía en plena ola de calor sahariana. Mientras que la gente se pasea en bermudas y camisetas de tirantes, a nosotros nos toca lucir el uniforme de policía negro que absorbe aún más el calor. El ambiente está cargado con esa bruma que tiñe el cielo de naranja y ensucia los coches de polvo. Me encantaría decir que el verano en la gran ciudad es más tranquilo que el resto del año (ya que se marcha todo el mundo a las zonas costeras), pero... ¡adivina! *Turistas*. Esto se llena de turistas.

Turistas que se pierden, turistas a los que roban, turistas que provocan algún altercado. Los peores son las familias con niños. Porque, obviamente, ¡pierden a sus hijos! Lo único bueno que tiene trabajar en verano es que las congregaciones y manifestaciones espontáneas suelen ser bastante escasas. Algo bueno debe tener trabajar cuando todo el mundo está de vacaciones...

—Café solo con hielo para el más guapo del cuerpo —me dice Verónica, mi compañera, mientras me da el envase de cartón con la bebida—. Chin, chin.

Cuando junto mi vaso con el suyo me doy cuenta de que está caliente.

—Sigo sin entender cómo eres capaz de tomar infusiones en pleno verano. ¡Estamos a casi cuarenta grados!

—Es un viejo truco sahariano, a juego con esta maravillosa calima que nos inunda —me explica—. Cuando estuve en Túnez me dijeron que los bereberes se hidratan con bebidas calientes para que su cuerpo se aclimate mejor al calor extremo.

—No tiene mucho sentido eso…

—En el fondo es mi forma de prepararme para ser GEO —bromea.

Nuestra patrulla por la Gran Vía madrileña siempre empieza en Plaza de España con un buen café que corre a cuenta de Verónica. Me siento un afortunado por poder contar con una compañera tan admirable, trabajadora y profesional como ella. Llevamos compartiendo jornada desde hace unos cuantos meses y nuestra relación, después de la cantidad de horas que pasamos juntos, ha desembocado en una bonita amistad en la que nuestras charlas son confesiones acerca de la vida que tenemos fuera del cuerpo de policía.

—¿Qué tal está La Bruja?

Suspiro. *La Bruja*. La bruja de mi ex. Bueno, aún no nos hemos divorciado, pero estamos en trámites.

—Ayer decidió darme las buenas noches con este mensaje —digo mientras saco el móvil y se lo muestro.

Verónica comienza a leer el WhatsApp en el que La Bruja me dice que no va a pagar la mitad de la hipoteca porque no puede. La hipoteca de una casa que compramos juntos. Una casa en la que no vivo. Porque está ella, por supuesto. ¡Ahora resulta que tengo que estar manteniendo a La Bruja!

—¿Cómo que no puede? ¡Pero si tiene más dinero en la cuenta que tú!

—Ya, pero como ahora la han echado del trabajo, dice que no puede —protesto—. No puede pagar la casa, no puede pagar el coche. ¿No puede dejar también de joderme? Mira que estoy teniendo paciencia…

—¿Y tu abogado qué dice?

—Que tenga cuidado porque es posible que recurra a la baza de «mi ex es un policía peligroso».

Verónica estalla en una carcajada.

—Por favor, Carlos… ¡Tu expediente está impoluto! Sabes que si va por ahí, tiene todas las de perder.

—Todas no, Verónica. ¿Sabes lo que gana? ¡Tiempo! —protesto—. En el momento en el que decida acusarme de cualquier movida machista relacionada con mi trabajo, se abrirá una investigación y todo el puto proceso de divorcio se alargará años. ¿Y adivina quién tendrá que seguir pagando la hipoteca de una casa que no está utilizando?

—Bueno... Al menos no habéis tenido hijos.

Sé que lo dice con toda su buena intención para quitar hierro al asunto, pero el tema de la paternidad es algo que me duele. Después de haber alcanzado mi sueño de ser policía, siempre he querido formar una familia y pensaba que con La Bruja iba a hacerlo... Hasta que después de siete años de relación, de los cuales cinco hemos estado casados, me dice que no es feliz con su vida, que no es feliz conmigo y que «lo mejor es que te vayas de casa».

Mentiría si dijera que no me olía nada. Viendo el pasado en perspectiva, La Bruja y yo llevábamos el último año en crisis: yo me centré en impulsar mi carrera como policía (opositando de forma fallida), mientras que ella... Bueno, imagino que también tendría sus cosas. Nunca lo sabré. ¿En qué momento se fue todo al traste? ¿Cuándo dejamos de formar un buen equipo?

—Me cuesta mucho reconocer que he estado compartiendo mi vida con esta persona durante los últimos siete años, ¿sabes? No... ¡no la reconozco!

—Por desgracia, nunca llegamos a conocer a una persona al cien por cien. Y es en los momentos feos cuando sale la cara que nunca hemos visto.

Seguimos caminando mientras me bebo el refrescante café con hielo. Intento priorizar mis emociones, gestionarlas de la mejor manera posible. No me quiero envenenar con pensamientos de odio hacia una persona a la que he querido tanto. Tampoco quiero preguntarme qué he significado yo para ella. Hago todo lo posible por cerrar esa etapa de mi vida e intentar dar comienzo a una nueva, pero ¡me lo pone muy difícil, joder!

—A veces me pregunto qué es lo que he hecho mal. Me he tenido que comportar de alguna manera para que me trate así, ¿no? —comparto en alto.

Verónica suspira y se detiene.

—Puede que sí. ¡O puede que no, Carlos! Puede que, simplemente, tu ex tenga un lado chungo y oscuro que está saciando contigo. Lo único que te puedo decir es que, por cómo se está comportando, es una persona que piensa más en ella que en lo que ha significado la relación.

—Y debería hacer lo mismo, ¿no?

—Deberías pensar en ti, sí. Es lo que pasa cuando el camino de dos personas se separan: cada una piensa en sus circunstancias.

Me vuelvo a sumergir en el café, pero cuando doy un nuevo sorbo me percato de que está vacío. Qué difícil es mirarse al espejo y ver la realidad que te rodea. Qué difícil es intentar hacer las cosas bien y sortear los constantes baches que aparecen en el camino. Supongo que todo es cuestión de tiempo. El tiempo pone las cosas en su lugar, dicen. La pregunta que no dejo de hacerme es cuál es el mío ahora que mi vida ha dado un giro de ciento ochenta grados.

—Dime que eso no es lo que creo que es...

Verónica farfulla por lo bajo mientras me hace un gesto con la cabeza hacia la Plaza del Callao. Cuando veo a varias personas arrejuntándose con pancartas y escucho los primeros silbatos, maldigo mi interior por haber pensado que me iba a librar de alguna manifestación improvisada. La brisa, que parece haberse agitado con la mala vibra, empieza a soplar más fuerte, como si el mismísimo Satanás me estuviera respirando en la nuca.

—Estupendo... —digo mientras fuerzo la vista para ver qué dicen las pancartas—. «El fin del mundo está cerca». ¿En serio?

Mientras Verónica avisa por radio de la improvisada protesta que se ha formado en la calle, yo continúo estudiando a las personas que se están manifestando. Los carteles hablan del cambio climático, del envenenamiento del planeta, la irresponsabilidad de las grandes corporaciones y, por supuesto, muestran fotos de las extrañas catástrofes que se han producido en las últimas semanas. «¿Cuándo ha pasado esto?», reza una de las cartulinas. Resulta irónico verlos de esta manera mientras el viento va adquiriendo más fuerza. La calima sahariana que nos rodea parece que ha arrastrado consigo una tormenta veraniega. Alguien agarra un megáfono y, además de cantar las típicas rimas de los manifestantes, comienza a denunciar los eventos catastróficos que aparecen en las fotos.

Hasta que nos ven.

—¡Po-li-cía, co-rrup-ción! —nos gritan—. ¡Cómplices! ¡Eso es lo que sois!

—Ya estamos... —farfulla Verónica.

—Espera a que lleguen los compañeros, anda —aconsejo.

—Ya, ya... Pero me toca el coño que vean un uniforme y, automáticamente, se pongan a insultarnos y a acusarnos. Mira que ya me he comido unas cuantas de estas, ¿eh? Pero te juro que no me acostumbro.

Una fuerte ráfaga de viento hace que un par de pancartas salgan volando. El aire se cuela por los huecos de los carteles publicitarios que adornan la plaza provocando un silbido agudo y molesto. El polvo, que antes solo parecía descansar sobre la superficie de los vehículos, comienza a inundar todo el ambiente, tiñendo aún más la escena de naranja.

Un golpe metálico hace que me gire de repente para ver lo que está ocurriendo a mis espaldas: un antiguo letrero se ha caído por culpa del inesperado vendaval y ahora todos los casquetes de cristal yacen rotos en la carretera. Echo a correr hacia el altercado para ver que nadie haya resultado herido y, sobre todo, para prevenir que se corten con las esquirlas. Mientras pido a la ciudadanía que se aparte, llamo por radio a la central para que envíen a una unidad de bomberos. Alzo la vista al cielo para ver la posibilidad de que puedan caer más cosas, pero la fachada y las cornisas parecen aguantar la fuerza del viento.

—¡Carlos! —grita mi compañera.

Verónica me señala la calle que acabamos de subir. La Gran Vía se extiende hacia el parque de Plaza España y, por ella, sube una muchedumbre corriendo y gritando. En un principio pienso que son más manifestantes, pero cuando giro la esquina y me topo con la plenitud de la calle me doy cuenta de que están huyendo.

Una gigantesca nube marrón avanza sin mesura por la ciudad. El viento, que sopla cada vez con más fuerza, es un preludio de la tormenta de arena que nos va a engullir en cuestión de segundos.

—¡A cubierto! —grito, sintiendo en mi boca el polvo de la tierra—. ¡Pónganse a cubierto, rápido!

Verónica corre hacia mi posición, pero cuando cruza la calle, un coche que huye de la tormenta se la lleva por delante. Acudo a toda velocidad hacia donde permanece tumbada. No me da tiempo a preguntar cómo está porque el rugido que suelta la nube marrón hace que me gire de nuevo hacia ella.

El coloso natural está a tan solo unos metros de tragarnos. Solo puedo agarrar a mi compañera por las axilas para arrastrarnos hasta la boca del metro.

Los granos de arena comienzan a convertirse en diminutas chinchetas clavándose en mi piel. Mis ojos casi no pueden abrirse por culpa del polvo que me ha entrado. Apenas consigo ver la entrada al subterráneo. No puedo hablar. Casi me cuesta respirar. Quiero decir a Verónica que ya casi estamos. Mis pies sienten el primer escalón. Bajamos todo lo deprisa que podemos junto a otra decena de personas.

Solo se escucha el rugido del viento y, cuando me atrevo a mirar al exterior, lo único que veo es una inmensa nube marrón que inunda con arena todo lo que toca, como si fuera un gigantesco tsunami del desierto.

ENCONTRAR UNA EMOCIÓN

Bahari apenas habla desde el incidente con Nabil. No solo por la actitud tan agresiva que mostró con Yago, sino también por el poder que demostró tener. Abrir la tierra de aquella forma, con un temblor sísmico tan fuerte, es propio de alguien que controla a la perfección la tierra. Y ella lo máximo que ha conseguido hasta la fecha ha sido transformar la roca en arena y en polvo.

Están a punto de llegar a Asserat, la comarca donde Nabil se crio. Si Bahari no se ha dado la media vuelta es porque, a pesar del numerito que montó su amigo, quiere solucionar las cosas. Pero eso implicaría abrir la caja de Pandora y hablar de lo incómoda que se siente últimamente a su lado por un estúpido beso.

Sus recuerdos hacen que retroceda hasta la noche en la que pretendían huir solos, sin Yago. La noche en la que arrastraba un miedo atroz a sus responsabilidades como viajante. Ese miedo, con el paso de los días, se ha transformado en un orgullo tóxico que ahora se ha convertido en una necesidad por comprender quién es y de lo que es capaz. ¿Y si esa manifestación de poder es consecuencia de su naturaleza? Podría poner en peligro a mucha gente. Necesita saber controlar esos impulsos y dónde están los límites. Pero para eso tiene que volver a la ciudadela, hablar con los Sapientes y ejercer de viajante.

Bahari no puede evitar fijarse en lo asustado que parece Yago desde el incidente. Tiene motivos, desde luego. Está en un mundo que no es el suyo, con unas reglas que desconoce; lo han secuestrado, sedado, y encima uno de sus captores casi lo quema vivo; y si a todo esto añadimos que ella era la única persona con quien se sentía más o menos seguro, después del terremoto que ha provocado lo único que debe querer es regresar a Terra.

—Funciona con emociones —dice Bahari, rompiendo el silencio. Yago mira a la chica, confundido—. El control de los cuatro elementos depende mucho de las emociones. En mi caso, invoco la tierra a través de la ira.

—¿No me digas? —comenta Yago con ironía.

—Siento que hayas visto eso. Yo… Nunca me había pasado —confiesa la chica—. Nunca había demostrado tanto poder con la tierra. Lo máximo que he llegado a hacer con este elemento ha sido transformar la roca en polvo.

—Pues sí que tenías que estar cabreada, cariño. —Yago alza las cejas con una mueca burlona, pero en su particular sentido del humor se esconde temor—. Vale, ¿y el agua? Porque lo que hiciste en aquel lago seco fue… impresionante.

Bahari puede ver en los ojos del muchacho la fascinación que siente por Ídedin. Aprovecha el momento para compartir con él algunas cosas sobre los cuatro elementos, las emociones ligadas a ellos, la individualidad de cada uno a la hora de controlarlos con según qué sensaciones…

—El agua es el elemento que más domina Bahari —interviene Nabil, en un tono con el que pretende ser conciliador—. Al menos eso creíamos hasta hace unas horas… En mi caso, lo que mejor controlo es el viento, al que invoco con la confianza.

—Y, de eso, va bastante sobrado —susurra Bahari por la bajo.

—Salvo cuando me toca controlar la tierra —añade, con cierta indignación.

—¿Con qué controlas la tierra? —pregunta Yago, curioso.

—Con la vergüenza —contesta Bahari por su amigo—. Por eso le cuesta tanto.

La chica siente que, a pesar de haber cierta tensión en el ambiente, todos intentan hacer como si no hubiera ocurrido nada.

—Entonces, recapitulando —comienza Yago, mientras intenta recordar—. Al agua tú la controlas con la paz y tú, con la tristeza. La tierra, con la ira y con la vergüenza. El viento con la confianza y con ¿el miedo, me has dicho? —Bahari asiente—. De acuerdo. ¿Y el fuego?

—Nabil lo controla con el orgullo y yo... —la chica baja la vista, dejando mostrar cierta decepción—. No lo sé.

—¿Nunca has hecho fuego? En plan... —hace un gesto chasqueando los dedos.

—Solo con ayuda de Docta Sena —añade Nabil con aires de burla y superioridad.

—¿La Sapiente pelirroja? —pregunta Yago, alzando la ceja.

Bahari siente cómo se forma un nudo en su estómago al acordarse de su profesora predilecta. Abandonar la ciudadela ha implicado, en cierto modo, traicionar a Docta Sena, rechazar su apoyo y sus enseñanzas. Lleva tiempo intentando no pensar en la imagen que tendrá ahora mismo de ella la Sapiente. ¿Decepción? ¿Enfado? ¿Quizás indiferencia? De todas las reacciones posibles, la apatía es la que más le duele...

—Hola. Yago llamando a Bahari.

—Sí, la del pelo rojizo. Docta Sena es la Patrona del Fuego.

El chico de Terra suelta una risotada burlona.

—¿Qué te hace tanta gracia? —pregunta Bahari, sin ocultar lo ofendida que se siente por su actitud.

—Lo de «Patrona». Me la he imaginado de procesión, paseando por las calles a hombros de sus costaleros y todo el mundo gritando: ¡Guapa! ¡La reina del fuego! ¡La calle entera pa'ti!

La interpretación tan exagerada que hace Yago deja bastante confundidos a los dos idedianos. Les cuesta mucho imaginarse a la Sapiente dando paseos de esa manera por la ciudadela y, sobre todo, causando esas reacciones en la gente.

—Disculpad —dice el chico—. Mi imaginación está un poco influenciada por la cultura *trash* de mi mundo... Pero volviendo a lo de tu problemita con el fuego: las veces que lo has conseguido invocar, ¿qué sentías?

—No lo sé. ¿Confusión?

Yago se percata de cómo Bahari mira de reojo a Nabil, intentando ocultar su incomodidad. Después suelta un suspiro frustrado y da por zanjada la conversación, no queriendo indagar en ese tema del que tanto le cuesta hablar.

Al cabo de un rato, Nabil decide subirse a lomos de Startus para echar un vistazo a Asserat desde el cielo y ver cómo está la situación. No han hecho un viaje tan largo para que los centinelas se hayan adelantado y los acaben capturando. Si es que han decidido salir en su búsqueda, claro.

Bahari y Yago vuelven a quedarse solos. La chica se refugia de nuevo en el silencio, mientras que él intenta pensar en cómo conversar acerca de las emociones y el elemento del fuego.

—Es muy guapa —se anima a decir—. Tu Patrona del Fuego, me refiero. ¡Parecía un elfo de cabello rojizo!

—¿Qué es un elfo? —pregunta Bahari alzando la ceja.

—Una de las criaturas más fascinantes, inteligentes, elegantes y bellas que existen en el imaginario de Terra —sonríe Yago.

—Entonces... sí —sonríe también Bahari, con timidez y ternura.

—¿Y solo consigues encender una llama cuando está ella? —La chica asiente—. ¿Te apetece que intentemos algo?

Bahari se para de golpe, confundida.

—¿Quieres que intente invocar el fuego? —pregunta escéptica y sin optimismo.

—¿Por qué no? Solo piensa en ella. Imagina que en vez de estar conmigo, estás con ella. Quizás eso te ayude a alcanzar esa emoción que lo controla.

Bahari intuye que Yago quiere llegar a un punto que ella no termina de comprender, pero tiene curiosidad por ver hacia dónde va esto. Cierra los ojos e intenta viajar al aula donde ha practicado tantas veces el manejo de los cuatro elementos. Evoca el olor de la madera, el tacto rugoso de las mesas y, por supuesto, la luz que desprende Docta Sena. Puede escuchar en sus recuerdos el melodioso sonido de su voz, ver a la perfección el sedoso cabello que cuelga de sus hombros y que, en alguna ocasión, ha rozado su piel. La admiración se mezcla con el deseo. Se pierde en su mirada, en sus gestos, en su...

—¡Fuego! —grita Yago, emocionado—. ¡Tienes una llama en el dedo, Bahari!

La chica abre los ojos, sorprendida. Docta Sena se esfuma de sus pensamientos y el miedo vuelve a invadir a Bahari, quien con un soplido más fuerte de lo habitual, hace que el fuego desaparezca.

—¿Y bien? —pregunta Yago, cruzándose de brazos y alzando la ceja—. ¿Qué has sentido?

—Yo... No lo sé... —dice la chica, algo aturdida—. He pensado en ella y...

Bahari vuelve a suspirar. No quiere hablar de esto. No sabe por qué, pero hay algo que no se atreve a comprender. Y eso aumenta su frustración y la tirria que siente hacia el dichoso elemento del fuego.

—Bueno, no pasa nada, ya darás con ello —dice Yago, sonriente—. Sigamos.

—Espera —lo detiene Bahari, aún alterada—. Tú lo sabes, ¿verdad? Sabes qué consigue invocarlo.

Yago se acerca a la chica, luciendo una sonrisa muy alejada de la burla a la que está acostumbrada. Una sonrisa cargada de ternura y empatía. El muchacho agarra sus manos y, con un fuerte apretón, añade:

—Solo sé que eres maravillosa, Bahari. Lo encontrarás. Tarde o temprano sabrás lo que es. —Yago se acerca un poco más para continuar en susurros—. Y cuando des con ello, serás tan grande e increíble como la Patrona del Fuego.

Con un último apretón, Yago vuele a emprender la marcha, mientras ella se queda congelada en el sitio. Virgo, como si estuviera sincronizado con sus emociones, restriega su enorme cabeza contra ella en un gesto lleno de ánimos y confianza.

Sin embargo, cuando va a retomar el camino, Startus aterriza agitado con Nabil en un estado similar.

—¡La han arrasado! —anuncia el chico, con lágrimas en los ojos—. ¡Asserat está destruida!

Un fuerte pinchazo en la cabeza, muy distinto a los que ha sentido antes, vuelve a sacudir a Bahari.

VOLVER A SOÑAR

A Kai no le resulta complicado abrir un portal al Ubongo de Ídedin. Sin embargo, siente una punzada de dolor en la boca del estómago al hacerlo solo.

Aparece en la Sala de los Cuatro Tronos porque es el lugar que más lo impresionó. Tal vez por la grandeza de sus columnas, la claraboya circular del techo que tanto le evoca al Panteón de Roma o por la tranquilidad y el refugio que transmite. Aquel primer encuentro con los Sapientes en compañía de los guardianes del Priorato lo recuerda con especial cariño porque, en cierta manera, sintió que formaba parte de algo grande y bonito. La soledad que tanto suele perturbarlo desapareció en aquel momento.

Ahora vuelve al mismo lugar, pero con una sensación distinta: el miedo y las inseguridades cobran cada vez más fuerza en su interior.

En cuanto Amber y Denis regresaron a Vawav, contactó con el Priorato para advertir de lo ocurrido e informar de su intención de viajar hasta Ídedin para convencer a Bahari de su responsabilidad con el Equilibrio. Pero las motivaciones del joven viajante van mucho más allá. Si Kai tiene pánico a la soledad, la constante sensación de no encajar o de sentirse incompleto es porque, quizá, sus emociones están repartidas entre sus gemelos de Ídedin y Vawav. ¿Por qué cada vez que está con Denis o con Bahari nota una sensación de control y entendimiento? No es capaz de explicar el éxtasis que experimentó cuando los tres viajantes juntaron sus palmas, pero la conexión mental que hubo generó en él una serie de sensaciones desconocidas que ahora anhela. Y es que, después de las enseñanzas de Gala Craus, Kai sabe que necesita llegar a un entendimiento total con sus gemelos porque, de esa forma, conseguirá entenderse a sí mismo.

Así que, a pesar del miedo, está decidido a unir a su equipo, rescatar a la doctora Gala Craus, terminar su formación como viajante y hacer lo necesario para mantener el Equilibrio.

Fácil, ¿no?

Cuando entra en Ídedin, se encuentra a los Sapientes de pie formando un círculo con las manos entrelazadas y el mentón en alto, como si estuvieran meditando o rezando. No pueden evitar sorprenderse al verlo aparecer, más aún cuando él no se molesta en ocultar su alteración.

—¡Bahari! —es lo primero que grita—. ¡Necesito encontrar a Bahari!

Docta Sena es la primera en romper el ritual de oración. No sabe si por su presencia o por la mención de su alumna. Como Bahari ha desaparecido, resultaba imposible establecer un contacto entre Ídedin o Terra. Por tanto, lo primero que anuncia Kai es el secuestro de Gala Craus, mientras que a él lo informan de la repentina desaparición de los tres jóvenes. Docto Essam y Docta Zola apuestan por la fuga, pero Docta Sena defiende que se trata de un secuestro. Kai lamenta tener que confirmar que su gemela haya desertado con Nabil, pero intenta tranquilizar a Docta Sena con las sensaciones que lo remueven.

—Tiene miedo. Igual que yo. Pero creo que puedo convencerla, solo necesito unos minutos con ella, pero me resulta imposible. No sé cómo conectar con ella mentalmente —explica Kai sin disimular su frustración—. Por eso estoy aquí. Vosotros, mejor que nadie, sabéis que los viajantes dependemos de nuestra conexión mental. Y sois unos maestros en este arte. Ayudadme, por favor.

—¡Es una traidora! —brama Docto Essam—. ¡Su cobarde decisión debe ser castigada!

—¡No podemos juzgarla como tal! —defiende Docta Sena, encarándose a su igual—. A Bahari la han superado las responsabilidades tan repentinas que se le han dado como viajante. ¡Y eso es un fallo nuestro como Sapientes!

—¡Basta! —interviene Docto Chidike, el más anciano de todos ellos—. No es el momento de juzgar a Bahari y mucho menos de iniciar un debate sobre cómo deberíamos haber gestionado esto. La Orden nos necesita. El Equilibrio nos necesita. Ídedin nos necesita.

—Kai —interviene Docta Zola—, ¿cómo crees que podemos ayudarte?

—Gala no terminó de enseñarme todo. ¡Son muchas cosas! Pero pensé que viniendo a Ídedin sería más fácil abrir un portal allá donde estén Bahari o Yago. Quizá pensando en ellos…

—Puedes abrir portales de un mundo a otro —interrumpe Docto Essam, aún cabreado—, pero no puedes hacerlo dentro de un mismo mundo. No es un medio de teletransporte.

—Pero… —interviene Docta Sena—. Lo que sí que puedes hacer es dar con ella mentalmente.

—¿Y cómo lo hago? —pregunta Kai, ansioso—. Gala me enseñó a meditar.

—No creo que estés preparado para hacerlo despierto —añade Docta Zola.

—Sí, la forma más sencilla de contactar con Bahari va a ser en el mundo del sueño. Solo ahí vuestras mentes estarán libres de cualquier distracción física.

La propuesta de Docta Sena hace que el chico suelte una risotada. ¿Va a tener que regresar al principio? ¿A aquellos sueños que resultaban ser reales? Qué irónico que tenga que volver a soñar para solucionar esto…

—De acuerdo. ¿Cómo lo hacemos? —pregunta el chico alzando las manos.

—Querida —dice Docto Chidike a la Sapiente pelirroja—, ¿te encargas tú?

—Por supuesto, Docto —sentencia Docta Sena con una disimulada sonrisa de triunfo.

LA NECESIDAD DE SOLUCIONARLO TODO

El agobio lo invade nada más llegar a Vawav. La ansiedad por intentar adelantarse a futuros acontecimientos empieza a generarle una taquicardia que intenta controlar. Ojalá el portal hubiera decidido dejar a Amber en Terra, a salvo y alejada de toda la locura que se les viene encima.

Pero no.

Está ahí. A su lado. Observándolo. Respirando el mismo oxígeno que él.

Debería haber insistido más. Debería haberse negado a traerla consigo. ¿Y qué si se hubiera enfadado? Lo importante era que no regresara a Vawav. ¡Ese era el plan!

Pero ahí está. Y todo por culpa de la maldita conexión mental con Kai. Por querer esconder sus secretos.

Sé que hay algo que no quieres contarme.

La frase se repite una y otra vez en su cabeza, como un disco rayado.

—Tengo que solucionar esto…

El pensamiento sale en forma de susurro.

—Vamos a solucionar esto —lo corrige Amber, insistiendo en el verbo, mientras intenta tranquilizarlo con su mano acariciando la espalda.

—No. Tú te quedas aquí —responde, tajante.

—Denis, en serio, ya te he dicho…

—Sí, sé lo que me has dicho —interrumpe, agresivo—. Pero necesito que te quedes aquí, Amber. Por favor. Tengo que ir al centro a ver qué ha pasado y…

No se atreve a terminar la frase. Sabe que como no tome cartas en el asunto, la vida de la chica correrá más peligro a medida que vaya pasando el tiempo. Le encantaría poder huir como Bahari, pero en Vawav eso no es una opción.

Lo primero que se le ocurre es encubrirla. Decir que Amber se ha quedado en Terra. ¿Se olvidará el Sif de ella? No para siempre, pero sí por el momento. Además, estará entretenido con Gala Craus, a quien, por supuesto, va a tener que rescatar.

—¿Y…? —insiste ella al ver que no termina la frase—. ¿Qué ibas a decir?

Sus miradas vuelven a encontrarse y él sigue sin saber cómo gestionar la vorágine de emociones que lo invaden por su culpa.

—Necesito saber si estás en peligro.

—Claro que estoy en peligro —dice con indiferencia—. ¡Todo esto es un peligro!

—Amber, no lo entiendes. Por favor —suplica él—. Quédate aquí hasta que sepa cómo están las cosas. Después veremos la manera de rescatar a la doctora.

El silencio y la expresión de su cara demuestran que está barajando la propuesta. Sin embargo, no muy convencida del plan de Denis, se acerca para poder susurrarle:

—Como tu robot me haga alguna de las suyas…

Pero Mila escucha la preocupación de la chica y no duda en intervenir.

—No te voy a hacer nada, Amber —añade mientras realiza labores del hogar como si no ocurriera nada—. Somos amigas, ¿recuerdas?

Amber no puede evitar ocultar su inquietud abriendo mucho los ojos, como si con aquella expresión quisiera decirle a Denis que no piensa quedarse sola con una androide tan demente.

—Volveré en un par de horas. Si ocurriera algo…

Denis echa la vista atrás de forma disimulada para cerciorarse de que la androide siga entretenida con sus cosas.

—En el armario de mi cuarto, en el segundo cajón, hay un inhibidor —susurra—. Tiene forma de pistola. Apunta y dispara.

Ambos se quedan unos segundos a escasos centímetros el uno del otro. Denis puede sentir el cálido aliento de la chica, quien se humedece los labios como si fuera a decir algo. Él no respira. No consigue tragar la saliva. El esfuerzo que tiene que hacer para reaccionar y apartarse de ella le resulta titánico.

—Volveré en un par de horas —repite, esta vez con un tierno gallo propio de un adolescente al que le está cambiando la voz.

Amber sonríe cuando ve a Denis marcharse tan nervioso. Le produce mucha ternura el contraste que hay entre el lado más lógico y frío del chico y su parte más sentimental, cargada de timidez, nervios y un poco de inocencia a la hora de gestionar sus emociones. Le hubiera encantado acompañarlo, pero el gemelo de Kai tiene razón en una cosa: no saben cómo está la situación. Han pasado horas desde que dejaron a la doctora en la zona norte de Vawav, así que cualquier escenario es posible.

Amber se deja caer en el sofá mientras deshincha sus pulmones con un largo y cansado suspiro. *Quizá sea un buen momento para echarse una cabezada*, piensa. Aunque tener a Mila rondando por el piso no le hace ninguna gracia.

Como si la androide hubiera leído su mente, se acerca a ella con una humeante taza que parece contener una infusión.

—Te he preparado una bebida relajante —anuncia, mientras deja el brebaje en la mesilla central del salón—. Estarás muy tensa con todo lo ocurrido.

Amber alza la ceja.

—Gracias... —responde más por educación que por agradecimiento.

Mila se queda quieta, enfrente de ella, esperando a que dé un sorbo a la taza.

—Bebe —ordena la androide.

—Está demasiado caliente —se excusa Amber.

¿A qué vienen esa forzada cortesía y la extraña insistencia en que beba la infusión?

La autómata mira la taza y tuerce el cuello en un claro gesto por intentar comprender. Después de un breve tiempo de reflexión, mira de nuevo a Amber en silencio.

—Creo que voy a echarme un rato... —anuncia Amber poniéndose en pie, dispuesta a ir a la habitación de Denis.

—¿He hecho algo mal? —pregunta Mila.

—No, no. Ha sido un detalle muy bueno por tu parte. Gracias —se vuelve a excusar—. Es solo que estoy cansada.

Mila se refugia otra vez en el silencio mientras observa cómo la muchacha se retira al dormitorio. Amber cerraría la puerta del cuarto si la hubiera, pero parece ser que, en aquel mundo, las habitaciones de los pisos hechos para gente soltera carecen de ellas.

Antes de tumbarse en la mullida cama, decide echar un vistazo en el armario para localizar la pistola inhibidora. Con mucho sigilo, abre la puerta corredera. De vez en cuando echa una mirada atrás para comprobar que la androide siga con sus quehaceres. El interior está perfectamente ordenado: cajones simétricos, baldas bien organizadas y prendas colgadas cubiertas con un plástico protector, todo ello bajo una gama cromática reducida al blanco y negro. Se centra en el segundo cajón y de nuevo, con mucho cuidado, desliza el compartimento.

La confusión que siente cuando lo ve vacío no tarda en transformarse en inquietud.

—¿Buscas algo?

Amber se sobresalta con la repentina aparición de Mila.

—Una manta —dice, nerviosa.

La androide vuelve a quedarse congelada y en silencio. Poco a poco, comienza a caminar hacia ella. Amber tiene un mal presentimiento. No sabe si es por el miedo que le tiene a Mila o por lo intimidada que se siente, pero ahora el piso de Denis no es un lugar seguro para ella.

La robot comienza a hurgar en algunos cajones hasta que, finalmente, saca una mullida manta aterciopelada. Justo cuando va a ofrecérsela, Amber siente una descarga eléctrica que la derrumba inmediatamente al suelo.

Mila descubre bajo el textil una pistola que, por lo que Amber deduce, es el inhibidor.

—A nosotros nos apaga —confiesa Mila, refiriéndose al arma—. A vosotros os adormece.

—Pero ¡¿qué...?! —Una nueva descarga hace que la chica no pueda terminar la frase.

—Creo que es justo que sepas que Denis te está utilizando —anuncia Mila, sin atisbo alguno de emoción en sus palabras—. Su cometido era infiltrarse en el grupo clandestino de traidores.

—¿Qué estás diciendo? —consigue articular Amber, aturdida.

—Denis responde al régimen de Vawav y a Sif Noah Peaker —confiesa el androide—, así que cualquier muestra de afecto que hayas percibido forma parte de un complejo y logrado plan de engaño.

—¿Y por qué iba a...?

Un último disparo deja completamente inconsciente a Amber. Mila vuelve a observar a la chica de Terra en silencio. Una vez más, tuerce el cuello en un gesto de análisis y comprensión.

Una sonrisa sincera emerge de sus labios.

—Él no te puede querer —concluye la máquina.

LAS COSAS QUE SE HACEN POR AMOR

De camino a la Torre de Vawav, Denis no puede dejar de imaginar los distintos escenarios con los que se puede topar. Su mente teje tantas situaciones que se está empezando a arrepentir de haber dejado a Amber sola en casa. ¿Y si lo están siguiendo? ¿Qué pasaría si Gala Craus lo incriminara? ¿Lo acusarían por traición y, por ende, lo arrestarían de inmediato? ¿Sería posible que estuvieran esperando su regreso para capturar a Amber? O que ella lo ignore y decida ponerse a jugar a los detectives por su cuenta. Hay tantos escenarios como posibilidades.

Denis agiliza el paso para llegar cuanto antes a su destino, intentando ser lo más paciente que puede con la congestión que hay en la red de transportes a esa hora. Lo bueno es que ha tenido tiempo para preparar un discurso más o menos convincente con el que justificar su desaparición.

—Necesito hablar con el Sif —ordena el chico nada más entrar en el edificio.

La petición, desde luego, no es habitual. Nadie en su sano juicio irrumpe en la Torre de Vawav y dice que quiere ver al dictador de la Nación, como quien pide hablar con el responsable de un departamento. Pero a los pocos segundos, el recepcionista recibe una llamada que cambia su gesto de soberbia. Cuando cuelga, se aclara la garganta y lo deja subir hasta el último piso del rascacielos.

Cruza el pasillo con decisión, sin dejarse impresionar por su minimalismo o la intimidante altura de su techo. El androide de la vez anterior lo espera en silencio y, cuando está a tan solo unos metros de él, hace una pequeña reverencia con la cabeza mientras la puerta del despacho del dictador se abre.

Esta vez no es un holograma.

Está ahí.

Sif Noah Peaker lo espera de espaldas, observando la inmensa Vawav a sus pies. Permanece con los brazos cruzados por detrás, en una clara postura de paciencia y dominio. Denis no oculta su preocupación e inquietud cuando empieza a hablar.

—Sif, he intentado venir en cuanto he...

La esquelética y pálida mano del dictador se alza en un gesto con el que lo interrumpe y lo manda callar. Solo su sofocada respiración rompe el silencio que Sif Noah Peaker decide mantener durante unos largos segundos.

—¿Crees que estoy poniendo en peligro esto? —pregunta con su característica afonía, aún sin girarse.

El chico se queda bloqueado, confundido. No sabe si aquello es una duda real o esconde otras intenciones.

—Creo que está haciendo todo lo posible para mantener Vawav a salvo.

Sif Noah Peaker se gira hacia él. Su altura y su presencia resultan aún más intimidantes que las del propio holograma. A pesar de la fragilidad que destila, el dictador procura que su físico no entorpezca el respeto y el terror que causan su carácter y su intelecto. Observa a Denis durante unos segundos estudiando cada facción de su rostro, como si con solo observarlo pudiera encontrar la respuesta a todas las preguntas que lo turban.

—Sif, he intentado venir lo antes posible —confiesa.

—Lo sé.

—Lo que ocurrió en el portal fue...

—Fue lo acordado —interrumpe el dictador—. Te pedí que me trajeras a la doctora y cumpliste.

Una parte de Denis quiere respirar tranquilo, pero la otra sabe que algo más está ocurriendo. Y es que, si Noah Peaker lo ha recibido de aquella manera, necesita algo de él. Otra vez.

—¿Está viva? —pregunta Denis, casi de manera inconsciente, refiriéndose a la doctora.

—¿Te preocupa?

—Bueno... —comienza dubitativo, intentando pensar en las palabras que va a formular—. Ella es una pieza clave para entender todo esto y...

—Lo sé. Por eso sigue con vida. Porque es quien mejor os entiende.

Sif Noah Peaker alza de nuevo la mano y activa algún sensor que hace salir del suelo una pantalla finísima en la que aparece la imagen de la doctora encerrada en una celda. Denis podría pensar que es la cárcel si no fuera por la mesa de trabajo que se ve y la cantidad de libros y demás artilugios electrónicos que hay sobre ella.

—Ya sabe que estás de mi lado y, la verdad, no se ha sorprendido —confiesa mientras se acerca a él con tranquilidad—. Pero a mí sí que me sorprende. Me hace replantearme muchas cosas.

Denis intenta mantenerse lo más sereno posible, trata de respirar de forma tranquila. Pero apenas consigue tragar saliva.

—Quiero que trabajes con ella —anuncia el dictador—. Y quiero que aprendas a abrir un portal directamente a Ídedin.

—Yo no... No soy capaz.

—Lo eres. Sé que lo eres —dice a tan solo unos centímetros de su rostro—. Con su ayuda conseguirás hacerlo.

Aún sin poder prometer nada, a Denis no le queda más remedio que aceptar las exigencias del Sif. Pero sigue sin saber a dónde va a parar todo esto. ¿Por qué necesita abrir otro portal? ¿Acaso Gala consiguió cerrar el umbral de la zona norte? El chico se obliga a centrarse en su mayor preocupación: si tiene que reunirse con Gala Craus, necesita dejar a Amber organizada.

—Antes tengo que volver a casa a por mis cosas y...

El sonido de la puerta del despacho lo interrumpe. Un par de agentes de la Nación aparecen armados con sus características pistolas. Cuando Denis vuelve a girarse hacia el dictador, este ha regresado a la ventana, dándole de nuevo la espalda en la misma posición con la que le ha recibido.

—Ya he ordenado que llevasen a tu androide con la doctora.

A Denis se le hiela la sangre.

—Y parece que tu androide ya se ha encargado de la chica de Terra.

Un par de manos lo agarran por los hombros justo cuando cierra los puños para controlar la rabia que comienza a invadirle.

—Sigue viva —confiesa el Sif rotando de forma leve la cabeza para mirarlo de reojo, como si hubiera leído su mente—. De momento. Creo que nos puede ayudar en nuestra encrucijada. Se ha convertido en una extraña motivación para ti.

Quiere decirle que como toque un pelo a la chica, puede olvidarse de su colaboración.

Quiere gritarle que como se le ocurra hacerle daño, se marchará de Vawav y se quedará sin el viajante.

Quiere amenazarlo con que no sabe en dónde se está metiendo.

Denis quiere decir muchas cosas a Sif Noah Peaker, pero se las calla todas.

Porque sabe que esta partida no la puede ganar él solo.

LOS CAMINOS PUEDEN CAMBIAR

En la sala no hay ninguna ventana que deje entrar luz. Es lo que tiene estar en uno de los sótanos del Ubongo. La temperatura ha bajado en comparación con la Sala de los Cuatro Tronos. Las paredes de piedra enfrían y humedecen aún más el ambiente, dándole a la estancia un aire fresco que resulta agradable en contraste con el calor que hay fuera. Esta parte del edificio está dedicada a la meditación y la reflexión, así que el silencio es el principal anfitrión.

Docta Sena lo ha llevado hasta una parte en la que hay decenas de cirios que alumbran la oscuridad de las entrañas del Ubongo. Su luz es tenue, pero da calidez y recogimiento. La condensación que se produce por el choque de temperaturas provoca que se forme un rocío sobre el techo y las paredes más pegadas al exterior, así que toda la habitación tiene un ingenioso sistema de pequeños canales que recoge el goteo del agua para que no encharque el suelo. Esto provoca que al silencio lo acompañe el chapoteo del pequeño arroyo que atraviesa la sala, formado por los afluentes provenientes de los cauces de piedra que serpentean las paredes.

El suelo está repleto de cojines y alfombras aterciopeladas sobre las que sentarse y pequeñas mesillas redondas en las que hay un quemador de incienso y un juego individual de té, formado por una taza de barro y una tetera de hierro.

La Sapiente lo ha invitado a tomar asiento en el lugar en el que se encuentre más cómodo. Después, ha preparado a su alrededor un mullido catre para que se tumbe, no sin antes quemar la lágrima de incienso y hervir el agua, calentando la tetera con sus propias manos.

—Una de las cosas más básicas que enseño a las futuros centinelas en lo que respecta al control del fuego es a dominar este sutil gesto tan doméstico —explica mientras Kai observa cómo, en cuestión de segundos, comienza a salir vapor del interior de la tetera—. Bahari fue la única que no lo consiguió hasta el segundo año.

—¿Suspendió? —pregunta, sorprendido.

—No —contesta la mujer con una discreta sonrisa—. Porque luego, mientras que sus compañeros apenas podían llenar esta tetera con agua, ella fue capaz de hacer crecer el caudal del pequeño arroyo que recorre toda esta sala.

Docta Sena prepara una infusión con valeriana, lúpulo y cereza para Kai. No quiere darle vapores del sueño ni nada que implique trabajar una alquimia más fuerte porque necesita que el muchacho esté lo más lúcido posible mientras permanezca dormido.

—Bébetelo poco a poco, mientras cierras los ojos y te dejas guiar por mi voz —advierte Docta Sena, colocándose a su lado en posición de meditación.

Escuchar eso en boca de la Sapiente hace que, inmediatamente, se acuerde de Gala Craus y del motivo por el que está ahí. Así que el chico transforma la tristeza y el miedo en un combustible que alimenta su motivación.

Docta Sena empieza a narrar un viaje por Ídedin. Lo invita a imaginarse como un fantasma que recorre la estancia en la que están. Después, lo anima a subir a la Sala de los Cuatro Tronos, en donde la mujer le cuenta algunas anécdotas que compartió con Bahari. Kai puede ver a la perfección a su gemela interpretar todas las escenas que va relatando la Sapiente. Lo lleva por los distintos pasillos del Ubongo, los aularios en los que todos los centinelas practican las enseñanzas, la biblioteca que visitó con Gala hace unas semanas...

Entonces, de repente, se descubre en casa de Bahari. No hay nadie, pero continúa escuchando la voz de Docta Sena, guiándolo en esa meditación tan real.

—Túmbate en el camastro, Kai —ordena la mujer con su dulce y melodiosa voz.

El chico, no sabe por qué, pero se empieza a impregnar de unas sensaciones que desconoce. Estar en esa casa le da una paz increíble. Se siente seguro y protegido. Sabe que le encanta sentarse en la alfombra de la sala principal a leer manuscritos de la biblioteca. Una de sus manías es ver el atardecer de Ídedin a través del pequeño balcón. Le encanta desayunar gachas de avena y mascar raíces de regaliz.

Y entonces ve a Nabil, tan guapo y admirable. Pero un regusto amargo le invade la boca del estómago.

Aparece Yago, tan gracioso y peculiar, con quien se siente extrañamente identificado.

El miedo empieza a apoderarse de él. Varias escenas se suceden rápidamente en su cabeza: el Ubongo, el anuncio de la invasión, extrañas pesadillas...

El caos da paso a una escena que le resulta muy familiar.

Está en una gruta que nadie más que él conoce. Allí se escapa cada vez que necesita estar solo. Un animal lo acompaña. Se llama Virgo y sabe que, pase lo que pase, permanecerá a su lado. Ahora mismo es lo único que lo reconforta. Pero Virgo se pone en alerta y se adentra en la garganta de la cueva. Kai comienza a seguirlo hasta que llega a una apertura en la que ve un claro de luz y la silueta de una persona. Asustado, Kai comienza a correr hacia esa figura, dispuesto a atacar con su lanza. El viento se apodera de él y, justo cuando sale a la luz y descubre el rostro del intruso, se detiene de golpe.

Porque es él mismo.

Los mismos ojos.

Las mismas facciones.

—¿Qué haces aquí?

La voz de Bahari hace que se gire por completo hacia la garganta por la que acaba de salir. Su gemela está ahí, con él. No parece agresiva, pero sí que luce una actitud de alerta a pesar de mostrar serenidad.

—Yo... —tartamudea.

Kai vuelve a girarse, pero donde antes estaba él mismo, ahora no hay nadie.

—¿Cómo has podido meterte en mi sueño? —pregunta Bahari—. ¿Estás en Ídedin?

Así que está dormido. Ha funcionado.

La Sapiente, a la que lleva tiempo sin escuchar, ha conseguido que su mente se encontrase con la de Bahari en el mundo de los sueños.

—Sí —confiesa Kai—. Estoy con Docta Sena. Me está ayudando en este viaje astral. O lo que sea.

Pronunciar aquel nombre hace que Bahari se detenga por completo. Y, del mismo modo que Kai puede ver en su rostro la inquietud, siente también la tristeza y el miedo en su corazón. Eso lo impulsa a tomar la palabra.

—Yo también estoy asustado, ¿sabes? Siempre he caminado en esta vida por inercia, dejándome llevar... Pero no consigo motivarme con nada, con ningún objetivo. Veo a Yago con su sueño de querer ser un autor de éxito o a Amber con la idea de montarse su propio negocio de diseño y yo... yo no tengo nada de eso —relata Kai, dejándose impregnar por todas las emociones que tanto tiempo lleva guardando en lo más profundo de su corazón—. ¡Y me agobia! Me agobia porque parece ser que en esta vida hay que tener un maldito plan. Y si no tienes un sueño o un objetivo, no eres nadie. Y entonces... —hace una pequeña pausa para juntar su mirada con la de Bahari—. Entonces apareciste tú en estos sueños tan extraños y reales. Y me entero de toda la movida del Equilibrio y ¡sorpresa! Parece que la vida tiene un plan para mí.

Kai se detiene unos segundos para serenarse.

—El problema es que no sé si lo quiero —confiesa, en un susurro—. No sé si quiero este destino. Por eso tengo miedo. Porque tengo miedo de fracasar, de no saber hacerlo bien. De decepcionar a todo el mundo. Tengo miedo de no ser lo suficientemente bueno para esto.

Bahari lo mira sin apenas respirar. Siente un nudo en la garganta. Ver a su gemelo contando todo eso hace que se sienta muy identificada con él. Hasta el punto de sentir que sus palabras son las mismas que ella se diría delante de un espejo. Es lo más parecido a hablar consigo misma.

—Te entiendo —confiesa ella—. Por eso... por eso me marché. ¡Porque no quiero ser viajante! Yo adoro las enseñanzas de los Sapientes.

¡Soy leal al Equilibrio y creo en él! ¡Pero como centinela! ¡Tenía un plan! Ser viajante no encaja en ese plan. Que el Equilibrio dependa de mí no encaja en ese plan. Que tú estés aquí, hablándome como si me hablara a mí misma, no forma parte de ese plan. Yo solo quiero ser normal.

Las lágrimas comienzan a surcar el rostro de Bahari por culpa de esa caja de Pandora que acaba de abrir. Su interior había tapiado todos los sentimientos y emociones que interferían en ese idealizado plan, pero ahora... Ahora esa pared se ha resquebrajado.

—No pasa nada por cambiar de plan.

—¡Sí que pasa! —bufa ella, con los ojos llorosos y presa de la rabia—. Porque todo el tiempo que he invertido, todo lo que he luchado para ser centinela, de repente... ¡no sirve de nada! ¡Porque no puedo! ¡No puedo ser centinela! —grita, para después desinflarse de nuevo—. He fracasado... ¿Y sabes qué es lo peor de todo? Que siento decepción conmigo misma. Y eso duele. Duele mucho.

Kai se acerca a la muchacha, que ahora permanece cabizbaja. Despacio, agarra sus hombros como si, a pesar de estar ambos en el mundo de los sueños, pudiera lograr que a través del contacto físico no se sintiera tan sola.

—Que el camino haya cambiado no significa que tengas que elegir otro destino. Quizá puedas ser la centinela que quieres cuando todo esto se pase. Quizás esto de ser viajante te dé unas aptitudes que ningún otro centinela pueda tener. O tal vez mañana todo se vaya a la mierda y nos muramos todos —sonríe Kai, intentando ablandar la tensión—. O puede... puede que en este nuevo camino descubras otro destino y decidas cambiar el rumbo por voluntad propia. Porque, de repente, te das cuenta de que hay algo que te gusta más que ser centinela.

Bahari no puede evitar alzar la mirada de golpe, mirando a su gemelo como si hubiera dicho una blasfemia.

—El futuro es incierto, Bahari. Yo estoy muy asustado, pero intento que el miedo no me domine. Intento ser práctico y centrarme en el ahora. En lo que está pasando. Porque, al fin y al cabo, las decisiones de hoy serán las que nos lleven al mañana. Y yo no quiero un mañana en el que me pueda arrepentir de no haber sido honesto conmigo mismo. No quiero un mañana en el que esté constantemente mirando al pasado, quejándome de lo que quería y de lo que no conseguí. Quiero un mañana en el que pueda ser feliz y disfrutar del presente.

Kai deja que las palabras vayan calando en el interior de la chica. Sabe que su sinceridad está surgiendo efecto porque puede sentir lo mismo que ella, así como ella siente lo mismo que él.

—Déjame ayudarte, por favor —implora a su gemela—. Juntos podemos acabar con esto y ya veremos lo que nos depara el futuro. ¿Qué otra cosa podemos hacer?

Bahari suspira, como si aquello fuera una verdad que no puede cambiar y que no le queda más remedio que aceptar.

—¿Dónde estáis? —pregunta Kai.

—Al sur... —confiesa Bahari—. Cerca de Asserat. Todo está... *destrozado.*

La chica vuelve a humedecerse los labios, respira profundamente como si quisiera armarse de valor y mira de nuevo a los ojos de su gemelo.

—Creo que el portal a Vawav está aquí.

TRAIDORES

Siempre deja encendida la guirnalda de pequeñas luces led. Incluso cuando duerme. A Amber no le molesta el tenue brillo azul del cable que recorre la parte baja de la estantería anclada a la pared lateral de su habitación. La cama está pegada al muro, así que la chica ha aprovechado sus criterios como decoradora y futura diseñadora de muebles para disponer en el pequeño espacio todo lo necesario para su descanso físico y mental. Porque no hay cosa más gratificante que entrar en tu habitación y sentir paz y seguridad. Como debería de ser cualquier hogar.

La vibración del móvil la espabila. Cuando gira el aparato para ver la notificación, la oscuridad azulada se rompe con la blanquecina luz que la obliga a entornar sus ojos por culpa de la intensidad. Cuando ve que se trata de un mensaje de Denis, se despierta de golpe.

Amber abre el chat en el que tantas conversaciones han mantenido y se sorprende al ver que le ha enviado un vídeo. Intrigada, pulsa el botón para reproducir el metraje. En él se aprecia el salón de la casa de Denis. Deduce que él mismo está grabando. Todo luce en penumbra y el sonido de sus pasos es lo único que rompe el silencio de la escena. Se dirige a la habitación a paso lento. No sabe por qué, pero siente inquietud ante lo que está viendo. Le recuerda a los planos subjetivos de las películas de terror que muestran el punto de vista del asesino antes de matar de forma cruel a la primera víctima. Cuando llega al cuarto, Amber se sobrecoge al ver un bulto cubierto con las sábanas de la cama.

Si es Denis el que está durmiendo... ¿quién está grabando la escena?

Una mano blanca con un cuchillo de carnicero entra en plano. El filo apunta hacia el cuerpo que permanece dormido, ajeno a todo lo que ocurre. El cuchillo desaparece en cuestión de segundos en el interior de las sábanas que poco a poco se van tiñendo de rojo.

—¡No! —grita Amber, horrorizada.

La mano suelta el cuchillo y se acerca a descubrir el cuerpo que se oculta debajo de la sábana empapada en sangre. Poco a poco va reconociendo un cabello rubio, un pijama parecido al suyo y...

Amber suelta el móvil cuando reconoce el cadáver. ¡Es ella misma! Vuelve a agarrar el móvil. La mano cambia la grabación a la cámara frontal que muestra el rostro blanquecino de Mila.

—Así que cualquier muestra de afecto que hayas percibido —dice la androide, mientras sus facciones se van transformando en una cara humana— forma parte del plan de engaño.

Mila dice la última frase con la voz y el rostro de Denis. La punzada de dolor que siente hace que se mire el estómago. De su carne, comienzan a surgir unas heridas de arma blanca que antes no tenía. La ropa se empieza a teñir de rojo. El aire no entra en sus pulmones. Y en un último intento por gritar, Amber consigue despertarse de golpe de la terrible pesadilla.

Su respiración es agitada. Se toca todo el cuerpo para ver que no tenga ninguna herida. Poco a poco, su mente va recordando dónde está. Es una estancia igual de pequeña que su habitación de Terra, pero... no tan agradable, cómoda y bien decorada.

La celda en la que han encerrado a la chica es fría, y además de la sencilla cama de colchón fino y duro que cubre con una manta, hay una pequeña letrina con un lavabo.

La cuarta pared está formada por un cristal lleno de pequeños agujeros.

Una figura la observa en la penumbra. Permanece quieta al otro lado de la celda. No tarda en reconocer su silueta.

—Así que... es cierto —acusa Amber—. Me has utilizado.

Denis permanece callado, refugiado en el silencio y la oscuridad que aporta la estancia.

—¡Ten los cojones de contestarme! —grita, levantándose de la cama y yendo directa a él.

Al ponerse en pie, siente un sutil balanceo con el que se desestabiliza y tropieza. ¿Se están moviendo? ¿Acaso está metida en uno de esos trenes futuristas? ¿O en un aerodeslizador?

Amber camina hasta el cristal y mete sus dedos por los agujeros en un gesto con el que implora una respuesta. Sus rostros se encuentran a tan solo unos centímetros. El vaho del aliento de la chica, tan alterado y caliente, empaña el vidrio.

—¿Por qué? —pregunta ella, conteniendo las lágrimas—. ¿Por qué lo has hecho? Y no hablo del Equilibrio y toda esa mierda… ¿Por qué me has mentido? ¿Cuándo empezó a ser esto una mentira? —aúlla haciendo un gesto con el que señala a ambos.

Pero Denis sigue sin contestar. Sin mirarle a los ojos. El chico se da media vuelta, dispuesto a salir de aquel lugar para dejarla sola.

—¡Tenía mi vida! ¡En mi mundo! —grita, mientras lo ve alejarse—. ¡Y me metí en esta mierda porque me he enamorado del estúpido clon de mi compañero de piso!

Denis se detiene al escuchar aquello. Intenta girarse de nuevo, pero, finalmente, sale de aquel oscuro lugar dejando a Amber sola. Ella se deja llevar por el dolor, por la traición y por el sentimiento de impotencia al sentirse, una vez más, como la tonta del cuento que se enamora del chico malo.

Cuando Denis cierra la puerta de las celdas a sus espaldas, se deshace de toda la entereza que ha estado aparentado. El chico se desinfla, dejando caer el peso de su cuerpo contra la pared. La culpabilidad que siente lo bloquea a la hora de pensar en las opciones que puedan sacarlos de ese infierno. Aunque claro… ¿cómo va a querer fugarse con él?

Ha traicionado a Amber. Se ha aprovechado de sus sentimientos para pasar inadvertido en el Priorato del Equilibrio. Pero no contaba con que el afecto fuera mutuo.

Amor…

Siempre ha procurado evitarlo. El amor no hace más que traer complicaciones en un sistema como el de Vawav. No hay cavidad para enamorarse de alguien porque eso implicaría luchar por una independencia y una intimidad que Sif Noah Peaker no permite. Enamorarse de alguien en Vawav significaría huir de la maldita ciudad, perderse en las montañas y sobrevivir como pueda, pero... ni eso es posible. Porque los desterrados acaban en la prisión de Vawav. Y allí, generalmente, se elige la ejecución antes que el aislamiento perpetuo. Por eso, en el fondo de su corazón, se alegró cuando Hada empezó una relación con su mejor amigo.

Por eso, en el fondo, se alegra de que Amber acabe odiándolo.

—Él sabe que ella te importa.

La voz de Gala Craus hace que el chico se ponga en pie, intentando recuperar la compostura y volviéndose a refugiar en esa coraza que tan bien ha sabido manejar hasta ahora.

—Te tiene miedo y necesita a la chica para poder mantenerte a su lado —explica Gala Craus—. Por eso aún no la ha matado.

—¿Miedo? —pregunta, confundido y aturdido por las emociones que todavía le cuesta gestionar—. ¿Por qué iba a tener miedo de mí?

Gala Craus se levanta de la mesa de trabajo en la que lleva inmersa los últimos días. Sif Noah Peaker los ha encerrado a ambos ahí, al lado de la celda de Amber, dejándole libertad total para ir a ver a la chica siempre que quiera.

—Porque tienes algo que él no tiene —dice la doctora mientras efectúa una lectura en diagonal en una de las tabletas electrónicas—. Y lo desea.

—Todo... ¡Todo ha salido mal! Yo... no puedo dejar que la mate. No puedo dejar que le haga daño —confiesa Denis, derrotado, dejándose caer al suelo otra vez.

Gala Craus aparta lo que está haciendo y se sienta al lado del chico. Ambos permanecen unos segundos en silencio. La doctora deja que su mirada fría y casi vacía se pierda en algún punto de la habitación. Denis, por su parte, se refugia en la rabia y la tristeza.

—Noah no puede conseguir lo que quiere. No hay forma genética o científica de darle el poder del Equilibrio —confiesa la mujer—. Pero tú sí, Denis. Tú sí que puedes viajar hasta Ídedin si Kai está allí buscando a Bahari.

El chico se toca las sientes, frustrado. ¿Qué otra opción le queda? ¿Qué otra cosa puede hacer? ¿Será Gala Craus su única esperanza para salir de ahí y salvar a Amber?

—Ayúdame —suplica el chico en un susurro—. Ayúdame a controlar esto. Ayúdame a sacar a Amber de aquí.

Gala Craus deja caer su mano sobre la rodilla del muchacho, intentando tranquilizarlo.

—Haremos algo más que eso —sentencia ella, mientras le muestra un pequeño *pen drive* que lleva camuflado como colgante.

ASUMIR UN DESTINO

—Nabil… —dice Bahari cuando su amigo se da la vuelta y se marcha en dirección opuesta, alejándose de ella—. ¡Nabil, espera!

No se ha atrevido a decírselo nada más despertar. Quizá por lo destrozado que está su mejor amigo al ver el sitio donde se ha criado completamente arrasado, sin un alma viva. Quizá por miedo a la reacción que pudiera tener. Pero Bahari no ha querido contarle lo ocurrido con Kai hasta ahora.

—¡Nos capturarán por traición! —chilla él, sin girarse.

—Nabil, por favor… —insiste Bahari siguiendo su paso.

No sabe qué decirle. No sabe cómo actuar.

La chica quiere dar un par de zancadas y alcanzarlo por el hombro, pero Nabil se adelanta a sus intenciones convocando al viento con un salto que lo hace volar hasta desaparecer por los recovecos de la montaña.

—¡Nabil! —grita Bahari, frustrada.

La única respuesta que recibe es el agudo graznido de Stratus en la lejanía. Se deja caer al suelo, cansada y derrotada. ¡Todo está saliendo mal!

—Volverá.

Yago se sienta a su lado, sobre la rugosa arenilla que marca los caminos que se introducen por los recovecos de la inmensa montaña de Asserat.

—Sí… —contesta la chica soltando un suspiro—. Supongo.

—Aún no ha asimilado lo de su pueblo, así que... —Yago se detiene unos segundos, como si quisiera medir bien sus palabras—. Es normal que no se haya tomado bien lo de Kai.

Bahari vuelve a abrazarse las piernas, mientras se refugia en sus pensamientos. Ver a Nabil de aquella forma hace que viaje mentalmente al momento en el que perdió a sus padres. Fue hace tanto tiempo que le cuesta recordar el sentimiento, pero la sensación de que su familia ya no exista es...

—Quizás estén vivos —verbaliza la muchacha, con esperanza.

—Puede ser, pero has visto lo mismo que yo —confiesa Yago—. Había decenas de cadáveres. Es verdad que estaban carbonizados, pero...

Bahari hace un gesto para callar al chico. Sí, ha visto lo mismo que él. La muerte. El genocidio. Un poblado entero destrozado en cuestión de minutos. Vidas y recuerdos borrados para siempre. Estirpes amputadas de golpe.

Virgo vuelve a restregar su cabeza contra el cuerpo de la muchacha, como si las emociones de ambos estuvieran conectadas y aquello afectara también al animal.

—Nosotros los perdimos hace mucho —confiesa la chica—. A mis padres. Y llevo tanto tiempo sin sentir que más allá de la ciudadela tengo a alguien esperándome que...

Bahari no sabe terminar la frase; no sabe qué decir o cómo continuar. Tan solo siente que el dolor por la pérdida de sus padres se ha anexionado tanto a su alma, que ha aprendido a convivir con ello. Su hogar está en la ciudadela. Y no hay nada más allá de las cuatro paredes de su casa, salvo lo desconocido. Salvo la incertidumbre.

—Virgo es mi única familia —concluye—. Y allá adonde voy, él me acompaña.

—¿Sabes? Mi abuela siempre decía que los amigos son la familia que elegimos —confiesa Yago—. Y para mí, Kai y Amber son lo más parecido a los hermanos que nunca he tenido. ¡Y espero que me acompañen toda la vida! Aunque nuestros caminos se separen...

Bahari puede apreciar la añoranza que siente Yago por Terra y sus amigos. En el fondo está ahí para ayudarlos. Y ella... se ha limitado a drogarlo y a arrastrarlo por todo el desierto de Ídedin sin preocuparse ni un segundo por cómo le afectaría todo esto.

Un bufido de Yago a medias entre la ironía y la tristeza saca a Bahari de sus pesquisas.

—¿Qué ocurre?

—Nada... Me hace gracia esto —confiesa el chico—. El karma de tu mundo es muy hijo de puta: queréis huir de toda la mierda del Equilibrio y al final acabamos en el dichoso portal.

—Tú también crees que está cerca, ¿verdad?

—No hay que ser muy listo para pensarlo: el pueblo entero arrasado por armas que no son de este mundo, tus extrañas jaquecas. Y si encima me dices que esto es una mina de citranium... ¡en bandeja, nena!

El karma siempre ha sido algo que Bahari ha identificado con el destino. Es una forma que tiene la vida de castigarte por no haber sido honesto contigo mismo o, mejor dicho, las consecuencias de haber tomado las decisiones que te han alejado de tu camino. De todos los pueblos de Ídedin, de todas las comarcas montañosas, de todos los yacimientos que se esconden en las distintas cordilleras de su mundo... Vawav ha invadido la de Asserat. ¡Cuando todas las lecturas apuntaban al norte! No existe ninguna explicación lógica, pero sí una creencia que subraya el sino de la muchacha.

—Quiero ayudar —confiesa Bahari—. De verdad que quiero, pero me da tanto miedo no estar a la altura, fallar a mi pueblo. Quise ser centinela para seguir el camino de mis padres: proteger Ídedin y servir al Equilibrio. Si me vieran seguro que...

—¿Estarían decepcionados? —interrumpe Nabil—. Vamos, Bahari. El miedo es lo que nos hace ser humanos. El miedo es lo que nos enfrenta a nuestras pesadillas más profundas. Creo que nadie esperaba que fuerais a reaccionar como auténticos héroes de película —dramatiza Yago—. Ni tú ni Kai ni Denis. Cada uno tenéis vuestra lucha y vuestra forma de hacer frente a los miedos. Lo importante es que os enfrentéis a ellos. Porque, queráis o no, tarde o temprano lo vais a acabar haciendo. ¿Cuándo y cómo? —Yago se responde a sí mismo encogiéndose de hombros—. Quién sabe. Supongo que esto forma parte de hacerse adulto.

La rugosa lengua de Virgo lamiéndole las trenzas de la cabeza hace que la chica se gire de nuevo hacia el animal para acariciarlo. Al juntar su frente con la de él, siente el ronroneo que tanta paz transmite.

Yago tiene razón. Debe de hacer frente a sus miedos. Y la única forma de abrir esa caja de Pandora es aceptando su don y responsabilizándose de sus acciones.

Bahari se pone en pie con ayuda de su lanza. Se queda observando la hoja afilada de la piedra que tanto le costó manipular en las clases del Ubongo. El recuerdo de Docta Sena la invade de nuevo. Decide abrazarlo y embriagarse de él, cerrando los ojos y dejando que las emociones se transformen en calor. Condensa toda esa energía en la palma de su mano y, después, con un movimiento certero, lanza una bola de fuego que se estampa y apaga contra la pared de piedra.

—Kai y los Sapientes tardarán varios días en llegar —confiesa la chica—. Encontremos ese maldito portal.

OCTAVA CATÁSTROFE
¿Cómo puedo salir de aquí?

¿Alguna vez sientes que no puedes más?

¿Que estás fuera de lugar?

Como si vivieras en un mundo al que no perteneces y nadie te entendiera.

La música suena tan alta en mis auriculares que no escucho la lluvia estamparse contra el cristal del autobús. Ni siquiera escucho los berridos y risas de Guille que, como todas las mañanas, se sienta en la última fila con sus amigos.

No, no sabes cómo es.

Cuando nada está bien.

No sabes cómo es ser como yo.

Intento subir aún más el volumen, pero me doy cuenta de que está al máximo. Llega la mejor parte de mi canción favorita de Simple Plan y lo único que me apetece es que desaparezca todo a mi alrededor para cantarla a pleno pulmón. Pero me limito a mover la cabeza al ritmo de la música, a agitar los brazos como si fuera el mismísimo Chuck tocando la batería.

Una colleja hace que me quite los auriculares de golpe.

—¡Sordo! —me dice Guille, riéndose—. Te estoy preguntando qué estás escuchando. Estás muy venido arriba.

—Simple Plan —contesto con la boca pequeña.

—¿Quién? —dice, estallando en carcajadas—. ¿Qué mierda es esa?

Tengo ganas de decirle que sabe perfectamente quiénes son porque hace tres años los escuchábamos en mi cuarto a todo volumen cuando sus padres se iban de viaje y él tenía que quedarse a dormir en mi casa.

Pero prefiero dejarlo en su pompa maravillosa de líder de manada para evitar más humillaciones y problemas.

—¿No tienes nada de Bad Bunny? ¿O algo más *trending*?

Cada vez que me habla mira a sus amigos, buscando el reconocimiento. Yo me limito a observar por la ventana y a centrarme en ver caer las gotas de lluvia.

—¡Guillermo Soto! —grita la monitora cuando se da cuenta de que está en pie.

Todavía me pregunto cómo no lo han expulsado de la ruta que hace el bus del colegio todas las mañanas. Siempre está gritando, desobedeciendo, haciendo el tonto... Guillermo molesta, en general. Pero la gente le ríe las gracias y, por alguna extraña razón que no termino de comprender, cae simpático a todo el mundo. Supongo que el divorcio de sus padres hizo que la gente fuera más transigente con él. Y él, más cabrón conmigo.

—Déjame sentarme, anda —me dice mientras aparta mi mochila y me la pone encima.

Esto es nuevo. ¿Guille sentándose otra vez a mi lado?

—¿Qué quieres? —pregunto, sin pretender sonar simpático.

—Nada, ¿por qué?

—Te has sentado a mi lado.

—Sí... ¿y? —me suelta con una sonrisa incrédula—. Antes nos sentábamos juntos.

Creo que la cara que pongo responde por las palabras que me guardo, así que sin decir nada vuelvo a ponerme los auriculares.

Pero él me los vuelve a quitar.

—Pero no me ignores, joder —protesta.

—Te he preguntado qué quieres y me has dicho que nada.

—Vale, sí que quiero algo —confiesa.

Me quedo callado, alzando de manera sutil las cejas para dar a entender que estoy dispuesto a escucharlo.

—¿Te has terminado *Marina*?

Suspiro.

Así que eso es lo que quiere: que le haga un maldito resumen de la lectura obligatoria que nos han mandado en clase y que, por supuesto, no se ha leído.

—Sí —contesto de forma escueta.

—¿Me lo puedes resumir?

—Guille, tienes un montón de resúmenes en YouTube y...

—¡Ya sabes que mi madre no me deja traer el puto móvil a clase! —me interrumpe, furioso—. ¡No puedo verlo! Y me he acordado ahora de que el examen es hoy.

No me puede estar pasando esto. No quiero que me esté pasando esto. Solo quiero desaparecer y...

—¿Me lo vas a contar o no?

—Pues... es que yo tampoco me lo he terminado —miento.

—Pero si me has dicho que sí.

—Ya, pues te he metido.

—¿Me has mentido antes o me estás mintiendo ahora? —me dice con su sonrisa lobuna—. Vamos, Rodri, que nos conocemos.

Me vuelvo a poner los auriculares, subiendo al máximo el volumen de la canción de Simple Plan. Guille me intenta agarrar los cascos, pero yo soy más rápido y me llevo las manos a las orejas para que evite hacerlo. Entonces él me clava el puño en las costillas, obligándome a cubrir mi torso por la molestia, y aprovecha la ocasión para intentar de nuevo devolverme al mundo real.

Estar herido.

Sentirte perdido.

Que te abandonen en la oscuridad.

Pero me niego. Me vuelvo a defender haciéndome un ovillo, como esos armadillos que se convierten en una bola cada vez que tienen miedo de un depredador.

Que te peguen cuando ya estás en el suelo.

Sentirte el ser más desplazado.

Guille me propina un nuevo puñetazo y comienza a buscar el móvil al que tengo conectados los auriculares.

Estar a punto de romperte,

y que nadie esté ahí para salvarte.

No, no sabes cómo es.

Cuando lo encuentra, tira de él con tanta fuerza que el cable se desconecta dejando que los altavoces del móvil canten esa frase que tanto me destroza cada mañana cada vez que me tengo que subir a este maldito autobús.

Welcome to my life.

—¡Esos móviles! —dice la monitora cuando escucha la canción, pero enseguida descubre a Guillermo encima de mí con el móvil en alto—. ¡Guillermo Soto! ¡Vuelve a tu sitio o te juro que hago dar la vuelta al autobús y te dejo en casa! ¡Y apaga ese móvil si no quieres que me lo quede!

Él me mira con ese gesto de furia que hace que se le marque la mandíbula.

—Ahora te devuelvo el puto móvil —escupe en un susurro mientras se lleva mi teléfono a la parte de atrás.

La música se corta de golpe y yo me quedo sin lo único que me hace evadirme de la realidad. Intento contener las lágrimas. Me concentro en mirar los ríos que forma la lluvia que no deja de caer por los cristales del autobús. ¿Cómo le voy a explicar a mis padres que he perdido el móvil? Porque, obviamente, no lo voy a recuperar. ¿Cuánto tiempo más voy a poder aguantar? ¿Cómo puedo salir de aquí?

Cuando el autobús llega a la puerta del colegio comenzamos a bajar todos en fila ordenada, pero en el momento en el que salimos y vemos la tormenta que está cayendo, echamos a correr hacia el interior.

Un trueno retumba por todo el patio.

—¡Eh!

La voz de Guille vuelve a atemorizarme.

—¡Rodri!

Un nuevo trueno ahoga su grito. No quiero girarme, me limito a correr.

Pero, por desgracia, él es más rápido que yo y no tarda en alcanzarme.

—¡Puto sordo! —me grita, mientras me propina un empujón.

El envión de su golpe me hace tropezar y caer al suelo. Las palmas de mis manos aterrizan en un charco de agua lleno de barro. La lluvia no deja de caer y, cuando me giro, veo a Guille en pie riéndose, rodeado de sus amigos.

—Toma, tu móvil —me dice con desprecio, mientras me lo tira encima del pecho—. Tienes que borrar el historial de Chrome, marica.

La advertencia va acompañada de una risotada de la que se contagia el resto. Añaden bromas humillantes sobre vídeos porno que jamás he visto, mientras emprenden la marcha hacia las aulas.

La lluvia no deja de caer. Mis lágrimas se camuflan con las gotas de agua que cubren mi rostro. Entonces siento una furia y una impotencia tan grandes, que dejo que el odio que tengo hacia la persona que años atrás era mi mejor amigo se apodere y hable por mí.

—¡No me extraña que tus padres se divorciaran por tu culpa! —grito.

Guille se para en seco. Las risas se cortan de golpe. Solo el sonido de la lluvia contra el pavimento rompe el silencio. Él se gira poco a poco, mientras yo aún sigo hiperventilando por la euforia del momento.

—¡Te odio! —vuelvo a gritar, alargando con todas mis fuerzas la última vocal.

Y entonces suena un estallido que hace retumbar todo.

Uno de los árboles que adornan el patio del colegio comienza a perder trozos de corteza, mientras que varias ramas caen al suelo.

Otro estallido, acompañado de un resplandor, hace que nos giremos hacia una de las cornisas del colegio para ver cómo varios fragmentos de hormigón se desploman sobre la pista de fútbol.

Guille y yo nos volvemos a mirar. Los dos seguimos agitados, pero la rabia ha dado paso al miedo. Él es el primero en darse la vuelta y emprender la carrera hacia el interior del colegio.

Otro estallido a mis espaldas hace que uno de esos postes de madera que llevan los cables de luz estalle en pedazos. El rayo ha caído tan cerca que puedo oler el chamuscado.

Sigo huyendo, empapado por la lluvia y por el maldito charco de barro al que me ha tirado Guille.

Guille. Guille. Guille.

Vuelvo a tropezar por culpa del pavimento deslizante. Esta vez me hago daño en la muñeca izquierda. Intento ponerme en pie, pero de repente siento cómo los pelos del brazo se me erizan.

El estallido va acompañado de una bola de luz que surge a tan solo unos centímetros de mí. Siento cómo algo me recorre todo el cuerpo, una especie de calambre. La lluvia va acompañada de trozos de asfalto.

Y entonces se produce otro estallido.

Y otro.

Y otro más.

Me vuelvo a hacer un ovillo para protegerme de la tormenta eléctrica que me está cayendo encima.

Con suerte, me partirá algún rayo.

Con suerte, Guille no me partirá la cara.

EL RUGIDO DE LA MONTAÑA DE ASSERAT

Las montañas de Asserat son tan caprichosas por culpa de los sedimentos que ha ido arrastrado el viento del desierto durante miles de años. Los cientos de recovecos que hay en la mole de rocas forman un laberinto de caminos repletos de cuevas, barrancos y puntos muertos en los que no hay salida.

El corazón de la cordillera encierra una pequeña llanura que, según dicen las antiguas escrituras, se trata de los restos de un cráter que provocó un meteorito. Sin embargo, las leyendas de Asserat cuentan que esa llanura no es otra cosa que el corazón de la montaña que guarda las almas de Ralio y de Herum, los soles de Ídedin, encarnadas en uno de los minerales más preciosos que existen: el citranium.

A Bahari le hubiera encantado ver esa llanura virgen y vacía, sin la estampa actual en la que decenas de soldados de Vawav tallan las paredes de la montaña. Un campamento con varias tiendas con una tecnología desconocida para la muchacha se extiende a lo largo del lugar. Pero lo más impactante y sobrecogedor de la escena es ese umbral que, en mitad del espacio, parece rasgar las entrañas de la montaña para mostrar su oscuro interior lleno de arena negra.

—Vawav... —susurra la chica.

Esperaba encontrarse esa inmensa ciudad que vio cuando viajó hasta el apartamento de Denis con Kai y el resto. En su cabeza, se imaginaba un portal repleto de luces de neón y amasijos de hierro, pero tiene sentido que el dictador de Vawav haya decidido abrir el umbral en la zona más oscura y yerma de su mundo.

Tanto ella como Yago prestan atención a los carros en los que transportan los trozos de citranium que, sin ruedas y a través de una tecnología que los hace levitar, van dejando el mundo de los dos soles para introducirse en el de la noche eterna.

—¿Qué vamos a hacer? —pregunta Yago—. Porque solo somos dos. Y yo no tengo poderes.

Eso mismo se lleva preguntando Bahari desde que decidió emprender la marcha sin Nabil. Podría haberse puesto a buscar a su mejor amigo, pero Yago tenía razón: quizá necesitara tiempo para estar solo, y si eso lo llevaba a abandonarlos, sería una decisión que tendría que aceptar.

De repente, los dos amigos observan cómo empiezan a entrar por el portal varios agentes de Vawav con armas y uniformes más propios de una guerra que de la recolección minera. Ambos intercambian una mirada de preocupación con la que se dicen todo.

—Tenemos que cerrar ese portal de alguna... ¡auch!

Otro dolor de cabeza, punzante y desagradable, vuelve a taladrar su cráneo. Si han podido encontrar el portal es porque, de alguna extraña manera, la chica se ha convertido en una brújula con sus dolores de cabeza: cuanto más profundo y duradero es el dolor, más cerca están del umbral.

—No estás en condiciones de cerrar ese portal por ti misma, querida —confiesa Yago, situándose al lado del felino—. Díselo, Virgo.

El animal emite un maullido de complicidad con el chico de Terra al escuchar su nombre y él le premia con una cariñosa caricia en la cabeza. Es entonces cuando Bahari se da cuenta de algo.

—Somos tres —afirma.

A Yago parece costarle unos segundos deducir que el tercero en discordia es el propio Virgo.

—¿En serio? —dice alzando la ceja—. No pongo en duda las aptitudes de Virgo, pero...

—¡Es que ambos podéis ser un elemento de distracción estupendo! —interrumpe ella, emocionada.

—¿Perdón? —contesta Yago, poniendo una pose de incredulidad—. ¿Elemento de distracción? ¡Querrás decir «cebo»!

—Solo necesito acercarme lo suficiente para intentar sepultar el portal... Y necesito estar concentrada para provocar una avalancha.

—Porque lo de inundar todo el cráter no es una opción, ¿no?

—¡No sabemos si hay rehenes o inocentes ahí abajo! —exclama la chica con indignación, pensando en la posibilidad de que la familia de Nabil siga con vida. Además del pobre viajante al que han secuestrado para abrir el portal, claro.

Yago alza las manos en un gesto de tregua para después volver a echar un vistazo a la estampa que se encuentra a unos metros por debajo de ellos.

—¿Y cómo bajamos? —pregunta el chico—. Levantaremos polvo si nos desplazamos ladera abajo.

—Volando.

Como si las cuevas de la montaña fueran una garganta, la voz de Nabil surge por una de ellas antes de que aparezca en compañía de Stratus. El primer impulso de Bahari es salir corriendo hacia su amigo y abrazarlo, pero sabe que la situación es tan compleja y delicada para él que hace un esfuerzo por controlar sus emociones.

—Has vuelto —afirma Bahari, sonriendo.

—Nunca me he ido —contesta él—. Solo necesitaba un tiempo a solas.

Nabil observa con detenimiento a sus dos compañeros de viaje y después alza la vista al escenario que se vislumbra en el claro de las montañas de Asserat. No se muestra tan sorprendido, porque ya lo ha visto desde los cielos a lomos de Stratus. Sin embargo, Bahari puede percibir en los ojos de su amigo el dolor que siente al contemplar cómo están corrompiendo la tierra en la que se crio.

—Que siga contigo no significa que comparta tus decisiones —afirma Nabil con un tono seco e impasible—, pero lo que siento hacia ti me impide dejarte sola en esta cruzada tuya. Bien es cierto que dentro de mí hay rabia y sed por vengar a mi pueblo —dice mientras aprieta los puños que, inmediatamente, se empiezan a teñir de un color rojizo por culpa del fuego que aguarda ser invocado—, pero antes te prestaré mi lealtad *viajante*.

Las últimas palabras van acompañadas de una reverencia con la que Nabil hinca la rodilla e inclina su rostro ante Bahari.

—Nabil, no hace falta esto... yo...

—Eres quien eres —interrumpe el muchacho—. Y pase lo que pase tendrás mi respeto y mi oficio a tu disposición.

Nabil toma la mano de Bahari. Con la yema de sus dedos recorre las falanges de la chica, acariciando con cortesía cada milímetro. Después, gira con delicadeza la palma y junta sus labios con la rugosa piel en un beso pausado y cariñoso. Una nueva reverencia sentencia la sumisión del muchacho ante ella en un intento de disculpa por su comportamiento.

—¿Cuál es el plan? —pregunta con decisión una vez que se ha puesto en pie.

Lo primero que escuchan los mineros es un graznido agudo cuyo eco rebota por todas las paredes del cráter. Eso pone en alerta a los agentes de la Nación que, de inmediato, alzan la vista al soleado y deslumbrante cielo intentando descubrir a la bestia que los visita. Sin embargo, sus ojos no están acostumbrados a tanta claridad, por lo que les resulta imposible distinguir al enorme pájaro que vuela a toda velocidad hacia ellos.

Primero sienten cómo la brisa (que hace unos minutos era inexistente) comienza a adquirir más fuerza. Los graznidos son cada vez más potentes por la cercanía de la bestia. Parece que están sincronizados con la velocidad del viento que, cada vez, es más molesto. Los agentes de la Nación no distinguen al monstruo alado hasta que está a tan solo unos pocos metros de una de las tiendas en las que esconden el citranium. Cuando el pájaro parece que va a aterrizar sobre ellos, sus alas embisten con tanta fuerza que provocan un potente vendaval que acaba levantando una molesta nube de polvo y arena que empieza a girar sobre sí misma en lo que parece un remolino.

La fuerza del viento es tal que las lonas de las tiendas empiezan a salir por los aires. La densidad de la arena hace que los soldados no puedan ver con claridad la figura humana que se encuentra en medio de toda la escena, alzando los brazos con poderío.

—¡Allí! —grita uno de los agentes—. ¡Disparad! ¡Es brujería idediana!

El torbellino de arena que cada vez se parece más a un tornado comienza a desprender un fuerte calor. La sombra que se halla en el ojo de la tormenta de arena empieza a cubrirse de un fuego que, poco a poco, se va expandiendo como una serpiente a merced del viento, recorriendo la misma dirección circular.

Los disparos se suceden uno detrás de otro y eso hace que la figura desaparezca en un parpadeo.

La calma no tarda en regresar. El aullido del viento se convierte en un susurro. La tormenta de arena se ha transformado en una bruma de polvo que, poco a poco, va desapareciendo.

Ellos no lo conocen. Nadie de Vawav o de Ídedin lo ha visto alguna vez. Pero esa calma repentina que ha interrumpido el caos, en Terra es lo más parecido al ojo del huracán. Se trata de una calma falsa, de un engaño. Porque cuando el ojo pase, regresará el caos.

Y, en este caso, el preludio del segundo acto lo protagoniza una vibración en el suelo que, poco a poco, se va transformando en un temblor.

Un rugido felino anuncia el resquebrajamiento de la tierra en una grieta que va directa al portal que se adentra en la noche eterna de Vawav.

—El rugido de la montaña de Asserat —susurra el viajante Arno.

UN CAMBIO DE PLANES

Bérbedel está tan cansado que no sabe si está vivo o muerto. Le cuesta discernir entre la realidad y el mundo de los sueños. Sus recuerdos se mezclan con sus mayores anhelos. Físicamente, no siente nada. Ni frío ni calor. Ni dolor ni placer. Cualquier sensación proviene de una mente partida en dos debido a la constante apertura del portal. Todo lo que ve Arno también lo ve él. Y viceversa. Así que después de una danza eterna de mentes y mundos, los dos viajantes se encuentran en un limbo del que no saben salir.

Hasta que escucha su voz.

Hasta que siente el tacto de sus manos.

Hasta que huele el perfume de su piel.

Bérbedel llega a pensar que la manifestación de Gala Craus es, simplemente, la forma en que la muerte se camufla para llevarlo al más allá. El disfraz del que se viste la Parca para engañarlo, para animarlo a dejar todo y descansar para siempre.

Y Bérbedel quiere hacerlo. Desea morir y poner fin a esa tortura. Pero Vawav se asegura de mantenerlo conectado a la vida y eso solo puede significar una cosa: que ella es real.

Solo han sido unos segundos. Un brevísimo lapso en el que ha conseguido salir de ese extraño limbo en el que permanecía con su gemelo de Ídedin. Ha sido poco tiempo, pero suficiente para saber que no quiere volver al letargo. Así que hace todo lo posible para despertar a Arno y volver a tener control mental.

Por ellos. Por ella. Por el Equilibrio.

Ahora que Arno siente el viento y el fuego, Bérbedel aprovecha la oportunidad para tomar las riendas de su cuerpo.

El rugido de la montaña de Asserat, escucha decir a Arno en su cabeza. *Ídedin lucha, hermano.*

—Sí... —susurra Béberdel con una sonrisa—. Y nosotros, con ellos.

Así que hacen acopio de todas las fuerzas que les quedan y se concentran en bailar una última danza con la que no solo cerrarán el portal. También sepultarán sus vidas.

Pocas veces Sif Noah Peaker se atreve a mirarse en un espejo. El pánico que siente hacia el paso del tiempo le impide disfrutar de un reflejo que, cada día que pasa, envejece un poco más. Quizá por eso fue el primer dictador que se atrevió a utilizar el traspaso de conciencia consigo mismo. La complicada tecnología solo había sido utilizada para transferir algunos recuerdos de personas en fase terminal a androides, para que luego los familiares pudieran disfrutar de charlas con sus difuntos o, simplemente, escuchar los consejos, historias o chistes que tanto les caracterizaba cuando vivían. Hasta que el Sif, con una enfermedad degenerativa comiéndose su primer cuerpo, se planteó la existencia de la inmortalidad. No en la carne, sino en la mente.

Aquello ocurrió hace casi doscientos ochenta años. Ahora luce con orgullo su quinto cuerpo con el que lleva caminando más de cuatro décadas y, como es lógico, la madurez comienza a manifestarse en forma de surcos y arrugas de expresión por su piel. Intenta contener al máximo sus emociones para evitar deformar el rostro, pero resulta imposible luchar contra los efectos de la gravedad.

Sif Noah Peaker estudia con detenimiento su cuerpo desnudo delante del espejo. Se palpa cada recoveco de su piel, en busca de imperfecciones que solventar en el siguiente recipiente al que decida traspasarse. Decidió prescindir de los genitales hace un centenario por los impulsos animales que le provocaban. Ni como hombre ni como mujer conseguía domar el instinto sexual y aquello era un lastre para un dictador tan entregado como él.

Con una mano, hace aparecer en el espejo la imagen del joven viajante que se hace llamar Denis. El Sif se pregunta qué pasaría si utilizara ese cuerpo para traspasar su conciencia. ¿Adquiriría la habilidad de poder viajar entre los tres mundos? ¿Comprendería los misterios del Equilibrio? Esta idea lo excita tanto que, de tener un órgano sexual, habría recurrido al placer de la masturbación.

No sabe cuánto tiempo van a aguantar Bérbedel y Arno. Están muy deteriorados y el Sif es consciente de que, en cualquier momento, la muerte acabará encontrándolos. Eso, por otro lado, permitirá diseccionar sus cerebros y descubrir la causa científica de su habilidad.

Pero... ¿y si no la hay? ¿Y si no hay nada que explique esta habilidad? Igual que la conciencia de cada uno, igual que aquello llamado «alma». Por eso mantiene a la doctora Gala Craus con vida. Por eso necesita de su conocimiento tanto como a Denis.

Sif Noah Peaker está jugando una peligrosa partida de ajedrez en la que desconoce la función de algunas de las piezas del tablero. Así que se arma de la paciencia necesaria para poder orquestar todo y esperar hasta tener la oportunidad de movimiento que lo lleve a controlar ese poder que tanto desea.

La luz roja que jamás debería de iluminarse lo saca de sus cavilaciones.

Con otro gesto, quita la imagen de Denis del espejo y se gira hacia el holograma entrante que comienza a tejer la imagen de uno de sus agentes de mayor rango.

—Nos han descubierto —informa el soldado—. Ídedin nos ataca.

Noah Peaker frunce el ceño, decepcionado. Poco a poco, ese sentimiento se va tiñendo de enfado y, como no lo controle, acabará siendo víctima de la rabia. El dictador no esperaba que fueran a encontrar el portal tan pronto. ¿Cómo habrán dado con él? Sabe que Ídedin está buscando en la dirección opuesta, así que ¿qué está ocurriendo?

El Sif se toma unos segundos para la reflexión y el control. Sabe que su prioridad es proteger Vawav, el mundo por el que tanto tiempo lleva luchando. Su proyecto está en peligro y no puede consentir que una alteración como esta lo ensucie o acabe dañándolo. Tiene cristales suficientes para comenzar con el experimento de la luz eterna. Así que puede llevar a cabo el descabellado plan que guarda en uno de los recovecos de su cabeza. Un plan que tenía la esperanza de no tener que implementar, pero que, dada la situación, no tiene más remedio que activar. Porque es la opción más coherente y segura para Vawav.

—Enviad a las bestias —ordena rompiendo la afonía habitual que tanto lo caracteriza—. Y que entren todas las tropas.

—Sif, si nos introducimos tantos, es posible que los viajantes no...

—¡Conozco los riesgos! —grita—. Vayan con todo. Aseguren el campamento en Ídedin y después cierren el portal —sentencia con la oscuridad más perniciosa en su rostro—. Ahora ese terreno nos pertenece. Forma parte de Vawav, ¿lo entiende? Protéjalo con su propia vida. Tendrá noticias mías.

Cuando finaliza la conexión, Noah Peaker vuelve a ponerse sus habituales ropas y sale del despacho para subir al puente de mando del aerodeslizador. Ordena al piloto que aterrice en un sitio tranquilo y seguro de inmediato.

Después, desciende a la parte baja de la nave en donde mantiene encerrados a Denis, la doctora y la dichosa mujer de Terra. Dos agentes lo acompañan con sus armas reglamentarias mientras que el dictador, con paso decidido, preside la marcha. Justo a unos metros de llegar a la puerta que da a las celdas de aislamiento, saca de su cinturón la pistola que utilizó con la doctora para hacerla levitar en su encuentro con Bérbedel. ¡Qué curioso resulta volver a usarla con los mismos fines en tan poco tiempo!

Cuando entran en la celda donde está Amber, sin mediar palabra alguna, Sif Noah Peaker dispara a la chica atrapándola en esa especie de fuerza invisible que la controla por completo. Después, abre la segunda puerta que descubre el improvisado laboratorio en el que están trabajando Denis y la doctora Gala Craus. Cuando el muchacho ve a Amber levitando, sabe que este es el momento que estaban esperando.

—Necesito que abras ese portal —ordena el dictador.

Acto seguido le lanza otra pistola igual a la que utiliza con Amber.

—Y necesito que sepan que el viajante de Vawav está con Vawav.

La mirada que lanza el Sif a la doctora pone al chico los pelos de punta. Denis sostiene el arma en sus manos, sin saber qué hacer.

Entonces mira a Gala Craus.

Y cuando ve cómo esta asiente en un gesto tranquilo, entiende que la oportunidad que ambos estaban aguardando ha llegado.

EL SABOR DE LA TRAICIÓN

Ante la imposibilidad de abrir un portal dentro del mismo mundo para viajar al lugar en el que se encuentra su gemela, Kai propone ir a Terra para crear desde ahí un nuevo portal a Ídedin que los lleve hasta Asserat. Sin embargo, Docta Sena le advierte de los peligros que eso supone para el Equilibrio.

—Lo desestabilizaría más de lo que está —explica—. No solo pasarían por el portal cuatro personas. Hace falta un ejército entero para plantar cara a Vawav. Y eso no solo desgasta al Equilibrio. También a ti, querido Kai.

Así que al chico no le queda otra que quedarse en el Ubongo en compañía de los Sapientes para continuar su aprendizaje como viajante. No es que no quiera ir con Bahari y con Yago; su primer impulso ha sido ese. Pero Docta Sena tiene razón en que él es el único nexo entre un mundo y otro. Además, en caso de que Denis necesite su ayuda con la doctora, es más factible que el chico se encuentre en un lugar seguro y bajo el amparo de los centinelas que en pleno desierto con una guerra de fondo.

Ahora está en una de las aulas donde se forman los centinelas, con Docta Sena enseñándole las nociones básicas de Ídedin, para que pueda conocer mejor las costumbres y la vida de ese mundo.

—La naturaleza se rige por cuatro elementos —explica la Sapiente—. Y cada uno de esos elementos afecta de una manera distinta a cada persona.

Kai intenta concentrarse en la impostada lección, pero su mente está más pendiente de lo que les podría suceder a Bahari o a Denis en Vawav. Por eso, cuando escucha su nombre en boca de su gemelo, se sobresalta.

—¿Qué ocurre? —pregunta Docta Sena.

—Creo… creo que es Denis.

Kai cierra los ojos, intentando concentrarse. Debería de impregnarse de los olores de Vawav, sentir ese cosquilleo recorriendo su columna vertebral. Pero hay algo que se lo impide.

—Ten en cuenta que no estás en Terra —añade Docta Sena—. La conexión mental requiere mayor esfuerzo.

¿Y entonces qué hace ahí? ¿Por qué los Sapientes le han insistido tanto en quedarse en Ídedin cuando en Terra tiene mejor «cobertura»?

—Quizá debería volver a Terra y… —propone el chico.

—No, esta es una buena oportunidad para perfeccionar tu habilidad como viajante —interrumpe Docta Sena, con premura—. Tienes la motivación y existe un interés por parte de tu gemelo. Tú no dejas de ser un puente, querido Kai. Terra está en ti. Eres el Equilibrio. Puedes abrir un portal directamente entre los dos mundos. Concéntrate.

Esas palabras le recuerdan a la doctora. Existen muchas similitudes entre lo que aprendió con Gala Craus y las enseñanzas de Docta Sena. El talante y la forma que tiene la Sapiente de decir las cosas lo ayudan a invocar más aún el afecto y la añoranza que siente hacia su desaparecida mentora. Kai aprovecha el cúmulo de sentimientos para concentrarse todavía más en Gala Craus y buscar a Denis.

Kai…

La voz de su gemelo se escucha en un débil susurro que parece viajar con el eco. Como si llegaran los restos de un grito que ha lanzado desde su mundo. Kai hace un esfuerzo por concentrarse, por impregnarse de todos esos recuerdos que conectan con su gemelo. Amber estará con él, así que piensa en la sonrisa de su amiga, en su rostro. También se apoya en dibujar en su imaginación las facciones tan parecidas que comparte con Denis: su perfilada cara, la cabeza rapada, los azulados ojos que rompen con su pálida tez.

Kai.

La voz ya no es un susurro. Los vellos del brazo se le empiezan a erizar. Por su columna viaja ese hormigueo eléctrico que, poco a poco, va dando paso a los distintos olores y sabores que impregnan sus sentidos.

—Denis... —susurra el chico—. Denis...

Kai. Está conmigo. Gala Craus está conmigo.

Escuchar ese nombre hace que el chico abra sus párpados de golpe mostrando los ojos en blanco, pero con un gesto de control y decisión. De su espalda emergen los dos auras espectrales que, poco a poco, van descubriendo el mundo paralelo que se encuentra al otro lado del Equilibrio.

Kai empieza a degustar el sabor a metal; siente el frío que recorre su piel y la humedad de Vawaw que inunda sus fosas nasales. La silueta de su gemelo va formándose delante de él y, a su lado, puede ver la de Gala Craus. Kai se aferra con decisión a esas emociones, buscando de manera desesperada la conexión con Denis.

Y entonces lo siente.

Siente el miedo. Siente la expectación. Siente que algo no va como debería ir. Porque de entre todos esos sentimientos negativos hay uno que sabe a traición.

Pero el portal ya está abierto.

En mitad del aula se han rasgado el espacio y el tiempo con un umbral que conecta la piedra marrón del Ubongo con la tierra negra de Vawav.

El primero en cruzar es Denis. Su penetrante y seria mirada, llena de oscuridad, no augura nada bueno. Lo sigue la doctora Gala Craus, quien aparece con las dos manos dispuestas en una posición de encadenamiento, como si unas esposas invisibles la tuvieran retenida. La última figura en cruzar luce un aspecto tan lúgubre que a Kai le recuerda a la propia muerte.

Sif Noah Peaker aparece en el Ubongo de Ídedin custodiado por dos de sus agentes.

—¿Qué es esto, Denis? —pregunta Kai, confundido.

¿Por qué su gemelo tiene esa mirada?

¿Por qué sostiene una pistola en sus manos?

El chico de Vawav no contesta. Ni siquiera es capaz de mirarlo a los ojos.

—Soy Sif Noah Peaker, líder de Vawav —anuncia el dictador con su tenebrosa afonía—. Solicito audiencia con los Cuatro Sapientes de Ídedin.

EL AULLIDO DE LAS BESTIAS DE VAWAV

La grieta que rasga las entrañas de la llanura de Asserat se desvía hacia una de las impresionantes laderas de la montaña, provocando una lluvia de desperfectos con la que caen tierra, piedras y citranium. La luz del peculiar mineral de Ídedin provoca un efecto óptico parecido al de ver a un centenar de luciérnagas estrellarse contra el suelo.

—¡Bahari!

El grito de Nabil hace que la chica se gire hacia el otro extremo en donde varios soldados están apuntándola con unos extraños artilugios que no tienen pinta de ser inofensivos. Un pequeño chasquido hace que una bola de luz salga del arma de uno de los agentes de Vawav. Sin embargo, antes de que pueda alcanzarla el disparo, Virgo ha agarrado sus ropas para subirla al lomo y sacarla de allí cuanto antes.

Mientras que Nabil ejerce el poder del viento y del fuego ante cualquier soldado que los amenace, ella se limita a utilizar su rabia para manipular la tierra a su antojo: algunos soldados se hunden en unas repentinas arenas movedizas y otros son engullidos por la pared de roca, mientras que los más cercanos sufren la estocada directa de la lanza que se mueve a la misma velocidad que Virgo.

A Bahari le encantaría poder relajarse para invocar el agua y emplearla a su favor, pero está demasiado alterada. Además de la tierra, solo se ve capaz de recurrir al viento a través del miedo, pero con

Nabil a su espalda ejerciendo un control absoluto sobre ese elemento, no lo ve de utilidad.

Su amigo no escatima en mostrar el poderío y la impresionante fuerza que tiene sobre el viento. No solo es capaz de provocar torbellinos que hacen salir en volandas a cualquier soldado en una destructiva nube de polvo, sino que también es capaz de lanzar por los aires a sus atacantes, como si una fuerza invisible los empujara hacia donde él quisiera.

Bahari se concentra en avanzar hasta el portal. Su objetivo es cerrarlo. No dejan de entrar soldados cada vez más armados y preparados para la batalla que ¡solo están librando dos centinelas!

Está tan solo a unos metros de llegar a la inmensa apertura en la que ya puede divisar la playa negra de Vawav cuando, de repente, un aullido metálico hace que se le hiele la sangre.

Virgo se detiene de golpe, impactado por ese rugido que no suena animal. Del umbral comienzan a salir unas bestias metálicas. Su tamaño duplica al de Virgo y sus extremidades parecen estar hechas de hierro. Cada una de las criaturas tiene apariencia cuadrúpeda, pero Bahari jamás ha visto a un ser así. Si es que esas bestias pueden considerarse seres. La cabeza solo luce tres ojos de color rojo que se asemejan más a las lentes que vio en Terra, mientras que de su boca surgen unos enormes dientes de acero, afilados como cuchillos. Sin embargo, lo que más inquieta a la chica y a su compañero es la inexpresividad en su rostro, la carencia de vida en sus gestos.

Una de las bestias de Vawav no tarda en localizarlos a través de la visión roja. Un nuevo aullido anuncia el ataque que va a efectuar contra ellos. Virgo, consciente de la amenaza, tensa cada uno de sus músculos y contesta con un sonoro rugido que retumba por todo el claro de la montaña. El animal comienza a correr hacia la bestia que permanece quieta en el sitio, como si estuviera estudiando el movimiento del felino.

—¡Sabe lo que vas a hacer! —advierte Bahari, asustada.

Y no se equivoca.

Cuando Virgo está dispuesto a lanzarse a la yugular, la bestia de Vawav gira la cabeza de manera sobrenatural para que el animal se encuentre con las cuchillas que tiene por dientes.

Bahari es consciente de lo que está pasando a tan solo unos metros de que la carne de su compañero de vida se hunda en las fauces de la bestia. Una sensación de terror la invade por completo.

—¡NO!

El grito que lanza la muchacha provoca un inminente tornado que, en vez de salir del cielo, surge de la propia tierra con un estruendo parecido al de miles de alas agitándose. La fuerza de la naturaleza eleva por los aires a la bestia de Vawav, desestabilizándola y lanzando su pesado cuerpo sobre una de las tiendas del campamento. Esto también hace que Virgo dé un traspié y provoque que Bahari salga despedida de la montura de su compañero, cayendo al suelo con varios giros.

Cuando Nabil ve la escena, no tarda en subirse a lomos de Stratus y acudir con fiereza a la posición de su amiga. Concentra todo su poder para alzar unos muros de fuego que contengan a los soldados, para así poder protegerse de los disparos.

—¿Estás bien? —dice el chico cuando llega a su posición.

Ella está un poco aturdida, pero trata de recomponerse lo antes posible.

Se da cuenta de lo cerca que está del umbral cuando ve a la figura humana desnuda dando la espalda al espectral agujero que une Ídedin con Vawav. Parece atado a un par de postes de metal y conectado a varios tubos que transportan un extraño líquido.

—¿Ese es…? —pregunta Nabil.

—¡Arno! —grita Bahari, poniéndose en pie y corriendo hacia el viajante—. Haz todo lo posible para que no pasen.

Nabil obedece de inmediato a la chica, alzando una nueva pared de fuego de las entrañas de la tierra y conformando así un vallado ardiente que impide que más soldados entren por la retaguardia.

Sin embargo, el portal sigue abierto. Una nueva tanda de soldados está a unos pocos metros de cruzar con nuevas bestias y máquinas desconocidas para los dos jóvenes centinelas.

Cuando Bahari llega a Arno, en lo primero que se fija es en las dos auras que salen de su espalda abriendo la inmensa puerta a Vawav. Siente un escalofrío al saber que ella también puede ser capaz de eso. Pero ese sentimiento se transforma en rabia cuando es consciente de lo que están haciéndole pasar al viajante. Por ser quien es. Por ser como es.

Bahari abraza esa ira, dispuesta a invocar un nuevo ataque a través de la tierra contra los soldados que se acercan desde Vawav, pero Arno suelta un grito que la detiene de inmediato.

—¡No lo hagas! —apenas consigue pronunciar las palabras—. No lo hagas…

—Te vamos a sacar de aquí. Hemos…

—No —sentencia—. Tienen a Bérbedel, a mi gemelo…

Bahari lanza un vistazo hacia el interior del portal y consigue distinguir a una figura en la misma posición que Arno, desnudo y atado a un poste similar. De poco serviría salvarlo si no consigue rescatar a Bérbedel, así que la chica se dispone a cruzar el portal, pero el viajante, una vez más, la detiene.

—No te va a dar tiempo —confiesa—. Solo… solo hay una manera de cerrar esto. Y ni él ni yo hemos sido capaces de tomar esa decisión. Por mucho que lo queramos.

Bahari sabe a lo que el viajante se refiere.

—No pienso haceros daño —sentencia ella.

Un nuevo aullido metálico sorprende a la chica. Otra vez, la bestia de Vawav hace acto de presencia traspasando la pared de fuego que Nabil está controlando.

—¡Bahari, rápido! —grita su amigo.

Mientras que Nabil provoca un remolino de fuego que engulle de nuevo a la bestia y parece mantenerla a raya, ella vuelve a mirar a Arno.

El viajante luce un aspecto enfermizo: su cuerpo desnudo está tan demacrado que los músculos parecen estar desapareciendo mientras que la piel se va fusionando con los huesos.

—Hazlo —susurra Arno.

—No… No puedo… Yo no…

—Sí que puedes. Ahora mismo eres la única que puede cerrar este portal.

—¡Bahari! —chilla Nabil, entre dientes—. ¡No voy… a aguantar… mucho más!

—Por favor… —suplica el viajante.

Un nuevo chillido metálico proviene de Vawav. Los soldados están cada vez más cerca. Los ve correr hacia el umbral, dispuestos a cruzar a Ídedin para generar más caos, dolor, muerte y destrucción.

Bahari cierra los ojos y se concentra. Comienza a olvidarse de todo lo que la rodea mientras implora en su interior la búsqueda del agua. Entonces experimenta la humedad en su boca y en sus labios. Las gotas de rocío humedecen sus dedos. Puede sentir el frío del agua, pero... no proviene de Ídedin.

Una delicada llovizna entra por el umbral. El mar de Vawav parece haber escuchado la invocación y acude a su llamada de forma tímida. Sin embargo, con cada profunda respiración que hace, provoca que la lluvia sea más densa y fuerte. Tal es su velocidad, que el agua comienza a apagar las paredes de fuego que ha construido Nabil.

—¡Bahari! —grita su amigo.

La viajante de Ídedin abre los ojos. El color blanco aparece en lugar del iris. Y como si aquello fuera una orden directa hacia la madre naturaleza, una tromba de agua atraviesa el portal desde Vawav para meterse en Ídedin.

Bahari extiende la palma de su mano sobre el pecho de Arno y comienza a inundar sus pulmones con agua. Intenta que sea rápido y que sufra lo menos posible. Los casi inexistentes músculos del preso se tensan tanto que consigue alzar su cabeza, abriendo su boca en búsqueda de bocanadas de aire inexistentes.

El portal se va cerrando poco a poco, mientras que ella sigue concentrada en el agua que cada vez inunda más el interior de Arno.

Vete.

El susurro del viajante en su cabeza hace que la chica aparte la mano y salga del estado de profunda invocación en el que se encontraba.

—¡No aguanto más!

El grito de Nabil, lleno de cansancio e impotencia, libera a la bestia de Vawav del fuego.

Virgo vuelve agarrar a la chica para llevarla a sus lomos, mientras que Nabil monta a Stratus.

En cuestión de segundos, el portal se cierra partiendo en dos a los soldados y las máquinas que lo estaban cruzando.

El pájaro gigante aferra al diente de sable con sus impresionantes garras y alza el vuelo con un potente aleteo que los eleva al cielo, dejando bajo sus pies el caos de una batalla perdida y la muerte de un viajante.

Gracias, escucha Bahari en su cabeza.

—¿Estás bien? —grita Nabil desde los lomos de Stratus, mientras ella permanece sujeta al pelaje de Virgo.

La muchacha asiente y ordena a su amigo que regresen al punto de encuentro con Yago. Más allá de la dura pelea y de la frustración de no haber podido vencer al ejército de Vawav, Bahari no puede dejar de preguntarse una cosa.

¿Cómo es posible que haya podido escuchar en su mente a un viajante que no es ninguno de sus gemelos?

LA FALACIA DEL EQUILIBRIO

Los Sapientes se han reunido con Sif Noah Peaker en la Sala de los Cuatro Tronos. Todos los implicados permanecen en el centro de la estancia circular, pero separados por los extravagantes sitiales que representan cada uno de los elementos de la naturaleza. A un lado se encuentran el dictador de Vawav, custodiado por dos agentes, y Denis, con el arma vigilando a la doctora Gala Craus. Al otro, los Cuatro Sapientes de Ídedin y Kai, quien no le quita el ojo a su gemelo bajo un semblante de enfado y desprecio, consciente de la traición.

—Agradezco la recepción —reconoce Sif Noah Peaker con una leve y respetuosa inclinación de cabeza—. Como regente de todo un mundo sé lo limitado y apreciado que es el tiempo. Más aún cuando no he notificado mi visita.

—¿Notificar? —escupe Docto Essam conteniendo la rabia—. ¿Cómo tiene la desfachatez de presentarse aquí después de los estragos que…?

—¿Qué es lo que quiere? —interrumpe Docto Chidike con su semblante serio y tajante, alzando la voz por encima del otro Sapiente para que calle de inmediato.

Sif Noah Peaker se toma unos segundos para saborear el momento.

—Señores míos —comienza mientras alza las manos en un gesto de conciliación—, lamento estar abusando de la buena tierra de Ídedin, pero estarán de acuerdo en que tengo el mismo derecho que ustedes a llevarme lo que también es mío.

—¿Cómo? —pregunta Docta Zola, incrédula—. ¡Nada de Ídedin le pertenece!

—Siento discrepar, mi señora —contesta el Sif con frialdad—. Nuestros mundos eran uno solo. Por ende, tengo derecho sobre el legado de Ídedin. Del mismo modo que ustedes lo tienen sobre el de Vawav.

—No estará hablando en serio... —protesta Docta Sena—. ¡Está poniendo en peligro el orden! ¡Está rompiendo el Equilibrio!

—¡El Equilibrio es una farsa! —bufa el dictador, irritado—. ¡Un engaño para mantenernos alejados! ¡Juntos seríamos un mundo más grande y poderoso! ¡Imaginen cuán prósperas serían nuestras sociedades si aunáramos fuerzas, recursos y conocimiento!

—Ya lo intentamos hace miles de años —contesta Docto Chidike, sin perder la calma ni la entereza de su semblante—, pero la ambición de sus antepasados y el miedo que tenían a los nuestros demostró que esa convivencia era imposible.

—¡El Equilibrio vela por el futuro de ambos mundos! —añade Docta Sena, intentando remarcar cada palabra que sale de su boca.

Mientras que los Sapientes y Sif Noah Peaker discuten acerca de sus distintas posturas sobre el Equilibrio y la unión de ambos mundos, Kai y Denis no han dejado de mirarse en ningún momento. La rabia del chico le impide pensar con claridad, pero necesita respuestas. Necesita saber por qué su gemelo lo ha traicionado de esa manera.

¿Por qué estás haciendo esto?

Pero la única respuesta que recibe es un silencio sepulcral que va acompañado de la misma mirada fría y distante con la que Denis lo ha recibido.

—¡Has invadido nuestra tierra! ¡Saqueado nuestros recursos! —grita Docta Sena, quien ha aparcado las buenas formas con el dictador—. ¿Y pretendes que ahora hagamos un pacto? ¿Para que te lleves lo que quieras?

¿Qué has hecho con Amber?

Esta vez Denis frunce el ceño en un gesto claro de dolor.

Como se te ocurra...

Está bien, interrumpe su gemelo.

¿Por qué haces esto, Denis?

Pero el muchacho de Vawav no puede seguir sosteniéndole la mirada, así que decide bajar la cabeza mostrando, por primera vez, arrepentimiento.

—¡Traidor! —grita Kai, dejando salir toda su rabia.

Quiere correr hasta él, estamparle el puño en la cara y abrir un portal de vuelta a casa para llevarse consigo a Gala Craus. Pero ella lo mira con los ojos tan abiertos y el semblante tan serio, que Kai siente que se le está escapando algo.

—Este es nuestro enemigo común —anuncia Sif Noah Peaker mientras señala a la doctora—. Un enemigo que nos quiere separados porque nos han metido en la cabeza el cuento de que juntos nos haremos daño.

—Ya estás haciendo daño —farfulla Gala Craus.

Denis le propina un golpe en las costillas con la culata del arma.

—¡Ni se te ocurra tocarla! —grita Kai, furioso.

—Kai... —lo detiene Docta Sena.

—¿Es que no vais a hacer nada? —pregunta el chico, atónito—. ¡Los cuatro tenéis más fuerza que él! ¡Acabad con ellos!

—Kai, basta —ordena Docto Chidike.

Sif Noah Peaker no duda en aprovechar el altercado para retomar su discurso.

—¿Ven, mis señores? —Su afonía es cada vez más melodiosa, como si sus palabras empezaran a convertirse en un conjuro—. Nos quieren enfrentar. Con miedo. Con falacias. Con mentiras. Con odio.

—Sif Noah Peaker —anuncia Docto Chidike—, el Equilibrio no es ninguna mentira. El Equilibrio es un tratado de paz que nuestros antepasados firmaron para asegurar nuestra existencia. Vawav e Ídedin no están destinados al entendimiento. Su presencia aquí no es grata. Y lo que ha hecho con nuestra tierra tiene un nombre.

—Invasión —escupe Docta Sena.

Los Sapientes continúan defendiendo su postura respecto del Equilibrio, que está íntegramente ligado a sus creencias y a su forma de vida. ¿Cómo van a quitarles lo que rige su existencia? ¿Cómo van a acabar con su fe?

Pero hay algo más.

Algo oculto en las intenciones de Noah Peaker.

Algo que Denis sabe y que, de alguna forma, no se atreve a compartir con él.

Gala Craus mira a Denis y él le devuelve el gesto de complicidad que ella subraya con un sutil asentimiento de cabeza. Acto seguido, la doctora inhala una respiración profunda como si fuera a introducirse en una nueva meditación, cierra los ojos durante un segundo y, finalmente, los abre para juntar su mirada con la de Kai.

Una mirada serena, valiente, convencida.

Denis, ¿qué pasa?, insiste él mentalmente con un tono de voz más impregnado de miedo y confusión.

Denis, por favor. Dime qué cojones está pasando.

—Lamento mucho nuestros distintos puntos de vista, mis señores —concluye Sif Noah Peaker, mientras comienza a erguirse—. Pero Ídedin también me pertenece. Y si se oponen a ello... me lo tomaré como un ataque hacia mi propia tierra. Me lo tomaré... —hace una pequeña pausa, relamiéndose sus perfilados labios— como una declaración de guerra.

Lo siento, Kai.

La disculpa de su gemelo resuena en su cabeza, a la vez que empieza a sentir ese hormigueo por la espalda que tan bien conoce.

Gala Craus aprovecha la distracción de Denis para salir corriendo hacia el dictador de Vawav al tiempo que lanza un grito lleno de rabia.

Pero un estruendo silencia la escena de inmediato.

Un disparo.

Un único disparo.

Sutil, certero y mortal.

La mirada de Gala Craus se apaga y su cuerpo cae como un saco pesado al suelo.

Y como si su muerte fuera el telón que revela al asesino, Kai descubre a Denis con el portal a Vawav tras él, los ojos cerrados y el arma del crimen, aún humeante, en sus manos.

Todo parece detenerse.

Los agentes de Vawav sienten que aquella amenaza proviene de los propios Sapientes y estos, a su vez, creen que el disparo es una clara declaración de intenciones.

Sif Noah Peaker es el primero en moverse. Da un paso atrás, poniendo un pie en el interior del portal porque sabe que tiene todas las de perder si se enfrenta ahora a los Cuatro Sapientes. Pero estos no dudan en mostrarse en posición de ataque y eso hace que los agentes de Vawav sean los primeros en abrir fuego para proteger a su dictador.

En cuestión de segundos, una ráfaga de luces y de ascuas de fuego se encuentran en medio de la Sala de los Cuatro Tronos, mientras que el portal a Vawav se vuelve a cerrar con Denis y Sif Noah Peaker dentro.

Docto Chidike, con un simple gesto de la mano, lanza en volandas a los dos agentes a los que ha abandonado el dictador. Sus cuerpos se estampan contra una de las paredes de piedra, y los hombres quedan completamente inconscientes.

Kai corre hasta el cuerpo de Gala Craus. La doctora yace en medio de un charco de sangre que emana de su cabeza y que, cada vez, se va haciendo más y más grande. Lo último que ve antes de que se cierre el portal por completo es la mirada de su gemelo, tan fría y triste como el color de sus ojos.

NOVENA CATÁSTROFE
¿Qué es eso?

El motor de la furgoneta me avisa de su marcha. Me planteo volver a rezar para que el alcohol haga su trabajo y consiga estamparlo contra algún olivo o vuelque la furgoneta en un fatal siniestro que acabe con su vida. Pero el Dios que escucha mis plegarias me ignora. O quizá no le lleguen las oraciones como es debido. En cualquier caso, llevo demasiados rezos. Y a pesar de los cortes, de las magulladuras y de los moretones, a pesar de las noches de miedo abrazada a la almohada, encerrada en el baño bajo el agua fría de la ducha o escondida en el campo de olivos, lo único que he recibido por respuesta ha sido un pequeño accidente en el que solo se llevó a un jabato de por medio. El pobre animal, muerto. El monstruo de mi marido, ni un rasguño.

Pero esta noche he decidido poner punto final a este infierno. Y me da igual que me quede sola. Me da igual que me persiga hasta los confines del mundo. ¡Estoy harta de vivir aterrada al lado de un monstruo! Porque, con todo el dolor de mi corazón, eso es lo que es: un maldito monstruo. Antes no era así, por supuesto. Antes había un respeto, un amor, un cariño. O eso me parecía.

Pero de repente llegaron las crisis y la falta de trabajo. Los malos temporales y las malas cosechas. El encarecimiento del gas que multiplicaba por cinco los costes de producción de aceite. Y entonces él se agobiaba y, de una forma que no termino de entender, su rabia y frustración las descargaba conmigo. No sé si un monstruo nace o se hace. Él siempre ha tenido mucho carácter. Pero sí que quiero pensar que en algún momento el amor existió entre nosotros.

Ahora solo soy una carga para él. Un saco de boxeo con el que descarga su furia. Una muñeca de trapo sobre la que eyacula cuando le viene una erección. La encargada de hacerle la comida, de limpiarle el lecho.

Trabajo mucho para los dos.

Todo lo que hago, es por tu bien.

Sin mí, estarías moribunda en la calle.

¿Pues sabes qué, cariño? ¡Que prefiero deambular por la calle a seguir siendo la desgraciada que soporta tus fracasos personales!

Me armo de valor y escupo sobre el sofá en el que se sienta cuando se aburre de humillarme. Después subo a nuestro dormitorio, ese en el que perdí mi virginidad, y armo una mochila con varias mudas de ropa y productos de higiene personal. Con los nervios, me entran ganas de orinar. Y como estoy decidida a poner punto final a esto, dejo que la rabia me domine y, en vez de utilizar el inodoro como las personas civilizadas, me pongo de cuclillas sobre su lado de la cama y dejo que la lluvia dorada empape su almohada. Después me limpio con su pijama, que no dudo en tirar sobre las sábanas mojadas.

—Que aquí te pudras —mascullo.

Al incorporarme, siento un latigazo en las costillas. Todavía me duele y tengo las marcas de la última paliza. El muy sinvergüenza me tiene aislada del mundo en esta horrible finca de olivos, a su completa merced. Soy presa del pánico y del miedo por no poder imaginar una vida más allá de su existencia y me he convertido en un ser totalmente dependiente de su dinero y de sus supuestos cuidados.

—¡Que aquí te pudras! —repito, escupiendo de nuevo.

Juro que siempre he sido muy educada y civilizada. Pero no recuerdo cuándo fue la última vez que quedé con una amiga. Porque ni siquiera sé si tengo amigas. Mi intención es viajar hasta la casa de mi hermana, que está en la otra punta del país. No sé su número de teléfono, tampoco la dirección exacta. Solo el nombre del pueblo, pero con eso me basta.

Bajo a la cocina y abro el cajón donde guardo todos los productos de limpieza. En uno de los botes escondo mis ahorros como si fuera una hucha secreta. Mi marido no me da ni un duro, pero las borracheras que se agarra me han servido para ir juntando monedas y pequeños billetes que luego no recuerda. Una vez le robé uno más grande y al día siguiente me acusó, me dio la pertinente paliza y puso la casa patas arriba, pero no lo llegó a encontrar.

Decido llevarme el bote tal cual, por si acaso algún otro sinvergüenza me increpa en el camino. Abro la nevera y me llevo la botella de agua de cristal, un par de piezas de fruta y dos mendrugos de la despensa. Lo envuelvo todo en un paño y procedo a salir de casa.

Hoy hay noche cerrada. La luna nueva hace que las estrellas brillen con más fuerza. Aquí, en el sur, es un espectáculo ver el cielo nocturno en esta época: tan despejado, limpio y sin contaminación. A pesar de la oscuridad, puedo ver las siluetas de los cientos de olivos que se extienden por toda la finca. Sin pensarlo dos veces, me armo de valor y doy el primer paso hacia el nuevo camino que me depara la vida.

Pero entonces vuelvo a escuchar el sonido de la furgoneta.

—No... —susurro en un grito ahogado—. No, no, no...

Echo a correr. Aterrada. Presa de la adrenalina.

¿Y si me ha visto?

¿Y si ha puesto cámaras en la casa y me ha grabado haciendo todas esas desfachateces?

Los olivos no son tan frondosos para esconderme tras ellos. A poco que se ponga a buscar o que alce la vista, podrá verme corriendo por el campo. Y él es más rápido que yo. Y más fuerte. Y más...

—¡No! —me grito a mí misma, desesperada y asustada—. ¡Corre! ¡Corre!

Mi nombre retumba a mis espaldas.

Sabe lo que ha pasado. Y más cuando ha visto el dormitorio de esa manera.

Vuelve a llamarme con rabia y desprecio. Esta vez desde el porche, deduzco, al escuchar con más claridad el grito.

Un disparo resuena por toda la finca.

—¡Te voy a matar, zorra!

Y como si aquello fuera la caza del zorro rojo, hago que mis piernas corran a toda velocidad. Sin importar si me está apuntando con la escopeta. Sin importar si me ha visto y ha echado a correr hacia mí.

Otro disparo.

Otro insulto.

La misma rabia e idéntico desprecio.

Ahora que me alimento de la esperanza, me reprendo a mí misma por no haber salido antes de este infierno.

El olor de los olivos me embriaga de recuerdos bonitos, pero también de los más terribles que una mujer se pueda imaginar.

—¡Te voy a encontrar! —grita, cada vez más cerca.

—¡No! —contesto.

Y entonces suelta una carcajada triunfante. Las piernas empiezan a fatigarse hasta el punto de que las siento adormecer. Mi respiración es tan entrecortada que mis pulmones parecen estar siendo pinchados por pequeños alfileres con cada bocanada que inhalo.

Una raíz se interpone en mi camino y, cuando el pie se me enreda en ella, puedo notar cómo me cruje el tobillo y caigo de bruces contra la tierra seca de la finca.

Las lágrimas me empiezan a recorrer el rostro. Procuro levantarme, pero vuelvo a ser presa del pánico y del miedo.

Puedo escuchar los pasos ágiles del monstruo, que hace crujir la tierra de forma cada vez más sonora a medida que se acerca.

—¡No! —chillo, eufórica, al ver su silueta a tan solo unos metros.

Él amaina la marcha. A pesar de llevar unos cuantos litros de alcohol encima, consigue mantenerse en pie.

—¿A dónde vas a estas horas? —me pregunta apuntándome con la escopeta.

Cuando creo que me va a disparar, cuando creo que me va a agarrar del pelo y arrastrar de vuelta a esa cárcel a la que llamo «hogar», cuando toda esperanza está a punto de morirse para siempre, de repente, la tierra empieza a temblar.

Un crujido atruena bajo el suelo.

El chasquido de las ramas de los olivos rompiéndose hacen que el monstruo se gire de nuevo hacia la casa.

Un sonido seco, como si se tratara de otro disparo, acompañado de un fuerte brillo procedente del interior de la casa, hace que esta empiece a arder.

A tan solo unos metros del porche, el mismo sonido provoca que de la propia tierra salga un rayo que rompe la quietud de la noche.

Y otro más que se adentra en la finca.

Y otro más que está tan solo a unos pocos metros de nosotros.

Los rayos surgen de las entrañas de la tierra como si esta fuera un enorme nubarrón que intenta descargar una tormenta eléctrica contra el cielo.

Un nuevo rayo sale de adentro del suelo que pisa mi marido. Su cuerpo sale volando al instante. Un olor a carne quemada invade el lugar en cuestión de segundos. Yo me cubro el rostro y me hago un ovillo mientras los rayos se van multiplicando y saliendo con más frecuencia y rapidez del suelo, con esos horribles chasquidos que iluminan la eterna noche de la finca.

Y de repente, paran.

El silencio vuelve a ser el protagonista de la escena. Solo mis jadeos entrecortados lo rompen.

Todo parece estar exactamente igual salvo por los boquetes que hay por doquier, como si los rayos hubieran viajado desde el interior del núcleo terrestre en túneles hasta encontrar la superficie.

Vuelvo a ponerme en pie, dispuesta a seguir con mi camino. Me da igual la casa ardiendo y si mi marido sigue vivo después de haber sido atravesado por un rayo.

Emprendo la marcha cojeando, molesta por el tobillo que me he torcido.

Hasta que no he avanzado unos metros no me doy cuenta de la magnitud de la catástrofe.

Mucho menos de esa luna de color verdoso que hace unos minutos no estaba en el cielo y que ahora ilumina la finca con una luz tan bella como tenebrosa.

EPÍLOGO

La pantalla táctil del teclado no produce ningún sonido, pero a Mila no le hace falta saber lo que Denis está escribiendo en la consola informática a la que le acaba de conectar.

—Denis, estás accediendo a…

—Sí, lo sé —interrumpe el chico, nervioso—. Cállate.

La orden tan agresiva sorprende a la androide. Mila analiza el estado del muchacho a través de los nanobots que tiene introducidos en su organismo para hacer los respectivos chequeos de su estado de salud. Las lecturas muestran un aumento en la bilirrubina que la máquina relaciona con un estado de estrés y excitación más alto de lo habitual.

—¿Puedo preguntar qué he hecho mal para que me formatees, Denis?

A pesar del silencio, Mila recibe una respuesta por parte de sus constantes al ver que su frecuencia cardíaca ha aumentado de manera considerable. ¿Por qué estará haciendo algo así? No ha vuelto a mandar informes a Vawav gracias a las modificaciones que hizo el chico en su sistema. Se ha limitado a obedecerlo en todo y a desarrollar su inteligencia emocional para poder saber lo que es el amor. Y Mila cree haberlo aprendido.

—Amor es hacer cosas buenas por las personas que quieres, ¿verdad, Denis? —pregunta la androide.

El chico deja de teclear y se acerca. Mila permanece sentada en el lugar donde le ha ordenado quedarse. Su nuca está conectada a unos cables que la unen con la computadora que está manipulando. La mano de Denis se posa sobre su frente de silicona.

—Siento haber fracasado —confiesa el chico—. Siento haberte fallado.

—No creo que hayas fracasado, Denis —corrige Mila—. Creo que te quiero. Creo que estoy enamorada de ti.

Denis se muerde los labios, intentando reprimir todas las emociones que lo invaden por dentro. Mila sabe que su dueño está ocultando sentimientos y tiene la imperiosa necesidad de saber qué se le pasa en ese momento por la mente.

—Puedo leer tus constantes, pero no tus pensamientos —confiesa la androide—. Dime qué he hecho mal, Denis. Todo lo que he hecho ha sido por ti.

Él se introduce la mano en el pecho y saca un colgante que Mila nunca ha visto antes. Después, se acerca a su oído artificial para susurrarle.

—Eso no es amor.

—¿Y qué es amor, entonces?

Denis regresa a la consola y quita la tapa al colgante que sostiene, descubriendo un pequeño *pen drive* que conecta a la máquina.

—Ya te lo dije —dice él—. No se puede explicar. Solo se puede sentir.

Aquellas palabras son lo último que escucha Mila antes de apagarse por completo.

Denis se seca las lágrimas y reinicia a la robot.

Acto seguido, toma el arma reglamentaria con la que ha arrebatado la vida de Gala Craus, se asegura de que esté cargada y ordena a la robot que siga sus pasos.

Atraviesa la sala en la que tantas horas ha pasado con la doctora y va directo hasta la puerta que da a las celdas.

—¡Te he dicho que no quiero verte, asesino! —bufa Amber en cuanto lo ve aparecer.

El chico apunta al cuadro de mando que controla los engranajes de la cancela y con un disparo hace que esta se abra, no solo provocando chispas y varios desperfectos, sino también el sonido de una alarma que alerta a toda la aeronave.

—Acompáñala —ordena Denis a la robot.

—¿Qué está pasando? —pregunta Amber, confundida a la par que asustada.

—No tengo mucho tiempo —confiesa él, sin atreverse a tocar a la chica—. Necesito que reúnas a Mila con Kai.

Amber suelta una risotada, incrédula.

—Tienes que estar de broma —espeta—, ¿para que mate a mi mejor amigo? ¡No, gracias!

—Amber, por favor —suplica él—. Confía en mí. Esto… Esto es lo único que podemos hacer.

—¡No pienso llevar a la loca de tu robot con Kai!

Denis respira hondo y se atreve a dar un paso hacia la chica, a tan solo unos centímetros de ella. Puede escuchar su respiración agitada. Puede notar el calor de su piel. Puede perderse en esa mirada llena de fuego que, de alguna forma que no consigue explicar, le da la vida. Pero, por encima de todo, puede sentirla.

—Esto es real —susurra—. Lo que hay aquí —explica, señalando el diminuto espacio entre ambos— es real. Confía en mí, por favor.

Amber se queda observándolo con una mirada llena de dolor.

—¿Por qué? —consigue articular la chica—. ¿Por qué tengo que confiar en ti después de lo que has hecho?

Él cierra los ojos y no le cuesta imaginarse la habitación de la chica porque cualquier sensación que necesite para invocar el lugar se la produce la presencia tan cercana de Amber. Entonces de su espalda comienzan a salir dos auras que, esta vez, descubren el piso de ese extraño y desequilibrado lugar llamado Terra.

Cuando los agentes de Vawav entran en la celda, el chico no duda en disparar contra ellos.

—¡Llévatela! —ordena Denis a Mila.

La androide, completamente sumisa, agarra a Amber con fuerza y cruza al otro lado con ella.

—¡¿Por qué?! —repite Amber.

Denis se gira una última vez hacia la chica. Los ojos de ambos se vuelven a encontrar. Le tranquiliza saber que, al menos, el plan de la doctora está siguiendo su curso. Pero más le tranquiliza ver a Amber de nuevo en Terra, a salvo del tirano que gobierna Vawav.

—Dile a Kai que no está solo —dice mientras comienza a cerrar el portal—. Que nunca lo ha estado. Y que nunca lo estará.

Un nuevo grupo de agentes se lanzan contra el chico segundos después de que el aura azul haya desaparecido por su espalda.

Ahora, el futuro depende de una androide y de la mujer más valiente que ha conocido en su vida.

Sonríe al saber que está en buenas manos.

EQUILIBRIO
CONTINÚA
CON COLAPSO